DAS SCHWARZE SAKRAMENT

KÖLN IM 13. JAHRHUNDERT

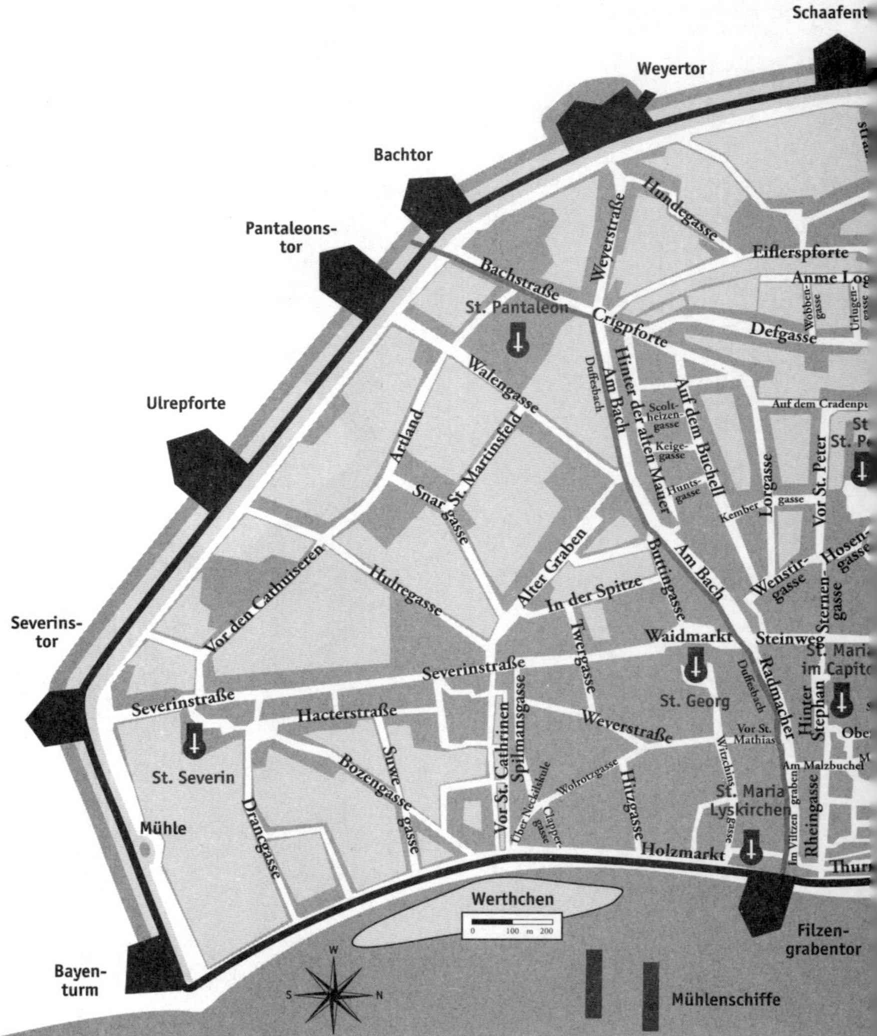

1 ST. URSULA
2 HAUS DES BÜTTELS KONSTANTIN
3 KANZLEI DES DOMSCHATZMEISTERS
4 BLAUER STEIN
5 PALAST UND KERKER DES ERZBISCHOFS
6 MARSTALL DES ERZBISCHOFS

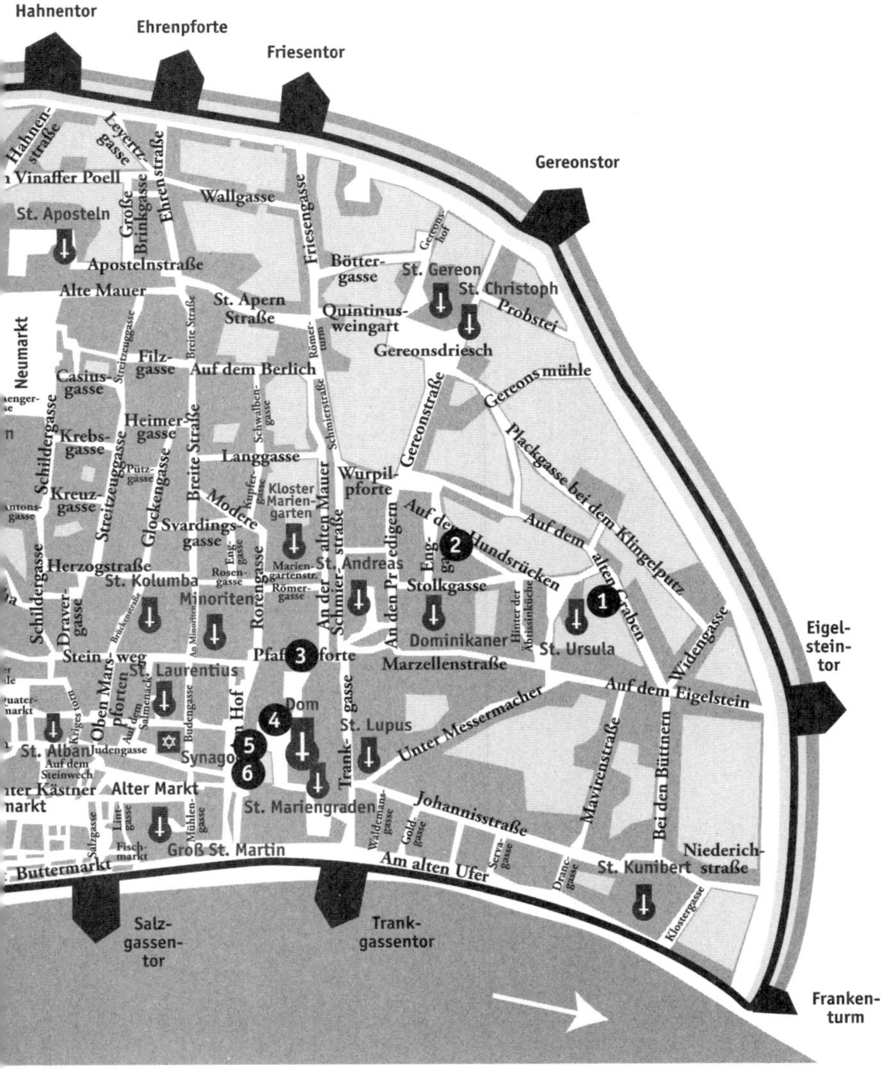

Kartenvorlage: Stefan Blankertz

Dieses Buch ist ein Roman. Handlungen und Personen sind frei erfunden. Ähnlichkeiten mit lebenden oder toten Personen sind nicht gewollt und rein zufällig.

DENNIS VLAMINCK

DAS SCHWARZE SAKRAMENT

EIN KRIMI AUS DEM MITTELALTER

emons:

Bibliografische Information der Deutschen Nationalbibliothek
Die Deutsche Nationalbibliothek verzeichnet diese Publikation in der Deutschen Nationalbibliografie; detaillierte bibliografische Daten sind im Internet über http://dnb.d-nb.de abrufbar.

FSC www.fsc.org MIX Papier aus verantwortungsvollen Quellen FSC® C083411

Umschlagmotiv: © frozenstarro/Privatarchiv
Umschlaggestaltung: Tobias Doetsch
Gestaltung Innenteil: César Satz & Grafik GmbH, Köln
Lektorat: Carlos Westerkamp
Druck und Bindung: CPI – Clausen & Bosse, Leck
Printed in Germany 2014
ISBN 978-3-95451-453-3
Ein Krimi aus dem Mittelalter
Originalausgabe

Für Mönger

Erstes Buch

DAS TOTE DORF

Thommes

Einen halben Tagesritt von Köln, 1. Mai 1248, Walpurgistag

Evgen fand ihren toten Bruder, als sie die Schafe zum Wasser führte. Sie sah ihn schon von der Anhöhe durch das Wäldchen und durchs Schilf. Er trieb auf dem Rücken im Weiher, die Arme ausgebreitet, die offenen Augen in den Himmel gerichtet. Thommes war nackt, so wie immer, wenn er in den Weiher gegangen war. Er war ertrunken. Sie spürte es, nein wusste es. Evgen blieb stehen, machte ein paar Schritte, zögerlich, stolpernd, taumelnd, blieb wieder stehen. Fast knickten ihr die Beine weg. Doch sie hielt sich. Als sie ihr Gleichgewicht wiedergefunden hatte, lief sie los, durch den Hain, hinunter zum Weiher. Die Schafe folgten ihr, angetrieben von Garm, dem Hütehund mit dem kirschblütenweißen Fell.

Am Ufersaum verharrte Evgen, zwischen Binsengras und Rohrkolben. Das Wasser. Sie wagte nicht, einen Fuß hineinzusetzen. Sie konnte nicht schwimmen. Und – hier am Ufer endete das Reich der Menschen. Evgen sah hinaus auf den Weiher. Die sanften Wellen ließen das rote Licht der Abendsonne auf Thommes' Körper tanzen. Evgen war traurig und wütend zugleich. Sie hatte ihren kleinen Bruder immer wieder beschworen, nicht ins Wasser zu gehen, die Wassergeister nicht zu stören, ihren Zorn nicht zu wecken. Er hatte sie nur ausgelacht. Es ist doch schon so heiß in diesem Frühling, hatte er gerufen, wer wolle denn da nicht ins Wasser gehen? Und dann war er wieder zum Weiher gelaufen und kopfüber hineingesprungen, hatte dort Dinge gemacht, die er besser nicht gemacht hätte. Thommes war anders als sie. Vielleicht hatten die Leute ja doch recht. Vielleicht war Thommes ja sogar ganz anders als alle.

Evgen spürte, wie ihre Beine nun doch nachgaben, ganz gleich, wie sehr sie sich bemühte, sich gerade zu halten. Sie fühlte, wie sie auf die Knie sank und sich ihre Finger ins Gras krallten. Der Tod hatte Thommes viel zu früh ereilt. Er war doch erst sieben Sommer alt, nur drei Jahre jünger als sie. Ihre Brust bebte, ihr Atem ging schnell. Evgen zwang sich, langsam Luft zu holen.

Sie hörte, wie die Schafe rechts und links von ihr zu trinken begannen. Sie tranken vom Wasser, in dem Thommes sein Leben gelassen hatte. Sie tranken sein Leben. Nein, sie durfte ihn dort nicht lassen. Nicht im Reich der Geister. Sie stand auf, hob ihr Kleid und setzte einen Fuß nach dem anderen in den Weiher. Sie spürte, wie sich ihr Kleid mit Wasser vollsog, erst nur am Saum, dann bis zu den Knien, dann hinauf bis zur Hüfte, bis zum Nabel.

»Heiliger Irmundus, bitte mach, dass er nicht zu weit draußen schwimmt. Bitte mach, dass ich dort noch stehen kann. Bitte beschütze mich vor den Geistern.«

Mit jedem Schritt in den kleinen See kam sie schwerer voran. Als würde der Weiher sie aufhalten wollen. Mit jedem Schritt wuchs die Angst vor dem Wasser, das sie nicht tragen würde. Wuchs die Angst, hinabgezogen zu werden. Die Angst vor dem, was in dem Weiher war und ihrem Bruder das Leben genommen hatte. Sie hörte hinter sich ein Knurren. Das musste Garm sein.

Wasserpflanzen strichen wie Finger um Evgens Beine, griffen nach ihr, fassten sanft ihre Schenkel und Knie. Ihre Füße fanden nur schwer Halt auf dem schlammigen Boden. Evgen stolperte über einen Stein und kippte fast vornüber, doch sie ruderte mit den Armen und fing sich. Von dem Ruck wallte ihr Kleid im Wasser auf. Evgen erschrak. Es fühlte sich an, als erwachte ihr Gewand zu Leben. Als wollte es seine Trägerin umgreifen, hinabzerren auf den Grund. Evgen streckte die Hände aus und drückte den nassträgen Stoff wieder nach unten. Sie spürte, wie sich die Angst in ihrer Brust ausbreitete, wie sie gegen ihre Kehle drückte. Evgen atmete gegen ihr wild pochendes Herz an. Sie richtete den Blick nach vorn, auf ihren Bruder. Es war nur noch ein kurzes Stück bis zu Thommes' Leichnam. Hinter ihr begannen die Schafe zu blöken. Garm knurrte wieder, dunkel, aus tiefer Brust. Dann bellte er. Bestimmt hatte er Angst um sie.

Schritt für Schritt wagte sie sich vor. Das Wasser reichte ihr nun bis zur Brust. Als sie die Hand nach dem Arm ihres Bruders ausstreckte, bemerkte sie, wie sie zitterte. Evgen hatte gehofft, Thommes sähe friedlich aus. Wenigstens nicht bekümmert, nicht trostlos im Angesicht des Todes. Doch Thommes war elend ertrunken. Seine Züge waren verzerrt, seine Hände in Krämpfen versteift. Evgen fasste ihn vorsichtig und zog ihn zu sich. Mit einer Hand hielt sie ihn, mit der anderen schloss sie seine Augen. Sie hörte Garm bellen, sah ihren Hund aber nicht. Er musste hinter den Schafen stehen, die sich ängstlich zusammendrängten.

»Ach, Thommes, warum nur, warum?«

Evgen schob ihren Bruder vor sich her, zurück zum Ufer. Er schwamm auf dem Weiher wie ein großes, totes Stück Holz. Immer wieder sah Evgen zurück, ob ihr auch nichts und niemand folgte. Je näher sie dem Ufer kam, je seichter das Wasser wurde, desto schneller ging Evgen.

Kurz bevor sie den Ufersaum erreichte, entdeckte Evgen die beiden anderen Kinder. Sie lagen bäuchlings im Schilf, dort, wo das Wasser nur noch knöchelhoch war. Das mussten Laurenz und Klärchen sein, Thommes' Freunde. Sie waren so nackt wie Thommes. Sie waren so tot wie Thommes. Lieber Gott im Himmel, hilf!, dachte Evgen. Die Wassergeister mussten sehr zornig sein. Tränen stiegen ihr in die Augen und trübten ihren Blick.

War da ein Geräusch? Sie fuhr herum und schaute wieder auf den Weiher hinaus. Ihr Herz schlug so stark, als wollte es ihr aus dem Hals springen. Nein, da war nichts. Evgen hob Thommes halb ans Ufer, stieg aus dem Wasser und zog ihn ganz heraus. Dann schaffte sie auch die Leichen von Klärchen und Laurenz an Land. Garm bellte noch immer. Er bellte und bellte, als wollte er sein Innerstes nach außen kehren. Die Schafe drängten sich um Evgen und die drei Toten.

Thommes' Kleider und die seiner Freunde lagen gleich neben den Leichen auf dem Stamm einer umgestürzten Weide, dort, wo er sie immer ablegte. Evgen nahm sie und bedeckte die Kinder. Außer seinen Kleidern fand sie nichts, auch Thommes' Messer nicht. Nichts, was sie den Wassergeistern geben konnte, um sie zu besänftigen. Evgen griff in ihren Lederbeutel und zog ihre Knochenpfeife hervor. Es war das Kostbarste, das sie besaß. Sie nahm ein Stück Holz, setzte es aufs Wasser und legte die Pfeife darauf. Dann schob sie ihre Opfergabe sacht hinaus auf den Weiher und flehte die Wassergeister um Vergebung für die Taten ihres Bruders und seiner Freunde an.

Evgen wischte sich Tränen von den Wangen und wandte sich um. Ihr nasses Kleid hing schwer an ihr. Garm hatte sich immer noch nicht beruhigt. Nun erst entdeckte sie ihn. Er hatte die Schafe, die unruhig hin und her trippelten, hinter sich geschart und sah hinauf zur Anhöhe, mit gebleckten Zähnen, die Nackenhaare waren aufgestellt. Evgen folgte seinem Blick. Dort oben, dort, wo sie eben noch gestanden hatte, saß ein Wolf. Er hatte ein dunkles, fast schwarzes Fell.

Er saß einfach nur da und sah auf sie herab, auf Garm, die Schafe, auf Evgen, den toten Thommes und die anderen Kinder. Er rührte sich selbst dann nicht, als Garm ein paar Schritte auf ihn zustürmte und keifte, dass der Geifer von den Lefzen troff. Seine Ohren waren aufgerichtet, seine Augen verfolgten, was am Weiher geschah.

Evgen ließ sich auf die Knie fallen. Ihre Großmutter hatte so oft erzählt, dass die Seelen der Toten die Gestalt von Tieren annehmen konnten, dass sie als Sturmvögel durch die Lüfte zogen oder als Hunde zurückkehrten. Oder als Wölfe.

»Thommes?«

Der Wolf bewegte leicht den Kopf und sah sie an. Ein Ohr zuckte kurz. Ein Wink? Oder wollte der Wolf nur eine lästige Fliege loswerden?

»Thommes? Bist du das?«

Garm gab Ruhe und legte sich hin. Auch die Schafe verharrten und sahen zur Anhöhe hinauf. Der Wolf hielt Evgens Blick stand. Seine Augen strahlten Ruhe aus, sie wirkten wissend, allsehend. Des Wolfs Blick traf Evgens Innerstes. Konnten das Thommes' Augen sein?

»Ysengrim, treib kein Spiel mit mir. Hier liegt mein toter Bruder, und mein Herz weint. Bist du nur ein Wolf, dann geh. Meine Schafe fürchten sich, und ich muss mich um meinen Bruder und seine Freunde kümmern. Bist du aber mein Thommes, so gib mir ein Zeichen. Ich bitte dich.«

Der Wolf regte sich nicht. Die tief stehende Sonne verlieh seinem dunklen Fell einen seltsam roten Glanz. Obwohl er ganz still saß, sah es wegen des Schimmers doch so aus, als bewegte er sich.

»Thommes?«

Einen Augenblick lang kam es Evgen vor, als bliebe die Zeit stehen. Sie hörte keinen Vogel, spürte keinen Windhauch und fühlte die Nässe des Wassers nicht mehr auf ihrer Haut. Garm und die Schafe rührten sich nicht, und über allem thronte der Wolf. Er hatte sie alle mit seinem Blick versteinert.

Evgen wusste nicht, wie viel Zeit vergangen war, als sich der Wolf erhob. Er wandte sich um und trabte leichten Fußes durch das Wäldchen davon. Kurz bevor er hinter der Anhöhe verschwand, drehte er sich noch einmal um. Seine Augen fanden wieder Evgens.

»Thommes?«

Dann verschwand der Wolf.

»Thommes …«

Kaum war der Wolf nicht mehr zu sehen, kehrte die Unruhe in die Herde zurück. Evgen kümmerte sich nicht um die Schafe. Das würde Garm schon tun. Auch auf Thommes, Laurenz und Klärchen würde der Hund ein Auge haben. Triefnass, wie sie war, lief Evgen hinab ins Dorf. Sie spürte keine Furcht vor dem Wolf.

Der Auftrag

Woran ich mich erinnere? Nun, wenn ich an jene unheilvollen Frühjahrstage zurückdenke, kommt mir zunächst die raue Hand in den Sinn, diese grobe, harte Hand. Jedenfalls ist sie in meiner Erinnerung rau. Sie riss mich hoch, mein Kopf wurde in den Nacken geworfen, und der Schmerz war so heftig, dass ich unvermittelt aufwachte. Ich spürte das wilde Pumpen meines Herzens und blinzelte in das grelle Licht einer Fackel. Mein Hals war im Schlaf ganz ausgetrocknet, und beim Versuch zu schlucken musste ich heftig husten.

»Was …?«, stammelte ich.

Die Hand ließ mich los. »Herr, wacht endlich auf, wir müssen gehen.«

»Was … wohin? Was ist geschehen?«

Im flackernden Fackellicht sah ich das Gesicht eines Mannes, kantig, mit Lederhaut. Es kam mir bekannt vor. Aber woher?

»Seid Ihr Konstantin, den man den Kneifer nennt?«

»Ja … Wer seid Ihr?«

»Ihr müsst mir folgen. Auf der Stelle.«

Mit der Linken rieb ich mir den Schlaf aus den Augen, meine Rechte tastete nach meinem Schwert, das ich stets neben mein Lager legte.

»Gebt Euch keine Mühe. Ich habe Eure Waffe an mich genommen. Zu meiner Sicherheit. Und zu Eurer.«

Ich setzte mich auf und sah mich um. Ich war daheim. Mein Schwert lag hinter dem Eindringling. Es musste tiefste Nacht sein. Durch das offene Fenster drang kein Lichtstrahl und auch kein Geräusch von der Straße. Köln schlief. Ich nicht mehr.

»Wie seid Ihr hier hereingelangt? Und was wollt Ihr? Warum nehmt Ihr mein Schwert?«

Der Mann hob die Waffe auf und drückte sie mir in die Hand. »Ich hab es nur kurz beiseitegelegt, damit Ihr nicht auf dumme Gedanken kommt, schlaftrunken, wie Ihr seid. Und nun los. Der Erzbischof will Euch sehen. Jetzt.«

»Um diese Zeit?«

»Um diese Zeit. Wenn es Euch nicht passt, dann sagt es ihm selbst. Kommt schon. Kommt, kommt, kommt.«

Der Erzbischof. Endlich ordneten sich meine wirren Gedanken ein wenig. Irgendetwas musste geschehen sein. Erzbischof Konrad von Hochstaden war streng genommen mein Dienstherr. Ihm oblag die Blutgerichtsbarkeit in der Stadt, doch weil der Erzbischof als Geistlicher keine Strafen an Hals und Hand verhängen durfte, war diese Aufgabe schon vor langer Zeit dem Burggrafen übergeben worden. Was aber war so wichtig, dass nicht der Burggraf, sondern Konrad selbst nach einem Büttel schicken ließ, noch dazu mitten in der Nacht?

Ich erhob mich von meinem Strohsack und brauchte einen Augenblick, bis ich fest auf beiden Füßen stand. Nun erkannte ich auch meinen ungebetenen Besucher. Er gehörte zur Wachmannschaft des erzbischöflichen Palastes.

»Packt ein, was Ihr an Habseligkeiten in den nächsten Wochen benötigt.«

»Was?«

»Ihr werdet so schnell nicht in Euer Haus zurückkehren. Also packt. Das ist mein wohlgemeinter Rat.«

Ich stellte keine Fragen mehr. Je wacher ich wurde, desto klarer wurde mir, wie ernst die Lage sein musste. Ich nahm meine Satteltasche und packte ein, was ich für eine Reise brauchte. Auch zu meiner Amtstracht griff ich, dem rotschwarzen Surkot.

»Lasst den Fetzen hier. Ihr werdet ihn dort, wo Ihr hingeht, sicher nicht nötig haben.«

Ein ungutes Gefühl, eine schlimme Vorahnung machte sich breit in mir, genährt nicht nur von dem, was der Bote des Erzbischofs sagte, sondern auch davon, wie er es sagte. Dann warf ich mir die Satteltasche über die Schulter und trat mit dem Mann vor die Tür.

Von meinem Haus in der Stolkgasse bis zum Palast des Erzbischofs war es nur ein Katzensprung. Es war immer noch warm, die Nachtluft jedoch schon frisch genug, um meinen Kopf freizufegen. Stille und Dunkelheit beherrschten die Gassen der Stadt, aber nicht völlige Dunkelheit. Der Mond war fast voll und spendete genug Licht, um zügig voranzukommen. Der Bote eilte mit der Fackel voran, ich folgte ihm auf dem Fuß. Der Tag, der in wenigen Stunden anbrechen würde, war der Feiertag des heiligen Apostels Matthias, der 14. Mai im Jahr des Herrn 1248.

Als wir auf den Domhof kamen, stieg mir Brandgeruch in die Nase. Auch wenn das Unglück nun schon zwei Wochen zurücklag, schwebte der Atem des großen Feuers noch in der Luft. Der Versuch, einen Teil des alten Doms niederzulegen, um Platz für den neuen zu schaffen, hatte in einem Inferno geendet. Die Flammen hatten nicht nur, wie es eigentlich geplant war, die Stützbalken in den eigens gegrabenen Stollen unter dem Marienchor gefressen, sondern waren übergesprungen auf die gesamte Kirche, hatten sich an ihr gelabt, bis das bleierne Dach geschmolzen und in einem glühenden Regen auf den Marmorboden herabgerauscht war. Von der jahrhundertealten Kathedrale waren nur Ruinen geblieben. Ruinen, auf denen bald eine neue Herrlichkeit zu Ehren Gottes zu sehen sein würde.

Andere hätten in dem alles verzehrenden Feuer einen

Fingerzeig Gottes gesehen, eine Mahnung, dass die hochfliegenden Pläne der Kölner, eine Kathedrale im neuen Stil zu bauen, dem Herrn missfielen. Doch Erzbischof Konrad hatte die Schmach der Kölner umgedeutet. Die Zerstörung der alten Kirche zeige doch nur, dass es dem Herrn nicht schnell genug gehe, hatte Konrad der Stadt verkündet. Nur flott fort mit dem alten Tand, nur schnell her mit der neuen Pracht! Und die Kölner waren dieser Deutung gern gefolgt. Warum sich selbst geißeln, wenn man sich doch auch zu Gottes Günstlingen zählen durfte?

Gottes Günstling. Das war ich sicher nicht. Als ich durch die Ruinen der Kirche schritt, durch schwarze Asche und über zerplatzte Steine, fühlte ich mich, als stiege ich auf direktem Weg in die Hölle hinab. Mauerreste griffen rechts und links von mir in die Nacht, als wären sie beinerne Finger. Im flackernden Licht der Fackel schienen sich die Ruinen zu bewegen. Als winkten mir knochige Hände hinterher.

Hatte ich mir etwas zuschulden kommen lassen? Nein, da war nichts, woraus man mir einen Strick drehen konnte. Versuchte jemand, mir etwas anzuhängen? Hatte jemand ein falsches Zeugnis abgelegt, um eine lästige Spürnase loszuwerden? Ich war Diener der Gewaltrichter. Ich hatte schon viele Langfinger, Schlitzohren und Beutelschneider den Richtern übergeben, sie alle wünschten mir sicher das Antoniusfeuer oder eine andere Seuche an den Hals. Aber was galt schon deren Wort gegen meins?

»Könnt Ihr mir sagen, worum es sich handelt?«, fragte ich.

Der Bote, der schnellen Schrittes vorneweg ging, blickte über die Schulter. »Was der Erzbischof Euch mitzuteilen hat, wird er schon selbst sagen. Meine Aufgabe ist es nicht. Eilt Euch. Dann erfahrt Ihr es früher.«

Wir überquerten den Domhof und kamen an den erzbischöflichen Palast. Nun, da der Dom nur noch ein Haufen aus gebrochenen Steinen, geborstenen Balken und geschmolzenem Blei war, erschien Konrads Haus noch mächtiger. Der Palast war trutzig wie eine Burg, drei Stockwerke hoch und an die hundert Schritte breit. Die vielen kleinen Bogenfenster kamen mir wie argwöhnische schwarze Augen vor, die jeden Besucher vor seinem Eintritt prüften.

Der Bote klopfte dreimal kurz und zweimal mit langem Abstand an die Hauptpforte, die sofort aufschwang. Die Wachen erwarteten uns offenbar bereits. Ein kurzes Nicken des Wachmanns, der hinter der Tür wartete, dann traten wir hinein. Der Bote löschte seine Fackel in einem Wasserbottich und ließ sich vom Wachmann ein Öllicht geben. Ich folgte dem Mann und dem schwachen Licht. Wir passierten zwei kleinere Räume und kamen an eine doppelflügelige Tür, die so hoch war, dass ein Mann bequem auf einem Pferd hätte hindurchreiten können. Ich wusste zwar nicht, was sich dahinter verbarg, aber ich ahnte es. Hinter der Tür musste die große Halle des Palasts liegen, die sich über zwei Stockwerke erstreckte und der Residenz des Erzbischofs den Namen gab. Die Kölner nannten sie wegen dieses riesigen Raumes nur den »Saal«. Würde Konrad mich etwa hier empfangen, im Herzen seiner Macht?

Der Bote schien meine Gedanken zu erraten. »Keine Sorge, Konstantin, so wichtig seid Ihr nicht. Es ist der kürzeste Weg, daher.«

Der Saal war leer und dunkel. Die kleine Öllampe des Boten warf gerade genug Licht, dass ich die riesigen Teppiche erkennen konnte, die an den Wänden hingen, und am gegenüberliegenden Kopf der Halle den steinernen Thron, der Konrad bei Prozessen, Empfängen und Festen über die Anwesenden erhob. Die hohe Decke konnte ich nur erahnen.

Alles in diesem Saal diente dazu, den Besucher klein wirken zu lassen. Ihn vor dem Hausherrn zu erniedrigen.

Unsere Schritte hallten in der Stille seltsam laut wider. Wir liefen am Thron vorbei und verließen den Saal durch eine dahinterliegende Tür. Von nun an ging es aufwärts, zunächst über eine breite Treppe, ab dem nächsten Stockwerk dann nur noch über schmale Stufen. Als ich glaubte, unter dem Dach angekommen zu sein, stieß der Bote eine weitere Tür auf. Eine enge Wendeltreppe führte uns noch weiter hinauf. Wir mussten in dem kleinen Turm sein, der an der Ostseite der Residenz, zum Rhein hin, auf dem Satteldach saß und aus gutem Grund als Warte gebaut war. Noch heute erzählten sich die Kölner gern, wie ihre Vorfahren vor zweihundert Jahren dem damaligen Erzbischof ans Leder wollten. Ich hatte die Geschichte mehr als einmal gehört. Der ungeliebte Erzbischof Anno hatte vor den Aufständischen fliehen müssen wie ein Straßenköter vor den Hundeschlägern. Rainald von Dassel, einer seiner Nachfolger, lernte aus Annos Schaden, ließ vor knapp hundert Jahren eine neue Residenz bauen und sie wehrhafter ausstatten. Ein Turm, von dem aus man die ganze Stadt im Blick behalten konnte, war Pflicht. Den Kölnern war wohl nicht zu trauen, zumindest nicht, wenn man ihr Erzbischof war.

Ich nahm die letzten Stufen und spürte den Wind, der unter das offene Dach blies. Der Bote trat zur Seite und gab den Blick frei auf einen Mann, der mit dem Rücken zu uns an der Brüstung stand. Hier oben, hoch über Köln, war es empfindlich kühl. Von der Wärme des Tages war nichts mehr zu spüren.

»Eure Eminenz«, sagte der Bote.

»Ich danke dir, Harper«, sagte Konrad von Hochstaden, ohne sich umzudrehen. »Und ich grüße dich, Büttel Konstantin.«

»Eure Eminenz«, erwiderte ich.

Ich hätte mich hinknien wollen, um dem Erzbischof den Ring zu küssen, doch Konrad zeigte sein Gesicht nicht. Ich hielt es aber für angebracht, mich leicht zu verbeugen, auch wenn Konrad es nicht sah.

»Tritt ein Stück näher und schau dir die Stadt an. Solch einen Ausblick bekommst du so schnell nicht mehr.«

Ich tat wie mir geheißen. Ich stellte meine Ledertasche ab, trat neben Konrad und legte die Hände auf die Brüstung. Wir standen höher über Köln, als ich gedacht hätte, und weil es den Dom bis auf ein paar nackte und schwarz verrußte Mauern nicht mehr gab, war die Sicht auf die Stadt rundherum frei. Ich versuchte, für einen Augenblick die absonderliche Begegnung mit dem Erzbischof zu vergessen und mich ganz dem Zauber des Ausblicks hinzugeben. Es brannten nur wenige Lichter in der Stadt. Aber der Vollmond half. Er zog der schlafenden Riesin Köln mit seinem Licht ein Kleid in Grau und Blau an. Und der Rhein lag eng an wie ein Saum aus Silber.

Was für eine Stadt! Köln war riesig, atemberaubend riesig, ein Meer von Dächern aus Stroh und Schindeln, aus denen hier, da und dort die Glockentürme von prächtigen, mächtigen Gotteshäusern emporragten. Die Hütten der Handwerker und die Häuser der hohen Herren drängten sich an Kirchen und Klöster wie kleine Kinder an ihre Eltern, und die gewaltige Stadtmauer schien Mühe zu haben, all die Bauwerke, all die Märkte, Obst-, Wein- und Baumgärten zu umfassen.

Die Mauer! Im Halbkreis schloss sie Köln gegen den Rhein, zweiundfünfzig Wehrtürme hockten auf ihr, zwölf mächtige Torburgen bewachten die Wege in die Stadt. Jenseits der Mauer lagen nur armselige Dörfer, kleine Weiler in weitläufigen Wäldern. Die nächste Stadt landeinwärts war fast eine Tagesreise entfernt. Und Jülich war streng genommen keine Stadt, jedenfalls nicht aus Kölner Sicht, denn Jülich hatte sich selbst zur Stadt erhoben.

Weil der Palast des Erzbischofs hoch auf dem Domhügel stand, konnte ich mühelos über die Stadtmauer hinweg den Rhein sehen. Die Stadt schmiegte sich an den Fluss, der ihr den Wohlstand schenkte. Im silbernen Widerschein des Mondlichts auf dem Wasser schaukelten sanft die Masten der Handelsschiffe im Hafen.

»Ich bin gern hier oben«, sagte Konrad. »Wenn ich mir schon die Nacht um die Ohren schlagen muss, will ich es wenigstens mit dem Gefühl tun, über den Dingen zu stehen. Ein anderer Blickwinkel öffnet das Auge für anderes.«

Ich verschränkte die Arme vor der Brust. Es war zugig in dem offenen Turm. Konrad hatte es besser, er trug einen Mantel.

»Wie ich sehe, hast du bereits deine Tasche gepackt«, fuhr der Erzbischof fort. »Das ist gut. Du wirst den Rest der Nacht hier im Palast verbringen. Morgen früh, gleich bei Sonnenaufgang, wirst du aufbrechen.«

In mir wuchs die Unruhe. Es war an der Zeit, zu erfahren, worum es ging.

»Eminenz, ich hoffe, Ihr seht es mir nach, wenn ich Euch freiheraus frage. Ich bin in Sorge. Ihr habt mich noch nie zu Euch bestellt, und jetzt macht Ihr das mitten in der Nacht. Darf ich wissen, warum Ihr mich habt holen lassen?«

Konrad wandte sich mir zu. »Ich brauche einen Büttel, der das Recht Gottes und des Erzbischofs durchsetzt. Aber nicht in Köln. Es handelt sich um einen Fall weit weg von hier, einen halben Tagesritt. Ich glaube, du bist dafür genau der richtige Mann.«

»Ich?«

»Ja, du, Konstantin.«

»Ich danke Euch für das Vertrauen, Eminenz.«

»Ich halte dich für geeignet, weil es um ein Verbrechen geht, das sich nah deiner Heimat ereignet hat.«

»An der Erft?«

Konrad von Hochstaden wiegte den Kopf hin und her. »Ein paar Meilen vom Fluss und von deinem Dorf entfernt. Aber du kennst Land und Leute. Daher ist keiner besser geeignet als du.«

»Darf ich fragen, was geschehen ist?«

»Das wird dir Harper unterwegs erklären.« Konrad deutete mit einer Kopfbewegung auf den Boten, der sich im Hintergrund gehalten hatte. »Er wird dich auf der Reise begleiten und ist grob über das unterrichtet, was vorgefallen ist. Ich vertraue ihm, er weiß, worauf es mir ankommt. Daher musst du auf seinen Rat hören. Es wird kein leichtes Unterfangen. Dessen musst du dir im Klaren sein.«

Nun dämmerte mir, wie gefährlich die Reise war, auf die der Erzbischof mich schickte. Was hatte der Bote gesagt? Dort, wo ich hingehen würde, brauchte ich meine Kölner Amtstracht nicht.

»Diesseits oder jenseits der Erft?«

»Was meinst du?«

»Wo ist das Verbrechen geschehen? Diesseits oder jenseits des Flusses?«

Im Mondlicht erkannte ich ein Lächeln in Konrads Gesicht. »Wie ich sehe, verstehst du sehr wohl, wie verzwickt die Sache ist. Du bist wirklich der richtige Mann. Jenseits des Flusses. Auf Jülicher Gebiet.«

Ich hätte am liebsten laut aufgestöhnt. Die Erft war die Grenze zwischen Kölner und Jülicher Land, und der Erzbischof von Köln und der Graf von Jülich hassten sich. Nicht nur, weil der Graf selbst sein Jülich zur Stadt ernannt hatte.

Graf Wilhelm IV. versuchte seit Jahren, die Grenzen seiner Macht weiter Richtung Köln zu verschieben, und beherrschte inzwischen zwei der vier Erftübergänge zwischen den beiden Territorien. Lange schon lag Krieg zwischen den beiden Herrschern in der Luft – ein Krieg, wie er schon vor zehn Jahren zwischen ihnen getobt hatte.

Ich ertappte mich dabei, wie ich ein wenig zu laut die Backen aufblies. »Aber sagt mir eines, Eminenz: Wie soll ich Kölner Recht auf Jülicher Land durchsetzen? Ich werde dort keinerlei Befugnisse haben. Was, wenn mich die Leute des Grafen auf seinem Land erwischen?«

Konrad nickte. »Das Verbrechen ist in einer Kirche geschehen. In meiner Kirche. Sie gehört zu den wenigen im ganzen Land, die unmittelbar mir unterstehen. Und das tut sie, weil sie sehr alt ist, sie zählt zu den ältesten Kirchen weit und breit. Ich kann es nicht zulassen, dass Menschen in meinem Haus zu Schaden kommen. Und daher wirst du dieses Verbrechen mit aller Härte verfolgen. Ohne Rücksicht auf Jülicher Belange.«

Ich spürte, wie meine Knie weich wurden. Ich klammerte mich an der Brüstung fest. Der Erzbischof wollte mit Graf Wilhelm Schachzabel spielen, und ich, Konstantin, sollte ein kleines Spielfigürchen sein. Notfalls würde ich geopfert werden.

»Gebt Ihr mir ein paar bewaffnete Leute mit?«

Konrad schüttelte den Kopf. »Einzig Harper wird dich begleiten. Er muss als deine Leibwache genügen.«

Im Augenwinkel sah ich, wie Harper sich leicht verbeugte.

»Und noch etwas, Konstantin. Du brauchst dich nicht zu sehr zu sorgen. Du erhältst Unterstützung von Jülicher Seite. Dein Vater ist immer noch Burggraf zu Kaster. Er ist es, der deine Hilfe anfordert. Ein Mann Jülichs.«

»Mein Vater?«

Konrad nickte. »Er hat in seiner Botschaft dringend darum gebeten, ich möge dich schicken, niemanden sonst. Und es geht ihm nicht nur darum, Hilfe in diesen Mordfällen zu erhalten. Er will dich sehen, so schnell es geht.«

»Was ist geschehen?«

»Dein Vater, Konstantin, ist krank. Sehr krank. Ihm bleibt nicht mehr viel Zeit.«

Mir war, als drückte eine eiserne Hand meine Kehle zu.

Das bisschen Schlaf, das ich in dieser Nacht noch fand, war getränkt in düstere Träume. Mal sah ich mich wieder als kleinen Jungen an der Hand meines Vaters, aufblickend, bewundernd. Dann sah ich dieselbe Hand zu einer Ohrfeige ausholen, streng und strafend, wie ich sie so oft als Kind gesehen und schmerzhaft gespürt hatte. Mal war ich in dem Traum selbst der alte Mann und trug meinen Vater, ein Kind mit einem Bart, auf meinem Arm. Auch ich holte aus zu einer Ohrfeige, ich spürte Wut in mir aufwallen, Wut auf meinen Vater, den ich auf dem Arm hielt und der doch nicht zu halten war. Der sich mir entzog, mir entglitt.

»Bleibt hier!«, schrie ich ihm zu. »Jetzt bleibt, verdammt noch mal! Nun hört doch, was ich sage, Vater!«

Doch das Bündel Mensch auf meinem Arm fiel in sich zusammen, schrumpfte und verschwand. Nur ein leeres Tuch blieb in meiner Hand zurück.

Ich schreckte auf. Ich hörte Männer in der Dunkelheit schnarchen. Die Erinnerung an die vergangenen Stunden kehrte schnell zurück. Ich lag auf einem kratzigen Strohsack in den Schlafräumen der Wachmannschaft, irgendwo in Konrads Palast. Nicht gerade der beste Platz, um vor der Abreise noch ein wenig Ruhe und eine Mütze voll Schlaf zu finden.

Mein Vater. Wie mochte es um ihn stehen? Nicht gut, wenn

er krank war und nach seinem Sohn rufen ließ. Er wollte sicher letzte Dinge regeln. Aber auch noch nicht zu schlecht. Was hatte der Erzbischof gesagt? Vater brauchte Hilfe bei der Klärung der Mordfälle. Dann war er also noch auf den Beinen. Er war noch im Dienst.

Mein Vater. Jorìß, Burggraf zu Kaster. Und mein Strohhalm in diesem waghalsigen Unterfangen. Die Verbrechen waren ganz offenbar im Einflussbereich meines Vaters geschehen. Dann würde ich auf Jülicher Gebiet ermitteln und seinen Schutz genießen können. Der Graf von Jülich würde mir keine Vorhaltungen machen können. Einer seiner eigenen Leute hatte einen Kölner Büttel angefordert.

Ich tastete mit dem Zeigefinger der rechten Hand nach dem überlangen Nagel meines Daumens, dem ich meinen Spitznamen verdankte. Den weit hervorstehenden Fingernagel, den ich Übeltätern ins Ohr zu pressen pflegte, um meinen Fragen den nötigen Nachdruck zu verleihen, hatte ich mir bei meinem Vater abgeschaut. Der Daumennagel hatte sich schon bei meinem alten Herrn als wirksame Waffe erwiesen, weit wirksamer als ein Schwert. Jeder Strauchdieb fürchtete nichts so sehr wie ein Schlitzohr, das ihn für jedermann auf den ersten Blick als Halunken kenntlich machte. Mein Vater war ein kluger Mann.

Ich wälzte mich auf die andere Seite und zog mir die raue Decke über den Kopf, damit das Schnarchen der Wachleute nicht mehr so laut an meine Ohren drang. Es half nur wenig. Es dauerte lange, bis meine Müdigkeit den Kampf gegen die Geräusche gewann. Doch just, als ich in das Reich des Schlafes hinüberdämmerte, zog mir jemand mit einem Ruck die Decke vom Kopf.

»Zeit zum Aufstehen, Konstantin«, sagte Harper. »Wir brechen auf.«

Die Reise

Die Sonne stemmte sich gegen die Dunkelheit und schob ihren Lichtkranz an den Himmel. Köln erwachte, als Harper und ich den Domhof durch die Pfaffenpforte verließen und auf die Schmierstraße ritten. Langsam fand die Stadt ihren Takt, immer mehr Geräusche schnitten laute Löcher in die Stille: das Trällern der Vögel, die in den Baum- und Weingärten links und rechts des Wegs ihre Morgenlieder anstimmten; das Klappern der Hufe, als die Treidelknechte ihre Pferde die nahe Trankgasse hinab zum Rhein führten, um dort Schiffe flussaufwärts zu ziehen; das Schwatzen der Tagelöhner, die auf dem Weg zum Hafen waren, wo sie auf Arbeit beim Löschen und Laden der Schiffe hofften; das Klatschen des Urins, den Knechte und Mägde aus Nachttöpfen auf die Straße kippten. Die allzu vertrauten Geräusche wirkten nun seltsam fremd auf mich. Ich fühlte mich nicht wohl in meiner Haut.

Durch die Fenster der rechter Hand gelegenen Stiftskirche Sankt Andreas schimmerte bereits Licht, die Chorherren bereiteten sich auf die Frühmesse vor. In der Schmierstraße wohnte aber auch viel lichtscheues Gesindel, dem nicht nach dem frühen Hahnenschrei war und das in den Hütten die Ohren noch in die Strohsäcke drückte. Ich kannte viele von ihnen. Manchen hatte ich selbst schon an den Pranger gestellt. Doch nun hätte ich den Lohn eines ganzen Jahres gegeben, wenn ich mit einem der Tagediebe hätte tauschen können, statt im Auftrag des Erzbischofs zu reisen.

Der Weg führte an der alten Römermauer entlang und ging ein Stück weiter in die Friesengasse über. Die Straße war schnurgerade und das Friesentor schon von Weitem zu sehen. Die sechs Stockwerke des Stadttores überragten die Häuser der Vorstadt. Sollte jemals ein feindliches Heer vor Köln stehen, die zwölf mächtigen Torburgen der Stadt und die riesige Stadtmauer würden die Kämpfer das Fürchten lehren. Mir graute es davor, den Schutz der Mauer zu verlassen. Je näher ich dem Friesentor kam, desto größer und höher baute sich die Feldpforte vor mir auf. Das Tor war für mich der Eingang in ein Abenteuer mit ungewissem Ende. Jenseits des Tores wartete das Hinterland.

»Ist Euch nicht wohl?« Harper sah zu mir herüber. Offenbar konnte er Gedanken lesen. Es sah aus, als grinste er.

»Wundert Euch das? Ich hab ein wenig Sorge, was den Ausgang meiner Reise angeht. Versetzt Euch doch mal in meine Lage.«

»Bin ich denn in einer anderen Lage als Ihr?«

»Wie ich das sehe, seid Ihr mein Aufpasser. Die Verantwortung trage ich. Also halte ich auch den Kopf hin.«

Harper stieß einen Pfiff auf zwei Fingern aus. Ein Torwächter kam aus der Wachstube und öffnete einen Flügel des Friesentores.

»Wenn es auf Messers Schneide steht, bin ich genauso dran wie Ihr«, sagte Harper, als wir durch das Tor ritten. »Aber so weit sollten wir es nicht kommen lassen.«

Ich nickte. »Das sollten wir in der Tat nicht.«

Die gute Planung des Unterfangens stimmte mich jedenfalls zuversichtlich. Jede Tür, jedes Tor schwang auf, wenn Harper es wünschte, selbst das Friesentor, das nur an wenigen Tagen in der Woche geöffnet war. Vom Erzbischof hatten wir einen Geleitbrief bekommen, vom Kellerer des Palastes reichlich Zehrpfennige für jeden von uns und vom Stallmeister zwei kräftige Zelter, die sich nicht nur gut auf den bequemen Passgang verstanden, sondern offenbar auch zu einem schnellen Galopp in der Lage waren. Und Harper war für Händel gewappnet. Er führte ein großes Schwert mit sich und hatte ein leichtes Kettenhemd dabei.

Wir ritten auf das freie Feld vor der Stadt, kreuzten den Ringweg, der rund um die Stadtmauer führte, und wählten die Handelsstraße Richtung Roermond, die uns geradewegs nach Kaster führen sollte. Nach nicht einmal zwei Meilen kamen wir in den Wald. Das Gelände stieg leicht an. Die Luft war frisch und feucht, sie roch nach Moos und nassem grünem Laub. Den Duft des Waldes hatte ich lange nicht mehr wahrgenommen. Auch die Stille nicht. Es dauerte noch eine ganze Weile, bis uns die ersten Bauern auf dem Weg in die Stadt begegneten, mit Wolle, Milch, Käse, Körben, Hühnern oder Holz auf ihren Karren, das auf den Kölner Märkten getauscht oder zu Geld gemacht werden sollte.

»Der Ritt wird sicher angenehm, sobald wir die Steigung hinter uns gebracht haben«, sagte Harper. »Das Wetter ist gut, wir bleiben auf dem Höhenrücken und müssen keine sumpfigen Flüsse kreuzen. Und Jülicher Gebiet betreten wir erst, wenn wir die Erft überschreiten.«

Es war offenkundig, dass Harper der Höhenzug zwischen Rhein und Erft, den man die Ville nannte, bekannt war.

»Von woher kommt Ihr?«, fragte ich ihn daher. »Ihr kennt Euch gut aus.«

Wieder machte sich Harper nicht die Mühe, ein Grinsen zu unterdrücken. »Wir sind einander ähnlicher, als Ihr denkt, Konstantin. Auch ich bin aus dem Erftland, allerdings ein wenig flussaufwärts. Wir hätten geradewegs meine Heimat erreicht, wenn wir der alten Römerstraße nach Aachen gefolgt wären. Meine Familie stammt eigentlich aus Esch, einem Dorf südlich von Köln. Wir waren dort Vögte. Aber nun haben wir es zu einigem Land und einem stattlichen Hof auf Jülicher Gebiet gebracht. An seiner Stelle wollen wir eine Burg bauen, die Burg Reuschenberg im Bürgewald. So nennen wir uns schon, derer von Reuschenberg. Aber wer baut schon eine Burg, wenn er den künftigen Herrn seines Landes noch nicht kennt?«

»Ihr haltet Euch den Erzbischof warm.«

»Sagen wir so – wir haben unsere altgewachsenen Verbindungen nach Köln nicht abreißen lassen. Meine Familie dient dem Grafen von Jülich treu, und ich diene Konrad treu.«

»Er ist natürlich mit Eurer Herkunft vertraut.«

»Er hat mich meiner Herkunft wegen für seine Dienste ausgewählt. Konrad bevorzugt es, genau zu wissen, was jenseits der Erft vor sich geht. Und er ist immer auf der Suche nach Verbündeten.«

»Gegen die Jülicher.«

»Gegen jeden, der ihm schaden kann.«

»Weiß der Graf von Jülich von Eurem Dienstherrn?«

Harper sah zu mir herüber. Er grinste nur.

»Ihr treibt da ein gefährliches Spiel, Harper.«

»Das lasst meine Sorge sein. Ihr habt andere.«

Das hatte ich in der Tat. Und nun wusste ich auch nicht mehr, ob ich über Harpers Gesellschaft glücklich sein sollte. Der Mann war mit allen Wassern gewaschen. Das mochte vorteilhaft sein. Aber konnte ich wissen, ob Harper auch auf meiner Seite stand?

Ich sah zum Morgenhimmel auf. Er war klar und kräftig rot. Wie sagte man? Morgenrot, Schlechtwetter droht. Ich sandte dem Herrn ein kleines Gebet und die Bitte, uns eine trockene Reise zu gewähren.

Wälder, Wiesen, Felder, Dörfer. Während unseres Ritts änderte sich die Landschaft der Ville auf die immer gleiche Weise. Wir kamen gut voran. Ich schätzte, dass wir weit vor der Mittagsstunde in Kaster einträfen. Die Wälder wurden dichter, die Hütten ärmlicher, und die Menschen gingen gebeugter, je weiter wir uns von Köln entfernten.

Nur etwa eine Meile hinter einem Weiler, dessen Namen ich nicht kannte, fanden wir im Wald auf einer leichten Anhöhe eine Leiche, der Kleidung nach ein Bauer. Der Tote lag nah am Weg, die Füße lugten unter einem Busch hervor.

Als ich absteigen wollte, um den Leichnam zu untersuchen, hielt Harper mich mit einer Handbewegung zurück. »Das ist nicht unser Toter. Lasst ihn liegen.«

»Wie meint Ihr?«

»Lasst ihn liegen. Wir haben einen anderen Auftrag.«

Ich stieg dennoch ab. »Ich soll den hier liegen lassen und ein paar Meilen weiter andere Morde verfolgen? Was soll das, Harper? Ist der Mann hier etwa ein schlechterer Toter? Wer weiß, wie viele Leute ihn schon haben liegen lassen. Er ist ja kaum zu übersehen.«

Ich ging zum Gebüsch und beugte mich hinab. Der Mann lag wohl schon einige Tage hier. Der Leichnam stank, und Maden krochen aus Mund, Nase und den eingefallenen Augen. Der Schädel war zertrümmert.

»Jemand hat ihn erschlagen«, rief ich Harper zu.

»Das werden Räuber gewesen sein«, sagte Harper. »Seht euch um. Die Stelle eignet sich bestens, einen armen Schelm auszunehmen. Von der Anhöhe aus lässt sich der Weg in beide Richtungen überblicken. So könnt Ihr genau sehen, ob Ihr auch Eure Ruhe habt, wenn Ihr einem Bauersmann eins überziehen wollt. Die Räuber haben sich sehr sicher gefühlt. Sie haben sich nicht mal die Mühe gemacht, die Leiche ordentlich zu verstecken.«

Ein helles Köpfchen war er, das musste man Harper lassen. Was er sagte, ergab Sinn.

»Nun kommt schon. Oder wollt Ihr den Madenhaufen da etwa mitnehmen?«

Ein helles Köpfchen. Und ein Schwein, keine Frage. »Einfach liegen lassen können wir ihn auch nicht.«

Harpers Pferd tänzelte. »Wir werden im nächsten Dorf Bescheid geben.«

»Wer weiß, wann wir das nächste Dorf erreichen? Reiten wir zurück. Der Weiler ist nicht weit.«

Harper ließ seinen unruhigen Rappen einmal im Kreis gehen. Im Spiel aus Licht und Schatten unter dem Blätterdach verschmolzen Pferd und Reiter zu einem seltsamen Wesen.

»Nein, wir müssen weiter. Jetzt. Die Menschen im nächsten Dorf werden wissen, welchen Vogt sie in Kenntnis zu setzen haben. Und sie können den Kerl mit einem Karren holen. Hiermit haben wir sonst nichts zu schaffen.«

Ich sprach ein stilles Gebet für den Toten und bekreuzigte mich. Dann stieg ich auf meinen Zelter. Mit einem Mal fühlte ich mich an diesem Ort nicht mehr wohl, nicht mehr sicher. Harpers Worte hallten in meinen Ohren nach. Die Anhöhe eignete sich bestens für einen Überfall.

»Also gut, lasst uns weiterreiten.«

Wir drückten den Pferden die Sporen in die Flanken und galoppierten den Weg hinab. Als wir die Senke und freies Feld erreichten, ließen wir unsere Tiere wieder in einen lockeren Trab und dann, nachdem ich mich zweimal im Sattel umgedreht hatte, in Schritt fallen.

Harper grinste mich an. »Schiss?«

»Sagen wir mal, innerhalb der Stadtmauern fühle ich mich wohler.«

Harper machte erst große Augen, dann lachte er so laut, dass die Amseln aus einer Linde am Wegesrand aufflogen und zwitschernd schimpften. »In den Kölner Gassen habt

Ihr schneller ein Messer im Rücken als einen guten Wein am Gaumen. Ich glaube, es ist wirklich an der Zeit, dass Ihr mal wieder aus der Stadt rauskommt. Hier draußen ist die Welt noch in Ordnung. Da darf der liebe Gott noch Gott sein, ohne dass die Pfaffen ihm reinreden.«

»Ich könnte mir weitaus angenehmere Umstände vorstellen, Harper.«

»Mag sein.«

»Sagt mir lieber, warum dieser Bauer es nicht wert war, für ihn ein, zwei Stunden unserer Zeit zu opfern. Was erwartet mich an unserem Ziel?«

Harper sah zu mir herüber und rutschte im Sattel zurecht. »Ganz ehrlich, Konstantin, ich weiß es nicht. Jedenfalls nicht genau. Man hat mir lediglich berichtet, dass in einer Kirche Tote gefunden wurden, ungewöhnlich viele Tote. Wie viele, weiß ich nicht.«

»Erschlagen? Erstochen?«

»Weiß ich nicht.«

»Wo?«

»Weiß ich auch nicht – oder nein, wartet. Das Dorf heißt Mandt oder so ähnlich. Ein paar Bauernhütten nur. Und die Kirche. Keine Ritter oder sonstige Herren. Kein großer Gutshof.«

»Mundt.«

»Oder Mundt. Ja, kann sein. Ihr kennt das Loch?«

Ja, ich kannte den Ort. Auch wenn es nur ein Bauerndorf war, hatte Mundt doch weithin einen Ruf als Pilgerstätte. Und auch wenn ich noch nie in Mundt gewesen war, hatte ich schon viel darüber gehört.

»Es gibt dort einen Weiher«, klärte ich Harper auf, »einen wundersamen Weiher, der nie trockenfällt, selbst in den heißesten Sommern nicht und obwohl er fast auf dem höchsten

Punkt einer Kuppe liegt, von der aus man das Land viele, viele Meilen weit überblicken kann.«

»Wie kann das sein? In einer Senke kann sich Wasser sammeln, aber auf einer Kuppe?«

»Nun, die Leute erzählen sich, es ist ein Wunder. Und gewirkt hat es vor vielen hundert Jahren ein Einsiedler, als während einer Dürre Mensch und Vieh zu verdursten drohten. Die Alten berichten, dass der heilige Irmundus mit seinem Hirtenstab eine Quelle aus dem Boden geschlagen hat, eine Quelle, die nie versiegt. Bis heute nicht. Die Menschen von Mundt haben einen eigenen Heiligen und einen Weiher, der immer Wasser hält. Sie können sich glücklich schätzen.«

»Oder auch nicht.«

Ich erkannte zum ersten Mal sorgenvolle Züge auf Harpers Gesicht. »Was meint Ihr?«

»Sie sind alle tot.«

Wir erreichten die nächste Siedlung nach wenigen Meilen und gaben dem Dorfschulzen Kenntnis über den toten Bauern und seinen Fundort. Der Alte versprach, alles Notwendige in die Wege zu leiten, und wir setzten unseren Weg fort. Die Sonne stieg weiter an den Himmel, und je näher wir meiner Heimat kamen, desto schwerer lasteten die Gedanken auf mir, desto machtvoller kehrten die Erinnerungen zurück. Die Kuppe meines Zeigefingers fuhr wieder über den überlangen Daumennagel.

Diesen Weg war ich zwei Jahre zuvor zum letzten Mal geritten, allerdings in die entgegengesetzte Richtung. Ich hatte Kaster den Rücken gekehrt und wollte mein Glück in Köln versuchen. Meine Heimat, so hatte ich mir geschworen, wollte ich nie wiedersehen. Gründe gab es viele. Nun, zwei, um genau zu sein. Der eine war mein Vater. Er war ein wahres Ekel.

Ein Schläger. Ein Ehebrecher und Hurenbock. Ein Mann, der die Liebe zu seinem Sohn am liebsten in Backpfeifen und Rutenhieben ausdrückte. Aber das änderte nichts daran, dass er mein Vater war. Du sollst Vater und Mutter ehren, heißt es in der Heiligen Schrift. Das konnte ich im Fall meines Vaters am besten aus der Ferne, sagte ich mir damals. Manches Mal hatte ich mir gewünscht, der Herrgott hätte in einem elften Gebot auch allen Eltern aufgetragen, ihre Kinder zu ehren.

Wir kamen wie erwartet gut voran und konnten die Rauchsäulen, die sich von den Feuerstellen der Burgsiedlung in den Himmel wanden, schon von Weitem sehen. Der Druck in meinem Bauch wurde nun übermächtig. Ich zog die Zügel an, bat Harper, kurz zu warten, und stieg ab, um mich in die Büsche zu schlagen und mir Erleichterung zu verschaffen.

Als ich zu meinem Zelter zurückkehrte, blickte ich wieder in Harpers grinsendes Gesicht. Ich kann wahrlich nicht sagen, dass es in mir irgendeine Form von Zuneigung zu meinem Begleiter weckte.

»Was ist so lustig?«, fragte ich, als ich in meinen Sattel stieg.

»Die Vorfreude auf das Wiedersehen scheint Euch auf den Magen geschlagen zu sein.«

»Wenn ich den Erzbischof richtig verstanden habe, ist mein Vater schwer krank. Todkrank. Ihr mögt das erheiternd finden. Ich nicht.«

Harper hob bloß die Schultern. »Ihr solltet Euch schnell ein dickeres Fell zulegen. Das werdet Ihr in den nächsten Tagen sicher gut gebrauchen.«

»Das Befinden meines Magens und die Beschaffenheit meines Fells lasst meine Sorge sein«, sagte ich und drückte dem Pferd die Fersen in die Seiten.

Es ging abwärts. Die Ville fiel zur Erftniederung deutlich ab, und bei Kaster durchschnitt der Fluss den Höhenrücken. Die

Burg und ihre Siedlung lagen am tiefsten Punkt dieses Tals, das eine gute Meile breit war. Um zur Burg zu gelangen, mussten wir drei Erftarme über Brücken überqueren, zwei natürliche Läufe des Flusses, der sich etwas weiter oberhalb aufgespalten hatte, und einen Mühlengraben, der unmittelbar an Siedlung und Burg vorbeiführte, um eine Wassermühle anzutreiben.

»Die Burg ist gut geschützt«, sagte Harper, als unsere Pferde ihre Hufe auf die Holzbohlen der ersten Brücke setzten.

»Ihr habt noch nicht alles gesehen«, gab ich zurück. »Wenn wir in der Siedlung sind, sind wir noch lange nicht in der Burg.«

Harper nickte. Er musterte die Anlage, auf die wir geradewegs zuritten. Ich ahnte, wie sehr ihn der Anblick beeindrucken musste, da ich den Ort nur zu gut kannte. Die Siedlung lag am Fuß der Burg. Eine Palisade aus mächtigen Holzstämmen umfasste die Häuser, in denen Handwerker und die Familien der Burgbesatzung lebten, lediglich das Wasserrad der Burgmühle lugte aus der Befestigung heraus. Rechts von der Siedlung, dem Lauf des Flusses folgend, erhoben sich die Vorburg und dahinter die Burg über den Mühlengraben und die Erft. Die Vorburg besaß eine eigene Umwallung, und zwischen Vorburg und Burg gähnte ein Graben, der nur über eine Zugbrücke zu überwinden war. Die Burg selbst lag erhöht auf einem Hügel. Sie war rundherum geschützt: von Erft, Vorburg und Gräben, die teils mit Wasser gefüllt waren. Auch die sumpfige Aue, die Siedlung und Burg umgab, war ein treffliches Hindernis, sollte sich mal von der Landseite, der Jülicher Seite her, ein Feind nähern. Eine Flussniederung war nun wahrlich kein Ort, an dem sich Menschen üblicherweise niederließen, weil im Sommer Fieberkrankheiten und Mückenschwärme das Leben zur Hölle machten. Aber eine Burg bot in unruhigen Zeiten wenigstens Schutz vor Schwerthieben, Pfeilen und Lanzenstichen.

Die Gänse, die uns auf der Brücke vor dem Tor in Empfang nahmen, machten schnatternd Platz. Durch das offene Tor zur Siedlung konnten wir Kinder sehen, die zwischen den Hütten Fangen spielten, einen Stellmacher, der ein neues Wagenrad zu mehreren anderen vor seine Werkstatt rollte, und eine Magd, die zwei Wassereimer auf einem Tragjoch schleppte. Gleich hinter dem Tor weckte das Hufgetrappel unserer Pferde einen Wachmann auf, der mit dem Rücken zur Palisade eingenickt war. Ich kannte den Torwächter. Und ich hatte ihn vermisst.

Das Männlein, um einiges älter als ich, aber kaum größer als ein Junge von zehn Jahren, blinzelte mich an. Als er den Mund aufmachte, war ein Gebiss zu sehen, das seinen Namen nicht verdiente. Durch manche Zahnlücke ließ sich gemütlich eine ganze Mohrrübe schieben.

»Kontz? Bist du das?«

So hatte mich schon lange niemand mehr gerufen. »Ich bin es, mein guter Halbritter.«

»Gottlob bist du endlich da, Kontz, gottlob! Du wirst erwartet. Wenn du wüsstest, Kontz. Dein Vater, Burggraf Jorіß, er ist –«

Die Worte blieben ihm in der Kehle stecken.

»Ich habe davon gehört, Rost. Auch deshalb bin ich hier. Wir sind auf dem Weg zu ihm.«

Rosts aufgeregte Rufe hatten Kinder angelockt. Sie scharten sich um uns, kleine Rotznasen mit zerrissenen Kleidern und schmutzigen Gesichtern. Auch aus den Hütten wurde uns manch neugieriger Blick zugeworfen. Ich stieg vom Pferd, nahm meine Ledertasche und gab Rost die Zügel in die Hand.

»Im Palas?«

»Ja, Kontz, er ist im Palas. Geh nur, geh schnell. Gottlob bist du wieder da.«

Auch Harper stieg ab, Rost nahm ihm den Zelter ab und führte beide Pferde fort. Landeinwärts, außerhalb der Siedlung, befand sich der Tiergarten, in dem mehr als genug Platz für die Reittiere von Reisenden war. Wenn der Graf von Jülich mit seinem Gefolge zu Besuch kam, waren an die hundert Pferde zu versorgen.

Rost wandte sich noch einmal um. »Kontz?«

»Ja, Rost?«

»Ich wusste, dass du zurückkehrst. Ich musste nur Geduld haben. Mit der Zeit wird aus Gras Milch.«

»Ich weiß, Rost. Du hast recht gehabt.«

Harper und ich gingen zur Vorburg. Hier in der Nähe des Flusses war es feucht, die Wege zwischen den Hütten waren teils schlammig, selbst jetzt noch, nach Wochen der Hitze. Im Sommer würde es wieder viele Fälle von Fieber geben. Auf dem Weg ließ ich meinen Blick durch die Siedlung schweifen. Sie war gewachsen, mehrere Hütten waren nach meiner Abreise gebaut worden. Es wunderte mich nicht, denn der Graf hatte die Burg erst vor ein paar Jahren gekauft. Der Schutz des mächtigen Adligen versprach Wohlstand, Handwerker hofften auf Aufträge. Die Siedlung war inzwischen so groß, dass sie eine eigene Kirche verdient hätte. Die Kapelle der Burg konnte so viele Menschen sicher nicht mehr fassen. Etliche Gesichter kannte ich nicht. Zwei Jahre sind eine lange Spanne.

»Ein Halbritter? Mit Namen Rost?«

Es war nur eine Frage der Zeit gewesen, bis Harper sich erkundigen würde. Natürlich grinste er wieder. Die Reise schien ihm große Freude zu bereiten.

»Er heißt nicht wirklich so«, gab ich zurück.

»Das hätte mich auch gewundert.«

»Wie ihn seine Eltern genannt haben, weiß niemand mehr,

vielleicht nicht einmal er selbst. Seit ich ihn kenne, trägt er den Namen Rost. Sein Gebiss ist so löchrig, dass es aussieht wie ein Küchenrost. Daher.«

»Und der Halbritter?«

»Ihr habt bemerkt, wie klein er ist?«

»War ja nicht zu übersehen.«

»Er ist nur für wenige Arbeiten zu gebrauchen. Mein Vater schickt ihn auf Botengänge, und er hat ihn in die Mannschaft der Torwächter übernommen. Da kann er wenig Schaden anrichten. Sein Schwert ist fast so groß wie er selbst, und wenn er es trägt, ist er stolz wie der Papst zu Ostern. Irgendjemand hat sich dann den Spottnamen ausgedacht. Halbritter.«

»Ein armer Wicht. Der Herr hat ihn gestraft.«

»Aber der Herr hat ihn mit großer Weisheit belohnt. Seine Worte sind tiefer als manches Meer.«

Wir kamen an das Holztor der Vorburg und begehrten Einlass, der uns gewährt wurde. Der Wachmann, der uns öffnete, kannte mich. Er senkte den Blick und kehrte zu seinen Kameraden zurück, die auf einem Stamm saßen, ihre Kettenhemden wienerten und ihre Lederwämser bürsteten. Vor uns erhob sich die Burg, die Zugbrücke war heruntergelassen. Als wir den Graben überquerten, hielt Harper mich kurz am Arm zurück.

»Ihr solltet allein gehen«, sagte er. »Ihr habt erst einiges zu klären. Ich bleibe im Hof. Ruft mich nachher dazu.«

»Keine Eile dieses Mal?«

»Keine Eile. Lasst mich trotzdem nicht zu lange warten.«

Ich nickte. Und wunderte mich ein wenig über Harpers Einfühlungsvermögen. Das hatte er bisher vermissen lassen. Er grinste auch nicht, sondern gab mir nur einen kräftigen Klaps auf die Schulter.

Wir schritten durch das Tor und betraten die Burg, die

im Grundriss vielleicht dreißig mal vierzig Schritte maß. Harper blieb im Innenhof zurück und sah sich um, und ich ging hinüber zum zweistöckigen Palas, der gegenüberlag. Die zweiflügelige Pforte stand offen. Ich fand meine Mutter in der großen Küche, sie saß am Fenster und stickte. Zwei Mägde, die Rübchen schabten, gingen hinaus, kaum dass sie mich sahen. Grau war meine Mutter geworden und ihr Rücken krumm. Als sie mich erblickte, warf sie die Hände vors Gesicht und begann zu weinen. Ich nahm sie in den Arm und wiegte sie wie ein kleines Kind. Auch mir kamen die Tränen, aber meine Mutter sah es nicht, weil ich sie so lange an mich presste, bis ich mich wieder im Griff hatte.

»Kontz, mein Junge«, sagte sie und trat einen Schritt zurück. Ihre Stimme zitterte. »Ich dachte schon, ich sehe dich nie wieder.«

»Ihr habt Euch geirrt, Mutter.«

»Wie ist es dir ergangen, Junge?«

»Ich stehe in Diensten des Erzbischofs von Köln.« Darauf war ich wirklich stolz.

»Das weiß ich doch. Geht es dir gut, will ich wissen. Hast du ein Weib?«

»Ja, es geht mir gut – und nein, Mutter, kein Weib.«

»Dann wird es Zeit, Kontz, höchste Zeit. Dein Vater könnte …«

Sie hielt inne. Ich ahnte, warum. Nein, Vater würde vielleicht nichts mehr anbahnen können. Ihr kamen wieder die Tränen.

»Wo ist er?«

»Oben, in der Halle.«

Natürlich, in der Halle. Das passte zu ihm. Obwohl er nur der Verwalter für den Grafen war, gebärdete er sich wie der Burgherr. Ich löste mich von meiner Mutter, verließ die Küche und nahm die Treppe. Die Halle stand offen. Vater lehnte an einem Fenster und schaute auf das Erfttal hinunter. Ich wusste im selben Augenblick, dass ihm nicht mehr viel Zeit blieb. Seine Kleider hingen schlaff an dem dürren Körper hinunter. Er verfiel. Er war nicht mehr der Mann, den ich verlassen hatte.

Vater musste meine Schritte gehört haben, vielleicht hatte er mich auch schon im Hof gesehen. Er sprach mich an, ohne sich umzudrehen.

»Vielleicht ist es kein guter Einfall, hier am Fluss zu leben«, sagte er. Seine Stimme war matt. »Vielleicht trägt das Wasser die Lebenskraft aus unseren Körpern davon. Dieses unentwegt fließende Wasser.«

»Vater.«

Er wandte sich um. Sein Gesicht war fahl, die Wangen eingefallen, knochig wie die Flanken eines ausgehungerten Ochsen. Der Anblick schmerzte mich. Es fühlte sich an, als griffe eine kalte Hand nach meinem Herzen. In diesem Moment war all mein Groll auf meinen Vater vergessen, all meine Wut verraucht. Vater ging einige Schritte auf mich zu. Es kam mir vor, als bemühte er sich um einen festen Gang. Am Tisch blieb er stehen und stützte sich mit der Rechten ab. Seine Hand war fleckig, gräulich-gelb. Und sein Fingernagel, sein überlanger Fingernagel, war brüchig geworden.

Ich trat auf Vater zu und nahm ihn in den Arm. Er ließ es geschehen. Und in diesem Augenblick spürte ich eine große Erleichterung, ein Glücksgefühl, wie nach einem Sprung aus großer Höhe, den man unbeschadet überstanden hatte. Auch Vater zeigte keinen Zorn gegen mich. Dazu hätte er ein Recht gehabt. Ich, sein Erbe, hatte ihm den Rücken gekehrt. Ihn im Stich gelassen. Doch nun stand nichts zwischen uns, zumindest für diesen einen Moment nicht.

Wir verharrten nicht lange so da, bald schob er mich sacht

weg. »Lass dich ansehen, Konstantin. Du bist ein Mann geworden. Du hast dich verändert.«

»Ihr Euch auch«, entfuhr es mir, und ich hätte mir am liebsten auf die Zunge gebissen.

Vater sah mich tadelnd an. Aber den strengen Blick vermochte er nicht lange zu halten.

»Ja«, sagte er dann. »Es stand schon besser um mich.«

»Was habt Ihr, Vater?«

»Ich kann es dir nicht sagen, Konstantin, denn ich weiß es nicht. Erst dachte ich, es seien Würmer. Ich habe immer mehr Gewicht verloren. Aber es schmeckt mir auch nicht mehr. Ich scheiße und spucke Blut. Ich wollte dich schon in Köln besuchen und sehen, ob es in der großen Stadt vielleicht einen Bader oder Kräuterkundigen gibt, der mir zu helfen weiß. Ich bin noch nicht dazu gekommen. Meine Pflichten fesseln mich hier.«

»Habt Ihr Schmerzen?«

Er antwortete nicht. Ein Blick in seine trüben Augen sagte mir genug. Plötzlich straffte er den Rücken und reckte das Kinn vor.

»Jedenfalls brauche ich noch keinen Pfaffen. Und in dem bisschen Zeit, die der Herrgott mir auf Erden noch zugesteht, muss ich etwas Wichtiges erledigen. Und du kannst mir helfen.«

»Vater, Ihr seid krank, wir müssen sehen, wie wir Euch –«

Er schnitt mir das Wort mit einer scharfen Handbewegung ab. »Nichts da. Ich kann meinen Frieden nur finden, wenn ich die letzte große Aufgabe, die mir als Burggraf auferlegt ist, gelöst habe. Du musst mir helfen. Daher habe ich dich rufen lassen.«

Er wollte nicht über seine Krankheit reden. Das war sein Wunsch, und ich gedachte ihn zu respektieren.

»Deshalb bin ich hier«, sagte ich und deutete eine Verbeugung an. »Der Erzbischof schickt mich, Euch zur Seite zu stehen. Mich begleitet Harper von Reuschenberg, auch ihn schickt der Erzbischof. Ich habe gehört, die Bewohner eines ganzen Dorfes sind tot.«

Mit einem Mal war da ein Funkeln in meines Vaters Augen zu sehen. Tatendrang und Lebenskraft.

»Ihr werdet euch nun stärken, du und dein Begleiter, und dann werden wir gemeinsam in der Burgkapelle beten. Danach brechen wir auf. Ich will noch heute in Mundt sein.«

»Ist das nicht zu anstrengend? In Eurem Zustand?«

»Ich werde mich nicht hinlegen und warten, bis Gevatter Tod mich holt. Ich werde laufen, so lange ich kann. Richte dich darauf ein, dass ich dich auch nach Köln begleite, wenn das hier zu Ende ist.«

»Nach Köln?«

»Ich habe Dinge zu regeln, bevor ich sterbe. Das kann ich in Köln besser als hier.«

»Also gut, reisen wir zusammen«, sagte ich.

Vater nickte und wandte sich zum Gehen. Dann drehte er sich noch mal zu mir um.

»Die Auskünfte, die du über die Verbrechen in Mundt erhalten hast, sind im Übrigen nicht ganz richtig. Es gibt zwei Überlebende, vielleicht sogar mehr. Einer erwartet uns im Dorf.«

Ich suchte Harper in der Burg, entdeckte ihn aber nirgends, weder im Palas, im Innenhof, im großen Turm noch in der Kapelle.

Obwohl mir die Waffenknechte sagten, sie hätten niemanden über die Zugbrücke aus der Burg kommen sehen, suchte ich ihn dennoch in der Vorburg. Doch auch im Brauhaus, in den Scheunen oder irgendeinem anderen Gebäude fand ich ihn nicht.

Dafür fand ich sie. Den zweiten Grund für meine überstürzte Abreise aus Kaster damals.

Margriet. Die schöne Margriet.

Sie saß im Schlachthaus auf einem Schemel und nahm gerupfte Hühner aus. Eines nach dem anderen. Ihre Arme waren bis zu den Ellbogen blutverschmiert. Immer wieder fuhr sie mit der rechten Hand in ein Huhn und zog mit schmatzenden Geräuschen die Innereien und die ungelegten Eier heraus, die sie in einen Bottich warf. Wie ich sie da so sah, kam es mir vor, als griffe sie statt in das Huhn in meinen Brustkorb, um mir ein weiteres Mal mein Herz herauszureißen.

Sie bemerkte mich nicht, und ich blieb eine ganze Weile so stehen und betrachtete sie. Margriet war schön wie damals. Schön wie immer. Ein edel geschnittenes Gesicht, ein Körper, wie er einem Mann gefällt, das goldblonde Haar unter eine Haube gesteckt. Sie hätte eine Königin sein können. Ihre hübsche Nase juckte offenbar, und so rieb sie sich mit ihrem Unterarm und schmierte sich, ohne es zu merken, ein wenig Hühnerblut an die Wange. Selbst dabei sah sie schön aus.

Es verschlug mir die Sprache, sie hier zu sehen. Als Magd im Schlachthaus, wühlend in den Eingeweiden von Hennen und Hähnchen. Vor zwei Jahren, als sie mich verschmähte, war sie die begehrte Tochter des Vogtes von Stertzheim, eines kleinen Weilers ein, zwei Meilen flussaufwärts, dessen Höfe keine andere Aufgabe hatten, als die Besatzung der Burg Kaster und deren Familien zu versorgen. Daher war sie oft in der Burg gewesen, und so hatten wir uns kennengelernt. Wir mochten uns vom ersten Augenblick an. Jeder Mann auf der Burg, jeder Mann in der Burgsiedlung hatte sich in sie verguckt, und wessen Stand es hergab, machte ihr den Hof. Auch ich. Ich war der Sohn des Burggrafen, sie die Tochter eines Vogtes, also hielt ich die Verbindung mit ihr für angemessen. Sie zunächst auch, und ich muss gestehen, dass wir in mancher Scheune gelegentlich arge Not hatten, uns an die gebotene Enthaltsamkeit vor der Ehe zu erinnern.

Doch dann änderte sie ihre Meinung, sie wollte eine bessere Verbindung, einen Mann von höherem Stand, was nicht viel zu bedeuten gehabt hätte, da es nun wirklich nicht an ihr war, eine Entscheidung über unsere Verheiratung zu treffen. Aber ihre Ablehnung schmerzte. Meine Körpersäfte kochten, und sie schüttete Eis hinein. Was wollte ich schon mit einer Frau, die so wankelmütig war wie die Erft? Deren Liebe mal anschwoll wie das Flüsschen nach der Frühjahrsschmelze in der Eifel und dann wieder tröpfelte wie die Erft in heißen Sommern? Machte ich sie mit einer angebahnten Heirat unglücklich, machte ich auch mich unglücklich.

Oh, wie sehr schmerzte es mich, als ich sie mit einem anderen erwischte. Einem, der nun wahrlich nicht besser war als ich.

»Kontz?«

Ihre Stimme riss mich aus meinen Erinnerungen. Margriet betrachtete mich mit riesigen Augen und wischte sich abermals mit dem Unterarm durchs Gesicht. Wieder beschmierte sie sich mit Blut.

»Ja. Ich bin es. Was machst du hier?«

»Ich … du … was machst *du* hier?«, stammelte sie, stand auf und ging ein paar Schritte auf mich zu, hielt aber Abstand.

»Ich habe zuerst gefragt.«

»Ja, aber du bist weggegangen und tauchst jetzt wieder auf.«

»Ich bin hier, um Recht zu schaffen. Im Auftrag des Kölner Erzbischofs. In Mundt.«

Margriet nickte. »Ich habe gehört, was dort geschehen ist. Furchtbar.«

»Ja. Furchtbar. Margriet, was tust du hier?«

Sie senkte kurz den Blick, hob dann aber doch wieder stolz den Kopf. »Meine Träume haben sich nicht erfüllt. Deine hingegen schon. Du bist wer geworden in Köln.«

»Nein, meine haben sich auch nicht erfüllt. Aber ja, es ist mir gut ergangen. Sehr gut.«

»Das sehe ich«, sagte sie, und ich bemerkte, wie sie meine Kleidung musterte, die beileibe nicht aus den schlechtesten Stoffen und Ledern gefertigt war. Ein Schweigen trat zwischen uns, ein Schweigen, das uns beiden sagte, wie es um uns stand. Sie war abgestiegen, ich war aufgestiegen.

Margriet schluckte einen Kloß im Hals hinunter. »Ach, Kontz, wenn ich das nur gewusst hätte …«

So kannte ich sie. Leider. Ich schnaubte. »Ach, Margriet, hättest du es getan, wäre es wohl anders gekommen, als es jetzt ist.«

Ich meinte, sie weinen zu hören. Aber das wimmernde Geräusch kam zwar aus ihrer Richtung, doch nicht aus ihrem Mund. Als sie meine fragende Miene bemerkte, drehte sie sich zur Seite und gab den Blick frei auf einen Säugling, den sie auf dem Rücken trug. Das Kleine sah mich feuchten Augen an.

»Sie hat Hunger. Ich muss ihr die Brust geben.«

Obwohl mir augenblicklich klar war, dass dies nicht meine Tochter sein konnte, muss ich doch wie ein rechter Trottel dreingeglotzt haben.

»Keine Sorge«, sagte Margriet mit einem säuerlichen Ton, »ich habe sie hier keinem angehängt, ich werde sie auch dir nicht anhängen.«

»Du hast ein Kind?«

Sie nickte, sagte aber nichts.

»Wer hat es dir gemacht?«

Nun sah sie mich mit festem, ja zornigem Blick an. »Das ist doch völlig gleich. Er erkennt sie nicht an, und er nimmt mich nicht zur Frau. Meine Majann ist ein uneheliches Kind. Und meine Familie hat mich verstoßen.«

Sie hatte alles verloren. Sie war ganz unten angekommen. Nun spürte ich Mitleid mit ihr.

»Wie geht es deinem Vater?«, fragte ich, und die Frage tat mir in dem Augenblick leid, als sie mir über die Lippen kam.

»Soweit ich gehört habe, hat er ein wenig Not, weil sein Boot kaputt ist. Du weißt ja, er hat die Fischrechte hier in der Erft.« Margriet hob die Schultern. Ihr Blick wurde weicher. »Hast du mich noch ein wenig lieb, Kontz?«

Die Frage tat nicht so weh, wie ich es erwartet hätte. Ich zuckte mit den Achseln.

»Es gab Zeiten, da habe ich dich gehasst, Margriet, so sehr, dass ich oft zur Beichte musste. Nun hasse ich dich wenigstens nicht mehr.«

Weil niemand von uns mehr etwas zu sagen wusste, machte ich auf dem Absatz kehrt und ging. Meine Gefühle hatten sich in wenigen Atemzügen gewandelt, erst war es Schmerz im Augenblick des Wiedersehens, dann Mitleid und zum Abschied – Genugtuung. Ja, Genugtuung, und es fällt mir gar nicht schwer, es auszusprechen, auch wenn jeder über mich denken mag, dass man so nicht über ein gefallenes Mädchen sprechen soll. Margriet hatte sich ihr Los selbst gewählt, und der Herr wird sich etwas dabei gedacht haben, als er ihr auf ihrem Weg in die Gosse noch einen kleinen Schubs gegeben hatte.

»Möge dir der Schwanz abfallen, Kontz«, spie sie mir

hinterher, »du bist nicht anders als all die anderen Kerle. Ihr nehmt euch, was ihr von uns wollt, und dann werft ihr uns weg.«

Da wusste ich, ich hatte richtig gehandelt.

Als ich wieder ins Freie trat, entdeckte ich endlich Harper. Er war auf dem Wehrgang der Burg und schaute hinaus auf das Gelände jenseits der Erft, auf die Verteidigungsanlagen am Fluss und die Mauern und Gräben vor der Burg. Unsere Blicke trafen sich, als er zu mir in den Innenhof der Vorburg herabsah.

»Ich bin hier oben!«, rief er gut gelaunt und winkte ausgelassen wie ein kleiner Junge.

»Das sehe ich«, rief ich zurück und bedeutete ihm, herunterzukommen. Ich ahnte, was er dort trieb. Er sah sich im Auftrag des Erzbischofs die Stärken und Schwächen der Burg Kaster an. Harper war ein mieser kleiner Spitzel. Er missbrauchte unsere Mission.

Kaum war er bei mir, packte ich ihn fest am Arm. »Wolltet Ihr mir wirklich Zeit mit meinem Vater gönnen, oder wolltet Ihr mich nur aus dem Weg haben, damit Ihr in Ruhe für den Erzbischof auf der Burg herumschnüffeln könnt wie ein Hund für seinen Herrn? Weshalb seid Ihr wirklich hier, Harper?«

Harper grinste wieder nur und schüttelte den Kopf. »Kontz, Kontz«, sagte er tadelnd, und mir fiel auf, dass er mich bei dem Namen nannte, unter dem man mich in Kaster kannte. »Ihr seid noch keine Stunde wieder daheim und schon wieder ganz der kleine Junge, der eben noch mit den Schweinen auf Vaters Burg gespielt hat. Vergesst nicht, auf wessen Seite Ihr jetzt steht. Ihr seid kein Jülicher.«

Wir brachen zu fünft auf. Außer meinem Vater, Harper und mir gehörten zu dem Trupp noch Rost und ein junger Bursche aus der Burgmannschaft. Er sah viel älter aus, als er tatsächlich sein mochte, da sein Bart wohl noch nie gestutzt worden war und das meiste seines Gesichts verdeckte. Vater stellte ihn mir als Edmund vor, und an der Art der Blicke, die sie tauschten, sah ich, dass sie recht vertraut miteinander waren. Obwohl ich wegen des Bartes nicht viel von seinen Zügen ausmachen konnte, kam er mir doch seltsam bekannt vor. Seine Augen erinnerten mich an jemanden. Edmund jedenfalls war mir zuvor noch nie begegnet. Seine Hände waren übersät mit Warzen. Die wären mir sicher im Gedächtnis geblieben.

Harper und ich hatten wieder unsere Zelter gewählt. Obwohl sie sich nur kurz ausgeruht hatten, waren sie doch in einem besseren Zustand als die Zossen, die sich die Pferche und Ställe mit Rindern, Schafen und Ziegen im vor der Burg gelegenen Tiergarten teilten. Unsere beiden Pferde hatten an diesem Tag gerade mal fünfundzwanzig Meilen in den Knochen, ein wenig mehr sollten sie ohne Schwierigkeiten schaffen.

Um Rosts Gesellschaft war ich froh, auch wenn ich zunächst nicht verstand, warum Vater diesen Halbling mitnahm. Weil er nicht aussehen wollte wie ein Narr, hatte Rost darauf bestanden, nicht auf einem Esel reiten zu müssen, was seiner Größe durchaus angemessen gewesen wäre, sondern auf einem ausgewachsenen Pferd, was allerdings noch alberner wirkte, da seine Beinchen den Pferdebauch nicht umfassen konnten und er immer wieder allergrößte Mühe hatte, sich halbwegs aufrecht auf seinem Reittier zu halten.

Rosts Anwesenheit erschloss sich mir, als Vater mir erklärte, dass der kleine Mann aus Mundt stammte. Zwar habe er das Dorf schon als Kind verlassen, weil niemand den

Zwerg, der auf dem Acker nicht zur Hand gehen konnte, durchfüttern wollte und seine Familie tot war. Aber er kannte sich dort besser aus als jeder andere von uns.

Ausgangs der Siedlung ritten wir den Hasselsberg hoch, eine scharfe Steigung, die wir bald überwunden hatten. Von hier an erhob sich das Gelände weiter, jedoch nur noch sanft, teils gar nicht spürbar, jedenfalls ohne unseren Pferden Mühe zu bereiten. Ich lenkte meinen Zelter neben meinen Vater.

»Es ist an der Zeit, dass Ihr mir mehr erzählt über das, was in Mundt vorgefallen ist, Vater.«

Er nickte. »Es ist erst ein paar Tage her, da kam der Priester von Mundt auf die Burg. Er war sehr aufgebracht und kaum zu beruhigen, wir dachten schon, er kippt gleich tot um. Dann hat er uns berichtet, wie er nach einer Reise nach Köln in sein Dorf zurückkehrte und alle Dorfbewohner tot auffand. Ich habe ein paar Leute zusammengetrommelt und bin mit dem Priester nach Mundt geritten. Wir haben sechsundzwanzig Leichen in der Kirche gezählt.«

»Woran sind sie gestorben?«

»Wir wissen es nicht. Verletzungen haben wir keine gesehen, nur ein paar blutige Finger bei einigen Dorfbewohnern, die sich im Todeskampf irgendwo festgekrallt haben.«

»Eine Krankheit?«

Vater verzog das Gesicht. »Bei allen gleichzeitig? Eine solche Krankheit kenne ich nicht.«

»Aber irgendetwas Außergewöhnliches muss geschehen sein, wenn alle Dorfbewohner in die Kirche gegangen sind, obwohl der Priester nicht da war.«

Vater sah mich von der Seite an, und sein Gesichtsausdruck machte mir Angst, was aber sicher auch mit seinem erbärmlichen Zustand zu tun hatte.

»Es gibt da ein Gerücht«, sagte er.

»Welches?«

»Vor ein paar Wochen erst hat es in Mundt drei Todesfälle gegeben, die uns erst einmal gar nicht weiter beunruhigt haben. Im Irmundus-Weiher sind drei Kinder ertrunken. So etwas kommt vor. Es war heiß, und sie sind ins Wasser gegangen. Dann ist es geschehen. Wie, weiß keiner. Es war niemand dabei. Sie lagen im Weiher.«

»Mich hätte es befremdet, wenn gleich drei Kinder ertrinken.«

»Mich nicht. Vielleicht waren sie übermütig und sind zu tief hineingelaufen, vielleicht hat eines der Kinder Schwierigkeiten bekommen, und die anderen haben vergeblich versucht, ihren Freund zu retten.«

»Und jetzt denkt Ihr anders darüber?«

»Ja, Kontz. Nach dem Tod der Dorfbewohner schon. Hast du schon mal von Neuntötern gehört?«

»Der Vogel? Natürlich.«

»Nein, ich meine nicht den Vogel. Neuntöter. Das sind Kinder, die sterben, aber doch nicht richtig sterben. Die aus ihren Gräbern heraus ihre neun nächsten Verwandten töten.«

Nun, ich hatte schon von vielen seltsamen Wesen gehört, die vor allem des Nachts ihr Unwesen zu treiben pflegten, von Werwölfen, von kopflosen Reitern, vom Heer der Toten, von weißen Damen und besonders gern vom Zöbbelstier, einem Aufhocker, der Leuten, die zu später Stunde noch unterwegs waren, auf den Rücken sprang und nicht mehr abzuwerfen war, sondern mit jedem Schritt nur immer schwerer wurde, bis der Träger unter der Last tot zusammenbrach. Zählte man all diese Wesen zusammen, gab es in der Gegend sicher mehr Ungeheuer als gute Christenmenschen. Gesehen hatte ich noch nie eines. Und von Neuntötern hatte ich nun wirklich noch nichts gehört.

»Wo habt Ihr das her, Vater? Das ist doch ausgemachter Unsinn.«

»Ich weiß nicht, ob das Unsinn ist. Im Augenblick ist es die einzige Erklärung, die wir für den Tod der Bauern haben. Ein reisender Händler muss in einem der Nachbardörfer von diesen Neuntötern erzählt haben. Weiter im Osten soll es mehr von ihnen geben.«

»Wie soll das gehen, aus den Gräbern töten?«

»Wie die Leute erzählen, saugen die Neuntöter ihren Vätern, Müttern, Brüdern, Schwestern und anderen Verwandten die Lebenskraft aus. Auch auf große Entfernung. Aus ihren Gräbern heraus. Man kann die Neuntöter manches Mal wohl auch unter der Erde schmatzen hören. Öffnet man die Gräber, liegen die Kinder da mit einem Stück ihrer Kleidung im Mund, an dem sie saugen. Angeblich sind Kinder, die später zu Neuntötern werden können, schon früh zu erkennen. Sie werden mit vollem Haarwuchs oder mit vollem Gebiss geboren.«

Ein Ammenmärchen? Mein Vater jedenfalls erzählte die Geschichte mit allem Ernst. Ein Blick in seine düstere Miene bewies mir, wie sehr ihn die Sorgen plagten. Ich nahm meine Finger zu Hilfe und zählte nach. Und stutzte.

»Vater?«

»Ja?«

»Wie viele Tote, sagtet Ihr, habt Ihr gefunden?«

»Sechsundzwanzig.«

»Es fehlt einer. Es müssten siebenundzwanzig sein. Drei Neuntöter, auf jeden gehen neun tote Verwandte – das müsste doch siebenundzwanzig Leichen ergeben.«

Harper ritt seinen Zelter plötzlich forsch zwischen meinen Vater und mich. »Verzeiht, wenn ich mich einmische. Aber es könnte ja sein, dass der siebenundzwanzigste Tote irgendwo im Wald liegt, weil sein kleiner Neffe ihm die Lebenskraft beim Holzsammeln ausgesaugt hat. Oder beim Pinkeln hinterm Baum. Vielleicht finden wir den letzten Toten ja noch.«

Ich warf Harper einen missbilligenden Blick zu. Er hatte gelauscht. Nicht dass es sich hier um Geheimnisse gehandelt hätte. Harper musste schließlich auch wissen, worum es ging. Aber mir gefiel sein Verhalten nicht. Harper grinste. Ich sah, wie mein Vater ihn misstrauisch beäugte.

Noch mehr missfiel mir aber, was mein Vater berichtet hatte. Alle Todesfälle waren rätselhaft, und die mögliche Lösung schien mir noch rätselhafter. Neuntöter. Untote Kinder, die aus der kalten Grabeserde heraus mordeten. Das konnte der Herrgott doch in seiner Schöpfung nicht vorgesehen haben. Wenn dem so war, standen wir vor einer schier unlösbaren Aufgabe. Wie kämpfte man gegen einen Feind, der schon tot war?

»Vater, Ihr habt von weiteren Überlebenden gesprochen.«

»Als wir mit dem Priester in Mundt ankamen, haben wir in der Kirche einen Säugling inmitten der Leichen gefunden. Er lag wimmernd in den Armen seiner toten Mutter. Der Priester hatte ihn in seiner nackten Angst wohl übersehen, als er Hals über Kopf zu uns geflüchtet ist. Dem Kind geht es wieder gut. Wir haben es in der Burgsiedlung bei einer Familie untergebracht. Der Kaplan besucht das Mädchen jeden Tag und spricht Gebete, um böse Kräfte fernzuhalten. Sollte der Kleinen irgendetwas geschehen, erfahren wir es als –«

Ein heftiger Hustenanfall unterbrach meinen Vater. Er wandte sich von uns ab, hustete und rang nach Luft. Mit einer fahrigen Bewegung zog er ein Tuch aus seinem Gürtel und hielt es sich vor den Mund, bis der Husten nachließ. Auch wenn er den Lappen schnell wieder wegsteckte, sah ich doch die rote Färbung.

»Es geht schon wieder«, sagte er, und ich beließ es dabei.

Wir ließen den Weiler Hohenholz hinter uns und ritten nun wieder durch Wald, jedoch noch immer auf der Fernhandelsstraße nach Roermond in den niederen Landen, weshalb uns auch immer wieder Reisende begegneten, Kaufleute, Händler, Bauern mit Waren auf dem Weg zum nächsten Markt oder zurück nach Hause. Sie alle zeigten Scheu vor uns. Ein bewaffneter und berittener Trupp ohne Fracht und ohne Fahne oder Wappen weckte Argwohn. Man mochte uns leicht für Räuber halten.

Nach ein paar Meilen war es dann vorbei mit den Begegnungen auf guten und festen Wegen. Wir bogen von der Straße nach links auf einen schmalen Weg ab, tiefer in den Wald, der hier so dunkel war, dass es sich fast schon gelohnt hätte, eine Fackel zu entzünden. Nur noch ein kurzes Stück. Dann waren wir am Ziel.

»Wir werden die Nacht sicher in Mundt verbringen müssen«, rief Edmund von hinten.

Wir wandten uns im Sattel um und sahen, dass er zum Himmel deutete. Durch die wenigen Lücken im dichten Blätterdach erkannten wir dunkelgraue Wolken. Meine Befürchtung vom Morgen würde sich wohl bewahrheiten. Ein Unwetter zog auf. Ich verspürte wenig Lust, im Dorf der Neuntöter ein Nachtlager aufzuschlagen.

Der Wald lichtete sich. Statt mächtiger Eichen und Buchen standen hier Birken und Weiden. Schwalben kreuzten kreischend und im Tiefflug unseren Weg, ein weiteres Zeichen für einen bevorstehenden Wetterwechsel. Ich sah zum Himmel auf. Die Wolken türmten sich hoch. Ein untrügliches Zeichen für ein Gewitter.

Der Wald öffnete sich weiter, bis wir an den Weiher des heiligen Irmundus kamen. Ich sah ihn zum ersten Mal. Ein stilles Wasser mitten im Wald. Ein totenstilles Wasser. So friedlich. Und schön. Die endlos langen Arme der Weiden spiegelten sich auf dem glatten Weiher. Die Weidenzweige sahen aus wie die Haare von Feen, die sich vor dem kleinen See verneigten. Ich konnte nicht glauben, dass hier etwas Böses seinen Anfang genommen haben sollte.

»Hier ist es geschehen?«, fragte ich.

»Ja«, antwortete Vater.

»Wo waren die Kinder?«

»Keine Ahnung. Von uns war doch keiner dabei. Ich habe erst später davon erfahren. Ich kam kurz vor der Beerdigung durch Mundt, weil ich in der Gegend zu tun hatte. Die Trauer war groß, ja, aber aufgefallen ist mir sonst nichts.«

»Hast du die Kinder gesehen?«

»Ja.«

»Und?«

»Sie sahen ganz gewöhnlich aus. Wie tote Kinder eben, wie ich ihrer schon ein paar gesehen habe. Es gab keine Anzeichen, dass in ihnen noch Leben sein könnte.«

Ich staunte, wie groß der Weiher war, sicher hundertfünfzig oder zweihundert Schritt im Durchmesser. Und ich staunte, dass es ihn überhaupt gab. Wir befanden uns fast auf der höchsten Erhebung der ganzen Gegend. Zu einer alten Eiche hin, die etwa dreihundert Schritt entfernt stand, stieg das Gelände nur noch ein wenig an. Von den Baumwipfeln konnte man sicher viele Dutzend Meilen weit sehen. Harpers Frage drängte sich mir auf. Woher kam das Wasser?

»Hat der Weiher einen Zulauf, einen Ablauf?«, fragte ich Rost, der sich hier am besten auskannte. Wenn es kein Wunder war, sondern es eine Quelle gab, die den Weiher speiste, musste sich das Wasser doch irgendwohin ergießen.

»Nein, Kontz. Er steht.«

»Woher bekommt er sein Wasser? Er sammelt kein Wasser aus der Umgebung, und eine Quelle gibt es hier nicht.«

»Du Narr!«, herrschte mich mein Vater an, und ich fuhr zusammen ob des sehr scharfen Tonfalls. »Jedes Kind weiß, dass der heilige Irmundus hier ein Wunder gewirkt hat, als er mit einem Schlag seines Hirtenstabs den Weiher aus der Erde hat sprudeln lassen. Wir sind nicht hier, um nach Quellen zu suchen. Hier geschehen schreckliche Dinge, Sohn. *Darum* solltest du dich kümmern. *Darum* habe ich dich kommen lassen. Und nicht, damit du in Frage stellst, was die Menschen hier seit Jahrhunderten anerkennen.«

Ich verzichtete auf eine Antwort. Vater war krank, darauf hatte ich Rücksicht zu nehmen, auch wenn mir die Schärfe in seinen Worten nicht schmeckte. Und – er hatte recht. Leider. Was mir in diesem Augenblick mehr zu schaffen machte als Vaters Ausfall, war der Umstand, dass nun nicht nur Harper, sondern auch Edmund grinste.

Wir nutzten die Gelegenheit, unsere Pferde zu tränken, da wir nicht wussten, ob es im Dorf noch eine brauchbare Wasserstelle gab. Rost führte sein Pferd als Erster an den Weiher, wir anderen folgten ihm. Ich spürte Unbehagen, und ich war nicht der Einzige. Auch Vater, Harper und Edmund sahen sich immer wieder um und schauten in den Wald. Oder ins Wasser.

Nur Rost schien die beklemmende Stimmung nicht zu spüren. Er beugte sich über das Wasser und trank selbst.

»He, Halbritter«, rief ihm Vater zu. »Du säufst das Wasser, in dem drei Kinder ertrunken sind.«

Rost wischte sich den Mund ab und füllte seinen Wasserschlauch. »Durst macht aus Wasser Wein. Auch aus diesem Wasser.«

Dann stieß mir Harper einen Ellbogen in die Rippen.

»Wir sind nicht allein«, sagte er.

Mit dem Kinn deutete er auf den Weiher hinaus, aber ich konnte nicht sehen, was er meinte.

»Weiter drüben«, sagte er dann, als er meinen suchenden Blick bemerkte, »näher an der Uferböschung.«

Wahrscheinlich entdeckte ich es nicht gleich, da ich nach einem Menschen Ausschau hielt. Doch dann sah ich es auch. Nah am Ufer schwamm ein großes Gebinde aus Blumen auf dem Wasser. Frische Wiesenblumen, die blau, gelb und rot leuchteten. Es konnte allenfalls ein paar Stunden her sein, dass jemand der drei toten Kinder gedacht hatte.

»Ich sehe es.«

»Bauern aus einem Nachbardorf womöglich«, sagte Harper.

»Nein«, warf mein Vater ein, der die Blumen nun auch entdeckt hatte. »Ich habe in allen Dörfern der Gegend verbieten lassen, auch nur in die Nähe von Mundt zu gehen, solange wir nicht wissen, was geschehen ist. Außerdem haben die Bauern in den Nachbardörfern eh die Hosen voll. Die Angst vor den Neuntötern hält sie weg, vor allem vom Weiher.«

»Wer auch immer es war, von ihm steht uns sicher nichts zu befürchten«, sagte Harper. »Es war jemand, der trauert. Der Mitgefühl hat. Einem Dämon oder sonst irgendeinem teuflischen Wesen traue ich das nicht zu.«

»Der Priester vielleicht«, sagte ich. »Er ist doch noch im Dorf.«

»Der sicher nicht«, sagte mein Vater. »Er hat die Dorfbewohner und ihre Kinder gehasst.«

Das tote Dorf

Vom Weiher aus war es bis Mundt etwas weniger als eine Meile. Dieses letzte Stück ritten wir schweigend, auch die Vögel waren verstummt, wohl wegen des aufziehenden Gewitters. Selbst die Schwalben, die sonst in ihrem tiefen Flug auf der Jagd nach den letzten Mücken vor dem Regen aufgeregt schrien, ließen sich nicht blicken. Der weiche Waldboden schluckte das Hufgetrappel unserer Pferde. Nur der auffrischende Wind, der die Blätter in den Bäumen rauschen ließ, war zu hören. Dann, wenn mich nicht alles täuschte, heulte in der Ferne ein Wolf. Oder war es nur das Heulen des Windes?

Ohne dass wir es abgesprochen hätten, begaben wir uns auf Positionen, als ob wir durch feindliches Gebiet unterwegs waren und jederzeit mit einem Angriff rechneten – der Halbritter als Kundschafter vorneweg, Edmund und ich nahmen meinen Vater in die Mitte, und Harper bildete die Nachhut. Aus den Augenwinkeln hielten wir Ausschau nach verdächtigen Bewegungen hinter den Bäumen, nach irgendetwas, das uns gefährlich werden konnte. Wir hatten keinen Schimmer, was das sein konnte. Aber uns allen war mulmig zumute. Das hätten die anderen sicher nicht zugegeben. Doch ich konnte es in ihren Gesichtern lesen.

Das beklemmende Gefühl wich auch nicht, als sich der Wald auf einen Acker hin öffnete und endlich der Kirchturm von Mundt in Sicht kam. Wie oft schon war ich nach einem langen Ritt froh gewesen, wenn ich schon von ferne die Kirche meines Zieles erblickte, wenn der Turm sich einem Finger gleich in die Höhe reckte und mir zu bedeuten schien: Hierher! Hier! Gleich hast du es geschafft! Nicht so in Mundt. In Mundt markierte der Turm die Stelle, an der sechsundzwanzig Menschen ihr Leben gelassen hatten. In einer Kirche, dem Ort, an dem sie doch den größtmöglichen Schutz hätten genießen müssen.

Der Weg führte uns geradewegs ins Dorf. Das tote Dorf. Sieben Lehmhütten scharten sich um die Kirche, die viel zu groß und schön war für diesen Weiler. Es sah aus, als seien die Bewohner nur kurz fortgegangen, als kämen die Bauern gleich vom Feld und die Frauen vom Wasserholen. Manche Tür stand offen, auf einer Wiese hinter einer der Hütten lag noch Wäsche, ausgebreitet zum Bleichen, eine Leiter lehnte gegen ein Dach, das offenbar der Ausbesserung bedurfte, und zwischen den Bauernkaten scharrten Hühner im Dreck. Ein Schwein suhlte sich in einem Pferch neben einer Hütte. In einem Holzklotz steckte eine Axt, daneben ein Klafter Holz, das darauf wartete, gehackt zu werden. Nichts deutete auf ein grausames Verbrechen oder das Wirken dunkler Mächte hin.

Nun, fast nichts. In der Mitte des Dorfes, auf dem Platz vor der Kirche, war ein Pfahl in die Erde gerammt worden. Und auf dem Pfahl war der Kopf eines Widders aufgespießt. Fliegen umschwirrten den Kadaver, der schon halb verrottet war. Der Widderkopf befand sich so hoch, dass ein Mann auf die Schulter eines anderen steigen musste, um ihn zu erreichen.

»Herrgott, was ist das?«, rief Harper, und wir alle erschraken über das erste menschliche Geräusch, das wir in diesem Dorf zu hören bekamen.

»Irre, die waren alle irre hier«, sagte Rost.

»Schnauze, Halbritter«, fuhr Edmund dazwischen. Rost duckte sich, als fürchtete er einen Schlag.

»Wenn Ihr wissen wollt, was es damit auf sich hat, müsst Ihr den Priester des Dorfes befragen«, sagte Vater zu Harper.

»Wo Ihr gerade vom Priester redet – wo ist er?«

Wir setzten uns in den Sätteln auf und sahen uns um. Keine Spur vom Priester. Doch nun fiel uns auf, dass die Fenster der Kirche mit Brettern vernagelt waren – von innen, weshalb wir es zunächst nicht bemerkt hatten. Wir lenkten unsere Pferde zur Kirche und stiegen ab.

»Heda!«, rief ich und schlug mit der Faust gegen das Portal der Kirche. Sie war aus groben Bruchsteinen gebaut und sah mit ihren verrammelten Fenstern mehr aus wie eine kleine Burg denn wie ein Gotteshaus. »Jemand da?«

Niemand antwortete, auch nicht, als ich noch mehrmals mit dem Knauf meines Schwertes gegen das Holz klopfte.

»Arnold, seid Ihr da?«, rief nun auch mein Vater. Doch auch ihm antwortete niemand. »Der Teufel soll diesen Klotzkopf holen! Ich hatte ihm gesagt, er soll im Dorf bleiben und auf uns warten. Ich hoffe, er hat eine gute Ausrede, wenn ich seiner habhaft werde.«

»Und *ich* bete, ihm ist nichts zugestoßen.«

Ich nickte Harper und Edmund zu, die verstanden, was ich von ihnen erwartete. Sie gingen um die Kirche herum, einer rechtsherum, einer linksherum, beide hatten ihre Rechte am Schwertgriff. Aber sie kehrten nicht zurück, weder auf der einen noch auf der anderen Seite. Die Pferde trippelten unruhig hin und her. Ich hoffte, es lag am stärker aufbrausenden Wind. Oder meinetwegen auch an dem seltsamen Widderkopf.

»Harper? Was ist?«

Keine Antwort.

»Harper!«, rief ich nun schärfer.

Wieder keine Antwort.

Vater trat zu mir und nahm mich am Arm. »Ich glaube, ich weiß, was sie aufhält, Junge. Edmund hat es auch noch nicht gesehen. Deswegen wird er jetzt genauso dort stehen. Komm mit.«

Mein Vater zog mich mit sich, während Rost die aufgeregten Pferde an Bäume band. Wir gingen hinter die Kirche. Harper und Edmund standen vor dem Friedhof, regungslos, wie versteinert. Sie blickten auf mehrere Dutzend frische Gräber, kleine Erdhügel, markiert mit einfachen Kreuzen aus Ästen. Es waren so viele, viel mehr als alte Gräber auf dem kleinen Gottesacker, und allesamt schmucklos. Auf keinem Grab lagen Blumen. Bis zu diesem Moment hatte ich immer nur über die Toten gesprochen, hatte das Wort »sechsundzwanzig« in den Mund genommen, hatte über die drei Kinder geredet, hatte das Grauen geahnt, als wir an den Weiher und in das Dorf gekommen waren. Die Gräber nun zu sehen war etwas anderes. Da lagen sie, alle Toten, neunundzwanzig an der Zahl, verscharrt in der Erde. Ein ganzes Dorf, ausgelöscht, Junge und Alte, Frauen und Männer.

»Es war verdammt viel Arbeit, sie unter die Erde zu bringen«, sagte mein Vater leise. »Wir haben einen ganzen Tag gebraucht. Ich musste ein paar Bauern aus einem Nachbardorf zwingen, uns zu helfen, denn ich hatte nur fünf Mann dabei.«

Da mir in diesem Augenblick die Tränen kamen, war ich froh, dass es zu regnen anfing. Mein Vater musste die Nässe auf meinen Wangen bemerkt haben, bevor die ersten Tropfen fielen.

»Der Herr wird sich ihrer annehmen«, sagte er. Er drückte meine Schulter. Sein Griff war fester, als ich es bei seinem Zustand erwartet hätte. »Als sie starben, waren sie in Gedanken beim Herrgott. Ganz sicher. Warum sonst hätten sie in der Stunde ihres Todes in die Kirche gehen sollen, wenn sie sich nicht ganz in die Hand Gottes hätten geben wollen? Sie sind beim Herrn.«

Wir standen da und flüsterten Gebete, jeder für sich. Der Wind nahm die Wortfetzen mit und trug sie über das Gräberfeld. Vater bekreuzigte sich als Erster, wir anderen folgten seinem Beispiel.

»Hierher!«

Der laute Ruf ließ uns herumfahren. Das war der Halbritter.

»Kommt her!«

Wir liefen wieder um die Kirche herum, sahen Rost aber nicht, hörten dafür jedoch eine andere Stimme.

»Schnell, hier herein!«

Ein Flügel des Kirchenportals stand offen, auf der Schwelle stand ein hagerer Mann, der seine Hand auf den Kopf des Halbritters gelegt hatte, mit der anderen Hand winkte er uns aufgeregt herbei. Der starke Wind zauste sein schulterlanges Haar.

»Der Priester!«, sagte mein Vater.

Wir eilten durch den Regen zum Portal und traten ein. Dem Gottesmann ging es nicht schnell genug, mich stieß er beinahe in die Kirche hinein.

»Nun macht schon«, sagte er.

Hastig schloss er den Türflügel hinter uns und legte einen schweren Balken als Riegel vor. Da die Fenster zugenagelt waren, fiel nur wenig Licht durch ein paar schmale Ritzen in die Kirche, gerade genug, um das Nötigste im Inneren erkennen zu können.

»Himmel, Arnold, was ist los?« Mein Vater schaute den Priester mit großen Augen an. »Ihr gebärdet Euch, als würden wir von Heiden belagert.«

»Habt Ihr etwas zu trinken dabei?«

»Hier«, sagte der Halbritter.

Der gute Rost hatte bereits alle Satteltaschen und auch unsere Wegzehrung in die Kirche geschafft. Er reichte dem Priester einen Schlauch Wasser. Der Mann riss ihn Rost aus der Hand und trank hastig.

»Gottlob seid Ihr endlich da«, sagte er, nachdem er den Schlauch zur Hälfte geleert hatte. »Ich hätte es keine weitere Nacht hier ausgehalten. Heute Morgen habe ich den letzten Tropfen Messwein getrunken.«

Mein Vater trat vor den Priester und legte seine Hände auf dessen Schultern.

»Arnold«, wiederholte er eindringlich, »was ist hier los?«

»Seit Ihr abgereist seid, Jorìß, geschehen seltsame Dinge im Dorf.«

»Was kann seltsamer sein als der Tod aller Dorfbewohner, Arnold?«

»In der Nacht gehen Geister um. Ich weiß nicht, ob es die Geister der Toten sind, Dämonen oder was auch immer. Sie schreien. Sie gehen in den Hütten der Bauern umher. Sie sind auf dem Friedhof.«

»Seid Ihr sicher, dass Euch nicht die Kraft Eurer Einbildung einen Streich gespielt hat, Arnold?«

»Oh nein, Joriß, oh nein. Das habe ich mir nicht eingebildet. Ich habe sie gesehen. Schatten nur, aber ich habe sie gesehen. Und sie klopfen ans Portal der Kirche. Welcher Gedankenstreich kann klopfen, Joriß? Sagt es mir!«

Mein Vater schien immer noch nicht überzeugt von Arnolds Bericht. »Habt Ihr das Portal geöffnet, als sie geklopft haben?«

»Ja. Beim ersten Mal schon. Ich dachte, Ihr wärt schon wieder zurück.«

»Und?«, fragte ich.

Der Priester wich einen halben Schritt zurück. »Wer seid Ihr überhaupt?«

»Ich bin Konstantin, Joriß' Sohn«, sagte ich und zeigte auf Harper. »Das ist mein Begleiter, Harper von Reuschenberg. Wir sind im Auftrag des Erzbischofs hier, um die Todesfälle aufzuklären.«

»Des Erzbischofs von Köln?«

Ich nickte. Der Priester schien aufrichtig überrascht.

»Warum? Ich dachte, der Graf von Jülich würde sich des Falles annehmen.«

»Weil dies die Kirche des Erzbischofs ist«, gab ich zurück. »Und weil die Toten alle hier in seiner Kirche gefunden wurden.«

Der Priester sah zu meinem Vater. »Ihr habt es ihm nicht erzählt?«

»Noch nicht.«

»Was?«, fragte ich.

»Ich habe die Toten gefunden«, sagt der Priester. »Und ja, als ich ins Dorf kam, lagen in der Tat die meisten Leichen in der Kirche. Aber nicht alle. Das Portal stand weit offen. Ein paar der Toten waren auf dem Dorfplatz, der kräftigste Mann hatte es bis in seine Hütte geschafft. Er lag bäuchlings in der Tür, aber die Füße schauten noch raus. Was auch immer ihnen den Tod gebracht hat – es hat sie in der Kirche ereilt. Dessen bin ich mir sicher. Aber es hat nicht alle in der Kirche getötet.«

Ich sah meinen Vater fragend an. »Ihr habt mir doch berichtet, die Leichen hätten allesamt in der Kirche gelegen.«

Vater nickte. »Haben sie auch. Als ich mit dem Trupp und dem Priester ins Dorf kam, fanden wir alle Leichen hier. Jemand muss sie hierhergeschafft haben, während Arnold bei uns war, um uns zu benachrichtigen. Das war vor zwei Tagen.«

Ich sah den Priester fragend an.

»So war es«, versicherte er.

Diese seltsame Geschichte war ein großes Rätsel, und mit jedem neuen Mosaikstück, das mir in die Hand gegeben wurde, geriet das Bild nur immer verworrener. Warum schleppte jemand die Leichen in die Kirche?

»Vielleicht wollte der Unbekannte die Toten ein Stück

näher bei Gott wissen – und wenn es nur ein kleines Stück ist«, sagte Harper.

Ich sah mich in der Kirche um. Sie war schlicht, wie es für eine Dorfkirche zu erwarten war.

»Und? Was habt Ihr gesehen?«, fragte ich den Priester.

»Bitte?«

»Als es geklopft hat am Portal und Ihr geöffnet habt. Was habt Ihr da gesehen?«

»Nichts. Gar nichts. Ich hatte noch ein Fünkchen Mut in mir, daher bin ich mit einer Lampe um die Kirche herumgegangen. Nichts. Niemand. Und dann hörte ich die Schreie. Sie kamen aus dem Wald. Ich bin in die Kirche gerannt und habe mich eingeschlossen. Immer wieder hat es in der Nacht geklopft. Es war ein kurzes, dumpfes ›Tock‹. Durch eins der Fenster habe ich dann einen Schemen gesehen, der zwischen den Hütten umhergewandert ist. Ich habe gerufen, aber der Schatten ist verschwunden. Am nächsten Morgen bin ich noch einmal raus und habe in den Hütten Holz geholt, um die Fenster zu verschließen. Seitdem bin ich nicht mehr vor die Kirche gegangen. Auch in der letzten Nacht war es das gleiche Spiel. Klopfen, Schreie, Schatten.«

Draußen zuckte ein Blitz auf, und für einen Wimpernschlag war es ein wenig heller in der Kirche. Der Donner folgte erst ein paar Atemzüge später.

»Wir sollten besser von hier verschwinden«, sagte Rost. »Mir ist nicht wohl.«

»Das sollten wir in der Tat«, sagte der Priester. »Lieber jetzt als gleich.«

»Nichts da«, bellte Vater. »Bei dem Wetter reiten wir nicht. Es ist schon spät, wir bleiben heute Nacht hier.«

»Und wir haben noch eine Aufgabe zu erledigen«, warf ich ein. »Vorher kehre ich nicht zurück.«

»Wie könnt ihr nur hierbleiben wollen?«, schrie Arnold meinen Vater und mich an. »Hört ihr beiden nicht, was ich sage? Hier spukt es! Der Herr hat diesen verfluchten Ort verlassen, hier gibt es keinen Schutz für uns! Was auch immer die Bauern aus dem Leben gerissen hat, es wird auch uns holen!«

Vater holte aus und verpasste dem Priester eine Backpfeife, wie ich sie schon oft von ihm bekommen hatte. Schnell. Unerwartet. Schmerzhaft.

»Fangt Euch wieder, Arnold. Hier wird sich jemand einen Spaß mit Euch erlaubt haben. Irgendwo im Wald ist ein Mensch unterwegs, vielleicht ein Überlebender aus dem Dorf. Wir haben eben auf dem Weiher frische Blumen gesehen. Wahrscheinlich ist Euer Geist auch dafür verantwortlich. Morgen werden wir uns auf die Suche machen.«

Ich trat einen Schritt auf den Priester zu, auch um mich zwischen ihn und Vater zu schieben. »Fehlte unter den Toten jemand? Ich habe gehört, ein Säugling hat überlebt. Gibt es andere?«

Arnold schüttelte den Kopf. »Weiß ich nicht. Ich glaube nicht. Ich habe meinen Vorgänger erst vor ein paar Wochen abgelöst. Er ist nach Köln gegangen, ich bin vom Erzbischof geschickt worden, die Gemeinde zu übernehmen.«

»Ihr wollt mir doch nicht erzählen, dass es Euch in ein paar Wochen nicht gelungen ist, alle Dorfbewohner kennenzulernen? Das waren doch nicht einmal dreißig.«

Arnold verzog das Gesicht voller Abscheu. »Ihr kanntet dieses Pack nicht, Joriß' Sohn, sonst würdet Ihr mich verstehen. Habt Ihr das Ding da auf dem Platz nicht gesehen?«

»Den Widderkopf? Doch. Was hat es damit auf sich?«

»Die Toten da draußen, Joriß' Sohn, das waren keine guten Christenmenschen. Sicher, sie kamen in die Kirche, wenn ich die Glocke läutete, sie haben die Hostien gegessen, die ich ihnen gereicht habe, sie haben sich ihre Felder von mir segnen lassen, auf dass sie reiche Ernte tragen. Ja, das alles haben sie. Aber dem alten Heidenglauben haben sie auch noch nachgehangen. Sie haben das Monatsblut ihrer Frauen auf ihre Äcker gegeben, weil sie glaubten, das sei sogar noch besser als der Segen ihres Priesters, sie haben im Herbst Hühner am Weiher geopfert, um sich bei den Wassergeistern für die reiche Ernte zu bedanken, und in der Walpurgisnacht vor zwei Wochen sind sie wie irre um den Widderkopf getanzt. Mit Gesang und Musik sind sie um ihren Götzen herumgesprungen. Ein schwarzes Sakrament haben sie hier gefeiert, eine unheilige Messe. Ich wollte sie davon abhalten, da haben sie mich mit Steinen beworfen, bis ich mich in meine Kirche verkrochen habe. Diese Bauern waren böse, Joriß' Sohn, böse! Das Dorf ist verflucht! Der Herr hat diese Heiden gestraft! Er selbst hat sie getötet! Er hat die Kinder in ihrem eigenen heidnischen Weiher ersäuft, und er hat die Kinder das ganze andere Pack holen lassen! Jeden Einzelnen! Dieses Dorf ist von Gott verlassen!«

Arnolds Worte hallten wie Donner in der Kirche wider, seine Brust hob und senkte sich in schnellem Takt. Für ein paar Atemzüge war es still in der Halle, nur das Rauschen des Sturms und das Prasseln des Regens auf das Dach waren zu hören.

»Nun, wenn das so ist«, sagte dann Harper mit Seelenruhe in der Stimme, »haben wir in seiner Kirche wohl nichts zu befürchten, da wir alle ja gute Christenmenschen sind und am Sonntag noch gebeichtet haben.«

Arnold sah Harper im Halbdunkel an, als habe dieser in einer fremden Sprache gesprochen. »Was meint Ihr?«

»Ihr hattet Sorge, hier die Nacht zu verbringen. Die braucht Ihr nicht zu haben, wenn Ihr Euren eigenen Worten Glauben schenkt. Gottesfürchtigen Menschen steht nichts zu befürchten, oder etwa nicht? Ihr könnt demnach getrost bleiben, ich kann es auch, und wenn meine Begleiter hier seit ihrer letzten Beichte nichts Grobes ausgefressen haben, dürfte auch ihnen nichts geschehen. Vielleicht könntet Ihr allerdings Herrn Joriß die Ohrfeige noch verzeihen. Nur um sicherzugehen, meine ich. Einen Priester sollte man nun wirklich nicht schlagen, schon gar nicht im Hause Gottes.«

Harper grinste. Und mein Vater brach in ein heiseres Gelächter aus.

»Gut gesprochen, Harper von Reuschenberg«, rief Vater. »Ihr seid ein Mann nach meinem Geschmack. Wir bleiben also.«

»Wenn wir uns in den Schutz dieser Kirche stellen, sollten wir unseren Pferden aber auch ein Dach über dem Kopf gönnen«, sagte Harper. »Wir können sie bei dem Unwetter nicht draußen lassen.«

»Arnold, gibt es hier eine Scheune oder einen Stall?«, fragte ich.

Der Priester nickte. »Zwei Hütten haben Ställe, gleich gegenüber der Kirche.«

»Die Ställe sind frei«, sagte Vater. »Wir haben die Ziegen und Rinder mit auf die Burg genommen, nachdem wir die Toten begraben hatten.«

Harper und ich gingen hinaus und banden die Pferde von den Bäumen. Von Geistern oder Dämonen keine Spur, wohl aber von Wind und Regen. Wir führten jeder zwei Pferde hinüber zu den Hütten, was uns einige Mühe bereitete, da die Tiere ungewohnt unruhig waren, selbst für ein solches Gewitter, und immer wieder an den Zügeln rissen. Harpers eigenes Pferd musste noch warten. Es war jedoch recht gelassen im Vergleich zu den anderen, und daher machte ich mir keine Sorgen.

»Ich nehme den größeren Stall«, rief Harper mir durch den Sturm zu und zeigte auf eine Hütte mit einem angebauten Schuppen. »Das letzte Pferd stelle ich dann auch noch da rein.«

Ich nickte, um Harper zu zeigen, dass ich ihn verstanden hatte, und sah noch, dass er die Tür seines Stalles nicht gleich aufbekam und sie einfach eintrat. Dann zog ich meine beiden Pferde in den Schutz meines Schuppens. Er war leer, dennoch schaute ich auch in den hintersten Ecken nach. Ich weiß selbst nicht, was ich dort vermutet hatte. Das Heu war nicht das beste, jedoch gab es genug Stroh in dem Verschlag. Auch wenn es hereinregnen würde, konnten die Tiere die Nacht hier gut geschützt verbringen.

Als ich wieder vor den Stall trat, sah ich Harper, der sein Pferd bereits vom Baumstamm losgebunden hatte und nun zum Schuppen führte. Er winkte mir zu, und da es immer stärker regnete, entschied ich, nicht auf Harper zu warten, sondern mich wieder zu den anderen zu gesellen.

Ein Fehler, wie sich sehr schnell herausstellen sollte. Harper kehrte nicht zurück. Schon nach wenigen Augenblicken sorgten wir uns, denn für das eine Pferd hätte er nicht so lange gebraucht. Wir riefen nach ihm, doch das Tosen des Sturms schluckte unsere Rufe, kaum dass sie vor die Kirchentür gedrungen waren. Edmund und ich liefen mit gezückten Schwertern zum Stall hinüber, und ich ertappte mich dabei, dass ich einen Bogen um den Pfahl mit dem Widderkopf machte. Edmund hingegen eilte voraus und stieß forsch die Stalltür auf.

»Harper? Wo steckt Ihr?«, rief er in den Verschlag hinein.

Wir bekamen keine Antwort. Als wir den Stall betraten, sahen wir, dass nur zwei Pferde im Stroh standen. Die beiden Pferde, die Harper als Erste weggeführt hatte. Harper selbst und sein eigenes Pferd waren wie vom Erdboden verschluckt.

Edmund und ich gaben den anderen Bescheid und machten uns ohne Verzug auf die Suche, trotz des Unwetters, das nun mit aller Macht losbrach. Der Sturm bog Bäume, der trommelnde Regen schlug Blätter von Zweigen, und der Wind riss unsere Rufe in Fetzen, sobald sie unsere Lippen verließen. Harpers Pferd hatte deutliche Spuren hinterlassen, die aus dem Dorf führten. Daneben war die Spur eines Menschen zu erkennen. Harpers Spur? Gut möglich, dass sich sein Zelter losgerissen hatte und den Weg zurücklief, den er gekommen war. Und Harper versuchte, ihn einzufangen.

Der Boden war bald so matschig, dass die Abdrücke kaum noch zu erkennen waren. Und die Hufspuren vermischten sich mit den Spuren, die wir selbst auf dem Weg ins Dorf hinterlassen hatten. Ich gab die Hoffnung auf, noch bevor wir den Weiher erreichten. Der Himmel verfinsterte sich immer mehr, die Nacht begann, den Tag abzulösen. In der Dunkelheit wollte ich nicht mehr draußen unterwegs sein. Harper musste allein zurechtkommen.

»Kehren wir um«, schrie ich Edmund zu, aus dessen Bart das Wasser perlte. Er ließ sich nicht lange bitten und eilte mit mir zurück in Richtung Dorf. Einmal glitt ich fast auf dem glitschigen Boden aus, und meinem Mund entfuhr ein gotteslästerlicher Fluch, den ich sofort bereute. Ich betete drei Vaterunser, während wir im Eilschritt um die Pfützen liefen, denn ich wollte es mir in dieser schwierigen Lage beileibe nicht mit dem Herrn verscherzen. Nein, auf den Herrgott mussten wir nun alle vertrauen. Auf ihn und auf alle guten Kräfte, die wir auf unsere Seite ziehen konnten.

Auf dem Rückweg kam ich mit Edmund an einem Ahornbaum vorbei, der dem Sturm trotzte, und obwohl es uns drängte, in den Schutz der Kirche zurückzukehren, machte ich mir die Mühe, einen Armvoll Zweige abzubrechen. Edmund half. Vom Holz des Ahorns wusste man, dass es, in Fenster und Türen gesteckt, nicht nur Fledermäuse daran hinderte, ins Haus zu gelangen, es schützte auch vor Blitzen. Und vor allem hielt es Dämonen fern. Zurück in der Kirche, verteilten wir die Zweige. Wir hatten genug gesammelt, um das Portal und alle Fenster reichlich gegen das Böse zu wappnen. Priester Arnold wehrte sich nicht gegen unser abergläubisches Treiben. Er segnete die Zweige sogar.

Harper blieb verschwunden. Vielleicht war er auch gar nicht auf der Suche nach seinem Pferd, vielleicht wollte er sich von uns absetzen. Ob er gar nicht so mutig und gelassen war, wie er getan hatte? Ob er die erste Gelegenheit zur Flucht genutzt und auf seinem Pferd Reißaus genommen hatte? Oder ob er für seinen Herrn einfach weiterschnüffeln wollte im Jülicher Land? Lautete sein Auftrag ganz anders als meiner? Oder aber hinter Harpers Verschwinden steckte Schlimmeres. Vielleicht lag der Priester richtig. Vielleicht war das Dorf verflucht, und es gingen Wesen mit dunklen Mächten um. Wesen, die Harper geholt hatten. So wie sie die Dorfbewohner geholt hatten.

»Ich habe ihm vom ersten Augenblick an nicht getraut«, flüsterte mein Vater. Wir saßen auf dem Kirchenboden, unsere Rücken an die Wand gelehnt. Der Regen prasselte noch immer auf das Dach der Kirche, der Wind jedoch hatte etwas nachgelassen. Die Nacht hatte die Dunkelheit gebracht, aber eine kleine Öllampe auf dem Altar erhellte den Raum ein wenig. Wir hatten uns dazu entschieden, die ganze Nacht über Licht zu lassen und abwechselnd Wache zu halten. Aus Rücksicht auf seine Krankheit durfte mein Vater die erste Wache übernehmen, damit er danach bis zum Morgen durchschlafen konnte. Doch wir anderen kamen nicht recht in den Schlaf. Der Priester murmelte unentwegt Gebete vor sich hin, und der Halbritter schärfte sein Messer, während Edmund die Bretter vor den Fenstern prüfte.

»Meint Ihr Harper?«, fragte ich meinen Vater.

Er nickte. »Als wir diesen Mist hier vorgefunden haben, war mir klar, ich hatte den Erzbischof in Kenntnis zu setzen. Aber ich habe nur nach dir verlangt, Sohn. Es hat mir nicht geschmeckt, als ich gesehen habe, dass du einen zweiten Mann mitgebracht hast. Wir alle wissen doch, wie es um die Beziehungen zwischen Köln und Jülich steht. Es ist ja erst ein paar Jahre her, dass der Erzbischof die Burg der Jülicher in Bergheim ausradiert hat. Ein Burgflecken an der Erft. Wie Kaster. Nur fünf, sechs Meilen entfernt. Ein kleiner Funke genügt, und schon brennt das Feuer zwischen den Jülichern und dem Kölner wieder lichterloh.«

»Ich hab es mir nicht ausgesucht.«

»Das dachte ich mir. Konrad hat ihn dir an die Seite gestellt.«

Ich brummte zustimmend. »Aber je länger ich darüber nachdenke, desto weniger glaube ich, dass Harper nur des Kundschaftens wegen hier ist. Das hätte Konrad auch mit weniger Aufwand haben können. Jeder Händler auf der Durchreise kann sich die Burgsiedlung in aller Ruhe anschauen, ohne dass einer dumme Fragen stellt.«

Vater hustete. Kurz nur, aber tief. Er zog einen Lappen aus dem Gürtel und spuckte hinein. Ich schaute nicht hin. Der Auswurf war sicher wieder blutig.

»Geht es?«

Vater nickte. »Was soll's? Ich bin froh, dass er fort ist.«

»Ich nicht.«

»Warum das, Sohn?«

»Harper ist ein helles Köpfchen. Soll er doch aufseiten des

Hochstadeners stehen. Wir können hier jeden guten Mann gebrauchen, selbst wenn er die Kölner Farben trägt. Und vergiss nicht – auch ich stehe in Diensten des Kölner Erzbischofs.«

Vater schwieg einen Augenblick. »Mag sein«, sagte er dann und hustete wieder, aber nur kurz. »Aber du kommst nicht hierher mit der Absicht, mir und den Meinen zu schaden. Du hast keine Hintergedanken. Du willst den Tod der Bauern aufklären. Sonst nichts.«

Sonst nichts? Das wäre schön gewesen. Ich spürte, dass mich meine Gedanken an die Krankheit meines Vaters sehr beschäftigten. Ja, und auch die Gedanken an Margriet. Viel zu sehr. Beide waren wichtige Menschen in meinem Leben gewesen, und ich hatte ihnen den Rücken gekehrt, als ich sie am meisten gehasst hatte. Nun war ich wieder da, und beide waren nicht mehr dieselben, nicht mehr die, die ich verachtet hatte. Mein Vater musste sich dafür rüsten, dem Tod zu begegnen, und Margriet hatte ihren Hochmut bitter bezahlt. Und keiner von beiden wollte dort stehen, wo sie gerade standen.

»Vater?«

»Hm.«

»Seid Ihr bereit für den Tod?«

»Kann man dafür bereit sein, Sohn?«

»Ich meinte, habt Ihr Eure Dinge geregelt?«

»Du bist mein Sohn, Kontz. Du wirst erben.«

»Das meinte ich auch nicht, Vater. Ihr werdet dem Herrn gegenübertreten, irgendwann. Könnt Ihr ihm ins Antlitz schauen?«

Vater wandte mir das Gesicht zu. Im schummrigen Licht sah es noch eingefallener aus. »Es ist noch einiges zu tun, Kontz. Du weißt, wie ich gelebt habe. Du weißt, was ich getan habe. Heute denke ich anders über viele Dinge, über viele Worte und Taten, Sohn. Ich werde hier auf Erden noch viel bezahlen müssen, um ins Himmelreich gelangen zu können. Auch darum will ich mit dir nach Köln. Ich hoffe, mir bleibt noch genug Zeit.«

»Ihr habt mir manches Mal wehgetan.«

Vater schwieg eine Weile. Sein Atem ging schwer.

»Ein sanfter Vater macht seine Kinder unglücklich«, sagte er, und da wusste ich, er war noch nicht bereit, mich um Verzeihung zu bitten. Ich beließ es dabei.

»Was haltet Ihr von dieser ganzen Sache hier?«, fragte ich.

Vater rutschte mit dem Rücken an der Wand herab und legte seinen Kopf auf seine Satteltasche. »Der Herr prüft uns auf ungewöhnliche Weise. Ich weiß nicht, welche Mächte an diesem Ort wirken, aber der Herr wird schon seine Hand über uns halten. Du hast ja gehört, was der Priester gesagt hat. Das war dummes Bauernvolk, Ungläubige, die es nicht besser verdient haben.«

»Und die Kinder?«

»Kein Mensch ist ohne Schuld, auch die Kinder nicht. Der Sündenfall Adams und Evas lastet auf uns allen.«

»Nun, selbst wenn wir annehmen, dass wir es hier mit schlechten Menschen zu tun haben, die gerechterweise in den Tod geschickt wurden – das beantwortet immer noch nicht die Frage, wer oder was sie in den Tod geschickt hat. Wenn es der Herrgott war, der die Bauern bestrafen wollte, sind wir hier fehl am Platz. Er hat sein Urteil gesprochen und es vollstreckt. Wir müssten es nur feststellen und könnten heimkehren. Was aber, wenn nicht? Wenn es Teufelswerk ist? Oder wenn es Menschenwerk ist?«

Der Halbritter kam zu uns und hockte sich neben mich. Zu meinem Vater hielt er Abstand, wie ich es von ihm kannte.

»Man soll nicht mehr Teufel rufen, als man bannen kann, Kontz«, sagte er.

»Ich weiß, Rost, aber wir müssen uns doch Gedanken machen, mit wem wir es zu tun haben könnten.«

»Ich bin müde, Sohn«, sagte mein Vater. Er drehte sich von uns weg.

»Eure Wache hat gerade erst begonnen, Vater.«

»Übernimm du sie, bitte. Lass mich schlafen.«

Ich gönnte ihm seine Ruhe und gab auch Rost mit einem Wink zu verstehen, dass er leise sein sollte. Ich hätte ohnehin die zweite Wache übernommen, und an Schlaf war für mich vorher nicht zu denken. Ich brauchte Vater nicht, um meine Frage zu beantworten. Das konnte ich selbst, zumindest zum Teil. Gott hatte hier nicht gewirkt. Gott hatte andere Mittel, er hatte Sodom und Gomorrha unter einem Regen aus Feuer und Schwefel begraben, weil sie der Sünde anheimgefallen waren. Und wenn er die Welt warnen und zur Buße anhalten wollte, würde er sich einen anderen Ort suchen anstatt ein solches Loch wie Mundt. Nein, der Herr hatte kein Interesse an diesen Bauern.

Und der Herr würde seinem eigenen Priester nicht einen solchen Schrecken einjagen. Heulen, Schreien, Klopfen an die Tür – solche Spielchen hatte er nicht nötig. Nur in einem Punkt konnte ich Priester Arnold zustimmen: Dieser Ort war von Gott verlassen. Wir waren auf uns gestellt. Gegen wen auch immer.

Rost legte sich zum Schlafen hin, und bald hörte ich Vater und ihn tief und ruhig atmen. Ich rutschte an der Wand hin und her, bis ich eine bequeme Position gefunden hatte. Und dann lauschte ich dem Regentrommeln und dem leisen Pfeifen des Windes.

Ich musste eingenickt sein, ganz kurz nur, denn ich war sofort hellwach. Ein Geräusch, ein sehr lautes. Es hatte mich aus dem Schlaf gerissen. Ich wusste nicht, was ich gehört hatte, ich wusste nur, dass es von draußen gekommen war, von außerhalb der Kirche.

»Was war das?«, fragte Edmund, der sich neben meinen Vater gelegt hatte.

Auch Vater war nun wach. Er setzte sich auf, rieb sich die Augen und hustete ein paarmal.

»Es geht wieder los, es geht wieder los«, rief der Priester, der vom Altar zu uns geeilt kam, schnell wie ein kleines Kind, das Schutz bei seinen Eltern sucht.

»Ruhe!«, herrschte ich ihn an.

Und dann horchten wir. Noch immer Regen, noch immer Wind. Die Balken im Kirchendach ächzten unter dem Zetern des Sturms, der wieder an Kraft gewonnen hatte. Aber sonst blieb es still.

»Da war nichts«, sagte mein Vater. »Wer hat Wache?«

»Ich«, sagte ich.

»Hast du was gehört?«

»Ja, da war was. Ich kann Euch nicht sagen, was.«

»Du bist eingeschlafen.«

»Ich sagte, ich habe etwas gehört.«

»Ich habe es auch gehört«, sagte Edmund. »Ich war noch wach. Aber ich kann auch nicht sagen, was es war.«

Der Halbritter neben mir hatte sich bereits aufgerappelt. »Ich hab's auch vernommen«, sagte er und zückte sein Messer.

»Es sind wieder die Geister«, rief der Priester. »Ich habe sie heulen hören.«

»Ruhe, verdammt!«, fuhr ich ihn wieder an.

Dann donnerte etwas gegen das Portal. Einmal, zweimal,

dreimal, viermal, so laut, dass mir das Herz kurz stehen blieb, um mir danach bis zum Hals zu schlagen. Und dann veränderte sich das Heulen des Windes, ein Geräusch hob sich aus dem Pfeifen heraus, es war ein Schrei, immer lauter, immer schriller. Ich war mir sicher, die Stimme rief meinen Namen.

»Kooontz!«

Die anderen sahen mich an.

»Wer ruft dich da?«, fragte der Halbritter. »Wer in Gottes Namen ruft dich da?«

»Vielleicht ist es Harper«, sagte ich. »Vielleicht ist er wieder da und will rein.«

Vater kam stöhnend auf die Beine. »War das eine Frauen- oder eine Männerstimme?«

»De profundis clamavi ad te Domine!«, rief der Priester, und während er sich bekreuzigte, griff Edmund nach seinem Schwert und zog es aus der Lederscheide.

»Jetzt haltet doch endlich mal das Maul!«, schrie ich in die Kirche hinein.

Dann waren sie ruhig. Auch draußen war nichts mehr zu hören, bis auf den Wind und den Regen. Wir standen da, fünf hilflose Kämpfer im flackernden Licht der Lampe. Und ich fragte mich, wie die anderen auch, wer mich gerufen hatte.

»Ich gehe raus«, sagte ich. »Ich gehe jetzt verdammt noch mal da raus! Wir müssen nachsehen, ob es Harper ist.«

Doch ich kam nur zwei Schritte weit. Vater hielt mich am Arm.

»Tu das nicht. Es ist Nacht, Sohn. Niemand mit einem reinen Gewissen ist in der Dunkelheit unterwegs. Irgendjemand will dich aus dem Schutz der Kirche locken.«

»Harper ist gewiss nicht freiwillig in der Dunkelheit unterwegs.«

»Hör auf deinen Vater, Kontz«, sagte auch der Halbritter,

»es gibt Geister, die dich des Nachts in die Irre führen, Irrlichter, die dich in den Weiher locken. Bleib bloß hier. Ein Vater weiß mehr als tausend Söhne.«

Dann war die Stimme wieder zu hören. Dieses Mal rief sie meinen Namen nicht. Sie schrie. Es war ein kurzer, gellender Schrei, der plötzlich abriss. Es klang, als sei die Stimme nun weiter von der Kirche entfernt als beim ersten Mal. Und es klang weiß Gott nicht nach Harper. Nur ein paar Wimpernschläge später hörten wir unsere Pferde im Stall wiehern.

Ich sah meinen Vater an und wand mich aus seinem Griff. »Wir lösen dieses Rätsel nicht, wenn wir uns ihm nicht stellen. Es reicht, ich gehe raus.«

Ich stampfte aufs Portal zu. Noch bevor mich Edmund und der Halbritter aufhalten konnten, nahm ich den Riegel von der doppelflügeligen Tür und stieß sie auf. Sofort fuhr mir der Wind ins Hemd wie der kalte Atem eines Riesen, der mich umpusten wollte. Schon waren Edmund und Rost neben mir und hielten mich fest. Sie brauchten es nicht, denn ich wäre keinen Schritt vor die Kirche gegangen. Die Nacht war schwarz, ich sah die Bauernhütten nur als Schattenrisse, und die Bäume, die der Sturm hin und her warf, standen um das Dorf wie feixende Gerippe, die sich über uns lustig machten. Inmitten dieses düsteren Bildes erhob sich der Widderkopf auf dem Dorfplatz. Die Hörner schienen genau auf mich gerichtet zu sein.

Von einem Menschen war nichts zu sehen. Wer auch immer mich gerufen hatte, hätte hier sein sollen. Aber vor der Kirche stand niemand. Und ich sah auch kein Fackellicht, nirgendwo. Vater hatte recht. In der Dunkelheit war kein rechtgläubiger Mensch unterwegs.

»Harper!«, rief ich in die Nacht hinaus. Es kam keine Antwort.

»Tür zu!«, schrie der Priester. »Die Lampe geht aus.«

Ich trat einen Schritt zurück und warf das Portal wieder zu. Edmund und der Halbritter legten den Balken vor. Die flackernde Flamme der Öllampe beruhigte sich wieder.

»Hab ich Euch's nicht gesagt, Jorißʼ Sohn? Da ist nichts, nichts außer den Knechten der Hölle.«

Ich sagte nichts. Ich mahnte den Priester nicht einmal zur Ruhe. Stattdessen ging ich zurück zu meinem Platz an der Wand und hockte mich wieder hin. Die anderen folgten bald meinem Beispiel, und auch Priester Arnold kehrte zum Altar zurück und setzte seine Gebete leise fort. Und dann fragte ich mich, welchen Schutz uns die dicken Mauern dieser Kirche bieten wollten. Wir lagen auf dem Boden, auf dem erst ein paar Tage zuvor die Bauern dieses Dorfes einen rätselhaften Tod gestorben waren.

Obwohl ich schon in der Nacht zuvor im Palast des Erzbischofs kaum Schlaf gefunden hatte und müde wie ein Hund war, obwohl das Rauschen des Windes und das Murmeln des Priesters einschläfernd wirkten, blieb ich nun wach. Nicht, weil ich es wollte. Ich konnte nicht schlafen. Meine Gedanken schwirrten umher wie ein wilder Schwarm Bienen. Und ich hatte Angst.

Angst davor, dass mich ein Dämon im Schlaf überfiel und in mich fuhr. Angst davor, dass die Neuntöter auch mich holen wollten. Warum sollten sie vor Fremden haltmachen? Warum sollten sie nur Verwandte ins Reich der Toten holen? Vielleicht war ihre Mordlust noch nicht gestillt. Sie lagen nur wenige Schritte entfernt auf dem Kirchhof. Immer wieder horchte ich in mich hinein, ob meine Kräfte schwanden. Ob Leben aus meinem Körper gesaugt wurde.

Ich kann wahrlich nicht sagen, dass ich ein ängstlicher

Mensch bin. Als Kind hatten mich die Geschichten über Aufhocker und kopflose Reiter noch das Fürchten gelehrt, und es gab keinen Abend, an dem ich vor dem Schlafengehen nicht ein Dutzend Mal den Strohsack aufgeschüttelt hatte, bevor ich mich darauflegte, damit sich auch wirklich kein Kinderschreck darunter verstecken konnte, kein schwarzer Mann und kein Kobold. Und von der Erft hatte ich mich als Junge ferngehalten, denn der Flussmann durfte gerne ungezogene Kinder holen, die sich zu nah ans Wasser wagten, nicht aber mich.

Doch daran glaubten eben nur Kinder. Ihnen erzählte man Geschichten von Wassergeistern, damit sie sich vom Fluss oder einem Weiher fernhielten und dort nicht ertranken, vom Sandmann, damit sie abends brav zu Bett gingen aus Angst, er könnte ihnen Sand in die Augen streuen, bis sie bluteten, oder vom schwarzen Mann, damit sie nicht mit Fremden mitliefen.

Vater schlief schon wieder tief. Sein Atem rasselte.

»Rost?«, flüsterte ich. Der Halbritter lag neben mir. »Bist du noch wach?«

Rost öffnete die Augen. »Je mehr man schläft, je weniger lebt man, Kontz.«

»Was weißt du über Neuntöter?«

»Ich fürchte, zu viel.«

»Dann sag mir, was du weißt.«

Rost wendete mir den Kopf zu, doch seine Augen lagen im Schatten. Ich konnte seinen Blick nur ahnen.

»Man nennt sie auch Totenlecker«, flüsterte er. »Oder Nachzehrer. Die Neuntöter sind eine besondere Form der Nachzehrer. Nachzehrer machen keine Unterschiede, wen sie ums Leben bringen. Neuntöter sehr wohl. Sie holen sich nur ihre nächsten Verwandten. Kinder, die mit Zähnen geboren werden, werden zu Neuntötern. Oft ist der Neuntöter schon im Leben ein böser Mensch. Aber auch jeder harmlose Tote kann zum Neuntöter werden, wenn man bei der Beerdigung nicht aufpasst. Nichts darf ihnen ins Gesicht oder gar in den Mund hängen, kein Zipfel vom Totentuch, nicht einmal ein Blümchen. Denn sonst saugen und lecken sie daran, kaum dass sie unter der Erde sind, ja, mancher fängt gar schon bei der Aufbahrung an, die Lippen zu schürzen und nach einem Stück Stoff zu schnappen.«

Ein Geräusch ließ uns herumfahren. Edmund war aufgestanden. Er begann, auf und ab zu gehen. Auch der Priester, der gerade am Altar Öl in die Lampe nachfüllte, sah zu ihm herüber. Edmund blieb stehen, beugte sich vornüber und hielt sich den Bauch. Nach einer Weile ging er wieder los, blieb erneut stehen und stützte sich auf den Knien ab.

»Was ist, Edmund?«, fragte ich.

Edmund winkte ab. Und lief wieder hin und her. Manchmal blieb er stehen und stöhnte. Rost und ich sahen uns an.

»Habt Ihr Schmerzen?«

»Nein, nein.« Edmund setzte sich an die Wand und kauerte sich zusammen. »Alles gut, lasst mich einfach.«

Ich behielt Edmund noch ein wenig im Blick, wandte mich bald aber wieder dem Halbritter zu.

»Warum machen sie das? An ihrer Kleidung saugen und lecken.«

»Um ihren Verwandten die Lebenskraft auszusaugen. Ich weiß nicht, wie das geschieht, aber sie können es, auch auf große Entfernung. Gehst du an einem Grab vorbei und hörst das Schmatzen, dann weißt du, es wird bald ein Angehöriger des Toten sterben, wenn du nichts dagegen unternimmst. Solange der Neuntöter am Laken oder an seinem Hemd saugt, hört das Sterben nicht auf.«

»Das hab ich schon verstanden. Aber warum? Warum wollen sie anderen die Lebenskraft aussaugen?«

Rost verzog den Mund. Er grübelte.

»Die üblichen Gründe. Wie das auch bei Wiedergängern eben so ist, die nach dem Tod keine Ruhe finden. Mal waren es im Leben einfach nur schlechte Menschen. Ein anderes Mal ist bei der Beerdigung schlampig gearbeitet worden. Du weißt schon, das falsche Totenhemd, der Priester liest die Messe nicht richtig, oder die Leiche wird nicht richtig aufgebahrt, die Füße nicht nach Osten, nach Jerusalem, wie es sein soll. Tausend Fehler können geschehen, und schon haben wir es mit einem Untoten zu tun, der Rache nehmen will. Bei den Nachzehrern und Neuntötern ist es oftmals schlicht die Gier nach Leben. Oder sie haben sehr an ihren Angehörigen und ihren Freunden gehangen. Deswegen sind ja unter den Neuntötern auch so viele Kinder. Weil sie im Leben andere Menschen noch so sehr gebraucht haben. Sie wollen im Tod nicht allein sein. Mancher Neuntöter soll gar die Pest über sein Dorf gebracht haben. Aber am schlimmsten sind die Doppelsauger.«

»Doppelsauger?«

»Dann ist die Mutter schuld. Wenn sie ihren Säugling entwöhnt hat, ihm aber nach einem Tag noch mal die Brust gibt, dann wird er nach dem Tod zum Doppelsauger. Die Leiche verwest nicht, und sie zehrt nicht nur am Totengewand, sondern auch an der eigenen Brust und frisst das eigene Fleisch auf.« Rost rückte ein Stück näher auf mich zu. »Von den Doppelsaugern sagt man, dass sie sogar aus dem Grab auferstehen können, um in der Nacht anderen Menschen das Blut auszusaugen.«

»Das glaubst du doch selbst nicht.«

Rost packte mich am Hemd und zog mich zu sich. »Kontz,

du siehst doch selbst, was hier geschehen ist. Soll das mit rechten Dingen zugegangen sein? Das ganze Dorf ist tot. Und niemand weiß, wie die Menschen zu Tode gekommen sind.«

Edmund, der noch immer an der Wand saß, machte sich wieder bemerkbar. Er blies die Backen geräuschvoll auf, streckte die Beine von sich und zog sie wieder heran.

»Edmund?«

Er winkte abermals ab.

»Und die Neuntöter verlassen ihre Gräber nicht?«, wandte ich mich wieder Rost zu.

Er schüttelte heftig den Kopf. »Nein, nein, die gewöhnlichen Neuntöter nicht. Sie töten aus den Gräbern heraus. Einfach nur, indem sie saugen. Als Verwandter merkst du nur, wie du mit einem Mal Kraft verlierst. Du wirst immer schwächer und schwächer, und irgendwann kippst du einfach um. Und bist tot.«

Edmund stöhnte laut auf. Ich ging zu ihm, hockte mich vor ihn hin und fasste ihn an den Schultern, ja ich schüttelte ihn sogar.

»Die Nachzehrer«, flüsterte Rost. »Sie holen ihn. Sie saugen ihn aus.«

»Edmund, Ihr sagt mir jetzt auf der Stelle, was los ist. Wir sind in Sorge.«

Im matten Licht der Lampe sah ich sein von Qualen verzerrtes Gesicht. Edmund fasste sich abermals an den Bauch.

»Edmund!«

»Ich … ich muss mal.«

»Was?«

»Himmel, ich muss scheißen!«, zischte er. »Meine Därme platzen gleich, wenn ich jetzt nicht mache.«

Und dann verstand ich die Not, in der Edmund sich befand. Er wollte nicht vor die Tür.

»Arnold«, rief ich dem Priester zu. »Habt Ihr hier einen Abtritt?«

»In der Kirche? Warum das denn?«

»Wegen Edmund«, sagte ich zu Arnold und deutete mit dem Kopf auf das bedauernswerte Bündel neben mir.

»Ach so. Nein. Da muss er raus.«

»Ich geh nicht raus«, sagte Edmund. »Auf keinen Fall.«

»Ich kann Euch begleiten«, bot ich an.

»Und mir die Hand halten? Nein, ich gehe nicht raus.«

Ich erhob mich und trat zu Arnold.

»Wie habt Ihr das denn bis jetzt geregelt?«

»Das Problem hat sich mir noch nicht gestellt.«

»Habt Ihr denn in der Sakristei kein Eckchen?«

Der Priester riss die Augen auf, und ich gestehe, ich konnte seine Empörung gut verstehen. »Ihr wollt ihn doch nicht in der Kirche in eine Ecke machen lassen. Das ist ein heiliges Haus.«

»Durch den Tod der Bauern ist die Kirche doch ohnehin entweiht.«

»Aber es ist immer noch das Haus des Herrn! Geweiht oder nicht.«

»Ein Eimer. Den wird es doch hier geben.«

»Das kann nicht Euer Ernst sein. Himmel, das wird doch stinken.«

»Nein«, sagte Edmund, der unser Gespräch mitbekommen hatte. »Ich scheiße nicht in Gottes Haus. Nicht in eine Ecke und nicht in einen Eimer.«

Vater wachte auf. Sein Schlaf war nicht sehr fest. Er setzte sich auf.

»Was ist los?«, brummte er. »Kann man denn hier nicht mal ein bisschen Ruhe finden.«

»Edmund muss mal«, flüsterte ihm der Halbritter zu. Und

etwas leiser, jedoch noch laut genug, dass ich es hören konnte, setzte er hinzu: »Groß.«

»Soll er doch.«

Edmund zog die Knie an und umfasste seine Beine. Auf seiner Stirn standen Schweißperlen.

»Ich geh nicht raus, und hier mach ich nicht.«

Mir reichte es. Ich schritt in der Kirche umher und suchte nach einer Lösung für Edmunds großes Problem. Außer dem hölzernen Altar und ein paar Heiligenfiguren in kleinen Nischen in den Wänden befand sich nichts im Kirchenschiff. Hinter einer Tür lag die Sakristei, in der zwei Truhen standen, dazu gab es noch eine kleine Pforte, die wohl nach draußen führte und sicher verschlossen war. Sonst nichts. Dann kam mir ein Einfall. Es gab eine Möglichkeit, wie sich Edmund draußen erleichtern und dabei doch drinnen bleiben konnte. Ich ging wieder zu Arnold.

»Habt Ihr Glas in den Fenstern?«

»Nein, nur gewachstes Tuch.«

»Dann verschaffen wir uns jetzt ein wenig frische Nachtluft.«

Der Priester zeigte mir eines der Kirchenfenster, und ich entfernte die Bretter, die Arnold davorgenagelt hatte, zumindest jene, an die ich heranreichen konnte. Ich schaffte aber nicht genug.

»Rost, komm her.«

Ich hob ihn auf die Schulter und hielt ihn an das Fenster.

»Nimm die Bretter ab«, forderte ich ihn auf.

Er tat sein Bestes. Es fiel dem kleinen Kerl nicht so leicht wie mir, die Bretter abzureißen, zumal er auf meiner Schulter nun wahrlich keinen festen Halt hatte.

»Soll ich die Truhe holen?«, fragte Arnold. »Die habe ich benutzt, um die Bretter festzunageln.«

»Schon gut«, sagte Rost von oben herab. »Ich hab's gleich.«

Ein Brett nahm er noch ab, dann war die Lücke groß genug. Rost zog sein Messer aus dem Gürtel und schnitt ein Loch in das Tuch.

»Edmund«, rief ich und setzte Rost ab. »Kommt, jetzt seid Ihr dran.«

Edmund sah ungläubig zu uns herüber. »Was denn?«

»Das ist doch jetzt nicht so schwierig. Hängt Euren Hintern hier raus und lasst unter Euch, was Euch bedrückt.«

Der Zweifel nistete nicht lange in Edmunds Gesicht. Schnell erhob er sich und kam zu uns herüber. Ich hielt ihm eine Räuberleiter, und Edmund schwang sich auf den Sims. Er band die Schnüre seiner Beinlinge auf und zog die Hosen runter. Mit den Händen hielt er sich innen an der Fensteröffnung fest und schob sein Hinterteil durch das Loch in die Nacht hinaus. Auch im schwachen Licht der Öllampe war Edmunds Gesicht doch deutlich die Erleichterung anzusehen, und wer es nicht sehen konnte, hörte doch die Geräusche, die beredt Zeugnis davon ablegten, wie Edmund seinen Darm entleerte. Und gewissermaßen spürte auch ich eine Linderung, als ich sah, wie sich Edmunds Züge mit jedem Pressen entspannten. Er brauchte nicht viel Zeit, höchstens so lange wie zwei Vaterunser.

»Habt Ihr irgendwo eine Handvoll Stroh für mich?«, rief er dem Priester zu.

Arnold schüttelte den Kopf, verschwand dann aber kurz in der Sakristei. Als er zurückkam, hielt er ein Tuch in der Hand. »Nehmt das und werft es danach nach draußen. Aber wascht es mir morgen gut aus. Ich hab nichts zu verschenken.«

Edmund wollte sich an der Fensterleibung nach innen ziehen, um das Tuch entgegenzunehmen. Doch plötzlich schrie er auf, es war ein gellendes Gebrüll. Edmund stürzte mit Schwung aus dem Fenster und knallte auf den Kirchenboden, den nackten Hintern in die Höhe gereckt. Er wollte wegrennen, doch weil sich die Beinlinge um seine Knie verheddert hatten, krabbelte er auf allen vieren davon. Ich dachte zunächst, Edmund sei einfach nur aus dem Fenster gefallen. Aber dann begann er, um Hilfe zu rufen, immer lauter, er hörte gar nicht mehr auf.

»Was ist?«, rief ich ihm zu.

»Am Fenster, am Fenster, es will mich holen!«

Edmund war bis an die gegenüberliegende Kirchenwand gehastet und gestolpert. Mit dem Rücken zur Wand zog er die Beinlinge wieder hoch.

Rost nahm sein Messer, ich mein Schwert. Doch ans Fenster trauten wir uns nicht. Wir lauschten, und erst da merkte ich, dass der Regen aufgehört hatte. Allein der Wind blies noch, doch nur leicht. Ein dunkles Rauschen. Als ob ein Riese vor der Kirche langsam ein- und ausatmete. Durch das kleine Loch über unseren Köpfen sahen wir nichts als die rabenschwarze Nacht.

»Was war da, Edmund?«, sagte ich. Den Blick hielt ich aufs Fenster gerichtet.

»Irgendwas hat mich geschlagen.«

»Sicher, dass du dir das nicht eingebildet hast?«, fragte mein Vater.

»Ich schwöre Euch, mich hat etwas geschlagen. Ich schwöre es.«

Ich gab Rost ein Zeichen. Er sollte die Bretter nehmen.

»Ich gehe davon aus, dass niemand mehr unseren Behelfsabtritt benutzen will«, sagte ich. »Also nageln wir das Fenster jetzt wieder zu. Ich habe keine Lust auf ungebetenen Besuch. Von wem auch immer.«

Rost nahm die Bretter und reichte mir das erste. Priester

Arnold kam und gab mir einen Hammer. Vorsichtig trat ich ans Fenster, hielt das Brett an die Öffnung und nahm die Nägel, die ich auf den Sims gelegt hatte. Brett um Brett nagelte ich wieder vor das Fenster, und mehr als einmal schlug ich mir auf die Finger, weil ich doch immer wieder auf das Fenster achtete anstatt auf Hammer und Nagel.

Die oberen drei musste Rost wieder übernehmen. Ich hob ihn auf meine Schultern, Vater gab ihm Hammer und Bretter an. Die Nägel hatte der Halbritter sich bereits in den Mund gesteckt. Und während Rost den Hammer schwang, stöhnte Edmund, als plagte ihn erneut der Darm. Doch das musste warten. Erst mussten wir die Kirche wieder zu unserer Festung machen. Rost nagelte, was das Zeug hielt.

»Kannst du was sehen, Rost?«

»Nein«, brummelte der Halbritter, der immer noch zwei Nägel im Mund hatte. »Zu dunkel.«

Er nahm das letzte Brett und wollte es gerade an die restliche Aussparung halten, als er dermaßen zuckte, dass er mir fast heruntergestürzt wäre. Der Hammer fiel nur knapp neben meinem rechten Fuß zu Boden. Ich konnte gerade noch das Gleichgewicht und den Halbritter auf meinen Schultern halten.

»He!«, schrie ich. »Pass auf!«

»Da ist was, irgendwas ist da draußen!«

»Hab ich doch gesagt«, sagte Edmund.

Vater schob Rost auf meiner Schulter zurecht und gab ihm den Hammer wieder an. »Weiter, Rost, nur noch ein Brett.«

»Ich mach das nicht.«

»Nur noch ein Brett. Los jetzt.«

Ich spürte, wie der Halbritter nach kurzem Zögern über mir nickte, und ging mit ihm zurück ans Fenster. Hastig nagelte Rost das letzte Brett fest.

»Fertig«, sagte er, und ich trat schnell zwei Schritte zurück und ließ Rost wieder auf seine Füße.

»Vielleicht hab ich's mir auch eingebildet«, sagte er. »Aber es kam mir so vor, als wäre da was. Irgendwas.«

»Das wird es sein«, sagte Vater. »Wir spielen alle ein wenig verrückt. Da wird schnell aus einem Windhauch ein Schlag auf den Hintern.«

»Ein Windhauch? Ein Windhauch?«, schrie Edmund. »Kommt her und schaut es euch an, ihr alle, kommt sofort her! Schaut euch den Windhauch mal an!«

Wir gingen rüber zu ihm, am schnellsten war jedoch Arnold, der vom Altar herübereilte wie ein aufgeregtes Huhn und dabei die Öllampe hielt, die er mühsam mit einer Hand gegen den Luftzug schützte. Edmund ließ seine Beinlinge ein Stück herunter und zeigte uns seinen blanken Hintern. Arnold hielt die Lampe an die Pobacken.

Der Striemen, der sich über Edmunds Gesäß zog, war blutig. Eine lange rote Linie. Sie begann am Ende des Rückens, führte hinab und endete auf der Rückseite des linken Oberschenkels. Mitten auf der Pobacke war die Schramme besonders tief. Der Riss ging bis ins Fleisch.

»Und? Sieht das aus wie ein Windhauch?«

Arnold schlug sich gleich auf Edmunds Seite. »Ich hab's euch gesagt. Ich hab euch gewarnt. Aber mir will ja keiner glauben.«

»Gemach, Männer«, sagte ich. »Wir stecken hier alle zusammen drin und sollten jetzt auch zusammenhalten. Was kann das gewesen sein?«

»Vielleicht war das ja dieser Harper, der sich einen schlechten Scherz mit uns erlaubt«, sagte Vater. Er beugte sich vor, um sich die Wunde genauer anzusehen. »Erst hört er sich an, was Arnold über das Dorf erzählt, und jetzt sitzt er in einer der Bauernhütten und spielt uns übel mit, mit all den Dingen, die er von Arnold gehört hat.«

»Unfug«, gab ich zurück. »Ihr glaubt doch nicht, dass wir von Köln hier rauskommen, um diese Todesfälle aufzuklären, und dann treibt einer von uns solche Streiche. Blanker Unfug.«

»Jedenfalls war es kein Neuntöter«, sagte Vater, der mit seiner Nase nun sehr nah an Edmunds Hinterteil war. »Ein Neuntöter tötet aus dem Grab heraus, er greift nicht an. Her mit der Lampe. Schnell.«

Arnold hielt das Licht noch näher an Edmunds Hintern.

»Was ist?«, fragte Edmund. »Jetzt sagt schon! Was ist denn da?«

Vater betrachtete die Gesäßhälfte auch von rechts und links. Dann sagte er: »Es war eine Kralle.«

Nun rückte auch ich noch ein Stück näher heran. Er hatte recht. Zu beiden Seiten des Striemens war jeweils ein weiterer Striemen zu sehen, jedoch nicht so deutlich und nicht blutig, sondern nur als rote Erhebungen auf der Haut.

»Wahrscheinlich war es nur ein Tier«, sagte Vater. »Eine Katze vielleicht.«

»Ein Tier?«, fragte Edmund. »Welches Tier lauert in der Nacht an Kirchenmauern und wartet darauf, dass jemand seinen Arsch nach draußen streckt? Verzeiht, aber das ist doch Unsinn, Herr Joriß.«

»Würdest du dir gern auf den Kopf scheißen lassen, Edmund? Ich kann das Viech gut verstehen.«

»Jetzt ist Schluss«, fuhr ich dazwischen. »Wir wissen nicht, was es war. Wir wissen auch nicht, ob der Halbritter etwas gesehen hat. Aber wir haben alle das Klopfen und die Rufe gehört. Irgendetwas ist da draußen, und wir lassen uns nicht auf dieses Spiel ein, das der Priester hier schon eine Nacht hat ertragen müssen. Unser Feind hat einen Vorteil – die Nacht ist sein Freund. Diesem Kampf stellen wir uns nicht, denn in der Dunkelheit sind wir machtlos. Also legen wir uns schlafen und halten abwechselnd Wache, wie wir es von Anfang an vorhatten. Was auch immer draußen geschieht, welche Geräusche auch immer zu hören sind, wir lassen uns nicht aus dem Schutz dieser Kirche locken. Angst brauchen wir nicht zu haben. Soweit ich weiß, holen die Neuntöter nur ihre Verwandten. Uns nicht. Morgen dann werden wir sehen, ob unser Feind das Licht scheut oder ob er es wagt, uns unter der Sonne gegenüberzutreten. Dann hätten wir Waffengleichheit.«

»Gut gesprochen«, sagte Vater. »So machen wir es.«

Edmund zog sich die Beinlinge hoch und schnürte sie zusammen. »Ich übernehme die nächste Wache. Mir tut der Hintern so weh, ich werde sowieso erst mal nicht schlafen können.«

Während der Priester sich wieder hinter seinen Altar verkroch und Edmund im Kirchenschiff umherging, legten Vater, Rost und ich uns an die Kirchenwand.

»Scheiße«, flüsterte ich.

»Ich hab's auch gerochen«, sagte Vater und grinste dabei. »Er hätte sich ja doch den Hintern abwischen können, bevor er uns hat draufgucken lassen.«

Beinahe hätte ich gelacht. Aber mir wollte noch nicht mal ein Schmunzeln auf die Lippen klettern. Nicht, weil mich unsere Lage zu sehr bedrückt hätte. Nein, bei Vaters Worten spürte ich umso stärker, wie sehr er sich verändert hatte. Gewiss, er hatte den Priester geohrfeigt. So kannte ich ihn. Aber er war beileibe nicht mehr so aufbrausend wie früher, so zupackend. Nicht mehr so laut. Und Späße hatte er früher nie gemacht. Nie. Das war der erste Scherz, den ich je von ihm gehört hatte. Ich nickte Vater zu, der sich umdrehte und bald leise zu beten begann. Auch das kannte ich nicht von ihm. Irgendwann ging das Murmeln in Schnarchen über. Vaters Atem rasselte wie schon zuvor. Ich beneidete ihn um seinen schnellen Schlaf.

Der Halbritter neben mir war noch wach.

»Rost, sag mir eines«, flüsterte ich, »was kann man gegen die Neuntöter machen? Wie sorge ich dafür, dass sie mit dem Töten aufhören? Für immer?«

»Einfach«, gab Rost leise zurück. »Du musst sie am Saugen hindern.«

»Wie?«

»Indem du ihnen Steine in den Mund legst. Daran beißen sie sich fest. Auf jeden Fall solltest du alle Stoffe und Tücher, überhaupt alles, woran sie saugen können, aus dem Grab nehmen. Also alles, was weich ist.«

»Was noch?«

»Am sichersten ist es natürlich, wenn man ihnen den Kopf ganz abtrennt. Schwert, Schaufel, völlig gleich. Rübe ab, und gut ist. Oder indem du sie verbrennst. Ich habe auch gehört, dass es schon genügen soll, ihnen einen Pfahl durch den Leib zu treiben. Aber ich weiß nicht, wie sie das vom Saugen abhalten soll. Warum fragst du, Kontz?«

»Wir werden etwas unternehmen müssen.«

Rost rutschte näher an mein Gesicht heran. »Du willst sie ausgraben?«

»Morgen. Morgen bei Tageslicht.«

Neuntöter

In einen tiefen Schlaf kam ich nicht mehr, und so war es möglich, dass mich ein Geruch zu wecken vermochte. Es war ein bitterer Duft, der mich die Nase rümpfen ließ. Er schien mir bekannt, doch konnte ich ihn nicht einordnen. Ich bewegte meinen Kopf ein wenig von der Quelle des Geruchs weg und stieß dabei mit der Hand gegen ein Stück Holz, das zwischen Vater und mir im festgestampften Lehmboden der Kirche steckte.

Ich öffnete die Augen und sah direkt vor mir mein Messer, das bis zum Schaft in die Erde getrieben war. Nach all den verrückten Dingen, die ich in den vergangenen Stunden erlebt hatte, weigerte ich mich, mir auch noch darüber Gedanken zu machen. Wahrscheinlich hatte ich mein Messer im Schlaf in die Erde geschoben. Vielleicht hatte ich im Traum mit einem Neuntöter gekämpft. Auf jeden Fall aber hielt ich das Messer im Boden für nicht wunderlich genug, um noch länger wach zu bleiben.

Nur der eigenwillige, herbe Geruch beschäftigte mich noch eine kleine Weile. Aber ich kam einfach nicht darauf, wonach es roch. Kaum hatte ich das Messer weggesteckt, war jedenfalls auch der Geruch verschwunden. Ich vergewisserte mich, dass Edmund noch immer brav Wache schob, und schlief mit der Erleichterung, dass die Klinge niemanden verletzt hatte, wieder ein.

Die Nacht blieb ruhig, wofür ich dem Herrn am Morgen gleich mehrfach dankte. Ich erwachte, als mich ein Sonnenstrahl traf, der durch eine Bretterritze fiel. Alle anderen schliefen. Niemand hielt Wache. Wahrscheinlich waren alle wegen der Ereignisse in der Nacht völlig übermüdet gewesen. Mich hatte jedenfalls niemand geweckt, um die Wache zu übernehmen. Die Vögel zwitscherten, und das beruhigte mich. Wo Gesang ist, kann nichts Böses sein.

Edmund lag auf dem Bauch. Der Grund für die Stellung war wohl an seinem Hintern zu suchen. Der Priester schlief sitzend neben dem Altar. Vater und Rost ruhten noch immer rechts und links neben mir. *Vater.* Sein Gesicht war fahl, seine Stirn feucht. Er schwitzte stark. Ich ließ ihn liegen, stand auf und kontrollierte, ob auch die anderen noch lebten. Sie lebten. Die Neuntöter hatten uns verschont. Aber Harper war nicht zurückgekehrt, wenigstens nicht zu uns in die Kirche.

Ich ging zum Portal, nahm den Riegel weg und öffnete beide Flügeltüren, um endlich die Sonne hereinzulassen. Das Licht drang mit Macht herein und bannte die Dunkelheit auch in der Kirche. Der Sturm hatte sich in der Nacht kräftig ausgetobt, nun war draußen alles friedlich. Die Hühner scharrten schon wieder auf den Wegen, und das Schwein erfreute sich grunzend der großen Pfütze, die der Regen in seinem Pferch gebildet hatte. Auch der Widderkopf war noch immer an Ort und Stelle. Die Fliegen hatten über Nacht nicht vergessen, wo sie ihn gestern Abend zurückgelassen hatten. Die Luft war nicht so schwül, wie ich sie nach einem solchen Wolkenbruch erwartet hätte, und die Wege waren nicht so verschlammt. Nach der Hitze der vergangenen Wochen waren die Böden sicher so trocken, dass sie den Regenguss dankbar aufgenommen hatten.

»Und?« Rost war neben mich getreten und schaute misstrauisch nach draußen.

»Die Luft ist rein, soweit ich das sehen kann.«

»Willst du das wirklich gleich machen, Kontz?«

»Ja, will ich. Aber erst, nachdem wir das Dorf durchsucht haben. Jede Hütte. Jeden Stall. Und du wirst dich gleich mit dem Priester zusammensetzen, und dann werdet ihr beiden überlegen, ob wirklich alle Bauern auf dem Friedhof liegen oder ob hier noch der eine oder andere unterwegs ist. Als Lebender, meine ich, nicht als untoter Toter.«

»Ich war schon lange nicht mehr hier, Kontz. Die meisten Toten habe ich wahrscheinlich gar nicht gekannt.«

»Trotzdem. Du bist mit Mundt vermutlich vertrauter als dieser Pfaffe.«

Wir weckten die anderen. Vater war nicht so leicht wach zu bekommen, und als er endlich auf den Beinen war, schüttelte ihn ein heftiger Husten. Er wankte schlaftrunken aus der Kirche, und ich folgte ihm sicherheitshalber. Er stützte sich an der Kirchenwand ab und hustete weiter, bis er wieder Blut spuckte. Langsam kam er zu Atem.

»Geht schon«, sagte er, als ich meine Hand auf seine Schulter legte.

»Sicher?«

»Ja, keine Sorge, das ist jeden Morgen so, seit ein paar Wochen schon.«

»Keine Sorge? Ihr scherzt wohl. Ich sollte Euch umgehend heimschicken. Oder besser noch nach Köln, damit sich ein Heilkundiger um Euch kümmern kann, einer, der etwas von seiner Kunst versteht.«

»Ein Heilkundiger kann mir nicht helfen, Sohn, ich muss mich mit Gott versöhnen, dringend. Er straft mich. Diese Krankheit, die mich von innen auffrisst, die mich in tausend Stücke reißt, bis ich mich selbst ausspucke, ist meine Strafe für mein sündiges Leben. Gott und ich werden reden müssen, und ich fürchte, es dauert nicht mehr lange.«

»Dann macht doch auf Erden Frieden mit all jenen, die

Ihr verletzt habt. Es wird Euer Gespräch mit Gott sicher um einiges erleichtern.«

Vater schwieg. Er sah mich nicht an. Er nestelte an seinem Gürtel, als suchte er sein Tuch.

»Es sind zu viele. Du weißt es, ich weiß es. Ich habe zu vielen wehgetan. Auch dir, Kontz. Ich muss mir etwas anderes einfallen lassen. Frieden machen, das wird nicht gehen. So viel Zeit habe ich nicht, also fange ich es gar nicht erst an.«

Ich ließ den sturen alten Hund stehen und betrat die Kirche. Wir nahmen noch mal Edmunds Wunde in Augenschein, die aber keine Schwierigkeiten zu machen schien, abgesehen davon, dass sie in der Nacht genässt und sich mit Edmunds Beinlingen verklebt hatte. Das war allerdings durch einen kräftigen Zug am Stoff schnell erledigt, wenn auch für Edmund auf schmerzhafte Weise.

Nachdem sich Vater wieder zu uns gesellt hatte, nahmen wir unser Frühstück ein. Noch waren unsere Vorratstaschen gut gefüllt, also gaben wir dem Priester gern von unserem Essen ab. Trockenes Brot, harter Käse, Dörrfrüchte, dazu das Wasser aus unseren Schläuchen. Das musste genügen. Sollte sich unser Aufenthalt verlängern, würden wir die Hühner und vielleicht das Schwein schlachten, die ja niemandem mehr gehörten. Nach der Mahlzeit stellten wir uns am Altar zu einem Gebet zusammen. Einen Gottesdienst hielt der Priester nicht für angebracht, da wir davon ausgingen, dass die Kirche durch den Tod der Bauern entweiht sein müsste. Zum Abschluss segnete Arnold uns mit einem Kreuz, das er uns mit Weihwasser auf die Stirn malte.

Dann rief ich die Männer vor der Kirche zusammen. Als ich die Truppe sah, die mit mir in den Kampf gegen das Böse ziehen sollte, verließ mich beinahe der Mut. Ein Zwerg, ein vor Angst schlotternder Waffenknecht, der sich in der

Nacht fast in die Hosen gemacht hatte, mein todkranker und aschfahler Vater und ein zermürbter Priester, der sich am liebsten wieder in seiner Kirche verkrochen hätte. Ich vermisste Harper.

»Mit dem Licht kommt der Sieg über das Übel«, hob ich an, »also werden wir mit der Hilfe Gottes und der guten Sonne nun danach forschen, was uns in der Nacht heimgesucht hat. Wir beginnen in den Hütten, gehen aber auch um das Dorf herum und werden uns der Toten annehmen, bevor die Nacht wieder hereinbricht.«

»Der Toten?«, fragte der Priester.

»Ja, der Toten. Ich will wissen, ob wir es mit Nachzehrern zu tun haben.«

»Ihr wollt die Gräber der Kinder öffnen?«

Ich bejahte und sah den Priester dabei fest an. Ich erwartete Protest, aber Arnold beendete den kurzen Augenblick des Zweifelns und Nachdenkens mit einem kräftigen Nicken.

»Ja, ich stimme Euch zu, Joriß' Sohn, wir müssen jeden Verdacht ausräumen. Wenn es Neuntöter sind, müssen wir sie der Erde entreißen und ihnen den Garaus machen.«

»Wir stören die Ruhe der Toten, Sohn«, wandte Vater ein.

»Der Toten? Das wissen wir nicht. Vielleicht sind es Untote. Dann stören sie uns, nicht wir sie. Überzeugen wir uns davon, was sie sind.«

Die vier Männer vor mir nickten, und es tat mir gut, dass auch mein Vater sich willens zeigte, meinen Anweisungen Folge zu leisten.

»Und wir widmen uns den Lebenden.«

»Welchen Lebenden?«, fragte Edmund. »Hier sind doch alle tot.«

»Ich will wissen, ob uns jemand einen Streich gespielt hat. Dieser Jemand könnte noch immer eine Gefahr für uns sein.

Seiner will ich habhaft werden, bevor wir uns um die Toten kümmern. Irgendwer muss ja auch die Blumen auf den Weiher gesetzt haben, die wir gestern gesehen haben. Sollten wir jemanden finden, bringen wir ihn in Sicherheit.«

»In Sicherheit?« Die Stimme des Priesters überschlug sich fast.

»Ja, in Sicherheit. Wir dürfen nicht vergessen, dass wir statt siebenundzwanzig nur sechsundzwanzig Tote haben. Falls noch ein Bauer im Dorf oder in den Wäldern ist, könnte er der siebenundzwanzigste Tote werden. Der Letzte auf der Liste der drei Neuntöter. Also los.«

Während der Halbritter wie von mir aufgetragen den Priester beiseitenahm, gingen Edmund, Vater und ich zu den Bauernhütten hinüber. Da es nur sieben an der Zahl waren, teilten wir uns nicht auf. Außerdem fühlten wir uns alle sicherer, wenn wir zusammenblieben. Wir warfen zunächst einen Blick in den Stall, in dem wir zwei unserer Pferde untergebracht hatten. Sie waren noch da und kauten ruhig an Strohhalmen. Als ich durch die Tür lugte, hoben sie nur kurz den Kopf und knabberten dann weiter. Alles gut. Wäre hier ein Fremder gewesen, hätte mehr Unruhe geherrscht. Ich ging durch den Stall, öffnete ein Lattentor auf der gegenüberliegenden Seite und ließ die Pferde auf den Pferch hinaus, damit sie grasen konnten.

Ich wollte keine Schwäche zeigen und nahm mir die erste Hütte selbst vor, während mein Vater und Edmund mir mit gezückten Schwertern den Rücken frei hielten. Ich ließ die Tür offen, damit wenigstens ein bisschen Licht einfallen konnte, denn durch das kleine Eulenloch im Giebel mochte zwar reichlich Rauch hinausziehen, doch Sonnenlicht passte nur wenig hindurch.

Die Hütte war leer, was ich der Dunkelheit zum Trotz

schnell erkennen konnte, denn sie hatte nur einen Raum. Der gestampfte Boden war durch den starken Regen ein wenig aufgeweicht, es roch nach feuchter Asche. Rund um die Feuerstelle lag platt gedrücktes Stroh, es war wohl die Schlafstelle der Bewohner. Auf einer Bank dahinter stand das Kochgeschirr. Ein Kessel, ein paar Tonkrüge und Schalen, drei Holzlöffel, dazu ein Bottich, in dem faulig riechendes Wasser stand. Ich sah mir den Kessel und die Krüge genauer an. Auf dem Boden eines Krugs waren Reste von Brei, der jedoch festgetrocknet war. Aus diesem Gefäß war schon eine Weile nicht mehr gegessen worden. Ein Tisch, auf dem eine schlichte Öllampe stand, drei Schemel, mehr gab es nicht, nicht einmal eine Truhe.

Die Hütte selbst war in einem schlechten Zustand. Lehm und Stroh waren an vielen Stellen der Wand herausgebröckelt, die Weidenzweige lagen blank. Ich fuhr mit dem Schwert durch die Strohhaufen auf dem Boden, entdeckte aber auch hier nichts, dann trat ich wieder vor die Tür.

»Nichts«, sagte ich zu den anderen. »Keine Spur, dass hier vor Kurzem noch jemand gewesen wäre.«

Wir setzten die Suche in den anderen Hütten fort. Mal ging ich hinein, mal Edmund. Überall das gleiche Bild. Eine Feuerstelle, Stroh, manchmal ein grob gezimmerter Tisch, ein paar Schemel und eine kleine Truhe, aber nicht immer. In einer der Hütten fanden wir nichts außer einem Feuer- und einem Schlafplatz. In den beiden größeren Bauernhäusern, die auch Ställe hatten, sah es anders aus. Die Feuerstellen waren gemauert, es gab eine Anrichte für Töpfe, Teller, Becher, Löffel und Messer, und die Truhen waren verziert, wenn auch auf grobe Art. Die kleinste Hütte musste die des Pfarrers sein. Am Türbalken war ein Kreuz angebracht, es war das einzige, das ich im Dorf fand. Drinnen stand eine Truhe, in der ein einfaches Priestergewand lag. Die feineren Messgewänder waren sicher in der Kirche.

Eine der großen Hütten hatte sogar ein Fenster, in das eine Tierhaut gespannt war. Aber auch hier deutete nichts darauf hin, dass sich noch Menschen im Dorf aufhielten. Als ich mich schon zum Gehen wenden wollte, zogen ein paar Gegenstände, die fein säuberlich in einer Reihe in der Ecke dieser großen Hütte lagen, meine Aufmerksamkeit auf sich. Ich hob sie auf. Ein kleiner Ball aus Leder. Eine Puppe aus Stoff, die mit Stroh gefüllt war. Ein geschnitztes Pferdchen. Ein Schwert aus Holz. Unter diesem Dach hatten auch Kinder gelebt.

Der Anblick des Spielzeugs schmerzte, er versetzte mir einen derart heftigen Stich ins Herz, dass sich mir ein Kloß in die Kehle drückte. Ich stellte mir vor, wie die Kleinen damit spielten. Wie sie sich den Ball zuwarfen. Wie ein Junge Ritter spielte. Wie ein Mädchen die Puppe auf dem Pferd reiten ließ. Und wie die Kinder das geliebte, kostbare Spielzeug am Abend wieder an seinen Platz in der Ecke räumten, um es beim Einschlafen im Licht des Herdfeuers noch einmal anzuschauen. Die Kinder, die man nun für Neuntöter hielt? Schnell legte ich das Spielzeug wieder aus der Hand.

Als ich diese letzte Hütte verließ, fand ich meinen Vater und Edmund wie angewurzelt vor. Mein Vater legte einen Finger an die Lippen und bedeutete mir, still zu sein. Sie sahen zum Stall hinüber, der sich an die Hütte anschloss, und zum Pferch. Die beiden Pferde, die Harper gestern hier untergebracht hatte, waren bereits draußen. Wer hatte sie hinausgelassen? Harper? Nein. Harper hätte sich bei uns gemeldet. Ich verharrte. Ich lauschte.

Rascheln im Stroh.

Vielleicht war es nur ein scharrendes Huhn, vielleicht nur

ein anderes Tier, das Vaters Männer vergessen hatten, als sie das Vieh zur Burg Kaster gebracht hatten. Oder es war ein Wildtier auf der Suche nach Futter?

Ein leises Stöhnen, das durch die Bretterritzen nach draußen drang, gab die Antwort. Es war kein Tier. Es war ein Mensch.

Ich zeigte auf meinen Vater und dann auf den Boden. Er sollte hierbleiben. Er verstand und nickte. Ich zeigte auf Edmund und beschrieb mit meinem Finger einen Bogen hinter die Hütte. Er sollte sich dem Stall von hinten nähern, um den Fluchtweg abzuschneiden, falls es dort eine weitere Tür oder ein Gatter gab. Mit gezücktem Schwert ging er los.

Ich schlug ein Kreuzzeichen und trat auf die Tür zu. Mit dem Fuß stieß ich sie auf und gab im selben Augenblick einen Schrei von mir, der mir Mut und dem Unbekannten Angst machen sollte. Ich stürmte in den Stall und ließ mein Schwert einmal umherkreisen. Dann sah ich den Schatten auf dem Boden, der sich rasch von mir wegbewegte. Wer flüchtet, ist im Nachteil. Also setzte ich nach und hielt dem Bündel mein Schwert an den Körper, bevor es auf die Beine kommen konnte.

»Halt, oder ich stech dich ab! Gib dich zu erkennen!«

Ich hörte Geräusche hinter mir. Edmund und Vater stießen hinzu. Der Unbekannte auf dem Boden war unter meiner Schwertspitze erstarrt.

»Kontz?« Es war eine Frauenstimme. Margriets Stimme! »Bist du das? Oh Gott, Kontz, endlich.«

Ich nahm mein Schwert nicht weg, sondern drückte die Frau ein Stückchen tiefer ins Stroh. Sicher ist sicher. Wusste ich, mit welchen Täuschungen und Wirrungen unsere Feinde vorzugehen vermochten? Ich wusste ja nicht einmal, wer unsere Feinde waren. Margriet jedenfalls sollte nicht hier sein. Warum auch?

»Au! Das tut weh, Kontz. Nimm das Schwert weg, bevor du mich verletzt.«

»Was macht die denn hier?« Vater. Er stand plötzlich neben mir.

»Vater, geht bitte raus. Ich kläre das.«

»Lass dich nicht blenden, Kontz. Ich habe dich mehr als einmal vor ihr gewarnt, Junge. Vielleicht war sie das, heute Nacht.«

Dann ging er. Im Augenwinkel sah ich, dass er Edmund mit sich zog. Nein, ich hatte nicht vor, mich blenden zu lassen.

»Du hast die Frage gehört – was machst du hier?«

Sie schob das Schwert sanft zur Seite. Ich nahm die Waffe ein Stück zurück, richtete sie aber wieder auf ihre Brust, ohne Margriet zu berühren.

»Was soll das mit dem Schwert? Ich bin doch keine Gefahr für dich.«

»Das entscheide ich. Zum letzten Mal. Was machst du hier?«

Langsam gewöhnten sich meine Augen an die Dunkelheit im Stall. Ich sah Staubkörner durch schmale Lichtstreifen tanzen. Margriet rutschte ein Stück weiter weg von mir und dem Schwert. Sie umschlang ihre Knie und schlug die Augen nieder.

»Ich bin deinetwegen hier, Kontz.«

»Meinetwegen?«

»Ja. Mach es mir jetzt nicht noch schwerer. Es ist mir peinlich.«

Ich ging wieder einen Schritt auf sie zu, das Schwert immer noch auf ihre Brust gerichtet.

»Margriet, keine hundert Schritte von hier liegen neunundzwanzig Tote auf dem Friedhof, Männer, Frauen und Kinder, von denen wir nicht wissen, wer oder was sie unter die Erde gebracht hat. Ich verspüre keinerlei Verlangen danach, bald auch auf diesem Friedhof zu ruhen und mir den Dreck von unten anzuschauen. Dass du hier bist, finde ich seltsam. Und Seltsamkeiten habe ich schon zuhauf. Also – warum bist du hier?«

Margriet blickte zu mir auf. Ihre Augen waren groß und schön.

»Wieso hast du Angst vor einer Frau?«

»Vielleicht weil sie mir gestern erst noch den Aussatz an den Schwanz gewünscht hat?«

Sie zuckte mit den Schultern. »Ich hab dich damals verloren, weil ich dumm war, Kontz. Weil ich nicht das Gespräch mit dir gesucht habe. Heute bin ich klüger.«

»Ich auch, Margriet, ich auch.«

»Jetzt machst du es mir ja doch schwer. Nachdem wir uns gestern getroffen haben, ist mir vieles durch den Kopf gegangen. Mir hat leidgetan, was ich dir an den Kopf geworfen hab. Und ich kann nicht glauben, dass dir nichts mehr an mir liegt. Deswegen bin ich hinter dir her. Leider nur zu Fuß. So bin ich erst sehr spät angekommen. Ich dachte schon, ich müsste im Wald schlafen.«

»Ich glaube eher, dass du sehr wohl gemeint hast, was du mir gestern gesagt hast. Und dass du uns heute Nacht diese Streiche gespielt hast, um mir einen Schrecken einzujagen.«

»Ich? Oh nein, um Himmels willen nicht. Das war ich nicht. Ich hatte auch Angst, ich hab mich hier drinnen im Stall versteckt. Ihr wart doch in der Kirche. Warum habt ihr mir nicht aufgemacht?«

Ich nahm das Schwert beiseite, steckte es aber noch nicht ein.

»Also warst du es, die gerufen und geklopft hat?«

Margriet stand auf und sah mich mit weit aufgerissenen Augen an.

»Ihr habt es gehört und mich draußen gelassen? Warum das denn? Ich wäre fast gestorben vor Angst!«

»Wir auch, Margriet. Wir wussten nicht, was da draußen ist.«

»Ich habe deinen Namen gerufen.«

»Keiner von uns hat deine Stimme erkannt. Und als ich dich hab schreien hören, bin ich raus. Aber ich habe niemanden gesehen. Warum hast du geschrien?«

»Als keiner geöffnet hat, bin ich zurück zu den Hütten. Als ich in Höhe des Pfahls mit dem Widderkopf war, stand da plötzlich jemand. Ein schwarzer Umriss. Er stand einfach nur da. Dann streckte er mir beide Arme entgegen, als ob er mich packen wollte. Ich habe geschrien und bin um mein Leben gelaufen, durch die erstbeste Tür. Das war dieser Stall. Danach habe ich noch ein Heulen und Jammern gehört, und jemand hat gegen die Türen im Dorf geschlagen, mit einem Stock oder so. Die halbe Nacht habe ich wach gelegen. Irgendwann bin ich dann doch eingeschlafen. Und eben habt ihr mich aus einem bösen Traum geweckt.«

»Hast du an diesem Menschen irgendetwas erkennen können?«

Margriet schüttelte den Kopf. »Nichts. Ich kann dir nur sagen, dass er sehr groß war. War es ein Wiedergänger, Kontz? Einer von diesen Untoten, die ihr jagt?«

Ich steckte das Schwert zurück in die Scheide, nahm Margriet am Arm und zog sie zur Tür.

»Ich habe nicht den blassesten Schimmer. Wir wissen nicht, was hier vorgeht. Und darum solltest du von nun an bei uns bleiben, bis wir gemeinsam nach Kaster zurückkehren. Wo ist dein Kind?«

»Majann ist versorgt, Kontz. Es gibt in der Burgsiedlung auch noch den einen oder anderen gutherzigen Menschen.«

Wir wurden erwartet. Vater, Edmund, Rost und Arnold standen vor der Hütte und bedachten Margriet und mich mit Blicken, aus denen Missbilligung sprach. Ich konnte sie alle verstehen. Ein Weibsbild konnten wir nicht gebrauchen. Aber keiner der Männer sagte etwas. Um gar nicht erst Streitgespräche aufkommen zu lassen, ging ich in die Mitte des Dorfplatzes und versuchte, den Pfahl umzustoßen. Ich drückte und zog, bis sich der Pfosten in der Erde bewegte und endlich fiel. Der Widderkopf löste sich von der Spitze und kullerte über den Platz. Ich packte ihn bei den Hörnern und trug ihn zum nächsten Misthaufen neben einer der Hütten. Arnolds Gebet begleitete mich. Mit Schwung warf ich den Kadaver auf den dampfenden Mist. Die Fliegen flogen sirrend hinterher. Dann winkte ich Rost zu mir.

»Und?«

Der Halbritter strahlte. »Treffer, Kontz. Auch wenn ich schon seit Jahren nicht mehr hier war, reicht mein Wissen noch aus. Keiner hat an den Einsiedler gedacht.«

»Den Einsiedler?«

»Ja. Seit Menschengedenken gibt es in Mundt immer jemanden, der wie der heilige Irmundus lebt. Ein Schäfer. Oben im Wald, in einer Hütte nah am Weiher. Er kümmert sich um die Schafe des Dorfes und führt sie auf die Gemeinweide. Auch das Weideland ist in der Nähe des Weihers.«

»Und er war nicht unter den Toten?«

»Zumindest weiß Arnold nichts von dem Schäfer. Ich bin mir sicher, es gibt ihn noch.«

»Dann werden wir ihm einen Besuch abstatten, sobald wir mit den Kindern fertig sind.«

Wir besorgten uns in den Ställen zwei Schaufeln und einen Spaten. Vater wusste zum Glück genau, wo auf dem Friedhof die drei Kinder lagen. Auch wenn ihre Gräber zwei Wochen älter waren, ließen sie sich nach dem starken Regen der Nacht doch nicht mehr von den frischen Erdhügeln der anderen Dorfbewohner unterscheiden. Vater ging zielstrebig auf drei Gräber zu, die etwas kleiner waren als die meisten anderen.

Margriet hielt sich im Hintergrund, und Arnold begann inmitten all der Holzkreuze wieder, seine Gebete zu murmeln. Ich hob die Hand und gebot ihm zu schweigen. Auch die anderen waren still. Ich beugte mich über eines der Gräber und lauschte.

Ja, es war etwas zu hören. Jeden Eid hätte ich geschworen, dass ich in jenem Grab ein Schmatzen hörte. Nicht nur einmal. Mehrfach. Und auch Vater, Edmund und der Halbritter hatten es gehört. Ich las es in ihren Gesichtern.

Gewiss, eines muss ich einräumen. Wenn es auf frische Gräber regnet, fällt die Erde nach und nach zusammen. Das tut sie geräuschvoll. Die Erde seufzt, es schmatzt und gluckst. Aber in jenem Augenblick, an jenem Grab, da waren wir uns sicher, dass das Schmatzen aus dem gierigen Schlund eines Neuntöters kam.

»Ein Nachzehrer«, flüsterte mein Vater, »da unten liegt ein Neuntöter. Ein gottverdammter Totenlecker.«

Ich stach die Schaufel in die feuchte Erde. Edmund und auch Vater taten selbiges an den anderen Gräbern. Ich hoffte, Vater übernahm sich nicht. Schippe um Schippe warfen wir die Erde zur Seite, und je tiefer wir kamen, desto trockener wurde mein Mund, er zog sich zusammen, als hätte ich in einen ungewässerten Salzhering gebissen. Immer wieder blickte ich hinüber zu den Gräbern, die von Edmund und meinem Vater ausgehoben wurden. Ich war bereits ein ganzes Stück tiefer als die anderen.

Arnolds Gebete gewannen an Lautstärke, und ich spürte Tropfen, die immer wieder meinen Nacken trafen. Ich sah kurz zum Himmel auf. Keine Wolke zu sehen. Es war Arnold, der die Nässe spendete. Er besprengte uns mit einem Weihwasserwedel.

»Wasser aus dem Weiher«, sagte Arnold. »Ich habe es geweiht.«

Ich war ihm tief dankbar für seine Hilfe. Es war schon wieder sehr warm, mir stand der Schweiß auf der Stirn, er tropfte mir aus den Achselhöhlen. Die Sonne kletterte beständig auf ihren Mittagsstand zu. Und dann geschah es. Ich sah sie, als ich kurz den Rücken geradereckte. Ein Mädchen am Waldrand. Wie ein Geist. Neun oder zehn Jahre alt vielleicht. Die Kleine stand da in einem hellen Hemd, das ihr gerade bis zu den Knien reichte. Sie sah zu uns herüber. Der Anblick war so unwirklich, weshalb ich blinzelte. Dabei rann mir der Schweiß von den Brauen in die Augen. Das Salz brannte so stark, dass ich mir mit dem Stoff meines Ärmels die Augen trocknen musste. Als ich wieder klar sehen konnte, war sie verschwunden. Als wäre sie nie da gewesen.

»Habt ihr sie gesehen?«

»Wen?«, fragte Rost.

»Das Mädchen. Dahinten. Es stand am Waldrand. Es hatte ein helles Hemd an.«

Alle schauten zu der Stelle, auf die ich mit dem Arm deutete. Aber da war niemand mehr, da waren nicht einmal Büsche, hinter denen sich das Mädchen hätte verstecken können. Wohl aber war da ein Bäumchen, ein Hartriegel vielleicht, der in voller weißer Blüte stand.

»Ein helles Hemd, sagst du?« Vater sah mich zweifelnd an.

»Ich glaube eher, als Büttel in Köln verlernt man die harte Arbeit. Das Graben bekommt dir nicht. Ein Blütenkleid sehe ich da oben, ein Hemd nicht.«

Ja, es mochte ein Trugbild gewesen sein. Ich hatte zwei Nächte kaum geschlafen, der Ritt des vorigen Tages steckte mir noch in den Knochen, und die Erlebnisse der vergangenen Stunden waren sehr aufwühlend gewesen. Da durfte ich mich nicht wundern, wenn meine Augen Dinge sahen, die nicht da waren. Ich wunderte mich allenfalls darüber, wie echt dieses Trugbild ausgesehen hatte. Ich schaute noch einmal zu der Stelle am Waldrand, schüttelte den Kopf und wandte mich wieder dem Grab zu.

Die Erde war auch zwei Wochen nach dem Begräbnis noch recht locker, sodass ich gut vorankam, besser als Vater und der kräftige Edmund. Als ich auf etwas Weiches stieß, zuckte ich zurück. Auch die anderen hielten augenblicklich inne. Arnold verstummte, hob aber nach einer kurzen Pause umso lauter wieder mit seinem Gebet an. Edmund und Vater halfen mir, die Erde abzutragen. Der Tote lag nicht sehr tief in der Erde, allenfalls knietief. Bald hatten wir einen hellen, aber völlig verdreckten und durchnässten Leichensack freigelegt. Mit den Schaufeln strichen wir den Rest Erde weg. Auch wenn noch der Stoff und die Schaufel zwischen uns waren, fühlte es sich doch beklemmend an, eine Kinderleiche zu berühren und zu bewegen.

Dann lag der eingehüllte Leichnam im offenen Grab vor uns. Unter dem Stoff zeichnete sich der Körper eines Kindes ab. Der kleine Kopf mit der Nase, die sich spitz abhob, die schmalen Schultern, die gefalteten Händchen, die leicht angewinkelten Beine mit den hoch stehenden Knien. Ich glaube, wir hielten alle die Luft an, um genau beobachten zu können, ob sich das Kind im Sack bewegte. Ob es noch mal schmatzte.

Ob es auch nur den leisesten Hinweis gab, dass wir es mit einem untoten Toten zu tun hatten. Aber der Neuntöter, so er denn einer war, verriet sich nicht. Er hielt ganz still.

Ich weiß nicht, wie lange wir dort schweigend herumstanden, aber es kam mir sehr, sehr lange vor. Sicher hatte keiner von uns so etwas schon einmal erlebt. Und sicher wusste keiner, was nun zu tun war. Irgendwann gab ich mir einen Ruck, zückte mein Messer und packte vom Rand des offenen Grabes nach dem Tuch. Hineinsteigen wollte ich nicht. Dann schnitt ich den Sack auf. Ich begann in Höhe des Halses, weil ich dem Toten keine Gelegenheit geben wollte, nach mir zu greifen oder zu treten, und öffnete das Tuch nach oben hin, Richtung Stirn. Arnold stand dabei hinter mir und spritzte Weihwasser auf das Leichentuch.

Ich blickte in das Gesicht eines Mädchens mit wunderschönem Haar, das die Farbe von reifem Weizen hatte. Die Haut sah seltsam grün aus, die Wangen waren eingefallen, ebenso die Augen in den Höhlen. Ein Auge stand halb offen, es hatte sich zum Teil verflüssigt. Wie Rost gesagt hatte. Mit dem offenen Auge waren sie auf der Suche nach Opfern. Auch der Mund stand offen. Die Zunge war aufgequollen und ragte zwischen den Zähnen hervor, gerade so, als verzehrte sich das Mädchen nach dem Kragen seines Totenhemdchens.

»Heilige Maria, Mutter Gottes!«, rief Arnold, und ich hörte, wie auch die anderen irgendetwas vor sich hin murmelten.

Ich rutschte auf meinen Knien ein Stück zurück, legte das Messer schnell beiseite und stand auf. Noch in dieser Bewegung zog ich mein Schwert und trat wieder an das Grab. Es galt, schnell zu sein, schneller als das Neuntötermädchen, so es denn in der Lage war, sich zur Wehr zu setzen. Mit einem sirrenden Geräusch fuhr mein Schwert durch die Luft und in das Loch hinein. Es gelang mir nicht gleich beim ersten Mal, den Hals zu durchtrennen. Ich benötigte drei oder vier Schläge, bis ich den Kopf vom Rumpf gelöst hatte. Niemand stellte in Frage, was ich tat.

Mir war nun sehr viel wohler, und ich beugte mich ins Grab, um mich davon zu überzeugen, dass auch wirklich kein Stück Stoff im Mund des Mädchens war, auch kein Fädchen mehr. Der Halbritter war gründlicher als ich. Er spießte den Kopf mit seinem Schwert auf und hob ihn zwischen die Füße des Mädchens. Es kam mir vor, als hätte der Zwerg große Freude daran.

»Sicher ist sicher. Jetzt kann sie wirklich kein Unheil mehr anrichten.«

Arnold stellte sich vor den Leichnam, schwenkte den Weihwasserwedel und sprach ein weiteres Gebet auf Latein. Wir hatten noch zwei Gräber zu öffnen. Während Rost das Grab des Mädchens wieder zuschaufelte, gingen Edmund und ich ans Werk. Arnold begleitete uns mit seinen Gebeten. Vater setzte sich hin und sah uns zu. Er war mit seinen Kräften am Ende, Schweiß rann ihm von der Stirn und tropfte ihm in die Augen.

»Du musst trinken«, sagte ich. »Sonst kommen deine Körpersäfte aus dem Gleichgewicht.«

»Gleich, Junge. Sobald wir hier fertig sind. Macht weiter.«

Und so gruben wir. Wieder war ich es, der als Erster auf einen Leichnam stieß. Wieder war ich es, der den Leichensack öffnete. Dieses Mal war es ein Junge von vielleicht sieben oder acht, höchstens neun Jahren. Beide Augen waren ihm ausgelaufen. Auch er trug ein Totenhemdchen, dessen Kragen sich nah an seinem Mund befand. Auch ihm schlug ich den Kopf ab. Ich wartete nicht auf Rosts Hilfe, sondern hob das Haupt selbst ans Fußende.

Edmund war es inzwischen gelungen, den letzten Leichnam freizulegen. Ich schnitt abermals das Tuch auf und fand ein weiteres Mal einen Jungen, etwa im gleichen Alter. Ich wiederholte die Prozedur. Als ich mich den anderen zuwandte, blickte ich in betretene Mienen. Margriet schaute mich an, als hätte ich das, was ich gerade gemacht hatte, lebenden Kindern angetan. Ich konnte sie verstehen. Sie wusste ja nicht, was hier vorging.

»Es ist getan«, sagte ich und strich mein Schwert durchs feuchte Gras, bis es sauber war. »Von diesen Wesen, sollten es denn Nachzehrer gewesen sein, dürfte uns keine Gefahr mehr drohen.«

»Dein Wort in Gottes Ohr, Sohn.« Vater erhob sich. »Ich weiß zu wenig über diese … diese Nachzehrer, als dass ich mir ein Urteil erlauben könnte. Wir sollten kein unnötiges Wagnis eingehen und so schnell wie möglich von hier verschwinden.«

»Hört auf Euren Vater, Joriß' Sohn«, bat auch der Priester. »Je früher wir hier wegkommen, desto besser. Ich will endlich dieses Dorf verlassen.«

Ich steckte mein Schwert zurück in die Scheide. »Erst, nachdem wir sicher sein können, dass dieser Landstrich menschenleer ist. Ich stimme Euch zu, Vater, wir wissen zu wenig über die Neuntöter. Vielleicht haben wir sie gar nicht unschädlich gemacht, vielleicht hätten wir dafür ein ganz anderes Ritual vornehmen müssen. Vielleicht ging auch nicht alles Unheil von ihnen aus. Wer hat uns heute Nacht in Atem gehalten? Den will ich finden. Untote, die in ihren Gräbern bleiben, können es nicht gewesen sein.«

Der Priester tat mir leid in jenen Stunden. Das Böse war nah. Spürbar nah. Aber doch nicht greifbar. Arnold blieben nur seine Gebete und sein Weihwasserwedel. Es gab keinen

Hinweis, dass sie halfen. Es sah beinahe so aus, als schaute Gott uns nur dabei zu, wie wir das große Rätsel zu lösen versuchten, das er uns gestellt hatte. Als hätte er seinem Priester alle Macht genommen und ihm alle göttliche Hilfe entsagt, damit wir anderen uns beweisen konnten. Wir befanden uns in einer Prüfung, jeder für sich. Vielleicht wollte Gott sehen, wie ich mich schlug, obwohl mein Vater mir auf die Finger sah. Vielleicht gab Gott meinem Vater eine Gelegenheit, sich zu bewähren und zu zeigen, dass er allen Sünden zum Trotz ein gerechter Mann war, der für Gott gegen das Böse kämpfte, wenn es darauf ankam. Vielleicht wollte Gott auch von Margriet wissen, ob sie wenigstens jetzt die richtigen Entscheidungen traf. Wer wusste schon, was er von Arnold, Edmund und dem Halbritter wollte? Vielleicht hatte Gott uns alle hier zusammengeführt, um uns auf die Probe zu stellen.

Dieser Aufgabe wollte ich gerecht werden. Noch fügten sich nicht alle Steinchen zum großen Mosaik zusammen. Gewiss, der Fall der toten Bauern könnte mit der Entdeckung der Neuntöter gelöst sein. Aber wie sicher durfte ich mir sein, dass es so war? Wiedergänger kannte ich. Doch noch nie zuvor hatte ich von Neuntötern gehört. Durfte ich mich darauf verlassen, was Vater und Rost allein vom Hörensagen berichteten?

Nein. Ich hatte nicht nur Gott, sondern auch dem Erzbischof Rede und Antwort zu stehen. Keiner von beiden würde sich zufriedengeben, wenn Fragen unbeantwortet blieben. Wer ging in der Nacht in Mundt umher?

Ich musste daran denken, was der Priester bei unserer Ankunft gesagt hatte.

Das Dorf ist verflucht! Der Herr hat diese Heiden gestraft! Er selbst hat sie getötet!

Nun, das mochte vielleicht doch so sein. Es wäre eine

Erklärung für den Tod der Bauern. Aber immer noch nicht dafür, dass jemand des Nachts Edmund den Hintern versohlte. Ich rief den Halbritter zu mir.

»Rost, führ mich zum Schäfer im Wald. Wir nehmen meinen Vater mit.«

»Edmund könnten wir auch gut gebrauchen. Wenn es immer noch der Schäfer ist, den ich von damals kenne, dürfen wir um jeden Mann froh sein.«

»Nein. Edmund bleibt hier und passt auf den Priester und Margriet auf. Außerdem glaube ich nicht, dass er mit seinem Hintern heute reiten kann.«

»Aber Kontz, der Kerl da oben im Wald ist groß und stark wie ein Baum. Einmal habe ich ihn drei Schafe tragen sehen, eines um den Nacken gelegt, die anderen beiden unter den Armen.«

»Umso wichtiger ist es, dass ein Kämpfer hier ist. Du magst wissen, wo die Hütte des Schäfers ist. Aber deshalb weißt du noch lange nicht, wo der Schäfer ist.«

Der Halbritter verzog den Mund. »Dann lass wenigstens deinen Vater im Dorf. Es geht ihm nicht gut. Er könnte sich ein wenig ausruhen. Er wird uns keine Hilfe sein.«

»Nein, Rost, und du weißt, warum. Man kann ihn nicht in die Nähe von Frauen lassen. Also lasse ich ihn nicht bei Margriet. Er hat das Ende seines Lebenswegs erreicht. Ich will ihm helfen, sich nicht mehr zu versündigen und meiner Mutter treu zu sein.«

Der Halbritter kam ganz nah zu mir und packte mich von unten am Wams.

»Kontz, du Narr, du lebst doch in Köln. Er ist auf der Burg öfter bei anderen Frauen, als du dir denken kannst.«

»Mag sein. Aber jetzt bin ich hier. Vater begleitet uns.«

Der Schäfer

Wir nahmen die Pferde, auch wenn es nicht weit war. Zum einen wären wir dem Schäfer überlegen, auch wenn er noch so stark war, zum anderen vermieden wir so, dass sich die anderen mit den Tieren aus dem Staub machten. Das Erlebnis mit Harper hatte mir genügt. Weit kamen wir allerdings zunächst nicht, denn Vater erlitt wieder einen schweren Hustenanfall. Er beugte sich seitlich vom Pferd weg und spuckte so viel Blut, dass er sich fast verschluckte. Rost warf mir einen strafenden Blick zu.

»Ist schon gut«, keuchte Vater, als ich mein Pferd neben seines lenkte.

Er stieg ab und ging zu einer Weide. Mit seinem Messer schälte er ein Stück Rinde ab, steckte sie sich in den Mund und begann zu kauen.

»Die Weide vermag Eure Schmerzen stärker zu stillen, wenn Ihr einen Aufguss daraus macht«, sagte ich.

»Für jetzt muss es genügen. Lass uns das hier schnell zu Ende bringen, Sohn. Ich will heim und dann nach Köln.«

Beim Aufsitzen verzog er wieder das Gesicht unter Schmerzen, er brauchte mehrere Versuche, bis er sich in den Sattel geschwungen hatte. Rost und ich lagen beide falsch. Margriet stellte keine Gefahr für Vaters Treue dar. Die Schwere seiner Krankheit erleichterte ihm die Einhaltung der Zehn Gebote.

»Weiter geht's«, sagt der Halbritter und trieb sein Pferd an.

Vater und ich folgten ihm. Wir verließen bald den Weg, ritten in den Wald hinein und befanden uns auf einem schmalen

Trampelpfad, Rost voran, dann ich, zuletzt Vater. Der Weg war nicht so schlecht, wie ich ihn nach den Regenfällen der vergangenen Nacht erwartet hätte. Rost setzte sich immer wieder im Sattel auf und blickte suchend umher.

»Was ist?«, fragte ich ihn.

»Ich weiß nicht mehr genau, wo es ist. Ist ja auch kein Wunder, ich war bestimmt schon fünfzehn Sommer nicht mehr bei ihm.«

»Fünfzehn Jahre? Himmel, wer weiß, ob die Hütte überhaupt noch an derselben Stelle steht.«

»Weit kann sie nicht sein. Das Weideland des Dorfes ist ja in der Nähe und der Weiher auch.«

Wir suchten weiter. Mit einem Mal hatte ich das Gefühl, als wäre es schlagartig leise gewesen im Wald, nicht einmal ein Eichelhäher flog mehr auf, um die anderen Tiere vor uns zu warnen. Ein untrügliches Zeichen, dass ein Mensch in der Nähe war, der vor uns die Waldbewohner hatte verstummen lassen. Rost merkte es auch. Er drehte sich im Sattel zu mir um und nickte mir zu. Ich nickte zurück und griff langsam an mein Schwert. Der Wald war an dieser Stelle sehr dicht, Farne bedeckten den Boden und machten den Trampelpfad beinahe unsichtbar, und Efeuranken hingen von vielen Ästen herab.

Plötzlich scheute Rosts Pferd. Er versuchte sich noch am Zügel festzuhalten, doch vergeblich, es warf den Halbritter ab. Das Pferd wich zur Seite aus und hätte den fallenden Zwerg fast niedergetrampelt. Ich hatte nun freie Sicht auf den Pfad vor mir. Und dann stand sie wieder da, wie aus dem Erdboden gewachsen. Die Kleine im hellen Hemd versperrte den Weg und sah ungerührt zu mir auf, als hätte sie gar nicht mitbekommen, dass gerade ein Pferd gleich vor ihrer Nase seinen Reiter abgeworfen hatte.

Rost sprang auf die Beine, hielt mit der Linken mühsam sein scheuendes Pferd am Zügel fest und zog mit der Rechten sein Schwert. Eine wahre Wundertat für solch einen Zwerg.

»Bist du irre, du dummes Dorfgeschmeiß?«, schrie er, als er sich durch den Farn zurück auf den Weg kämpfte.

Für einen Augenblick sah es so aus, als wollte Rost das Mädchen, das einen Kopf größer war als er, mit dem Schwert niederstrecken. Doch dann erstarrte er in der Angriffsbewegung. Ein dunkles Knurren, wie von einem Bären, drang von der Kleinen zu uns herüber. Als Rost unsicher mit dem Schwert wedelte, schwoll das Brummen noch an. Ein riesiger Hund steckte seinen Schädel von hinten unter den Arm des Mädchens hindurch und zeigte seine Lefzen. Er hatte ein reinweißes Fell, sah ansonsten aber aus, als sei er geradewegs der Hölle entsprungen. Schwarze Augen, aus denen uns der Groll entgegensprühte. Reißzähne, so lang, dass sie ohne große Schwierigkeiten Rosts Ärmchen würden durchbeißen können.

»Ihr solltet Garm nicht ärgern, ihr Herren«, sagte das Mädchen mit ruhiger Stimme. Sie tat, als würde sie das Schwert in Rosts Hand gar nicht bemerken. »Er mag es nicht, wenn mich jemand bedrängt.«

Ich stieg vom Pferd. »Steck's ein, Rost«, sagte ich und beugte mich zu dem Mädchen hinab. »Wie heißt du, Kind? Und woher kommst du?«

»Mein Name ist Evgen, Herr. Ich wohne bei meinem Großvater, dem Schäfer von Mundt. Seine Hütte ist nicht weit von hier. Dass ich hier bin, ist so seltsam also nicht. Aber wer seid Ihr, und was macht Ihr hier?«

Die Kinder dieses Dorfes bereiteten mir Unbehagen. Nicht nur die toten, auch dieses lebende vor mir. Vielleicht lag es am

Hund, vielleicht an seiner Art zu reden. Das Mädchen war mir jedenfalls nicht geheuer.

»Ich bin Konstantin, Büttel zu Köln, und ich bin hier, weil ich das Rätsel um den Tod der Bauern von Mundt lösen will. Warum seid ihr noch hier, du und dein Großvater?«

»Warum sollten wir nicht hier sein?«

»Alle Dorfbewohner sind tot. Wessen Schafe wollt ihr also hüten?

»Aber die Schafe leben doch noch.«

Vater stieg ebenfalls vom Pferd. »Ihr beiden haltet euch versteckt. Warum habt ihr euch bis jetzt nicht blicken lassen? Wir haben vor ein paar Tagen alle Dorfbewohner beerdigt. Wenigstens da hättet ihr aus euren Löchern kriechen können.«

»Großvater wollte es nicht.«

»Warum nicht?«

Vater klang sehr ungeduldig. Garm machte sich wieder mit einem Knurren bemerkbar.

»Großvater traut keinen Fremden.«

»Führe uns zu ihm, Evgen«, forderte ich das Mädchen auf.

Die Kleine nickte. »Aber ich muss Euch warnen, Herr Konstantin. Er mag keine Besucher. Vor allem nicht, seit unsere Familie tot ist und alle anderen Leute unten aus Mundt auch.«

Evgen führte uns barfuß durch den Wald. Garm wich nicht von ihrer Seite und drehte sich immer wieder mit grimmigem Blick zu uns um. Bald entdeckten wir durch Büsche und Geäst eine kleine Hütte, die so stark mit Gras und Moos bewachsen war, dass sie mit dem Dickicht verschmolz und wir ohne Evgens Hilfe wohl an ihr vorbeigelaufen wären. Hinter der Hütte öffnete sich der Wald auf eine große Lichtung, auf der rund dreißig Schafe grasten, einige geschoren, einige noch mit der Winterwolle, bewacht von zwei Hütehunden mit dunklem Fell. Garm rannte sofort zu ihnen hinüber.

»Wir sind da«, sagte Evgen. »Ihr werdet Großvater sicher in der Hütte finden. Ich schaue derweil bei den Schafen nach dem Rechten.«

»Geh nicht zu weit weg, Evgen«, rief ich ihr hinterher.

»Warum?«

»Weil wir dich und deinen Großvater gleich mitnehmen. Ihr könnt nicht bleiben.«

Und dann ging sie, ihrem Garm hinterher. Vater, Rost und ich stiegen ab und banden die Pferde an Bäumen fest. Hinter dem einzigen Fenster der Hütte konnte ich eine Bewegung erkennen. Sicher hatte der Schäfer uns bemerkt. Neben der Hütte standen große Körbe, die voll waren mit Schafswolle. Es war die Zeit der Schur, die einzige Zeit des Jahres, in der keine Schafe geschlachtet wurden. An die Außenwand der Hütte waren mehrere Kaninchenhäute zum Trocknen gespannt. Über der Tür hing eine Pfote, die von einer Ziege oder von einem Schwein sein konnte.

Ich ging an die Tür und klopfte. »Heda, Schäfer! Wir wollen mit dir reden.«

Drinnen rumpelte etwas, ich vermutete, der Mann hatte etwas gegen die Tür geworfen.

»Verzieht euch!«

»Mach auf, du alter Narr!«, rief mein Vater. »Hier ist der Burggraf und dazu ein Kölner Büttel. Wenn du uns nicht Rede und Antwort stehst, hängst du schneller am Baum, als du ein Vaterunser stammeln kannst.«

Eine Weile war es ruhig in der Hütte. Dann schwang die Tür auf. Ein griesgrämiger Kerl stand gebeugt im Rahmen und streckte den Kopf nach draußen. Er sah uns an, als wollte er uns am liebsten verdreschen. Ihm fehlte das rechte Auge, weshalb er die linke Gesichtshälfte nach vorn reckte, um mit dem verbliebenen Auge besser sehen zu können. Als er den Halbritter hinter uns entdeckte, zeigte er mit dem Finger auf ihn.

»Was ist das?«, brummte er. »Die Missgeburt aus dem Dorf? Wie heißt er noch? Wollt ihr den da etwa zurückbringen? Jetzt noch? Den nehmen wir nicht, wir sind froh, dass wir den los sind.«

Der Halbritter zückte schon wieder sein Schwert und fuchtelte damit herum.

»Rost ist mein Name, und du bist genauso eine Missgeburt wie ich, du Haufen Schafscheiße. Ersticken sollst du an deinen Worten. Weißt du eigentlich, dass du schon genauso stinkst wie deine Schafe?«

»Maul halten, alle beide«, fuhr ich dazwischen. »Wir wollen dir nur ein paar Fragen stellen, Schäfer.«

Der Alte brummte wieder, er knurrte beinahe so wie der Hütehund.

»Was wollt ihr vom alten Burchert wissen?«

»Was kannst du uns über die Todesfälle im Dorf sagen?«

»Was soll ich schon sagen können? Ich bin nur ein alter Schäfer. Die Menschen gehen mir aus dem Weg. Also weiß ich auch nix. Nur wenn's ihnen dreckig geht, dann kommen sie zu mir. Weil sich keiner besser mit Kräutern auskennt als ich.«

»Weißt du, woran die Menschen gestorben sind?«

»Nein. Bin nur froh, dass ich nicht da war. Sonst hätte es mich wohl auch erwischt. Mich und mein Evgen. Ich danke dem Herrn und allen anderen Göttern, dass ich die Kirche schon lange meide.«

»Du redest ketzerisch, alter Mann«, sagte Vater.

Ich versuchte, am Schäfer vorbei in die Hütte zu gucken, aber drinnen war es zu dunkel.

»Hast du davon gehört, dass es Nachzehrer gewesen sein könnten, die den Tod der Leute verursacht haben?«

Burchert sah ehrlich überrascht aus. »Nein«, sagte er. »Nein. Weiß ich nichts von. Wer soll das …?« Der Schäfer hielt inne. Er gab sich die Antwort selbst. »Die Kinder?«

Ich nickte. »Wir vermuten, dass es so gewesen sein könnte. Wir wissen es allerdings nicht. Und deshalb nehmen wir alle Menschen mit, die wir in der Umgebung des Dorfes finden.«

Burcherts Blick änderte sich wieder. Er schaute uns wieder so feindselig an wie zuvor.

»Mich nicht. Ich bleibe.«

»Du wirst mitkommen, alter Mann«, mischte sich Vater ein. »Du wirst.«

»Muss mich um die Schafe kümmern.«

»Du hast gehört, was die Herren sagen, Schafscheißer«, meldete sich auch der Halbritter wieder zu Wort.

»Und ihr hört, was ich sage. Fünfunddreißig Schafe laufen hier rum. Die hüten sich nicht von allein. Ich bleibe. Schluss jetzt.«

Vater trat vor und packte sich das linke Ohr des Schäfers. Der alte Mann wand sich sofort unter dem Griff. Ich wusste, warum. Vater brachte wieder einmal seinen Fingernagel zum Einsatz, seine beste Waffe gegen widerspenstige Leute, und mochte er noch so brüchig geworden sein, im zarten Fleisch eines Ohrläppchens vollbrachte der Nagel offenbar noch immer wahre Wunder. Dank seiner konnte ein kränkliches Männlein einen Bären von einem Kerl in die Knie zwingen.

»Ich mach dich zum Schlitzohr, wenn du uns nicht den nötigen Respekt entgegenbringst, Schäfer«, zischte Vater, und ich war mir sicher, der Mann würde ihm gleich jeden Wunsch erfüllen, so er denn nur endlich das Ohr wieder losließe.

»Das reicht«, sagte ich.

Ich packte Burchert am Ärmel, sodass Vater den Schäfer freigeben musste, und schob ihn voran in die Hütte. Die Tür warf ich hinter uns zu. Ich drückte Burchert auf die Holzbank, die an der Rückwand stand, und sah mich um, soweit es das spärliche Licht zuließ. Die Hütte war voll mit Töpfchen und Tiegeln, an den Wänden hingen Bündel getrockneter Kräuter, und überall standen Tierhäute und Felle herum, die in Holzrahmen gespannt waren. Auch das Fell eines Wildschweins war dabei. Auf dem Tisch lagen zwei tote Eichhörnchen, ein Kaninchen und zwei Fasane. Ich sah auch mehrere Schlingen und Netze. An einem der Dachbalken waren mehrere Wolfsangeln aufgehängt, Eisen, deren Enden mit Widerhaken versehen waren, in die sich Wölfe verbissen, wenn sie nach dem Köder am Baum schnappten. Der Mann war ein Wilderer. Burchert senkte den Kopf.

»Ich bin arm, Herr.«

»Du tust Unrecht, Burchert, und du weißt es. Ich bin nicht hier, um dich für deine Wilderei zu tadeln, und erst recht nicht, um dich dafür zur Rechenschaft zu ziehen. Meine Aufgabe ist eine andere. Das hier ist für mich nicht von Belang.«

Der alte Schäfer hob den Kopf und reckte sein Auge vor. »Wie kann ich Euch helfen?«

»Kannst du dir erklären, was im Dorf geschehen ist?«

Burchert hob die Schultern und zog geräuschvoll die Nase hoch. »Ich hab versucht, das alles zu verstehen. Aber ich weiß nicht, was da los war. Es sind einige seltsame Dinge geschehen in den letzten Wochen. Erst die drei toten Kinder in unserem Weiher. Dann die Toten in der Kirche. Entweder war es der Herr, der die Leute in seiner Kirche gerichtet hat. Oder der Teufel. Irgendeine dunkle Macht. Oder aber …«

»Oder?«

»Jemand will uns hier weghaben.«

»Wer? Und warum?«

»Weiß nicht. Gibt ja keinen Grund dafür.«

Ich setzte mich neben Burchert auf die Bank. Es roch streng nach Schaf.

»Welchen Grund könnte es geben?«, sagte ich mehr zu mir selbst.

»Gibt keinen«, wiederholte Burchert. »Sind die Bauern weg, werden die Felder nicht bestellt. Werden die Felder nicht bestellt, gibt es keine Ernte. Gibt es keine Ernte, bekommen die Grundherren keine Abgabe. Niemand hat was davon, wenn wir weg sind. Niemand.«

Niemand? Oder vielleicht jemand, der den Grundherren schaden will?

»Wem gehört das Land, Burchert?«

»Einigen. Die Jülicher haben hier Land, auch ein, zwei Kölner Klöster. Und noch ein paar Herren. Ich kenne sie nicht. Ich weide die Schafe auf Land, das uns allen gehört, und ich tränke sie am Weiher, der uns allen gehört. Mit den Abgaben habe ich nichts zu schaffen.«

Ich nickte. Meine Fragen würde ich mir später beantworten lassen. Vater würde wissen, wie Grund und Boden in Mundt verteilt waren. Wenn ich den Schäfer so ansah, wie er auf der Holzbank hockte, wie er die großen, groben Hände rieb, wie er meinem Blick auswich, konnte ich mich des Eindrucks nicht erwehren, dass ihm etwas auf den Nägeln brannte.

»Was treibt dich um, Burchert?«

Der alte Mann sah zu mir auf. Seine Überraschung konnte er nicht verhehlen. Ich vermute, mein Schuss ins Blaue hatte ins Schwarze getroffen.

»Was meint Ihr, Herr?«

»Du weißt mehr, als du mir sagen willst.«

Er richtete seinen Blick wieder zu Boden und rieb seine Hände noch kräftiger.

»Ich weiß nicht, wovon Ihr redet.«

»Burchert, ganz ehrlich, mir fehlt die Zeit für solche Spielchen. Schau dir meine rechte Hand an«, sagte ich und streckte meine Finger vor, damit er sie besser sehen konnte. »Mein Daumen hat den gleichen langen Nagel wie der Daumen meines Vaters, und glaub mir, ich verstehe ihn ebenso gut einzusetzen. Ich habe aber keine Lust dazu. Ich habe keine Lust, einen alten Mann wimmern zu sehen. Ich habe keine Lust, weil ich Ehrfurcht vor dem Alter habe. Also, spuck es aus. Erspare es mir, meinen Nagel einzusetzen.«

»Ich bin nur ein einfacher Schäfer, Herr.«

»Ja, und?«

»Es steht mir nicht zu, schlecht über andere zu reden.«

»Es steht dir nicht zu, falsches Zeugnis wider deinen Nächsten abzulegen. Aber es ist deine Pflicht, die Wahrheit zu sagen. Zumal mir gegenüber, denn ich bin ein Diener der Gewaltrichter.«

»Es gibt jemanden, der uns hasst.«

»Uns?«

»Die Menschen von Mundt.«

»Wer?«

Burchert rieb sich die Hände, als seien sie mit Pech verklebt.

»Wer? Nun sag schon!«

Burcherts Worte waren nun nur noch ein Flüstern. »Der Priester.«

»Arnold?«

Der Schäfer nickte. »Er hat uns doch alle verflucht. Meinen

Bruder, seine Frau und deren Kinder. Alle anderen auch. Er hat ihnen die Pest an den Hals gewünscht, nur weil sie in der Walpurgisnacht feiern wollten, so wie es unsere Väter und Vorväter seit Hunderten von Jahren gemacht haben. Nur weil sie all den Göttern und Geistern, die schon so lange unter uns leben, die Ehre erweisen wollten.«

»Und deswegen bringt er alle Dorfbewohner um? Das glaubst du doch selbst nicht.«

»Sie sind doch alle in der Kirche gestorben, oder nicht?«

Ich schüttelte den Kopf. »Der Priester war doch gar nicht da. Er hatte in Köln zu tun.«

»Sagt er.«

»Ja, sagt er. Habe ich Grund, am Wort eines Geistlichen zu zweifeln?«

Nun verschloss sich Burchert wieder. Sein Blick haftete stur auf dem Lehmboden, seine Hände rieben immer noch das unsichtbare Pech ab.

»Seht Ihr, Herr, Ihr glaubt mir nicht. Nichts zählt mein Wort gegen das eines Priesters. Nichts. Und brächte ich tausend Zeugen für meinen guten Ruf auf, niemand würde mir glauben. Weil der Priester ein Mann Gottes ist.«

»Hast du Beweise? Oder ist es nur ein Gefühl, dass Arnold etwas mit dem Tod der Bauern zu tun hat?«

Burchert legte die Hände auf seine Oberschenkel. Das Pech schien abgerieben.

»Keine Beweise. Ich weiß nur, dass er Tag für Tag auf uns geschimpft hat. Jeden Tag mehr. So habe ich es gehört. Er hat uns gehasst. Auch wenn er ein Mann Gottes sein müsste, er hat uns gehasst. Oder nein, die Toten hat er gehasst, uns hasst er noch, Evgen und mich.«

»Mir scheint, er weiß gar nicht, dass es dich und deine Enkelin gibt.«

Nun grinste Burchert breit. »Ist besser so.«

Das kaufte ich ihm unbesehen ab. Ein Verdacht, der schon eine Weile in mir keimte, trieb gerade Blüten.

»Und weil du dem Priester die Schuld gibst am Tod deiner Familie und der anderen Dorfbewohner, hast du ihm in den Nächten ein Schauerspiel aufgeführt.«

»Ich weiß nicht, wovon Ihr redet, Herr.«

Das unsichtbare Pech haftete offenbar wieder an seinen Händen. Burchert rieb sie erneut.

»Wo warst du in den vergangenen Nächten?«

Burchert wandte den Kopf ab. »Na, hier natürlich. Nachts ist niemand draußen unterwegs, Herr.«

»Wenn du ehrlich bist, vergesse ich, was ich hier gesehen habe.«

»Herr, wenn ich's Euch doch sage. Ich war hier bei meinem Evgen.«

»Was steht auf Wilddiebstahl, Burchert? Verlierst du einen Fuß? Oder eine Hand?«

Burchert brummte, sagte aber nichts. Er griff zu einem Becher, aus dem es streng nach saurem Wein roch, und trank.

»Du hast dem Pfarrer eine Höllenangst gemacht. Und uns in der vorigen Nacht auch.«

»Der Priester soll endlich weg. Es ist noch gar nicht so lang her, dass er uns verflucht hat. Und nun sind sie alle tot. Ich hasse ihn. Flüche sollen einem nicht leicht über die Lippen kommen.«

Darin musste ich dem Schäfer zustimmen. Flüche brachten Unglück. Niemand sollte einen Fluch leichtfertig aussprechen. Jedenfalls war ich mächtig erleichtert. Die vorige Nacht hatte mit diesem Gespräch viel von ihrem Grauen verloren.

»Meinem Begleiter Edmund hast du kräftig den Hintern versohlt. Wie hast du's gemacht?«

Burchert nickte. Und er grinste.

»Eigentlich wollte ich euch nur einen Schrecken einjagen. Damit ihr endlich alle verschwindet und wir hier wieder unsere Ruhe haben. Als ich hörte, dass sich jemand am Kirchenfenster zu schaffen macht, sollte es nur ein wenig knallen. Ich hatte ein paar Weidenruten in der Hand und wollte sie von unten gegen das Fenster schlagen. Ich wusste ja nicht, dass einer von euch gleich seinen Arsch nach draußen streckt.«

Weidenruten. Und wir hatten geglaubt, ein Tier habe Edmund den Hintern zerkratzt.

»Ich verstehe dich nicht, Burchert. Warum verkriechst du dich mit deiner Enkelin hier oben? Ihr habt doch Verwandte verloren in der Kirche. Wenn ich den Burggrafen recht verstanden habe, war keiner von euch bei der Beerdigung. Da unten stirbt das ganze Dorf, und du gehst nicht einmal nachschauen?«

»Mein Sohn und seine Frau sind tot, auch Evgens Bruder ist gestorben«, flüsterte der Alte, und seine Stimme war kurz davor zu brechen. »Glaubt nicht, dass wir nicht trauern, Herr. Glaubt nicht, dass wir nicht für sie beten. Nichts wussten wir vom Tod der Dorfbewohner. Erst als die Männer sie schon auf dem Kirchhof verscharrt haben, hat Evgen es gesehen. Sie kam zu mir gelaufen und hat es erzählt. Sie lebt schon seit ein paar Jahren bei mir, und an jenem Tag wollte sie hinunter ins Dorf, um mir von ihrer Mutter meine Beinlinge flicken zu lassen. Da hat sie die Männer und die vielen Gräber gesehen. Wir hatten Angst, Herr, denn wir wussten ja nicht, was geschehen war. Wir wussten auch nicht, ob die Männer unsere Leute umgebracht haben. Wir haben erst aus dem Nachbardorf erfahren, was los ist.«

Ich erhob mich von der Bank. »Du solltest mit uns kommen, Burchert. Wir kehren heute oder morgen nach Kaster zurück.«

»Ich kann die Schafe nicht allein lassen. Scheren muss ich sie und die Wolle verkaufen. Dann werde ich sehen, wie es weitergeht. Aber nehmt Evgen mit und kümmert Euch um sie. Mir ist wohler, wenn sie fort ist. Fort und in Sicherheit. Wer weiß schon, was die anderen getötet hat? Ich komme nach, sobald ich es kann.«

Sollte ich tatsächlich geglaubt haben, dass wir am Morgen drei Neuntöter unschädlich gemacht hatten, so hatten mich die Worte des alten Schäfers wieder verunsichert. Streng genommen hatten wir beim Öffnen der Gräber keinen Hinweis gefunden, dass darin Nachzehrer gelegen hatten. Zumindest aber in einem Punkt herrschte Gewissheit. Wir wussten nun, wer die frischen Blumen auf den Weiher gesetzt hatte.

Ich trug Vater und Rost auf, den Schäfer in Ruhe zu lassen, und Vater reagierte recht unwirsch, als ich ihm mitteilte, dass wir den alten Mann zunächst dalassen würden, statt ihn mit zur Burg zu nehmen. Dann machte ich mich auf die Suche nach dem Mädchen. Die Schafe und die Hunde waren verschwunden, ich folgte ihren Spuren durch das hohe Gras. Evgen hatte die Herde zum Weiher geführt. Ich entdeckte sie am Ufer. Sie saß in der Böschung und sah auf den Weiher hinaus, Garm lag mit geschlossenen Augen neben ihr und ließ sich den großen Kopf streicheln.

»Darf ich mich setzen?«

Evgen sah belustigt zu mir auf. »Ihr braucht doch nicht zu fragen, Herr. Ich bin ein Hirtenmädchen, Ihr ein hoher Herr.«

Ich suchte mir eine halbwegs trockene Stelle im Gras und setzte mich. Garm behielt mich im Blick. Evgen deutete durch eine Lücke in den Bäumen in die Ferne. Am Horizont zog eine große graue Wolke den Regen wie einen Schleier hinter sich her.

»Schaut, Herr, das Wolkenpferd. Wie wunderschön.«

In der Tat, wunderschön. Als ich dieses Bild sah, konnte ich verstehen, warum viele Menschen noch immer dem Glauben der Alten nachhingen, Wolken seien die Pferde der Götter, die durch die Luft ritten. Die Regentropfen seien ihre Beine und die Pfützen auf Feldern und Wegen nichts anderes als Rosstrappen, Spuren der Hufe.

»Man sagt, ein Wolkenpferd habe mit seinem Huf die Quelle dieses Weihers geschlagen.«

»Und ich dachte, das sei der heilige Irmundus mit seinem Hirtenstab gewesen?«

Evgen zuckte mit den Schultern. »Großvater sagt, unsere Familie stellt seit Jahrhunderten am Weiher die Hirten. Und wir würden es besser wissen. Die Pfaffen wollen uns das bloß glauben machen, damit wir ihrem Herrgott brav folgen. Aber wir sind keine Schafe, sagt Großvater, wir sind selber Hirten. Und wir wissen es besser.«

»Ihr mögt euren Priester nicht.«

Sie schüttelte den Kopf. »Großvater sagt, die Welt des Priesters ist zu klein. In seiner Welt haben wir keinen Platz, wir und die Geister und die vielen Götter, die schon unsere Vorfahren kannten. Jeder weiß doch, dass in Weihern Geister leben. Unsere Erde ist eine Scheibe, das sagen auch die Pfaffen. Und Flüsse, Tümpel, Seen und Weiher sind die Eingänge in die andere Welt. In die Unterwelt. Überall gibt es Flussgeister, Brückenfrauen und andere Wassergeister, die diese Eingänge bewachen. Der Priester sagt, das stimmt nicht. Unser Weiher ist ein Geschenk Gottes, sagt er, ein Geschenk vom heiligen Irmundus.«

»Und das glaubst du nicht?«

»Mein Großvater und der Priester sind bestimmt beide kluge Leute. Ich rufe ja auch den heiligen Irmundus an. Aber ein Heiliger hätte doch meinen Bruder nicht im Weiher ertrinken lassen.«

»Dein Bruder war unter den drei toten Kindern?«

Sie nickte. »Thommes. Thommes und seine beiden Freunde. Klärchen und Laurenz.«

»Und du denkst, die Wassergeister haben deinen Bruder und seine Freunde ertrinken lassen?«

Evgen sah mich an, als hätte ich dummes Zeug erzählt. »Aber gewiss doch. Wer die Geister stört, wer das Wasser nicht achtet, muss damit rechnen, dass was Schlimmes geschieht.«

»Und was haben die drei gemacht?«

»Es ist ein heiliger Weiher. Seit langer, langer Zeit. Man stört ihn nicht.«

»Also haben die drei ihn gestört.«

Evgen hob die Schultern.

»Waren sie planschen?«

Evgen hob wieder die Schultern. Vielleicht fühlte sie sich von mir bedrängt. Vielleicht wollte sie auch schlicht nicht schlecht über ihren Bruder reden.

»Was glaubst du, was unten im Dorf geschehen ist, Evgen?«

Evgen riss einen Grashalm ab und rieb ihn zwischen den Fingern. »Großvater sagt, da ist der Priester schuld. Er hat unsere Leute verflucht.«

»Das sagt dein Großvater. Aber was glaubst du?«

»Ich weiß es nicht. Aber es könnte doch stimmen. Sie sind ja alle in seiner Kirche gestorben.«

»Warum warst du eigentlich nicht in der Kirche, als es geschehen ist?«

Das Mädchen schüttelte den Kopf. »Ich war schon seit Langem nicht mehr in der Kirche. Großvater meinte, wir sollten da nicht mehr hingehen.«

»Warum? Ein guter Christenmensch muss doch jeden Tag die Kirche besuchen.«

»Das kann einem aber schlecht bekommen. Mein Vater und meine Mutter sind tot, weil sie in die Kirche gegangen sind, Herr.«

Das war ein Argument, gegen das mir so schnell kein Einwand einfiel. Eine Kirche ist wahrlich kein guter Ort zum Sterben, besonders nicht für so viele Menschen gleichzeitig. Was mir im Gespräch mit dem Mädchen aber auffiel, war eine Sache, die mir bisher entgangen war.

Sowohl die drei Kinder als auch die übrigen Dorfbewohner waren an Stätten gestorben, die den Menschen heilig waren. Und diese Stätten lagen im Widerstreit. Hier die Kirche und der Priester, dort der Weiher und der Kult der Alten. Der Priester hatte die Dörfler am liebsten nicht in seiner Kirche haben wollen. Und wenigstens die Familie des Schäfers beanspruchte den Weiher für ihren Heidenglauben. Vielleicht hatte sogar das ganze Dorf wie Burchert und seine Enkelin gedacht.

Es war höchste Zeit, das Mädchen von hier wegzuholen und sie auf den rechten Weg zurückzuführen.

»Evgen, weißt du, was Neuntöter sind?«

Sie schüttelte ihren Kopf so sehr, dass ihre Haare flogen.

»Und Nachzehrer? Weißt du, was Nachzehrer sind?«

»Ja, davon habe ich gehört.«

»Neuntöter sind Nachzehrer. Das weiß ich auch erst seit Kurzem.«

»Ach so. Und wo ist der Unterschied?«

»Neuntöter sind oftmals Kinder und ziehen nur ihre

Verwandten ins Grab, wenn ich das richtig verstanden habe. Nachzehrer machen da keine Unterschiede.«

»Ach so.«

»Wenn ich dir nun sage, dass dein Thommes ein Neuntöter sein könnte, würdest du das glauben?«

»Thommes?« Zum ersten Mal erhob Evgen ihre Stimme, und ich erschrak über den schrillen Ton. Garm setzte sich auf. »Nein. Nein, das glaube ich Euch nicht. Ich habe Thommes' Seele gesehen nach seinem Tod. Sie ist in einen Wolf gefahren, und seitdem streunt er durch die Wälder. Thommes' Seele ist als Wolf unterwegs, und er tut niemandem etwas zuleide. Das weiß ich. Erzählt nicht so etwas, Herr.«

Ich hob beschwichtigend die Hände, und ich gestehe, ich war von der Entgegnung des Mädchens eher belustigt. Mir schien, hier draußen waren die Köpfe der Menschen voll mit Unsinn und Aberglauben.

»Ist ja gut, Evgen«, sagte ich. »Komm, lass uns gehen. Dein Großvater hat uns aufgetragen, dich mitzunehmen.«

»Er bleibt hier?«

»Ja, er will sich erst um die Schafe kümmern und folgt später nach.«

»Nehmt Ihr mich mit nach Köln?«

»Nach Köln?«

»Ja, Ihr sagtet doch, Ihr seid Büttel zu Köln.«

»Nun, das schon, aber …«

»Erzählt mir von Köln! Von der Stadt! Von den Kirchen! Stimmt es, dass sie Fenster aus Glas haben? Aus buntem Glas?«

»Ja, und der neue Dom, den wir bauen wollen, soll das prächtigste Glas weit und breit erhalten. Aber auch jetzt schon gibt es viel Glas in Köln. Selbst die Häuser einiger reicher Kaufleute haben Fenster aus Glas.«

»Wie sieht es aus? Ich habe noch nie Glas gesehen.«

Da musste ich denn doch eine Weile nachdenken. Wie sah Glas aus? Dann kam mir am Ufer des Weihers ein Einfall.

»Man meint, es stehe Wasser in den Fenstern, das nicht herauslaufen kann, so als habe man eine große gefrorene Pfütze hochkant gestellt«, sagte ich und blickte hinaus auf den Weiher. »Aber selbst das schönste Glas vermag doch nicht so vollkommen auszuschauen wie das Wasser dieses Weihers. So glatt. Und doch so wellig. So bunt, wenn sich die Bäume und Blumen darin spiegeln.«

»Trotzdem will ich es sehen, dieses Glas in Köln.«

Ich stand auf und reichte ihr meine Hand. »Erst einmal werden wir zur Burg gehen.«

Die Sau

Walpurgisnächte mit Widderköpfen, Wolkenpferde und Weihergeister – der liebe Gott hatte auf dem Land seine liebe Müh bei all diesen heidnischen Überbleibseln. Allmählich keimte in mir Verständnis für den hartleibigen Priester, der seine eigenen Schäfchen verfluchte. Der Glaube der Alten war noch stark hier draußen, so stark und fest verwurzelt wie die wuchtigen Eichen, die sie einst verehrten. Wenn diese Bauern doch nur einmal Köln sehen würden mit all seinen Kirchen und Klöstern, mit all den Priestern, Mönchen und Nonnen, mit seinen Stiftsherren und Stiftsfrauen, diese Burg des festen Glaubens an den Herrgott, wie schnell würden sie sich von ihrem Aberglauben lösen.

Vielleicht war das kleine Ding, das vor mir im Sattel saß, noch auf den rechten Weg zu bringen. Das Mädchen hatte sich allzu leicht beeinflussen lassen. In den richtigen Händen würde man ihr den Kopf schon wieder zurechtrücken können.

Wir ritten hinab ins Dorf, und ich bemerkte, dass Vater vor sich hin grummelte. Auch Rosts Laune schien nicht die beste zu sein. Immer wieder schlug er mit seinem Schwert nach Zweigen und Ästen, an denen er vorbeiritt. Des Halbritters Missmut konnte ich verstehen. Ihn fuchste, wie der Schäfer mit ihm umgegangen war. Und dass ein kleines Mädchen ihn aus dem Sattel geworfen hatte. Aber auf Vaters Verhalten konnte ich mir keinen Reim machen.

»Alles in Ordnung mit Euch, Vater?«

»Wir hätten den Wilderer nicht zurücklassen sollen.«

»Er wollte es nicht anders.«

»Wenn ihm was zustößt, gebe ich dir die Schuld.«

»Mir?«

Ich war ehrlich überrascht. Dass Vater mir Vorwürfe machte, war nicht ungewöhnlich. Das kannte ich von früher. Ungewöhnlich war aber, dass er sich um andere sorgte. Das war nun wirklich nicht seine Art. Ich vermutete, er übte sich in Mitgefühl. In Nächstenliebe. Er musste sich ja ändern, wenn er noch den Weg ins Himmelreich antreten wollte. Leider ging es gerade auf meine Kosten. Ich sah es ihm nach.

»Ja, dir. Wem sonst? Wir wollten die Menschen, die wir hier noch antreffen, schützen. Wir wissen immer noch nicht mit letzter Sicherheit, was die Bauern getötet hat. Und ihn lässt du allein in diesem verfluchten Landstrich zurück.«

»Wenn ihm etwas zustößt, müssen wir demjenigen die Schuld geben, der ihm etwas angetan hat.«

Evgen drehte sich zu mir um und sah mich von unten mit ihren großen Augen an.

»Es wird ihm schon nichts geschehen«, flüsterte ich ihr zu und bedachte ihren fragenden Blick mit einem Augenzwinkern. »Garm ist doch bei ihm.«

Wir verließen den Wald und kamen auf das freie Feld vor dem Dorf. Schon von Weitem sah ich eine Bewegung, die meine Aufmerksamkeit erregte. Ich setzte mich im Sattel auf und schirmte mit einer Hand meine Augen gegen die Sonne ab, die schon wieder vom Himmel herabkletterte. Ein Pferd hatten wir im Dorf zurückgelassen, das von Edmund. Im Pferch grasten nun jedoch zwei. Harper war zurück. Oder wenigstens sein Zelter.

Ich trieb mein Pferd an und hielt dabei Evgen fest, so gut es ging, und obwohl ich wegen des Mädchens nicht so schnell reiten konnte, vermochten Rost und Vater nicht mitzuhalten. Ja, es war Harpers Pferd. Soweit ich das sehen konnte, hatte es keine Verletzungen, aber es sah erschöpft aus. Ich setzte Evgen auf dem Dorfplatz ab und schwang mich aus dem Sattel.

»Harper?«

Vor einer der Hütten sah ich Margriet sitzen. Sie nahm schon wieder Hühner aus. Mit ihrer blutigen Hand winkte sie mir erst zu, dann deutete sie hinter die große Hütte, wo sich der Schweinepferch befand. Inzwischen waren auch Vater und Rost eingetroffen. Gemeinsam liefen wir zum Pferch hinüber. Da stand er. Harper. Er tätschelte das Schwein, Edmund war bei ihm.

»Konstantin! Da seid Ihr ja!«

Er grinste mich an, als habe er nur mit uns Verstecken gespielt. Und ich war der Trottel, dem es nicht gelungen war, ihn zu finden.

»Harper, in Herrgotts Namen, wo habt Ihr gesteckt? Wir haben uns die größten Sorgen gemacht.«

Harper hob die Hände. »Mein dummer Gaul ist durchgegangen. Ein Blitz, ein Donner, Ihr wisst schon. Und ich hinterher. Ich hab das Pferdchen zwar gefunden, aber dumm nur, dass es dunkel war. Ich hatte keine Ahnung, wo ich war.«

»Und dann?«, sagte Vater. »So weit könnt Ihr doch nicht weg gewesen sein, dass Ihr erst am Nachmittag hier wieder auftaucht.«

»Leider doch. Alte Kriegerregel: Wenn du nicht weißt, wo du bist, beweg dich, dann findest du es heraus. Nur, im Dunkeln hilft das Befolgen der Regel nichts. Das hab ich viel zu spät bemerkt. Leider. Ich bin meilenweit in die falsche Richtung geritten. Und das blöde Pferd hat nichts gesagt.«

Dieses Grinsen. Wenn dieses Grinsen nicht gewesen wäre, ich hätte ihm geglaubt. Seine Geschichte war schlüssig. Aber sein Gesicht passte nicht zu seiner Geschichte. Harper hatte in den wenigen Stunden, in denen ich mit ihm zusammen war, zu deutlich gezeigt, was für ein durchtriebener Kerl er war. Kurz, ich traute ihm nicht. Harper war nicht der, der er vorgab zu sein.

»Aber wie ich höre und sehe, seid ihr hier im Dorf auch ohne mich ein ganzes Stück vorangekommen«, fuhr er fort. »Ein paar ganz gefährliche Nachzehrer habt ihr unschädlich gemacht. Und wen habt ihr da festgenommen? Noch so ein todbringendes Ungeheuer? Ein Mädchen?«

Harper lehnte sich lässig an den Lattenzaun des Pferches und zeigte auf Evgen, die sich hinter mir versteckte. Der Spott in seiner Stimme war nicht zu überhören. Vater trat einen Schritt auf Harper zu. Ich hörte ihn schwer atmen.

»Wir haben uns jedenfalls nicht im Wäldchen verlaufen wie ein kleiner Lausejunge ohne seine Mutter. Harper, ich rate Euch, Eure Aufgabe ernster zu nehmen. Sonst lasse ich dem Erzbischof übermitteln, dass Ihr alles andere als eine Hilfe wart.«

»Gemach, gemach«, sagte Harper und stieß das Gatter auf. Das Schwein nutzte gleich die Gelegenheit und lief aus dem Pferch. »Seht, ich kümmere mich doch rührend um euch alle. Die liebe Margriet dort drüben hat auf mein Geheiß ein paar Hühner geschlachtet, damit wir heute Abend was Ordentliches zu beißen haben. Und das arme Schwein hier soll doch auch nicht verhungern.«

Wir sahen der Sau nach, die auf ihren kurzen Beinen geradewegs zu dem Misthaufen lief, auf dem der Widderkopf lag, und mit Genuss darin zu wühlen begann. Harper hatte recht. Das Schwein war vermutlich seit Tagen nicht gefüttert worden. Bei allem Unmut über ihn war ich doch auch froh, dass dieser helle Kopf wieder da war. Sein Verstand war vielleicht noch Gold wert.

Edmund staunte nicht schlecht, als ich ihm berichtete, welches »Tier« ihm den Hintern zerkratzt hatte. Noch weitaus größer als seine Verwunderung war das Staunen des Priesters darüber, dass im Wald zwei Mitglieder seiner Gemeinde überlebt hatten, von deren Existenz er keine Ahnung gehabt hatte. Und als Arnold erfuhr, wer ihm die vergangenen Nächte zur Hölle gemacht hatte, zeterte er wie ein zorniger Zaunkönig. Er schimpfte sich von einem Vorwurf zum nächsten, fluchte über die Respektlosigkeit, mit der der alte Schäfer einem Priester grundböse Streiche gespielt habe, und verteufelte die Heiden, die lieber im Wald mit Geistern sprächen, anstatt seine Messe zu besuchen. Arnold bedachte Evgen mit Blicken, aus denen reiner, abgrundtiefer Hass sprach. Das Mädchen versteckte sich wieder hinter mir.

»Der Herr wird dich bestrafen, weißt du das?«, herrschte er Evgen mit ausgestrecktem Zeigefinger an. »Wenn du nicht beichtest und nicht betest, wenn du nicht in die Kirche gehst, sondern stattdessen irgendwelchen Götzen dienst, dann kommst du in die Hölle. Weißt du, was die Hölle ist? Da wirst du ewig brennen, Kind, ewig!«

Evgen klammerte sich fest an meinen Ärmel. Ich zog sie an meine Seite und legte meinen Arm um sie, damit sie nicht noch vor dem Groll des Priesters Reißaus nahm und wieder in den Wald zu ihrem Großvater lief.

»Schützt Ihr dieses Heidenkind etwa noch, Joriß' Sohn?«

»Beruhigt Euch, Arnold. Wie Ihr schon sagtet, sie ist noch ein Kind.«

»Na und? Auch Kinder sind zur Sünde fähig, und dieses da hat es schon zur Genüge bewiesen.«

»Aber sie ist wohl sicher nicht die Sünderin, die ich hier suche. Ich suche den Mörder der Bauern von Mundt und kein Hirtenmädchen, das die Messe schwänzt. Auch wenn es Eure Messen waren, verehrter Arnold.«

Der Priester brummte noch ein paar unverständliche Wörter vor sich hin und kehrte uns dann mit einer wegwerfenden Handbewegung den Rücken. Er ging über den Dorfplatz zur Kirche. Bevor er durchs Portal verschwand, drehte er sich noch einmal zu uns um.

»Ich habe es euch allen gesagt«, rief er uns zu. »Ich habe gesagt, dass es Heiden sind. Nun seht ihr es selbst. Ein Mann Gottes kann hier nicht wirken. Mein Samen fällt in Mundt auf verdorrten Boden.«

Ich zog Evgen an der Hand mit hinüber zu Margriet, die mit dem Rupfen und Ausnehmen der Hühner fertig war, und zu Rost, der die Tiere auf einen Spieß schob. Margriet wusch sich gerade in einem Eimer die Hände.

»Kannst du dich ein wenig um das Mädchen kümmern?«, bat ich Rost. »Die Kleine wird uns zurück zur Burg begleiten, und ich glaube, sie kann etwas Ablenkung gerade gut gebrauchen.« Und mit einem Augenzwinkern fügte ich hinzu: »Ihr habt ja ungefähr die gleiche Größe.«

Rosts Miene erinnerte mich daran, dass er solcherlei Scherze überhaupt nicht mochte. »Sie kommt gewiss allein zurecht. Mich braucht sie nicht.«

»Sei so lieb und tu mir den Gefallen.«

Der Halbritter brummte und wandte sich dann Evgen zu. »Schade, dass Margriet schon fertig ist. Sonst hätte sie noch ein, zwei Hühner für dich laufen lassen können. Hast du schon mal gesehen, wie sie noch umherlaufen, wenn man ihnen den Kopf abgehackt hat? Richtig drollig sieht das aus. In der Burg quietschen die Kinder dann immer vor Vergnügen, wenn sie so lustig umhertaumeln.«

Rost grinste das Mädchen an, das nun hilfesuchend zu mir

aufblickte. Es war offensichtlich, dass ich mir den falschen Aufpasser ausgesucht hatte.

»Ach, Kontz«, sagte Margriet, die sich zwischen den Halbritter und Evgen schob. »Du und dein verdammter falscher Stolz. Frag doch mich. Ein wenig mütterliche Fürsorge ist sicher besser für das Mädchen. Wie heißt du denn, Kleine?«

Evgen sah mich ein wenig schüchtern an, und ich gab ihr mit einem Nicken zu verstehen, dass sie Margriet durchaus trauen könne. Ihr Selbstbewusstsein war unter dem Donnerwetter des Priesters deutlich geschrumpft.

»Evgen«, antwortete sie dann leise.

Margriet lächelte sie an, zog sie mit sich und zwinkerte mir über die Schulter zu. Wie gut sie mich doch kannte. Und natürlich war sie die bessere Wahl. Nun, besser als Rost, Vater, Edmund, Arnold oder Harper allemal.

Dann kam ein Moment, in dem ich wieder daran denken musste, dass der Herrgott hier in Mundt mitunter gar seltsame Spielchen mit uns Menschen spielte. Ich war gerade dabei, Harper und Vater in die Vorwürfe des alten Schäfers einzuweihen und mit ihnen darüber zu reden, ob dem Priester zuzutrauen sei, seine Gemeinde umzubringen. Vater hielt das für unmöglich. Ein Mann Gottes. Niemals. Am liebsten wäre er gleich wieder zur Hütte hochgeritten, um dem Schäfer die Leviten zu lesen. Solch einen Mangel an Respekt könne man nicht durchgehen lassen. Und des Schäfers nächtliche Streifzüge und Streiche schrien geradezu nach ein bis zwei Dutzend Stockschlägen. Dem Mann, den er eben noch zum eigenen Schutze mit zur Burg nehmen wollte, wünschte Vater nun eine stramme Tracht Prügel.

Harper hingegen konnte den Worten des Alten einiges abgewinnen. Während Vater noch über unterschiedlichste

Strafen redete, sah Harper nachdenklich zur Kirche hinüber. Dann unterbrach er Vater und schüttelte heftig den Kopf.

»Das ist nicht so sehr an den Haaren herbeigezogen, wie Ihr nun tut, Joriß«, sagte Harper. »Wenn wir den Schäfer und das Mädchen mal außen vor lassen, ist der Priester der einzige Überlebende. Und Arnold hasste die Bauern. Das hat er selbst erklärt. Und noch eines ist klar – auch wenn es einige vielleicht noch nach draußen geschafft haben, so hat der Tod die Bauern doch in der Kirche ereilt. In Arnolds Kirche.«

»Ihr habt doch gehört, was der Priester gesagt hat«, wandte Vater ein. »Er war gar nicht da, als es geschehen ist.«

»Hätte ich die Bauern auf dem Gewissen, würde ich das auch behaupten«, hielt Harper dagegen.

»Dann sagt mir, wie. Wie soll Arnold so viele Menschen gleichzeitig um ihr erbärmliches Leben gebracht haben? Und wieso hat der Säugling überlebt? Diese Geschichte stimmt doch hinten und vorne nicht.«

In diesem Augenblick hörten wir das Schwein quieken. Es schrie, als habe es jemand bei lebendigem Leib aufgespießt und über das Grillfeuer gehängt. Wir fuhren herum und sahen die Sau, die mit ungelenken Bewegungen hin und her sprang. Sie drehte sich im Kreis, quiekte dabei unentwegt und schien dann vor einem unsichtbaren Jäger davonrennen zu wollen, was aber nicht gelang, da die kurzen Beine sich nicht so bewegten, wie sie sollten. Mal verweigerte nur eines seinen Dienst, dann gleich zwei oder drei, und dann stand die arme Sau da und streckte eine Hachse nach vorn, der die anderen drei aber nicht folgen wollten, ganz gleich, wie sehr das Schwein sich auch um ein Fortkommen bemühte. Es sah aus, als wollte das Tier mit mäßigem Erfolg einen Tanz bei Hofe vollführen.

Irgendwie hatte ich Rost im Verdacht, für dieses komische

Schauspiel verantwortlich zu sein, vielleicht weil er kurz zuvor noch ein paar tote Hühner hatte tanzen lassen wollen. Doch er schaute genauso überrascht zu dem schwankenden Schwein wie alle anderen. Ein paar Schritte schaffte die Sau noch und schüttelte dazu immer wieder ihren Kopf, dann kippte sie einfach zur Seite. Sie streckte ihre Beine von sich, sie zuckten, als wollten sie noch weiterlaufen, zuckten und zuckten, bis sie schließlich erstarrten und langsam erschlafften. Die Sau war tot.

Harper hatte sich als Erster gefasst. »Sie hat was gefressen«, sagte er und lief auch schon los.

Ich hinterher, auch Vater folgte. Harper hielt geradewegs auf den Misthaufen zu, in dem die Sau eben noch wohlig grunzend gewühlt hatte. Wir bückten uns über die Stelle, an der die Spuren des Schweinerüssels deutlich zu sehen waren.

Harper beugte das Knie. Er zückte sein Messer und stocherte im Mist, bis er etwas Pampiges hervorgeholt hatte.

»Was ist das?«, wollte ich wissen.

»Das glaube ich nicht«, sagte Vater und schlug ein Kreuzzeichen. »Nein, das glaube ich jetzt einfach nicht.«

»Doch«, sagte Harper. »Das werdet Ihr glauben müssen, Joriß.«

Ich aber stand immer noch da, als hätte ich ein Brett vor dem Kopf, einem Steinmetz in der Dombauhütte gleich, der sich vor Steinsplittern schützen will und daher kaum sieht, was er doch gleich vor der Nase hat. Ich vermochte nicht zu erkennen, über was Vater und Harper da sprachen.

»Kann mir bitte jemand erläutern, was ihr beiden da gerade Schlimmes entdeckt habt?«

Mit dem Fuß schob Harper noch ein wenig mehr Mist beiseite. Und nun trat auch für mich zutage, was die anderen schon erkannt hatten. Unter dem Mist lagen die Überreste von kleinen teigigen Scheiben. Brot, das nur aus Mehl und Wasser gebacken war.

»Hostien«, sagte Harper. »Hier liegen Hostien auf dem Misthaufen.«

In der Kürze eines Wimpernschlags und mit der schmerzhaften Gewalt eines Blitzes, der durch einen Baum fährt, erschloss sich mir, wie der Priester alle Bauern getötet hatte.

Wir fuhren herum und sahen hinüber zur Kirche. Arnold stand im Portal. Auch auf die Entfernung von vielleicht sechzig Schritt las ich Sorge in seinem Blick. Angst. Vater, Harper und ich gingen auf ihn zu. Erst langsam, so als lähmte die Erkenntnis unsere Beine noch. Als hätten wir Furcht davor, uns einer Wahrheit anzunähern, die unbegreiflich war. Doch dann beschleunigte sich unser Schritt. Wir eilten der Wahrheit entgegen. Wir wollten sie endlich kennenlernen. Edmund, Rost, Margriet, Evgen, sie alle schauten uns mit großen Augen und offenen Mündern an.

Arnold stützte sich mit beiden Händen im Rahmen des Portals ab. Ich fürchtete schon, dass er zusammenbrechen, uns geradezu in die Arme fallen würde. Aber dann drehte er sich blitzschnell um und verschwand im Inneren der Kirche. Wir rannten los.

Manche Geständnisse brauchen keine Worte. Sie brauchen nur eine Geste, eine Regung im Gesicht, ein Nicken, eine Bewegung. Arnolds Flucht war ein solches Geständnis. Seine Flucht sagte: Ja, ich habe diesen elenden Bauernlumpen vergiftete Hostien in den Mund geschoben. Ich habe ihnen, als sie glaubten, den Leib des Herrn zu empfangen, den Tod verabreicht. Ich habe sie gehasst und zur Hölle geschickt, jeden Einzelnen.

»Glaubt Ihr es jetzt, Jorïß?«, rief Harper.

»Es kann nicht sein, nein, es kann nicht sein«, entgegnete Vater, doch ich hörte es kaum noch, denn Harper und ich hängten ihn bereits ab. Ich spurtete zum Portal und ließ auch Harper hinter mir. Mit einem Satz war ich in der Kirche und sah nur noch, wie Arnold mit wehendem Rock in der Sakristei verschwand. Die Tür fiel donnernd hinter ihm zu. Ich lief durch die Kirche, riss die Tür auf – und spürte im nächsten Augenblick einen Schlag ins Gesicht. Da meine Beine noch voranstrebten, ging ich rückwärts zu Boden und schlug hart auf dem Rücken und dem Hinterkopf auf. Ich verlor zwar nicht die Besinnung, aber kurz die Orientierung. Ich rappelte mich auf und stolperte mehr, als dass ich lief, in die Sakristei hinein und zu der Pforte, die auf der Rückseite der Kirche ins Freie führte.

Durch die offene kleine Tür sah ich Arnold, der schon wieder einen kleinen Vorsprung hatte und mitten durch die Gräber seiner Opfer rannte. Er kam nicht weit. Harper rauschte von der Seite heran und riss den Priester in vollem Lauf um. Harper. Ich hatte ihn gar nicht abgehängt. Er war nur wieder einmal vorausschauender gewesen als ich und hatte die Kirche einfach umrundet, um den Priester auszutricksen.

Sie landeten auf einem frischen Grabhügel und wälzten sich im Dreck. Doch Harper schlang schnell seine Beine um Arnolds Hüfte und brachte den Priester unter sich. Arnold leistete keinen Widerstand mehr. Harper verpasste ihm dennoch eine Ohrfeige.

»Ihr könnt doch einen Priester nicht schlagen«, rief Vater, als er hinter mir durch die Pforte der Sakristei nach draußen trat.

Da versetzte Harper Arnold gleich noch eine Backpfeife.

Nur eines räumte Arnold ein: dass er die Bauern verabscheut hatte, aus tiefstem Herzen. Das wussten wir schon. Er hatte es uns ja schon gleich bei unserer Ankunft lang und breit erklärt. Sonst aber leugnete Arnold alles, als wir ihn in der Kirche befragten. Er stritt ab, den Bauern etwas angetan zu haben. Er stritt ab, überhaupt im Dorf gewesen zu sein, als es geschah. Er sei in Köln gewesen, beharrte er, auf einer Wallfahrt.

An diesem Punkt aber erhob Evgen, die seit dem Abschied von ihrem Großvater so still war, ihre Stimme. Obwohl sie vorher so schüchtern, nein regelrecht eingeschüchtert war, trat sie nun ohne Scheu vor dem Geistlichen auf.

»Nein, Ihr wart da«, sagte sie fest und laut.

Arnold schaute das Mädchen an, als hätte Evgen ihm gerade eine weitere Ohrfeige gegeben. Aber er fing sich schnell.

»Was wagst du es, dein Wort gegen mich zu erheben, du dreckiges kleines Bauernkind!«

»Ihr wart da«, wiederholte Evgen mit starker Stimme. »Die Glocke hat zur Messe geläutet, und ich habe Euch gesehen.«

»Halt dein schmutziges Lügenmaul!«, schrie Arnold. »Du vergisst, wen du da anschuldigst.«

Harper hob die Hand. »Schweigt, Pfaffe. Welchen Grund sollte das Kind haben, uns anzulügen?«

»Habt Ihr es denn immer noch nicht verstanden, Narr? Diese Menschen hassen mich, sie beten ihre eigenen Götzen und Götter an. Seht doch nur, was sie in den vergangenen Nächten mit uns getrieben haben. Ist Euch das nicht Beweis genug?«

Harper legte den Kopf ein wenig schief, so als redete er mit einem Kind. »Was ich verstanden habe, ist vor allem eines. Dass nämlich auch Ihr einen tiefen Hass gehegt habt und noch immer hegt – gegen die Bauern von Mundt.«

»Ihr glaubt einem Hirtenmädchen mehr als mir?«, schrie

Arnold, und seine Stimme überschlug sich. »Mehr als einem Priester?« Dann wandte er sich wieder Evgen zu. »Ich habe dich noch nie hier im Dorf gesehen, Kind. Aber du willst mich erkannt haben. Wie soll das gehen?«

»Lasst das Mädchen in Ruhe«, sagte ich. »Ihr seid geflohen, Arnold. Was soll uns das sonst sagen, außer dass Euch ein schlechtes Gewissen Beine gemacht hat?«

Arnold schnaubte lautstark. »Wie ihr mich angeglotzt habt! Das hättet ihr mal sehen sollen. Ich dachte, ihr drei wolltet mich an den nächsten Baum knüpfen. Als wärt ihr auf der Jagd nach mir gewesen. Wer hätte da nicht Reißaus genommen?«

»Besorgt mir ein Seil«, trug ich Edmund auf, der sich sogleich auf den Weg zu den Hütten machte.

»Was habt Ihr vor?«, fragte Arnold.

»Ich lasse Euch fesseln. Mehr nicht. Weiter befragen werde ich Euch auch nicht. Das wird Aufgabe des Erzbischofs sein. Für mich ist die Sache klar. Was meint Ihr, Harper?«

Harper nickte und grinste. »Für mich auch. So klar wie das Wasser drüben im Weiher.«

Nur Vater schien nicht überzeugt. Er schüttelte immer wieder den Kopf und sah mich mit einem Blick an, dem ich mehr Vorwürfe entnahm als einer Predigt über Feuer und Schwefel in der Hölle. Ich verstand ihn nicht. Nur weil Arnold ein Priester war, hieß das nicht, dass er nicht auch unvorstellbar Böses tun konnte.

Wir entschieden, noch eine Nacht in Mundt zu bleiben. Zwar drängte Vater auf eine sofortige Abreise, da er endlich nach Köln wollte. Doch mahnte Harper, nichts zu überstürzen, zumal er in der vorigen Nacht nur wenig Schlaf gefunden habe. So eilig, wie er es auf der Hinreise gehabt hatte, so gemächlich wollte er es jetzt angehen lassen. Aber es gab auch bessere Gründe als Harpers Schlafmangel. Es war schon spät, und wir hatten nur fünf Pferde. Margriet und Evgen hätten wir sicher noch mit in die Sättel nehmen können, Arnold aber nicht. Er sollte gefesselt hinter uns herlaufen, und damit wären wir gewiss zu langsam gewesen, um noch bei Tageslicht die Burg zu erreichen. Außerdem wollte ich noch eine Nacht bleiben, um mich davon zu überzeugen, dass der Spuk wirklich vorbei war.

Ich war zufrieden, sehr zufrieden. Alles war dabei, ein gutes Ende zu nehmen. Ich ärgerte mich allenfalls darüber, Arnold nicht selbst und schon viel früher unter Verdacht gehabt zu haben. Himmel, es hatte doch auf der Hand gelegen! All die Toten in der Kirche – wie hatte ich nur übersehen können, dass der Priester mit dem Tod der Menschen zu tun haben musste?

Evgen würden wir mit nach Köln nehmen. Sie musste Zeugnis ablegen über das, was sie gesehen hatte und was sie wusste, auch wenn ihr Wort tatsächlich nicht viel wog gegen das eines Priesters. Lediglich eine Frage blieb unbeantwortet: Warum hatte sich jemand die Mühe gemacht, jene Toten, die außerhalb der Kirche lagen, wieder zurück zu den anderen zu schaffen? Oder war Arnold das gewesen? Und wenn ja, warum? Oder hatten nie Leichen außerhalb der Kirche gelegen? War das nur eine Lüge des Priesters? Und wenn ja, warum?

Doch das war nur eine Nebensächlichkeit. Nichts, was in mir Zweifel an Arnolds Schuld geweckt hätte. Das Rätsel um die toten Bauern von Mundt war gelöst. Der Priester hatte ihnen ein Gift verabreicht, ein Gift, so stark, dass es eine ausgewachsene Sau sofort zu töten vermochte. So erklärte sich auch, warum der Säugling überlebt hatte. Säuglinge nahmen noch nicht an der Kommunion teil, größere Kinder aber wohl.

Und weil die Gefahr gebannt und der Mörder in unserem Gewahrsam war, gedachten wir, es uns an diesem Abend gut gehen zu lassen. Margriet briet die Hühner über der Feuerstelle in einer der beiden größeren Hütten und würzte sie kräftig mit jungem Bärlauch und Liebstöckel, die sie zusammen mit Evgen zuvor auf einer Wiese hinter dem Dorf gesammelt hatte. Wir setzten uns auf Baumstämme, die auf dem Dorfplatz als Bänke dienten, und griffen alle kräftig zu, wobei unser Kleinster den größten Hunger hatte. Rost verspeiste allein zwei, wenn nicht sogar drei ganze Hühner. Auch Edmund und Harper übten sich nicht in Zurückhaltung. Arnold, den wir gefesselt und in der Sakristei eingeschlossen hatten, musste sich mit trockenem Brot und dem zu ihm herüberwehenden Duft zufriedengeben.

Ich freute mich, auch Vater essen zu sehen. Selbst wenn er nicht an Arnolds Schuld glauben wollte, so schien doch auch ihn das Ende der Mördersuche zu erleichtern. Ihm lief die Zeit davon. Er durfte sich jetzt ganz um sich kümmern, er konnte seine Angelegenheiten regeln. Ich setzte mich neben ihn.

»Ihr esst. Das ist gut, sehr gut, Vater.«

Mein Vater antwortete, ohne von seinem Essen aufzusehen. »Behandle mich nicht wie ein kleines Kind. Ich bin der Vater, du der Sohn.«

Es tat weh, auf ihn zuzugehen und doch abgewiesen zu werden. Nicht ich hatte mir etwas vorzuwerfen, weiß Gott, nicht ich. Ich verstand ihn nicht. Wenn er sich doch bereit machen wollte für seinen Abschied von dieser Welt, wenn er sich rüsten wollte für das Jüngste Gericht, so musste er doch dafür sorgen, keinen Menschen mit Groll gegen sich zurückzulassen. Doch ich wollte nachsichtig bleiben. Er war mein Vater. Er war todkrank. Es war der Kampf seines Lebens, von dem er wusste, dass er ihn verlieren würde. Das war nicht leicht für einen Mann, der es gewohnt war, jeden Widerstand zu brechen, jeden Streit und jedes Gefecht für sich zu entscheiden.

»Was macht der Husten?«

Nun sah er mich an, und ich bemerkte gleich, dass seinem Blick die Härte fehlte. Vielleicht hatte er gemerkt, dass er zu harsch gewesen war.

»Ach, Kontz«, sagte er. »Seit du da bist, geht es mir besser. Ein wenig zwar nur. Aber doch. Ja, besser.«

Nein, ich hatte mich nicht verhört. Vater hatte ein wenig von seinem Wall abgetragen. Oder doch mehr als nur ein wenig. Er lächelte mich an. Ich glaube, es war das erste Mal seit vielen Jahren, dass ich ihn freundlich lächeln sah.

»Nun ja«, sagte er dann, und sein Lächeln verbreiterte sich zu einem Grinsen, das dem Harpers in nichts nachstand. »Vielleicht liegt's auch an der Weidenrinde, dass es mir besser geht, und doch gar nicht an dir.«

Und dann lächelten wir beide. Es war ein Anfang.

Margriet sah zu uns herüber. Auch sie zeigte ein heiteres Gesicht. Ich wusste nicht, was ihre Laune gerade hob. Aber ich beschloss, ihr Lächeln nicht zu erwidern, auch wenn sie noch so hübsch und noch so bemüht um mich war. Ich wollte ihr keine falschen Hoffnungen machen. Meine Entscheidung war gefallen. Köln war meine neue Heimat. Ihre war das Land der Bauern.

Ich wandte meinen Blick ab und bemerkte, dass Evgen mit einem Beutel aus der Hütte kam und damit hinter die Kirche ging. Ich hielt es für einen guten Einfall, ihr zu folgen, um ein wenig Abstand zu Margriet zu gewinnen. Evgen bot mir die beste Gelegenheit, das Mahl auf dem Dorfplatz zu verlassen.

Ich fand sie auf dem Friedhof. Sie kniete vor dem Grab eines der vermeintlichen Neuntöter. Weil ich sehen wollte, was sie dort tat, näherte ich mich ihr von der Seite. Das Tuch, das sie eben noch in der Hand gehalten hatte, lag nun aufgeschlagen auf dem Grabhügel. Darin befanden sich ein paar Hühnerschenkel.

Ich erinnerte mich an das, was Evgen gesagt hatte, und setzte mich neben sie.

»Liegt hier dein Bruder?«

Evgen nickte. Sie wischte sich hastig eine Träne weg. »Thommes. So hieß er.«

»Du bringst ihm etwas zu essen, oder?«

»Ja. Er braucht doch etwas zu essen. Er war ein guter Junge, Herr. Ich hoffe, es geht ihm jetzt gut, da, wo er ist.«

»Wenn er ein guter Junge war, wird es ihm an nichts mangeln, Evgen. Dann ist er jetzt bei den Heiligen.«

Evgen sah über das Gräberfeld. »Beim heiligen Irmundus vielleicht«, sagte sie. Dann huschte ihr ein Lächeln aufs Gesicht. »Dann schimpft Thommes jetzt wahrscheinlich mit ihm. Weil der Heilige nicht auf ihn aufgepasst hat, als er im Wasser war.«

Ich erwiderte ihr Lächeln. »Vielleicht kann Irmundus ja gar nicht schwimmen. Er hat ja nur den Weiher entspringen lassen mit seinem Hirtenstab.«

Da musste sogar die Kleine kichern. »Dann haben Thommes und Irmundus ja bestimmt viel zu reden.«

Ich bewunderte sie. Erst jetzt wurde mir so richtig bewusst, dass die Kleine alles verloren hatte. Wirklich alles. Nicht nur ihre Familie, wenn man von ihrem Großvater, dem knorrigen einäugigen Schäfer, einmal absah. Das ganze Dorf war verschwunden. Hier konnte sie nicht bleiben, sonst würde sie schlicht verhungern.

»Kannst du mir verzeihen, dass ich deinen Bruder für einen Neuntöter gehalten habe?«

Evgen hob die Schultern. »Ich hab's ja schon gesagt. Er war ein guter Junge.«

»Das glaube ich dir. Und weil du immer für deinen Thommes eingestanden bist, will ich dir deinen Wunsch erfüllen.«

»Meinen Wunsch?«

»Ich nehme dich mit nach Köln. Und dann zeige ich dir ein paar Fenster aus schönstem Glas.«

»Das würdet Ihr?«

»Nun, um ehrlich zu sein, müsste ich dich auch um einen Gefallen bitten.«

»Welchen? Sagt schon.«

»Du müsstest vor dem Erzbischof sagen, was du uns eben über den Priester erzählt hast. Dass er sehr wohl im Dorf war, als die Bauern gestorben sind. Machst du das?«

»Vor dem Erzbischof?«

»Ja, vor dem Erzbischof. Er wird dir schon nichts tun. Er ist ein strenger, aber ein gerechter Mann. Und ich passe auf dich auf. Versprochen.«

Evgen reckte das Kinn vor. »Aber sicher mache ich das. Es stimmt ja auch, was ich gesagt habe.«

»Gut. Dann wirst du uns morgen begleiten. Wir gehen erst nach Kaster, dann reisen wir weiter nach Köln.«

Evgen ließ den Blick wieder über die frischen Grabhügel schweifen. Dabei entfuhr ihr ein Seufzer.

»Ich würde auch gern Mutter und Vater etwas zu essen aufs Grab legen. Aber ich weiß nicht, wo sie begraben sind.«

»Weißt du was, Evgen? Gib doch einfach alles, was du zu essen hast, dem Thommes aufs Grab. Wo er ist, werden auch eure Eltern sein. Und weil er ein guter Junge ist, wie du ja immer sagst, wird er gewiss mit ihnen teilen.«

Evgen strahlte mich an, und das machte mich sehr glücklich.

Am Abend trafen wir uns alle auf dem Friedhof, um der Toten mit einem Gebet zu gedenken. Evgen stand zwischen Margriet und mir und nahm uns beide an der Hand. Das fühlte sich ein wenig seltsam an, aber was mutete an diesem Tag in diesem Dorf nicht befremdlich an? Wir standen recht lange da, länger jedenfalls, als ich es erwartet hätte, und so betete ich nicht nur für jede einzelne Seele, sondern ich bat auch bei den drei Kindern, deren wehrlosen toten Körpern ich mit Rosts Hilfe noch so viel Gewalt angetan hatte, um Verzeihung. Ich hatte die Toten geschändet. Ich hatte sie für Ausgeburten des Bösen gehalten. Ich hatte mich geirrt. Das tat mir unendlich leid.

Ich spürte, dass ich Evgens Hand für einen Augenblick zu fest drückte. Sie sah mich von unten herauf mit ihren großen Augen an und lächelte verständnisvoll. Ein wenig verlegen rieb ich mit dem Daumen über ihren Handrücken und schalt mich heimlich einen Toren. Es wäre an mir gewesen, das Mädchen zu trösten und ihm Beistand zu leisten. Nicht umgekehrt.

Nach dem stillen Gebet zogen wir uns für die Nacht zurück. Arnold, der mit angelegten Fesseln in der Sakristei lag, dem einzigen Raum, der als Zelle dienen konnte, musste bewacht werden, sodass die Kirche als Schlafraum den Männern vorbehalten war. Weil Margriet und Evgen aber auch nicht allein in einer der Hütten übernachten sollten, beschloss ich, sicherheitshalber in einem angrenzenden Stall bei den Pferden zu schlafen. Furcht vor nächtlichen Übergriffen hatten wir nicht mehr.

Nachdem ich mich vergewissert hatte, dass es aus der Sakristei für einen gefesselten Gefangenen kein Entkommen geben dürfte, begab ich mich in den Schuppen, in dem ich mein Lager für die Nacht zu beziehen gedachte. Ich schob Stroh auf einen Haufen, ließ mich rücklings hineinfallen und spürte die Müdigkeit bereits mit Macht von mir Besitz ergreifen. Kein Wunder, nach zwei Nächten ohne vernünftigen Schlaf. Das Schnauben der Pferde hinter der halbhohen Bretterwand wirkte dazu sehr beruhigend. Am frühen Morgen würden wir das tote Dorf verlassen. Und am Abend würden wir bei Erzbischof Konrad von Hochstaden vorsprechen und ihm einen Mörder übergeben. Das waren meine letzten Gedanken, bevor ich in einen tiefen und traumlosen Schlaf fiel.

Als ich erwachte, war es beinahe stockdunkel. Durch Bretterritzen fiel das Mondlicht nur schwach in den Stall. Die Pferde waren unruhig. Sie wieherten leise, schnaubten, scharrten. Irgendetwas hatte sie aufgeschreckt und mich geweckt. Ich spitzte die Ohren und versuchte, mein wild pochendes Herz zu beruhigen. Ein Teil des Mondlichts an der Wand verschwand. Eine Wolke? Oder stand jemand vor dem Stall?

So dankbar ich den Pferden auch dafür war, für mich Wache gehalten zu haben, so sehr wünschte ich mir nun, dass sie endlich Ruhe gaben. Ich wollte wissen, ob draußen Schritte zu hören waren. Doch das Schnauben und Trippeln war schlicht zu laut. Die Antwort auf meine Frage gaben mir dann nicht meine Ohren, sondern meine Augen. Der Schatten vor der Wand bewegte sich die Bretterritzen entlang. Jemand ging auf die Stalltür zu.

Ich schlich zur Wand, um mich hinter der Tür in Deckung zu bringen. Dann schwang sie langsam und knarrend auf. Doch niemand trat ein. Vermutlich versuchte der Unbekannte, sich einen Überblick zu verschaffen, so schwierig das in der Dunkelheit auch sein mochte. Ich hielt die Luft an, weil ich fürchtete, mich durch mein Atmen zu verraten. Verflucht – schlaftrunken, wie ich war, hatte ich vergessen, nach meinem Schwert zu greifen. Der Unbekannte verharrte draußen. Als wartete er darauf, dass ich den ersten Schritt tat. Den Gefallen tat ich ihm nicht. Auch wenn mir die Lunge allmählich schmerzte.

Und just in dem Moment, als mein Verlangen nach frischer Luft unbändig wurde und ich kurz davor war, einen vollen Zug einzuatmen, setzte der Unbekannte den ersten Schritt in den Stall. Ich unterdrückte meinen Atem noch für diesen einen Augenblick – dann stürzte ich mich von hinten auf den Eindringling. Ich riss den Unbekannten, der offenbar kleiner war als ich, ins Stroh. Es gelang mir, ihn auf den Bauch zu drehen, mich mit meinem ganzen Gewicht auf seinen Körper zu legen und seine Hände mit festem Griff zu packen. Er war unbewaffnet. Ich hatte ihn überwältigt.

»Eine falsche Bewegung, und ich brech dir deine Rippen, du Hurensohn.«

Der Unbekannte ächzte unter mir. Er dürfte meine Drohung klar und schmerzhaft verstanden haben. Aber es war ein eigenartiges Ächzen, ein irgendwie – ja, weibliches Ächzen. Ich nahm ein wenig Druck weg, um mein Opfer zu Luft kommen zu lassen.

»Kontz«, keuchte der Unbekannte, der tatsächlich kein Mann war, sondern eine Frau, wie ich nun deutlich hören konnte. »Ich bin's doch, Margriet.«

Margriet! Ich setzte mich auf, blieb aber auf den Knien und behielt sie unter mir. »Was in drei Teufels Namen tust du hier?«

Margriet nutzte das bisschen Spielraum, das ich ihr ließ,

um sich unter mir auf den Rücken zu drehen. Sie erwies sich als ziemlich gelenkig.

»Sei doch nicht so laut«, flüsterte sie und legte einen Finger an die Lippen. »Die anderen brauchen uns nicht zu hören.«

»Ich habe nichts zu verbergen«, sagte ich harsch und lauter als zuvor. »Du wolltest auf Evgen aufpassen und solltest nicht hier sein.«

»Sie schläft. Und ich denke, alle anderen auch. Es gibt keinen Grund, warum ich nicht hier sein sollte. Wir beide in einem Stall. Im warmen Stroh. Es ist ein wenig wie damals, findest du nicht?«

Diese Stimme. Warum schafften es Frauen nur immer, allein mit dem Klang ihrer Stimme klar zu sagen, was sie gerade wollten?

»Nein, Margriet, du hast damals deine Entscheidung getroffen, und ich habe damals meine Entscheidung getroffen. Geh jetzt. Geh zu Evgen. Auf der Stelle.«

»Ach, Kontz«, hauchte sie, und ich spürte ihre Hände, die sacht über meine Oberschenkel strichen. »Solange du auf mir sitzt, kann ich ja schlecht gehen. Ich denke, das ist kein Zufall, nicht wahr?«

Noch vor dem nächsten Wimpernschlag war ich runter von ihr. Sie setzte sich auf, und nun hockten wir nebeneinander im Stroh. Das Mondlicht gab Margriets Umriss einen eigenartigen Schimmer. Sie sah aus wie eine von diesen wundervollen alten Statuen aus Marmor, wie ich sie schon im Palast des Erzbischofs gesehen hatte.

»Geh bitte«, wiederholte ich.

Meiner Stimme fehlte Kraft. Wahrscheinlich hatte ich zu viel davon bei dem kleinen Ringkampf gelassen. Margriet sagte nichts. Kein Wort. Sie rückte ein Stück näher an mich heran.

»Geh«, sagte ich abermals und konnte mich selbst kaum dabei hören.

Mit ihrer rechten Hand entblößte Margriet in einer unendlich langsamen Bewegung ihre linke Schulter. Als ich ob des Anblicks schwieg, legte sie ebenso langsam auch ihre rechte Schulter frei. Nach und nach zeigte Margriet mir immer mehr von ihrem wunderschönen Marmor, von dem ich in der Dunkelheit doch nur Schemen sehen konnte. Und was ich nur ahnen durfte, entstand aber doch als Bild in meinem Kopf. Als herrliche römische Statue mit einer glatten weißen Haut.

Geh, wollte ich sagen, aber meine Lippen formten das Wort lediglich lautlos. Sie kam noch näher zu mir, so nah, dass ich ihren Atem auf meinem Gesicht spüren konnte, ihre weiche Brust auf meinem Arm. Kühles Blut, ich brauchte kühles Blut. Dann endlich schaffte ich es wieder, einen brauchbaren Laut von mir zu geben.

»Bitte nicht«, sagte ich, »bitte, bitte nicht, Margriet. Du hättest es nicht mit meinem Vater treiben dürfen, Liebes. Alles hätte ich dir verziehen, aber das nicht.«

Sie legte einen Finger auf meine Lippen und bedeutete mir zu schweigen. Dann beugte sie sich vor, bis ihr Mund meinen fand. In dieser Nacht verloren wir kein Wort mehr.

Heiliges Köln

Köln! Sie würde Köln sehen! Sie hatte schon so viel von dieser Stadt gehört. So vieles, so Schönes. Wie das himmlische Jerusalem sollte Köln sein. Mit Kirchen, die ihre Türme in die Wolken streckten. Mit Mauern, so hoch, dass man keinen Stein darüber werfen konnte. Mit einem Fluss, der machtvoller, drängender war als alles, was sich ein Mensch nur erdenken konnte. Mit Märkten, von denen jeder einzelne hundertmal größer war als Mundt. Mit Menschen, unvorstellbar vielen Menschen. Und die Menschen dort waren frei, keinem Herrn verpflichtet, keinem Zins unterworfen. Nur eine Tagesreise war die Stadt entfernt und für sie doch unerreichbar. Bis heute. Bis jetzt.

Was hielt sie noch in Mundt? Nichts mehr. Thommes war tot. Mutter und Vater waren tot. Großvater? Großvater konnte allein die Schafe hüten. Garm und die anderen Hunde halfen ihm ja dabei. Die Bienenstöcke? Großvater schaffte das auch noch. Die Felder? Für wen sollten sie denn noch weiter bestellt werden? Alle waren tot. Sollten die Grundherren sich doch selbst darum kümmern. Ihr Herz schmerzte so sehr, und es schmerzte nur noch immer mehr, wenn sie den Weiher sah, die Hütte ihrer Eltern oder das Grab von ihrem lieben Thommes. Vielleicht würden die Schmerzen schwinden, wenn sie das alles nicht mehr sehen musste.

Gar nichts gab es mehr in Mundt, für das es sich zu bleiben lohnte. Der heilige Irmundus würde auch sie nicht schützen, wenn ihr einmal Gefahr drohte. So wie er schon Thommes im Stich gelassen hatte. Die Kirche war entweiht. Der Weiher war entweiht. Und die Geister und Götter der Alten? So viel

Angst wie in diesen Tagen hatte Evgen noch nie vor ihnen gehabt. Es waren fürchterliche, furchteinflößende Mächte. Kräfte, die nur an sich dachten, nicht aber an die Menschen.

In Köln würde es sicher anders sein. Ganz gewiss, ganz anders. So viele Heilige sollte es dort geben. Ursula und ihre elftausend Jungfrauen. Die Heiligen Drei Könige. Und noch so viele mehr. Jede einzelne Kirche hatte ihren eigenen Heiligen. Mindestens einen. Und sie würde den Erzbischof sehen, diesen heiligen Mann. Wo, wenn nicht in Köln, würde sie sicher sein? Sicher vor den grausamen, rächenden Händen und Fingern der Weihergeister. Nirgends sonst gab es größeren himmlischen Beistand. In Rom noch vielleicht. Aber Rom war doch so weit weg, so viel weiter als Köln.

Evgen lauschte auf die Geräusche, die aus dem Stall zu ihr in die Hütte drangen. Wie drollig. Da hatte sich diese Margriet so viel Mühe gegeben, sich so leise wie möglich aus der Hütte zu stehlen, und jetzt waren die beiden da drüben nun doch so laut. Evgen drehte sich auf die andere Seite und versuchte, trotzdem einzuschlafen.

Zweites Buch

SANCTA COLONIA

Zurück nach Köln

Wir verließen das tote Dorf kurz nach Tagesanbruch. Ich verspürte eine große Erleichterung, die leeren Hütten, den überfüllten Friedhof, die vergiftete Sau und den verrottenden Widderkopf hinter uns zu lassen. Wir kamen wieder am Weiher vorbei, um die Pferde vor dem Ritt noch einmal saufen zu lassen. Leider trafen wir den Schäfer nicht an, den ich nur zu gern hätte wissen lassen, dass wir den Mörder gefasst hatten. Er würde sich gewiss sehr darüber gefreut haben, den Priester in Fesseln zu sehen.

»Er kann überall sein«, sagte Evgen. »Es gibt mehrere Gemeinweiden hier oben.«

Also hielten wir uns nicht länger auf und hofften, Burchert würde schon irgendwie und irgendwann erfahren, was am gestrigen Abend im Dorf geschehen war. Vater ritt vorneweg. Er schien es eilig zu haben, endlich nach Köln zu kommen. Rost und ich folgten gleich dahinter. Der Halbritter hatte Margriet zu sich aufs Pferd genommen. Rost zumindest schien es zu gefallen. Ich glaube, so nah war er einer Frau noch nie gewesen. Margriet hingegen hatte nur Augen für mich. Ich spürte es, auch wenn ich sie nicht ansah. Ich hasste mich dafür, ihr nachgegeben zu haben. Ihr Hoffnung gemacht zu haben.

Evgen saß vor mir im Sattel. Sie wandte sich immer wieder um und schaute zu mir auf, und mir schien, ihre Augen wurden jedes Mal größer, so erwartungsvoll ritt sie in den neuen Tag hinein, sich unbändig freuend auf das, was auf sie zukam. Auf ein großes Abenteuer, das den Namen Köln trug.

An meinem Sattelknauf festgeknotet war das Seil, an dessen anderem Ende Arnold gefesselt war, der hinter meinem Zelter herlaufen musste. Der Priester setzte sich nicht zur Wehr, er murrte nicht, sondern mühte sich redlich, mit dem Schritt der Pferde mitzuhalten. Hinter uns ritten Harper und Edmund, dessen Gesicht mir immer noch so seltsam bekannt vorkam.

Die Sonne war uns hold. Sie brannte nicht zu sehr und war doch schon wieder warm genug, den Weg vor uns zu trocknen. Wir erreichten die Burg Kaster ohne besondere Vorkommnisse und weit vor Mittag. Es war ein kurzer Aufenthalt. Margriet trennte sich wortlos von uns. Bevor sie jedoch in den Gassen der Burgsiedlung verschwand, drehte sie sich für einen Moment zu mir um und sandte mir einen Blick, in dem ich Groll und Vorwurf erwartet hätte, weil ich sie auf dem ganzen Weg nicht angeschaut hatte. Ich hatte mich getäuscht. Ich las Zuversicht in ihren Augen. Die Zuversicht, dass ich mich besinnen würde. Dass ich einem gefallenen Mädchen die Hand reichen und ihr wieder auf die Beine helfen würde. Nein, ich würde es nicht tun. Erbarmen, Milde, Gnade – das waren Worte für einen Heiligen. Ich war kein Heiliger. Ich war nur ein Mensch. Sollte sie doch wieder Hühner ausnehmen gehen und ihnen das Herz herausreißen.

Während Edmund und Rost uns einen Karren besorgten, auf dem wir den Gefangenen nach Köln bringen wollten, nutzte ich die Gelegenheit, mich von Mutter zu verabschieden. Ich wusste nicht, wie lange ich sie nicht sehen würde. Ich fand sie wieder in der Küche, wo sie mit zwei Mägden die Verpflegung eines größeren Trosses plante, der offenbar in den nächsten Tagen in Kaster erwartet wurde. Als sie meiner gewahr wurde, ließ sie die beiden Frauen stehen und zog mich hinaus, hinüber zur Kapelle.

»Seit er nicht mehr so bei Kräften ist, versuche ich, so viele von seinen Aufgaben zu übernehmen, wie es nur eben geht«, sagte sie auf dem Weg dorthin. »Der Graf von Jülich erwartet, dass alles glattläuft auf der Burg.«

»Ich denke, der Graf würde Verständnis haben«, gab ich zurück.

Mutter blies die Luft geräuschvoll durch die Nase. »Verständnis! Von wegen. Einen neuen Burggrafen würde er sich suchen. Noch am selben Tag.«

»Wäre das so schlimm, Mutter? Zieht doch wieder raus auf den Hof. Ihr und Vater, ihr habt euer Auskommen. Vielleicht tut es Vater gut, wenn ihm die Last seiner Aufgaben von den Schultern genommen wird. Ihr wisst, früher, als sie noch Ludolf von Dyck gehörte, hatte er sich nur um die Burg zu kümmern. Aber seit der Graf sie gekauft hat, muss er auch die ganzen Ländereien rundherum verwalten, bis hoch nach Mundt. Er ist ja nicht mehr nur Burggraf. Vielleicht ist ihm alles zu viel geworden.«

Die Tür zur Kapelle knarzte, als ich sie aufzog und Mutter einließ. Ich folgte ihr ins Dunkel, in der nur zwei kleine Kerzen auf einem steinernen Altar schwach leuchteten. Mutter zog eine weitere Kerze aus ihrem Kittel und entzündete sie an einer anderen.

»Ich mache jeden Tag eine für ihn an. Es ist mir gleich, wie teuer das Wachs ist. Ich will nicht nur beten für ihn.«

Wir sahen auf zum hölzernen Kruzifix, an dem der Heiland hing. »Jeder muss sein Kreuz tragen, Mutter, aber man kann es etwas leichter machen. Zieht raus auf den Hof. Es findet sich ein anderer, der sich um die Burg kümmert.«

Sie schüttelte den Kopf. »Nein, nein. Lass ihm seinen Dienst. Lass ihm, was er hat. Ich glaube fast, seit er weiß, wie ernst es um ihn steht, stürzt er sich nur noch mehr in seine Aufgaben. Weißt du, warum er dich nach Köln begleiten will?«

»Er will mit uns den Gefangenen abliefern. Und Dinge regeln, wie er sagt. Ich denke, er will einige Messen für sein Seelenheil kaufen.«

»Ja. Und er will dem Vogt von Stertzheim ein Boot besorgen, weil dessen altes kaputt ist und die Erft abgefischt werden muss. Kannst du dir das vorstellen? Jeden Tag kann sein letztes Stündlein schlagen, und er hat nichts Besseres im Sinn, als ein Boot von Köln nach Kaster zu schaffen. Lass ihm sein Amt. Er hängt daran. Der Herr hat es ihm auferlegt, der Herr wird es ihm wieder nehmen.«

»Ist er wenigstens gut zu Euch, Mutter? Ich meine ... besser als früher?«

Mutter nahm meine Hände in die ihren. »Ja, besser als früher«, sagte sie, und ich hätte ihr beinahe erwidert, dass sie eine schlechte Lügnerin sei. »Er hat keine Augen mehr für andere. Dafür fehlt ihm die Kraft.«

Das mochte sicher stimmen. Aber es hieß doch auch, dass Vater sie noch immer schlug. Denn darüber hatte Mutter gewiss aus gutem Grund kein Wort verloren.

Die Burg verließen wir um die Mittagszeit, nachdem ich mich tränenreich und wortarm von Mutter verabschiedet hatte. Wir fesselten Arnold mit Seilen an die Ladefläche des Karrens, und Rost hockte sich dazu, um den Priester zu bewachen. Hinter dem Kutschbock hatte Vater eine Holzkiste festbinden lassen, die so groß war, dass ein kleiner Hund hineingepasst hätte. Was darin war, verriet er nicht.

Evgen setzte sich zu Edmund auf den Bock, während Vater, Harper und ich auf unseren Pferden den Geleitschutz gaben. Auf der Anhöhe jenseits der Erft wandte ich mich noch einmal zur Siedlung um. Ich konnte Mutter sehen, die auf einem der Burgtürme stand und uns nachblickte. Ich hob die Hand, und sie erwiderte den Abschiedsgruß. Ich hätte schwören können, dass ich ganz kurz auch Margriet gesehen hatte, auf dem Wehrgang der Vorburg. Nun, sollte sie da gewesen sein, dann war sie auch schnell wieder hinter die Mauerbrüstung abgetaucht.

Die Reise gestaltete sich ohne besondere Vorkommnisse. Wir ernteten nicht einmal fragende Blicke, was wohl daran lag, dass Arnolds Fesseln hinter den Seitenwänden des Karrens verborgen waren und daher bei anderen Reisenden keinen Argwohn wecken konnten. Einen kurzen Halt erlaubten wir uns lediglich an jener Stelle im Wald, an der Harper und ich auf der Hinreise den toten Bauern gefunden hatten. Auf der Höhe des Strauches, unter dem der arme Kerl gelegen hatte, lagen Blumen an der Straße. Das sprach dafür, dass sich wirklich Menschen seiner erbarmt hatten. Ich schlug mich dennoch in die Büsche, um mich davon zu überzeugen. Ja, der Leichnam war fort. Man würde ihm wohl ein christliches Begräbnis gegeben und für seine Seele gebetet haben.

Lange hielten wir uns nicht auf. Noch immer fühlte ich mich unwohl an diesem Ort, der für einen Überfall wie geschaffen war. Auch Harper, der bisher eher Wert auf einen gemütlichen Ritt gelegt hatte, trieb uns ein wenig zur Eile an, bis wir auf freiem Feld waren und den nächsten Weiler sehen konnten.

Als wir den Villerücken wieder hinabritten, kam in der Ebene Köln in unseren Blick. Von hier oben, aus der Ferne, glich die Stadt einer Krone, geschmiedet in Jahrhunderten von den Bürgern der Stadt, um auf ewig der Stolz der Christenheit zu sein. Die Mauer war der Kronreif, und die zwölf Torburgen erhoben sich darüber wie die zwölf Zinken einer Zackenkrone. Und all die Kirchen waren die schönsten Edelsteine, die diesen prächtigen Kranz nur schmücken konnten. Sancta Colonia. Das heilige Köln. Und zugleich das himmlische Jerusalem, gebaut auf Erden, zu Ehren Gottes.

Evgen stand vom Kutschbock auf, um weiter über das Land bis nach Köln zu sehen. Als der Karren durch ein Schlagloch rumpelte, hätte sie beinahe das Gleichgewicht verloren. Trotzdem stellte sie sich gleich wieder auf den Kutschbock. Sie konnte offenbar noch nicht genug erkennen. Ich lenkte mein Pferd neben den Karren und half ihr, hinter mich auf meinen Zelter zu steigen. Sie stellte sich auf den Rücken des Pferdes und hielt sich an meinen Schultern fest.

»Ist das Köln? Das muss Köln sein, nicht wahr?«

»Ja, das ist das heilige Köln.«

»Und da vorn das, ist das der Dom? Warum liegt er außerhalb der Stadt?«

Ich erkannte gleich, was sie meinte. Aber woher sollte es das junge Ding denn auch besser wissen?

»Nein, nein, das ist nur die Abtei Brauweiler. Und die liegt weit vor der Stadt. Mit einer schönen Kirche zwar, aber ein Dom ist viel größer.«

»Noch größer? Sie ist doch schon so groß. Sie ist größer als alles, was ich kenne.«

Ich spürte, wie sie sich hinter mir auf die Zehenspitzen erhob. Ich musste unwillkürlich schmunzeln. All ihre abergläubischen Handlungen, Gesten und Worte – wie weggeblasen. Die Heiligkeit Kölns heilte jeden Heiden. Nun, eine Heidin war sie ja nicht wirklich. Allenfalls ein schlechtes Christenkind. Doch das würde sich gewiss ändern, wenn sie diese Stadt erlebte.

»Du solltest all die Bauwerke in Köln selbst sehen, Evgen«, sagte ich. »Du wirst staunen.«

»Die Türme, die aus Köln herausragen – sagt, sind das alles Kirchen?«

»Ja. Pfarrkirchen, Stiftskirchen, Klosterkirchen. Und rundherum stehen die Türme und Torburgen der Stadtmauer.«

»Und der Dom, wo ist der Dom?«

Ich wandte den Kopf zu ihr um und sah sie tadelnd an. »Also, das hätte sich ja selbst bis in eure Schäferhütte herumsprechen sollen. Den Dom gibt es nicht mehr.«

»Nicht?«

»Nein. Nur noch ein paar Mauern.«

»Wo ist er hin?«

»In der Walpurgisnacht, als ihr in Mundt um den Widderkopf getanzt seid, wütete in Köln ein fürchterliches Feuer.«

»Aber Köln steht doch noch.«

»Es hat ja auch nur der Dom gebrannt. Die Werkmeister wollten einen Teil von ihm niederlegen, um mit dem Bau eines neuen Doms beginnen zu können. Aber leider hat es ein Unglück gegeben, und fast die ganze schöne Kathedrale ist abgebrannt.«

»Oje.«

»Allerdings, oje.«

»Und der liebe Gott hat das nicht verhindert? Konnte er das nicht?«

Vater trat von seinem Pferd aus mit dem Fuß gegen die Wand des Karrens. »Was ist das denn für ein lästerliches Gequatsche, Kind? Hüte deine heidnische Zunge und lästere unseren Gott nicht!«

Ich lenkte meinen Zelter weg vom Karren und vom Zornesausbruch meines Vaters. Evgen ließ sich auf den Pferderücken gleiten und klammerte sich an mich.

»Keine Sorge, Evgen«, sagte ich. »So falsch war deine Frage

nicht. Viele Kölner haben sie sich auch gestellt. Aber unser Herr Erzbischof hat sie beantwortet.«

»Wirklich? Was hat er gesagt?«

»Dass der Herrgott wollte, was geschehen ist.«

»Er wollte, dass sein Dom brennt?«

»Dass sein alter Dom brennt, ja. Damit Platz geschaffen wird, Platz für den neuen Dom, der viel prächtiger, viel größer, viel schöner wird. Der Herrgott will, dass wir seinen neuen Dom schneller bauen. Darum hat er es zugelassen, dass der alte Dom ganz niederbrennt und ein Raub der Flammen wird.«

Evgen drückte sich fester an mich. Ich spürte ihre Wange an meinem Rücken.

»Ja, das kann ich verstehen«, sagte sie. »Das muss ein recht schönes und großes Walpurgisfeuer gewesen sein in jener Nacht.«

Ich lachte und zog mir damit einen tadelnden Blick meines Vaters zu, der zwar nicht hören konnte, was wir sagten, sich aber an meiner guten Laune störte.

»Ja, das war es. Die Flammen loderten bis hoch in den Himmel. So hoch, dass der Herrgott vielleicht schon gedacht hat, das Feuer der Hölle flackert bis hoch zu ihm.«

»Wann wird er fertig sein, dieser neue, schöne Dom?«

»Du wirst es vielleicht noch erleben, Evgen. Wenn du sehr alt wirst.«

»Wird er so groß?«

»Oh ja, größer als alles, was du dir vorstellen kannst. Es wird das größte Bauwerk auf Erden, Evgen. Gott zu Ehren. Er braucht ein großes Haus.«

»Werden auch all die Heiligen bei ihm wohnen?«

»Was meinst du?«

»Ich habe gehört, es sollen mehr Heilige in Köln leben als Kölner. Die müssen doch auch irgendwo ein Haus haben.«

Ich war bass erstaunt. »Mehr Heilige als Kölner? Wie kommst du darauf?«

»Die Ursula und ihre elftausend Jungfrauen. Der heilige Gereon und seine Legionäre, das waren doch auch sicher viele. Die Heiligen Drei Könige. Der heilige Severin. Und noch so viele mehr.«

Ich geriet ein wenig ins Grübeln und musste dann noch lauter lachen als zuvor. Die Kleine hatte recht. Ich wusste zwar nicht genau, wie viele Menschen in Köln lebten. Aber ich würde mich nicht wundern, wenn es tatsächlich mehr Heilige als Kölner waren.

»Kontz, komm her!«

Vater rief mit scharfer Stimme. Ich folgte. Widerwillig lenkte ich das Pferd neben seines.

»Was gibt es denn?«

»Du, steig wieder auf den Karren!« Er zeigte auf Evgen.

»Warum, Vater?«

»Sie ist Zeugin und du Büttel. Halte Abstand, Junge. Außerdem ist sie keine gute Christin.«

Ich war nicht auf Streit mit Vater aus, also ritt ich näher an den fahrenden Karren und ließ Evgen hinüberklettern. Aber ich zeigte Vater mit einem Kopfschütteln, was ich von seinem Gebaren hielt.

»Nicht dahin, nach hinten!«, fuhr er das Mädchen an, als es sich wieder neben Edmund setzen wollte. Eingeschüchtert sah Evgen erst zu mir, dann stieg sie nach hinten zu Rost und zum gefesselten Priester auf die Ladefläche.

»Was soll das, Vater?«, zischte ich ihn an.

»Kein Heidenkind sollte neben einem guten Christen sitzen, Kontz.«

»Aber neben Rost darf sie sitzen, ja?«

»Der Herr hat den Halbritter aus Gründen gestraft, die

nur er kennt. Aber er hat ihn gestraft. Die beiden und der missratene Priester können zusammensitzen.«

Böse Worte lagen mir auf der Zunge, aber ich hielt den Mund geschlossen und ließ sie nicht hinaus. Ich ahnte, dass es ihm nicht gut ging. Dass er vielleicht zornig war über seine Krankheit. Dass er seinen Zorn irgendwo abladen musste. Und in diesem Augenblick hatte es nun mal Evgen getroffen. Mein Unmut wandelte sich vollends in Mitleid, als Vater wieder zu husten begann. Es schüttelte ihn so heftig, dass er sich weit nach vorn neben den Pferdehals beugte. Ich entschied, am Abend das Gespräch mit ihm zu suchen.

Evgen tat mir leid. Sie kauerte auf der Ladefläche und hatte die Arme um die Beine geschlungen. Ihr gegenüber hockte Arnold, der sie wohl am liebsten mit seinem Blick getötet hätte. Neben ihr Rost, der ihr immer noch nicht verziehen hatte, dass sie ihn im Wald aus dem Sattel geworfen hatte, weil sie einfach nur dastand. Der Halbritter rutschte ein Stück von ihr weg und rümpfte die Nase. Ich hielt mein Pferd bis zu unserer Ankunft in Köln neben dem Karren. Ich wollte nicht, dass der Priester die einzige Zeugin, die etwas gegen ihn vorzubringen hatte, einschüchtern könnte.

Je näher wir den Stadttoren kamen, desto mehr Menschen begleiteten uns. Bauern, Händler, Pilger. Ich vermutete, es waren auch immer noch viele Leute dabei, die nur die verrußten Ruinen des Doms sehen wollten. Die sich mit eigenen Augen davon überzeugen wollten, was ihre Ohren nicht glauben mochten – Gottes schönstes, prächtigstes und größtes Haus war nur noch ein Haufen Schutt und Asche. Das Alte hatte dem Neuen Platz gemacht.

Es mochte kein stimmiger Vergleich sein, aber irgendwie dachte ich, dass auch der tiefe Hass zwischen dem Priester und den im Aberglauben verhafteten Bauern ein Ringen zwischen dem Neuen und dem Alten sei. Ein Kampf, der – wie Arnold geglaubt hatte – nur durch das völlige Auslöschen des Alten zu gewinnen war. Aber was für ein Sieg war das?

Der Strom der Menschen spülte uns in die Stadt hinein. Evgen kam aus dem Staunen nicht heraus. Mit offenem Mund lugte sie über die Seitenwand des Karrens. Fast wäre sie hintenübergekippt, als ihr Blick den hohen Stadtmauern folgte und wir durch das Friesentor ins Innere Kölns ritten. Auch Rost, der noch nie über die Burg Kaster hinausgekommen war, machte große Augen. Er lehnte sich weit aus dem Karren und schaute staunend zu den Häusern aus Fachwerk, und ich fragte mich, wie er und Evgen wohl dreinschauen würden, wenn wir erst ins Herz der Stadt kamen. Denn hier, gleich hinter der großen Mauer, ähnelte Köln noch eher einem Dorf. Es gab nur wenige Häuser, dafür Felder und Wiesen, Baum- und Weingärten, vor allem linker Hand, denn dort hatte sich die Lücke zwischen der Altstadt und der neuen, weit um Köln greifenden Stadtmauer noch lange nicht geschlossen.

»Da drüben! Was ist das?«, rief Evgen.

Sie zeigte nach links, hinüber zum Stift Sankt Gereon, dessen Kirche mit den riesigen Doppeltürmen die freie Fläche beherrschte.

»Du fragtest doch nach dem heiligen Gereon und seinen Legionären. Da drüben ist seine Kirche.«

Evgen schlug ein Kreuzzeichen. »Das ist Sankt Gereon?«

Ich nickte.

»Lieber Gott im Himmel, ist die groß. Können wir dahin?«

»Nein«, sagte Vater. »Und Heidenkinder sieht man dort nicht gern.«

Ich sah Evgens traurigen Blick und blinzelte ihr zu. »Wir werden schon noch eine Gelegenheit finden, die großen Kölner Kirchen anzuschauen. Heute aber sicher nicht mehr.«

Aber Evgens Enttäuschung war bereits verflogen. »Und da vorn, da vorn! Was ist das für eine Kirche?«

Ihr Finger wies wieder nach links, weiter in die Vorstadt. Zwischen vereinzelten Häusern erhob sich eine Kirche, die dort draußen recht verloren wirkte.

»Das ist die Kirche zu den heiligen Jungfrauen«, sagte nun Harper. »Die Kirche der heiligen Ursula.«

Evgen schlug noch einmal ein Kreuzzeichen und schüttelte dabei den Kopf. Immer wieder sah sie zwischen der Stiftskirche Sankt Gereon und der Kirche der Jungfrauen hin und her.

»Das ist doch nicht zu fassen«, rief Arnold, der an seinen Fesseln riss, als wollte er vor unserem Gespräch davonlaufen. »Dieses Teufelsbalg ist vor zwei Wochen noch um einen Widderkopf gehüpft, und es betet zu einem Weihergeist anstatt zum heiligen Irmundus. Und dieses Drecksding, das mich, einen Priester, an den Galgen liefern will, erhält nun von Euch eine Führung zu den Kölner Kirchen – seid Ihr von Sinnen?«

In der Tat, es kam mir ein wenig befremdlich vor. Aber nur einen Wimpernschlag lang.

»Wem, wenn nicht ihr, sollten wir denn über die Heiligen etwas erzählen, Arnold?«, fragte ich ihn. »Eure Missionsarbeit war offenbar wenig fruchtbringend. Dabei scheint mir dieses angebliche Heidenkind doch sehr wissbegierig zu sein.«

Arnold spie vor Evgen aus, aus seinen Augen sprühte der Hass. Die Kleine wiederum schien das alles gar nicht wahrgenommen zu haben. Sie stand an der Holzwand des Karrens und schaute immer noch abwechselnd zu Sankt Gereon und der Ursulakirche.

Evgen schlug ein weiteres Mal ein Kreuzzeichen. Rost ebenso. Der kleine Mann war gleichsam in den Bann der

Erzählungen geschlagen. Arnold spuckte wieder vor ihr aus. Und ich war trotz allem stolz. Stolz, meine Stadt zeigen zu können. Denn nicht nur Evgen und Rost bestaunten Köln. Ich sah, dass auch Edmund und Arnold immer wieder bewundernd nach rechts und links blickten und sich an den Bildern der Stadt satt tranken. Und selbst in den Augen meines Vaters, der schon manches Mal in Köln gewesen war, sah ich den Durst nach neuen Eindrücken. Köln schüttete die Gräben zwischen uns ein wenig zu, zumindest solange der Zauber der großen Stadt noch auf die Neuankömmlinge wirkte.

»Kommt mit«, rief ich meinen Begleitern zu und lenkte mein Pferd nach links, weiter in die Vorstadt. Bis zu meinem Haus in der Stolkgasse waren es nur ein paar Schritte, und da wir uns gleich trennen würden, nutzte ich die Gelegenheit, meinem Vater zu zeigen, wo er die Nacht verbringen konnte. Wir ritten dabei geradewegs auf die Kirche der heiligen Jungfrauen zu, und Evgens Augen, so schien mir, wurden größer mit jedem Schritt, den unsere Pferde setzten.

Als ich meinem Vater das kleine Häuschen zeigte, das ich mein Eigen nennen durfte, verzog er keine Miene. Das war mir Tadel genug. Und doch freute es mich. Denn Vater nörgelte nicht, sondern behielt seine Gedanken für sich. Früher hätte er mich vorgeführt. Das war ein guter Schritt. Ich rechnete es ihm hoch an.

»Wenn Ihr also heute Abend mit Euren Erledigungen fertig seid, dann findet Euch gern hier ein«, sagte ich.

Vater nickte nur. Ich wendete mein Pferd, um unseren Weg wieder aufzunehmen, und als ich am Karren vorbeiritt, spürte ich eine Hand an meinem Ärmel. Ich wandte mich um.

»Ich möchte diese Kirche sehen«, flüsterte Evgen.

Entlang der Römermauer ging es bis ans Ende der Schmierstraße. Rechter Hand öffnete sich das alte Nordtor auf den Domhof, das man auch die Pfaffenpforte nannte. Über die Mauer lugten die Reste des Doms, rußschwarze Rippen aus Stein, die das große Feuer nicht hatte brechen können. Meine Begleiter blickten schweigend zu den Ruinen auf. Es war ein beklemmendes Gefühl, einen heiligen Ort zu sehen, an dem ein Höllenfeuer gewütet hatte.

Ich wollte mein Pferd weiter geradeaus auf die Trankgasse führen, die von hier noch etwa vierhundert Schritte zum Rhein hinabführte und bereits mit Schotter befestigt war – sie sollte beim Dombau als Rampe für den Transport der Steine dienen, die mit Schiffen auf dem Rhein nach Köln gebracht würden. Das Tor, das sich am Ende der Trankgasse über die Hafenmauer erhob, konnten wir bereits sehen. Nur wenig rechts davon befand sich der Frankenturm, ebenfalls in die Mauer gebaut, jedoch ohne Durchlass auf den Kai. Den brauchte der Turm auch nicht. Er war, wie manch anderer Turm in der Stadtmauer, ein Gefängnis und kein Tor. Dorthin wollte ich den Priester bringen.

»Nichts da«, rief Harper, als ich gerade die Pfaffenpforte passierte. Er zeigte durchs Tor auf den Domhof. »Hier geht's durch, zur Hacht. Vergesst nicht, für unseren Gefangenen gelten besondere Regeln. Er ist Priester. Geistliche kommen vor ein geistliches Gericht. Und deshalb bringen wir ihn auch in das Gefängnis des Erzbischofs, die Hacht.«

Ohne ein weiteres Wort und ohne einen weiteren Blick stieg Harper ab und führte seinen Zelter durch die Pfaffenpforte. Wir anderen folgten ihm. Auch ich. Woher sollte ich auch wissen, wie mit unserem Gefangenen zu verfahren war? Mit einem Priester als Gesetzesbrecher hatte ich noch nie zu tun gehabt.

Wir kamen auf den Domhof. Da lag sie vor uns, diese riesige, noch frische Wunde der stolzen Stadt. Hunderte Arbeiter schufteten im Schutt, ein wortloses Gewimmel wie in einem Waldameisenhaufen. Vater, Edmund, Evgen, Rost und Arnold, sie alle, die zuvor so beeindruckt waren von der Schönheit und Pracht Kölns, hatten nun nur Augen für den Haufen Asche und Steine, der vor ihren Füßen lag, aber auch Harper und ich schwiegen. Es war ein Schlachtfeld. Und das Feuer hatte die Schlacht zwischen Flammen und Kathedrale gewonnen.

Die wenigen Mauern, die noch standen, waren schwarz von Ruß. Es grenzte an ein Wunder, nein es war ein Wunder, dass die umliegenden Gebäude in dem Feuersturm vor zwei Wochen keinen Schaden genommen hatten. Der Palast des Erzbischofs, die Hacht, das Hochgericht, die Kirche Sankt Mariengraden, der Tier- und Baumgarten des Erzbischofs, der Marstall – die Funken hatten nicht auf sie übergegriffen, die Flammen hatten ihren Hunger einzig am Dom gestillt.

Tagelöhner packten an, darunter viele Landarbeiter, die nach der Aussaat auf den Äckern nicht mehr benötigt wurden und nun jeden Morgen aufs Neue Lohn und Brot in der Stadt suchten. Und Kölner, die ein paar Stunden unentgeltlich im Dienst der neuen Kirche stehen wollten, um etwas für ihr Seelenheil zu tun. Aber auch die Männer der Dombauhütte leisteten ihren Teil, die Steinmetze, Zimmerleute, Schmiede, Maurer, Mörtelmenger und Hilfsarbeiter, die sich gewiss auf andere Tätigkeiten denn aufs Aufräumen eingerichtet hatten.

Zu tun gab es genug. Sie schafften Steine und Staub beiseite, um Platz zu machen für die neue Baustelle. Sie bargen, was noch Wert hatte. Das Blei des Daches etwa, das zu großen Tränen geschmolzen war. Den Marmor des Bodens. Aber auch Steine, die sich für die neuen Fundamente eigneten oder für den Wiederaufbau des Westchors, der als Notkirche für Gottesdienste hergerichtet werden sollte.

Harpers und mein Zelter kannten den Duft der Zerstörung schon. Aber Vaters Pferd und die alte Stute, die den Karren zog, legten die Ohren an und schnaubten unruhig. Der Brandgeruch, der auch jetzt noch aus den Trümmern aufstieg und unheilvoll in der Luft lag, flößte ihnen Angst ein. Die Männer sprachen den Tieren besänftigend zu.

Vielleicht spürten die Pferde aber auch mehr als nur die Überbleibsel des großen Feuers. Vielleicht spürten sie, was auch uns Menschen in eine merkwürdige Erregung versetzte. Das Bild, das sich uns bot, war nicht stimmig. Schief. In falschen Farben gemalt. In dieser gottgefälligen Stadt, dort, wo die prächtigste aller Kölner Kirchen inmitten eines Kranzes ehrwürdiger Kirchen stehen müsste, war nur mehr ein schwarzes Trümmerfeld. Als hätte sich im heiligen Herzen Kölns das Tor zur Hölle geöffnet und Feuer und Schwefel in die Welt entlassen. Da mochten der Erzbischof und die hohen Herren des Domkapitels erzählen, was sie wollten.

»Kehrt um!«

Wir zuckten zusammen. Das war die Stimme eines Mannes. Er schrie so laut, dass ich mein Herz mit einem Mal pochen hörte. Evgen duckte sich gar hinter die Karrenwand. Meinte der Mann etwa uns?

»Kehrt um!«, schrie er abermals, und nun sah ich ihn auch. Ein Greis war über einen Schutthaufen auf den Stumpf einer Säule geklettert, die einmal das Schiff des alten Doms gestützt hatte. Nun stand er da und hob über unseren Köpfen zu seiner Rede an. Auch die Arbeiter drehten sich zu ihm um. Nein, er meinte nicht uns Ankömmlinge. Er meinte alle.

»Es ist der falsche Weg. Die Pforten zur Unterwelt hat der Herr für euch geöffnet, die Hölle hat er auf euch atmen lassen, einen Feuersturm hat er über euch gesandt und seine eigene Kirche zu Staub zermahlen, und ihr Narren seht es nicht? Kehrt um, sage ich euch, noch heute, bevor es –«

Weiter kam er nicht, denn schon hatten ihn zwei Männer von der Säule geholt. Kaum zurück auf dem Boden, begann er, wild zu zappeln und um sich zu schlagen, doch der alte Mann war machtlos gegen die festen Griffe seiner Häscher, die ihn schnurstracks in Richtung der Pfaffenpforte brachten, um ihn auf den Turm zu schaffen.

Irre wie ihn gab es viele. Fast jeden Tag schwang einer dieser falschen Propheten seine Predigt auf dem Domhof. Der Erzbischof duldete diese Reden nicht. Zweifel an der Gottgefälligkeit des Dombaus waren nicht erwünscht.

Und so endeten die Wirrköpfe immer für einen Tag am Pranger auf dem Alter Markt, bevor man sie aus der Stadt jagte. Ein paar Stunden am Kax, und schon verging ihnen die Hetze. Und wer am Schandpfahl noch immer das Maul aufriss, bekam es mit faulem Gemüse oder anderem Unrat gestopft.

»Willkommen in Köln«, sagte ich zu meinen Begleitern. »Wie ihr seht, solltet ihr auf eure Worte achten.«

Nur wenige Schritte weiter endete unsere gemeinsame Reise. »Ich kann euch den Roten Ochsen empfehlen, unten am Hafen«, sagte ich zu Edmund und Rost.

Sie mussten, nachdem sie mit Vater das Boot für den Vogt von Stertzheim besorgt hatten, wenigstens eine Nacht in Köln verbringen. Der Ochse war sicher nicht die schlechteste Wahl. Für Edmund fand sich dort eine Kammer, für Rost gewiss ein Lager aus sauberem Stroh.

»Ich werde wohl ein Weilchen brauchen«, sagte Vater.

»Nun, Ihr wisst ja jetzt, wo Ihr mich findet. Und sollte ich noch nicht da sein, fühlt Euch in meinem Heim ganz wie zu Hause, bis ich eintreffe.«

Harper band Arnold vom Karren los und half ihm hinunter. Dem Priester waren auf der Fahrt sämtliche Glieder eingeschlafen, sodass er sich nun stöhnend mit seinen immer noch gefesselten Händen am Wagen festklammerte und, auf dem Boden angelangt, einen Fuß hochhielt, vermutlich den, der ihn am meisten schmerzte.

»Na, kommt schon, Hochwürden, Ihr habt Euch doch auf der Fahrt genug ausgeruht«, sagte Harper mit seinem breiten Grinsen und versetzte unserem Gefangenen einen Stoß ins Kreuz. Arnold stolperte vorwärts, geriet ins Straucheln und landete bäuchlings im rußschwarzen Dreck. »Oh, verzeiht, Hochwürden. Das war gewiss nicht meine Absicht.«

Während sich der Priester aufrappelte, tadelte ich Harper mit einem strengen Blick. Er hob die Schultern, legte sein Grinsen aber nicht ab und half Arnold ein wenig zu ruppig dabei, sein Gewand sauber zu klopfen.

»Oh, schaut dort drüben, Hochwürden«, sagte Harper und deutete auf einen Stein, der vor der Ruine aus der Erde ragte. »Das große Feuer hat dem blauen Stein nichts anhaben können. Er ist immer noch da. Wisst Ihr, was der blaue Stein ist?«

»Ich mag Euer Gefangener sein, Harper«, sagte der Priester. »Aber das sollte Euch nicht hindern, mich meines Standes gemäß zu behandeln.«

»Ich behandle jedermann so, wie es ihm gebührt. Auch einen Mörder.«

Ich trat an den Karren und hob Evgen herunter.

»Was ist der blaue Stein?«, fragte sie mich, als ich sie auf den Boden setzte.

»Ein Gerichtsstein«, antwortete ich. »Wenn der Henker

einen Verurteilten zur Hinrichtung führt, stößt er ihn zuvor an den blauen Stein.«

»Und wenn er das macht«, rief Harper uns zu, »sagt er ein paar Worte, die seiner Kundschaft keinen Zweifel lassen – ich stoß dich an den blauen Stein, du kommst Vater und Mutter nicht mehr heim. Oder so ähnlich. Stimmt's, Priesterlein?«

Arnold schwieg und drehte Harper den Rücken zu. Ich konnte es ihm nicht verdenken. Mit einem kräftigen Knuff verabschiedete ich mich von Rost, der immer noch auf dem Karren hockte.

»Alles Gute, kleiner Freund«, sagte ich, und der Halbritter erwiderte mein Lächeln.

»Kein langer Abschied, Kontz. Mach schon, dass du wegkommst.«

»Hast du es eilig, Rost?«

»Nein. Aber wenn ein Freund geht, muss man die Tür schließen. Sonst wird es kalt.«

»Vielleicht sehen wir uns früher wieder, als du denkst«, gab ich zurück und sah dabei verstohlen zu meinem Vater hinüber. Rost verstand.

»Komm nicht zu spät, Kontz«, sagte er.

Ich schüttelte den Kopf, nahm Evgen an die Hand und klopfte dreimal gegen die Ladewand des Karrens. Edmund hob kurz die Hand zum Gruß und ließ die Zügel schleifen. Rumpelnd setzte sich der Karren in Bewegung. Vater folgte ihm. Wie ein kleiner Junge saß der Halbritter hinten auf dem Karren und winkte mir zum Abschied.

Während Harper den Wärtern in der Hacht, dem erzbischöflichen Gefängnis, unseren Gefangenen übergab, führte ich die beiden Zelter zum Marstall. Evgen durfte dabei auf meinem Pferd sitzen. Der Marstall lag rheinwärts an der Rückseite des Palastes und war der am besten geführte Stall in der Stadt. Stallmeister und Stallknechte verstanden sich meist besser auf die Pferde als ihre Reiter selbst. Auch nach verregneten Sommern und schlechten Ernten gab es im Marstall immer genug Heu und Hafer für die Pferde des Erzbischofs und seiner Getreuen. Da mochten die Kölner Hunger leiden, wie sie wollten. Und manches Pferd, so es denn ein wirklich gutes Reittier war, musste selbst dann nicht zum Schlachter, wenn es an Mauke oder Rehe erkrankt war, sondern bekam Gelegenheit zu genesen. Zugegeben, bei Hufrehe war die Geduld des Stallmeisters nicht ganz so groß.

»So viele Pferde«, rief Evgen aus.

Ich musste ihr zustimmen. So viele Tiere hatte auch ich noch nie hier gesehen. Aus etlichen Stallfenstern streckten Pferde ihre Köpfe heraus, andere wurden im Hof geputzt und gestriegelt. Knechte fuhren Heu auf Schubkarren und Handwagen in die Stallungen und Mist wieder hinaus, sie schleppten Wassereimer und Futterkisten.

»Ja, das sind wirklich viele Pferde«, sagte ich und redete dabei mehr zu mir selbst.

Ein Stallknecht kam uns entgegen und nahm mir die Zelter ab. Ich kannte ihn, und er kannte die Pferde, was die Übergabe deutlich verkürzte. Dennoch sah der Junge recht unglücklich aus. Er seufzte vernehmbar.

»Was ist?«, fragte ich.

Der Stallbursche verzog das Gesicht. »Ich weiß nicht, wohin mit Euren Tieren. Ihr seht ja selbst, was hier los ist. In den letzten ein, zwei Tagen sind immer mehr Ritter mit ihren Pferden aufgetaucht, als gäb's einen Hoftag oder so. Und Ihr wisst ja, die meisten haben nicht nur ihr Reittier, sondern auch noch ein Lastpferd und ihr Schlachtross dabei.«

»Ritter? Was wollen die hier?«

»Keinen Schimmer, Herr. Für die Pferde des Erzbischofs ist jedenfalls kein Platz mehr. Wir haben schon einige in die Ställe von Klöstern ringsherum gegeben.«

Und als hätte er plötzlich Furcht, zu viel ausgeplaudert zu haben, packte er die Halfter fester und führte die beiden Zelter weg.

»Keine Sorge, ich finde schon ein Plätzchen für die beiden Hübschen«, rief er uns noch über die Schulter zu.

Ich spürte Evgens Hand, die die meine ganz fest drückte. »Das ist alles so groß hier«, flüsterte sie, »so unglaublich groß.«

»Im Vergleich zu Mundt ist wohl alles groß, Evgen. Und im Vergleich zu Köln ist alles klein.«

»Ja, ich weiß, aber seht doch nur diesen Stall, Herr. Allein diese Stallungen sind so viel größer als mein Dorf, und jedem Pferd hier geht es besser, als es mir in meiner Hütte ging.«

»Eine Jagd«, sagte plötzlich eine Stimme.

Ich drehte mich um. Die Stimme gehörte Harper, der unseren Gefangenen offenbar bereits übergeben hatte. Mit dem Kinn deutete er hinüber zu den Ställen.

»Der Erzbischof lädt seine guten Freunde in jedem Frühjahr zu einer Jagd ein. Wälder hat er ja genug. Deswegen sind all die Pferde hier.«

»Habt Ihr Arnold in gute Hände abgegeben?«

»In die besten. Ihm wird es an nichts mangeln. Und das soll jetzt kein Scherz sein. Ein Priester genießt auch als Gefangener besondere Rechte. Er teilt sich die Zelle gewiss nicht mit Ratten, und das Essen wird besser sein als unseres heute Abend. Ich habe übrigens jemanden aus der Kanzlei des Erzbischofs getroffen. Der Prozess wird morgen stattfinden.«

»Morgen schon? Seid Ihr sicher?«

»Der Erzbischof hat bereits nach unserer Abreise Anweisungen gegeben. Sollten wir mit einem Gefangenen zurückkehren, soll das Gericht alsbald tagen.«

»Nun, über dieses Sonderrecht wird sich Arnold sicher nicht freuen, denke ich.«

Harper hob die Schultern. »Man kann nicht alles haben.«

»Wer hat den Vorsitz?«

»Das wird ein Geistlicher sein.«

Ich berührte sacht Evgens Arm. »Du weißt, was das für dich heißt?«

Sie nickte. »Ich muss morgen schon meine Aussage machen.«

Wohl war mir nun nicht mehr dabei. Ein geistliches Gericht für einen Geistlichen, Sonderrechte in der Hacht für einen Geistlichen. Und ein Hirtenmädchen als einzige Zeugin. Arnold hatte es streng genommen gleich gesagt. Ob wir einer wie ihr mehr glauben würden als ihm, hatte er gefragt. Ja. Natürlich. Gestern war das noch so selbstverständlich, draußen in Mundt, wo es nur die Hütten, die Gräber und uns gegeben hatte. Aber hier, in Köln, war meine Gewissheit nicht mehr so stark.

»Sie steht ja nicht allein da«, sagte Harper. Vermutlich versprühte meine Miene nicht gerade Zuversicht. »Wir haben doch beide gesehen, wie schnell Arnold laufen konnte, als wir sein kleines Geheimnis auf dem Misthaufen entdeckt hatten.«

Das wenigstens stimmte. Alles sprach gegen Arnold. Und wir würden mit Evgen gegen ihn sprechen. Mehr noch, wir würden ihn in die Enge treiben, Jagd auf ihn machen wie der Erzbischof und seine Freunde auf das Wild. Bei dem Gedanken stutzte ich.

»Eine Jagd?«, fragte ich Harper.

»Ja, sagte ich doch.«

»Und warum braucht man Schlachtrösser für eine Jagd?«

Wenn ich mich nicht verhört hatte, waren das die Worte des Stallburschen gewesen: Lasttiere, Reitpferde, Schlachtrösser. Harper sah hinüber zu den Pferden, zuckte dann aber nur mit den Schultern und grinste.

»Vielleicht gehen sie ja auf Löwenjagd. Da muss der Erzbischof aber aufpassen, damit er nicht selbst gerissen wird.«

Wohl weil wir in Richtung meines Hauses liefen, dachte Evgen sicher, ich nähme sie mit heim.

»Schlafe ich bei Euch?«, fragte sie, und ich glaubte, einen sorgenvollen Ton in ihrer Stimme zu hören.

»Nein. Aber ich weiß ein Plätzchen, das dir gefallen dürfte.«

Das weckte Evgens Neugier. Aus dem Augenwinkel sah ich, wie sie immer wieder zu mir und dann auf die Häuser an unserem Weg schaute. Aber ich spannte sie noch ein wenig auf die Folter und behielt unser Ziel für mich, auch dann noch, als wir an meinem Haus in der Stolkgasse ankamen.

»Warte hier«, sagte ich zu Evgen und ging kurz hinein, um mir meinen rot-schwarzen Surkot überzustreifen, der mich als Diener der Gewaltrichter auswies. Als ich wieder vor die Tür trat und Evgen mich in meiner Amtstracht sah, wirkte sie eingeschüchtert. So unbefangen, wie sie sich bisher bei mir immer gegeben hatte, hätte ich erwartet, dass sie mich nach dem Grund für meinen Kleiderwechsel fragen würde. Dass sie vielleicht sogar mal keck an dem Stoff gezupft hätte. Aber sie blieb stumm und auf Abstand. Zum ersten Mal zeigte sie Ehrfurcht.

»Ich bin immer noch derselbe, Evgen.«

Sie nickte, wirkte aber doch nicht recht überzeugt. Wir setzten unseren Weg fort, und als wir geradewegs auf die Kirche der heiligen Jungfrauen zuhielten, dämmerte es Evgen.

»Ihr bringt mich zur heiligen Ursula?« Ich bejahte, und Evgen strahlte. Ihr Herz hüpfte ihr wieder auf die Zunge. »Geht das denn? Darf so jemand wie ich da schlafen?«

»Das werden wir gleich sehen«, gab ich zurück.

In der Tat war ihre Frage berechtigt. In dem Stift kamen nur Töchter adliger Herren unter, sie wurden dort in Handarbeit und in der lateinischen Sprache unterwiesen, in Schreiben und Lesen, bis ihre Familien einen angemessenen Ehemann für sie gefunden hatten. Nur wenige blieben für immer hier, und wenn doch, dann nahmen sie meist bedeutende Stellungen in der Stiftsgemeinschaft ein, bis hinauf zur Äbtissin. Für ein Hirtenmädchen war eigentlich kein Platz im Stift an der Kirche der heiligen Jungfrauen.

Hinter der Mauer, die den Immunitätsbereich des Stifts umschloss, stand eine Reihe von Häusern, in denen sich gewiss auch die reichen Kölner Kaufleute wohlgefühlt hätten. Hier lebten einige der edlen Stiftsdamen, denen das Übernachten im großen Schlafsaal aufgrund ihres Standes nicht zuzumuten war. Im Herzen der Anlage befanden sich die Kirche und daran angebaut das Stiftsgebäude, das einen viereckigen Grundriss hatte. Zwei ältere Stiftsdamen verließen gerade das Hauptgebäude durch das große Portal. Ich nickte ihnen freundlich zu.

»Komm, komm«, mahnte ich Evgen zur Eile. Das Staunen hatte ihr abermals den Mund weit geöffnet. Mit großen Augen sah sie zum Turm der Kirche auf.

»Dürfen wir hier denn einfach rumlaufen?«, fragte sie, den Blick noch immer nach oben gerichtet.

»Wenn du nur einmal nicht in die Luft gucken würdest, sondern hinüber zum Eingang der Kirche, dann wüsstest du, dass wir das dürfen.«

An der Flanke des Gebäudes gab es eine große Tür, durch

das Menschen ein und aus gingen, Männer, Frauen, Kinder, mal in bessere Gewänder gekleidet wie reiche Kaufleute, mal in der Kleidung eines Handwerkers, mal in grober Bauernkluft. Menschen fast jeden Standes eben.

»Alle Welt will die Knochen der heiligen Jungfrauen sehen, und daher dürfen die Leute auch in die Kirche hinein. Dieses Portal ist einzig für die Menschen, die nicht zur Stiftsgemeinschaft gehören. Die Stiftsdamen bleiben auf einer Empore, wo sie auch ihre Messen feiern, und schauen von oben auf die Pilger herab. Übrigens nennt man die Schwestern hier Kanonissen.«

»Darf ich sie sehen? Die Knochen der heiligen Jungfrauen?«

»Erst einmal besorgen wir dir ein Lager für die Nacht.«

Evgen sagte nichts, aber ich erkannte an ihren leuchtenden großen Augen und ihren unbändig aufwärtsstrebenden Mundwinkeln, wie sehr sie sich freute. Wir gingen zum Hauptportal und baten um Einlass, der uns gewährt wurde, kaum dass die Schwester, die durchs Guckloch schaute, meine Amtstracht gesehen hatte. Auf meinen Wunsch hin trug sie einer jungen Kanonisse auf, die Dekanin zu holen, die in der Rangfolge des Stifts gleich hinter der Äbtissin stand.

Sie ließ uns nicht lange warten. Die Dekanin war jünger, als ich erwartet hatte, und begrüßte uns zwar mit einem freundlichen Lächeln, doch ihr unruhiger Blick, der zwischen Evgen und mir hin- und herflatterte, verriet ihre Überraschung über unseren Besuch.

»Das ist keines von unseren Mädchen, Büttel«, sagte sie dann, bevor ich das Wort erheben konnte. »Was immer es ausgefressen hat und was immer es Euch erzählt hat, zu uns gehört es nicht.«

Ich hob beschwichtigend die Hände. »Oh nein, Schwester,

Ihr missversteht unseren Besuch«, sagte ich. »Ich wende mich mit einer großen Bitte an Euch und hoffe, Ihr könnt mir und diesem Kind helfen.«

Der Blick der Dekanin blieb nun an Evgen haften. »Was ist Euer Anliegen?«

»Der Name dieses Mädchen ist Evgen. Sie ist eine wichtige Zeugin in einem Prozess, der morgen schon stattfindet. Evgen ist nicht von hier, und daher suche ich ein Obdach für sie, für ein oder zwei Nächte wohl nur, in einem guten christlichen Haus. Ich könnte mir kein besseres vorstellen als dieses Stift.«

»Habt Ihr denn keine Herberge, in die Ihr sie bringen könnt?«

»Schaut sie Euch an, Schwester. Dafür ist sie zu jung, als dass ich sie allein unter fremden Menschen lassen könnte.«

»Hier kennt sie auch niemanden.«

»Aber die Schwestern sind allesamt vertrauenswürdig. Zudem kommt sie vom Land, und ihr ist das Leben in der Stadt gänzlich fremd. Ich will sie in guter Obhut wissen. Diese Bitte darf ich auch im Namen des Erzbischofs vortragen, der mich mit diesem Fall betraut und mit allen Befugnissen ausgestattet hat.«

»Nun, so ist es wohl weniger eine Bitte, Büttel. Aber es ist schon gut, sie scheint ein liebes Kind zu sein, ich nehme sie gern für eine Nacht oder auch zwei auf. Ich werde sie nicht zum Gesinde geben, sondern sie unseren jungen Stiftsdamen im großen Schlafsaal zuweisen. Da geht sie uns auch nicht so leicht verloren.«

Ich spürte, wie Evgen meine Hand drückte, und sah zu ihr hinab. Sie strahlte und nickte, als müsste sie mich noch überzeugen, sie doch tatsächlich im Stift zu lassen.

»Ist das in Ordnung für dich, Evgen?«, fragte ich sie.

»Ja«, hauchte sie.

Ich kündigte an, Evgen am nächsten Morgen recht früh abzuholen, und verabschiedete mich von ihr und der Dekanin. Mit einem wohligen Gefühl der Zufriedenheit trat ich meinen Heimweg an. Es war mir gelungen, gleich drei Fliegen auf einen Streich zu schlagen. Zum einen wusste ich Evgen in besten Händen, zum anderen würde sie dort auf sanfte Weise vielleicht ein paar von ihren abergläubischen Flausen ausgetrieben bekommen, und zu guter Letzt hatte ich ihr einen großen Gefallen getan.

Das Mädchen hatte genug mitgemacht in den vergangenen Tagen und Wochen, und wer wusste schon, was sie im Prozess erwartete. Da durfte ihr getrost mal etwas widerfahren, worüber sie sich freute.

Als die Dunkelheit hereinbrach, begann ich, mir um Vater Sorgen zu machen. Konnte das Bestellen von Messen für sein Seelenheil denn so lange dauern, selbst wenn ich mit einberechnete, dass er das Boot für den Vogt von Stertzheim kaufen wollte? Sicher nicht. Sein Geld hatte man in Köln schneller für Messen als beim Glücksspiel ausgegeben.

Als die Sonne hinter den Dächern verschwand, hielt es mich nicht länger. Ich wollte nicht mehr auf der Bank vor meinem Haus auf ihn warten. Vielleicht hatte er sich nur verlaufen. Vielleicht ging es ihm aber auch schlecht. Die letzten Tage waren anstrengend gewesen, vor allem für ihn, in seinem Zustand. Die Reise steckte ihm noch in den Knochen, auch wenn sie nur kurz gewesen war. Himmel, was war, wenn Vater irgendwo zusammengebrochen war?

Ich lief hinunter zum Hafen, zum Roten Ochsen. Wie ich den sturen Hund kannte, steckte er lieber bei Edmund und dem Halbritter als in dem heruntergekommen Häuschen seines missratenen Sohnes. Als ich an der Herberge ankam, hielt ich Ausschau nach dem Karren, aber ich sah ihn nicht. Ich vermutete, er war auf der Rückseite des Hofes untergebracht. Die Tür stand offen, dennoch war es in der Schankstube viel wärmer als draußen. Die Luft klebte stickig in meinem Mund. Eine Magd stochte das Herdfeuer kräftig, denn es waren viele Gäste mit Essen zu versorgen. Alle Tische waren besetzt, immer wieder erhob sich Gelächter über das Gemurmel.

Ich sah weder Edmund noch den Halbritter, also ging ich zum Wirt, den ich schon länger kannte, und erkundigte mich nach den beiden.

»Ich suche zwei Gäste, die ich Euch empfohlen habe, Wirt. Einer der beiden ist nur halb so groß wie ich. Könnt Ihr mir sagen, wo ich sie finde?«

»Also habe ich Euch diesen Troll zu verdanken, Büttel«, brummte mich der Mann an. »Wisst Ihr nicht, dass es Unglück bringt, mit solchen Kreaturen unter einem Dach zu schlafen?«

»Ihr habt ihn abgewiesen? Wirt, wenn Ihr das getan habt, schicke ich Euch nie wieder Gäste ins Haus.«

»Nein, nein, das nicht. Ich hab ihm einen Platz im Stall zugewiesen. Ich bin ja kein Unmensch. Wo Euer anderer Freund steckt, weiß ich wirklich nicht. Er hat die Herberge verlassen, kaum dass er seine Tasche auf seine Kammer gebracht hatte.«

Ich ließ diesen Lump stehen und verließ den Schankraum durch die Hintertür. Im Innenhof stand tatsächlich der Karren, und auf der Ladefläche war ein kleines Boot festgebunden. Das Boot für den Vogt von Stertzheim. Ich ging über den Hof und in den Stall, in dem es streng nach Pferdemist roch. Der Wirt hielt offenbar nicht viel von frischem Stroh für die Reittiere seiner Gäste. Die Pferde wieherten leise, als sie mich bemerkten.

»Rost?«, rief ich. »Bist du da?«

Es raschelte im Stroh auf dem Boden, und im nächsten Augenblick lugte des Halbritters kleiner Kopf über dem Bretterrand nach unten. »Kontz? Was machst du hier?«

»Ich suche meinen Vater. Weißt du, wo er steckt?«

»Ist er noch nicht bei dir?«

»Nein. Und ich habe bis gerade eben zu Hause gewartet.«

Rost zupfte sich einen Strohhalm aus dem Haar. »Es ist schon eine ganze Weile her, seit wir uns getrennt haben. Er hat mir nicht verraten, wohin er wollte.«

»Wo habt ihr euch getrennt?«

»Hier. In der Herberge. Dein Vater und Edmund sind dann mit der Kiste verschwunden, die wir auf dem Karren hatten. Edmund hat sie getragen. Sie war schwer, sehr schwer.«

»Hat Vater nichts gesagt, wohin sie wollten? Keine Andeutung?«

»Er hat nur gescherzt, glaube ich.«

»Was hat er gesagt?«

»Er wollte nach Altena. Aber das kann ja wohl nicht stimmen.«

Nein. Konnte es nicht. Die Burg Altena lag im Sauerland, bestimmt fünfzig Meilen weit weg.

»Wie genau hat er sich ausgedrückt?«

Rost kratzte sich an der Schläfe. »Wie war das noch?«

»Erinnere dich!«

»Er hat so was gesagt wie: ›Ich muss los, Altena wartet nicht auf mich.‹ So oder ähnlich.«

Ich schlug mit der Faust in die offene Hand. Das ergab Sinn. Mit Altena war nicht die Burg gemeint, jedenfalls nicht direkt. Mit Altena war ein Mann gemeint. Ich machte auf dem Absatz kehrt und lief los.

»Ich muss weg«, rief ich Rost noch über die Schulter zu.

Viel Zeit war nicht mehr. Die Sonne stand schon verdammt tief und verlor an Kraft.

Philipp von Altena war Priester und gehörte dem Domkapitel an. Also war er reich und mächtig. Vor allem aber war er Thesaurar. Domschatzmeister. Philipp war der Mann, der das Vermögen des Kapitels verwaltete und vermehrte. Mit den Augen eines Adlers wachte er darüber, dass Häuser, Höfe, Äcker, Grundstücke, Weinberge, Wälder und Mühlen Gewinn abwarfen.

Und, was bei der Suche nach meinem Vater für mich wichtig war, Philipp war der Mann, bei dem die riesigen Geldströme für den Dombau zusammenflossen. Jede gespendete Münze, jedes geschenkte Schmuckstück, jedes gestiftete Haus, jedes übermachte Grundstück – was auch immer Bauern und Tagelöhner, Händler und Handwerker, Bischöfe und Edelherren dem Domkapitel zugunsten der neuen Kathedrale überlassen wollten, Philipp von Altena hatte es zu beurkunden und den immer weiter wachsenden Schatz zu horten. Und das musste der Grund sein, weshalb Vater ihn aufsuchen wollte. Vater wollte seinen Teil zum Domschatz beitragen. Geld gegen Seelenheil.

Hoch zum Domhof, zurück zur Ruine. Ich sputete mich. Die Straßen leerten sich bereits, denn in der Dunkelheit wollte niemand mehr draußen unterwegs sein. Ich fand den Domschatzmeister in seiner Kanzlei, die wie alle anderen Gebäude des Kapitels und des Erzbischofs in der Feuersbrunst unversehrt neben dem alten Dom stehen geblieben waren. Einer seiner Schreiber führte mich zu Philipp, der bereits im Aufbruch begriffen zu sein schien. Der Domschatzmeister schloss gerade eine Truhe und war darauf bedacht, dass ich keinen Blick hineinwerfen konnte.

»Ich kenne Euch doch«, sagte Philipp. »Ihr steht in Diensten des Hochgerichts, nicht wahr?«

Ich deutete eine Verbeugung an und freute mich still, dass Philipp mich erkannt hatte. Das machte die Dinge einfacher.

»Wen auch immer Ihr sucht, Büttel – ich habe nichts verbrochen«, sagte der Domschatzmeister, hob die Hände und lächelte mich derart breit an, dass ich zurücklächeln musste, obwohl mich doch Sorgen plagten. Philipp war schon in die Jahre gekommen, und seinen Kopf zierte ein grauer Haarkranz, der aussah wie eine albern verrutschte Krone.

»Keine Sorge, Euer Hochwürden. Ich suche keinen Verbrecher. Ich suche meinen Vater. Ich habe allen Grund anzunehmen, dass er Euch aufgesucht hat.«

»Wenn er bei mir war, werde ich geständig sein«, sagte Philipp und nahm die Hände wieder runter. Sein Lächeln behielt er. »Wie heißt Euer Vater denn?«

»Joriß. Er ist Burggraf im Jülicher Land.«

Philipps Lächeln gefror. »Und was wollt Ihr nun von mir?«, gab er mit einer Stimme zurück, die kalt und bedrohlich klang.

Ich war vom Stimmungswechsel des Priesters so überrascht, dass mir erst einmal die Worte fehlten. Das freundliche Gesicht mit den hell blitzenden Augen war verschwunden. An seiner Stelle sah ich nun eine Miene mit zu Schlitzen verengten Augen, zusammengepressten Lippen und herabgezogenen Mundwinkeln.

»Nichts weiter, Hochwürden. Wie gesagt, ich suche meinen Vater, und wenn Ihr mir sagen könnt, ob er hier war und wann, wäre mir das eine große Hilfe.«

»Sonst nichts?«

»Nein. Mein Vater ist schwer krank, und daher bin ich in Sorge, dass ihm etwas zugestoßen sein könnte.«

Philipp von Altena kniff die Augen noch ein wenig fester zusammen, als wollte er mich mit seinem Blick durchdringen und auf meine Redlichkeit prüfen. Er fand offenbar zu keinem Urteil.

»Was macht Euch glauben, er könnte bei mir gewesen sein?«

»Seine Krankheit. Sie wird ihn bald vor den Herrn führen. Und ich weiß, dass er in Köln noch einiges tun möchte, um seinen Richter milder zu stimmen. Was könnte da näherliegen, als eine kleine Summe Geldes für den Bau des neuen Doms zu spenden?«

»Eine *kleine* Summe Geldes?« Philipp hob eine Braue und sah mich an, als wollte ich ihn auf den Arm nehmen. Seine Augen musterten mich von Kopf bis Fuß, dann blieb sein Blick auf meinem Gesicht haften. Er schien zu keinem Schluss zu kommen, wie er mit mir verfahren sollte. Endlich, als irgendwann von einer Kirche Glockenschläge zu hören waren, entspannten sich seine Gesichtszüge ein wenig. Aber die Strenge in seiner Stimme blieb.

»Ihr solltet vielleicht besser gehen, Büttel.«

»Hochwürden …«

»Es ist spät. Ihr habt die Glocke gehört. Gleich wird es dunkel, und ich muss noch ein gutes Stück laufen, bis ich zu Hause bin.«

»Ich habe eine einfache Frage gestellt, Hochwürden, und sie schien mir nicht unredlich gewesen zu sein. Ihr braucht doch nur Ja oder Nein zu sagen. War mein Vater bei Euch?«

Philipp ging noch einmal zu der Truhe, die er eben zugeklappt hatte, und prüfte das Schloss. »Damit das klar ist, Büttel – was einmal an die Kirche vermacht ist, bleibt bei der Kirche.«

Ich benötigte nur einen kurzen Augenblick, um zu begreifen, was ich gerade gehört hatte. Vater musste ein Heidengeld zum Domschatzmeister geschleppt haben. Und Philipp fürchtete nun, ich könnte, als meines Vaters Erbe, das Geld zurückverlangen. Die nächsten Worte des Priesters bestätigten meine Vermutung.

»Es kommen jeden Tag Menschen zu mir, die Messen kaufen oder sich am Dombau beteiligen wollen. Für ihr eigenes Seelenheil oder für das eines lieben Menschen. Und es kommen auch jeden Tag Verwandte der Spender vorbei, die das Geld zurückhaben wollen. Vor allem dann, wenn es um große Summen geht. Oder um Häuser. Oder Grundstücke. Weil Vater oder Gatte oder Oheim oder wer auch immer angeblich nicht wusste, was er da tat. Ich sage Euch eines, Büttel, noch nie hat das Domkapitel auch nur eine Kupfermünze wieder zurückgegeben. Jeder Spender erwartet etwas für seine Spende, nämlich dass wir etwas für sein Seelenheil tun. Das tun wir. Und niemand sollte vergessen: Wir verwalten das Vermögen des Herrn. Und vom Herrn sollte kein Mensch Geld verlangen.«

»Ich bin nicht hier, um Geld zu verlangen.«

»Dann verstehen wir uns.«

»War mein Vater hier?«

»Ja.«

»Seit wann ist er fort?«

»Noch nicht lange. Wir hatten ein sehr ausführliches Gespräch. Aber es ist ihm sehr schlecht gegangen. Das Reden fiel ihm nicht leicht. Ich glaube, das lag nicht nur an seiner Krankheit.«

Ich nickte. »Er trägt eine schwere Last mit sich«, sagte ich.

Philipp legte die Fingerspitzen aneinander. »Ich habe ihm einiges von dieser Last abnehmen können«, gab der Priester zurück, und ich war mir nicht sicher, ob auch er die Sündenschuld meinte. »Nun solltet Ihr wirklich gehen, Büttel. Ich will nicht im Dunkeln auf den Straßen unterwegs sein.«

Ich bedankte mich, verließ die Kanzlei und fragte mich, woher Vater so viel Geld hatte, dass er den Domschatzmeister derart kampfeslustig stimmen konnte.

Als ich mich meinem Haus näherte, war es schon so dunkel, dass ich meine Füße mit Bedacht setzte, um nicht in die Gosse zu treten. Glücklicherweise kam gerade ein Fackelträger vorbei, der einem Mann heimleuchtete, sodass ich in ihrem Licht die letzten Schritte ein wenig schneller gehen konnte. Ich schob die Tür auf und lauschte. Ich hörte Vaters rasselnden Atem. Gott sei Dank, er war da. Aber es ging ihm nicht gut.

Vater hatte kein Licht gemacht, es war stockfinster im Haus. Aber ich musste etwas sehen, um mich um ihn kümmern zu können. Also eilte ich wieder vor die Tür und lief dem Fackelträger nach, der mit seinem Kunden noch nicht weit gekommen war. Kurz bevor ich die beiden Männer erreichte, riss ich am Wegesrand einige trockene Halme und die Stängel von verblühten Blumen ab.

»Wartet auf mich, ihr Herren!«, rief ich den Männern nach, die sich sofort umwandten. Der Fackelträger griff mit der rechten Hand an seinen Gürtel, wo er gewiss ein Messer hatte. Ich hob beschwichtigend die Hände und wedelte mit den trockenen Pflanzen. »Ich führe nichts Schlechtes im Sinn. Ich brauche Feuer. Wenn Ihr so freundlich wäret?«

Der Mann mit der Fackel kam nach kurzem Zögern einen Schritt näher und hielt sie mir bereitwillig entgegen. »Macht schnell«, sagte er. »Wir wollen runter von der Straße.«

Und ob ich schnell machte. Ich bedankte mich, streckte die welken Pflanzen in die Flammen und sah zu, wie sie Feuer fingen. Kaum brannten sie, hielt ich eine Hand schützend davor und lief schnellen Fußes zurück zum Haus.

»Ich bin wieder da, Vater, alles ist gut«, rief ich, als ich durch die Tür trat.

Ich ging zur Feuerstelle und kramte schnell einen Zunderschwamm und einen Kienspan hervor. Ich konnte den trockenen Schwamm entzünden und damit dann auch den Kienspan, den ich in einen tönernen Maulaffen steckte. Die flackernde Flamme spendete genug Licht, dass Tisch, Bänke, Truhe und auch die Bettstatt endlich aus der Dunkelheit traten. Vater lag auf dem Lager und atmete schwer. Sein Gesicht war so fahl, wie ich es noch nicht gesehen hatte, seine Wangen waren eingefallen wie nie zuvor. Und seine Kleidung war feucht. Nein, nass. Er schwitzte wieder stark. Wenn sich seine Brust nicht gehoben und gesenkt hätte, ich hätte ihn für einen toten Mann gehalten. Er war nicht bei Bewusstsein. Ich hoffte, er schlief nur.

»Vater, wacht auf.«

Ich fasste ihn behutsam an der Schulter. Er regte sich nicht. Ich schüttelte ihn leicht. Wieder keine Regung.

»Vater!«

Ich packte ihn nun gröber. Und endlich wachte er auf. Fast verschluckte er sich an seinem Speichel, er hustete, setzte sich auf und spuckte etwas auf den Boden. Ich schaute gar nicht erst hin, ich wollte seinen Auswurf nicht sehen. Stattdessen schob ich mit dem Fuß etwas Erde darüber. Mit Augen, die tief in den Höhlen lagen, sah er mich an.

»Wo ist deine Mutter, Kind?«, fragte er, und sein Atem ging so rasselnd, als würde eine Kette durch seine Kehle auf- und abgezogen.

»Ihr seid hier bei mir, Vater. In Köln. Mutter ist daheim. Alles ist gut.«

»Köln?« Er sah sich um. Seine Augen zuckten unruhig hin und her. »Wo ist der Bauer dieser Hütte?«

Ich nahm Vaters Kopf in beide Hände und sah ihm ins Gesicht. »Erkennt Ihr mich nicht, Vater?«

Endlich beruhigten sich seine Augen. Sie fanden die meinen. »Kontz?«

»Ja. Ihr seid bei mir. In meinem Haus.«

»Dein Haus?«

Ich nickte. »Ihr habt schlecht geträumt. Ich wollte nur wissen, ob alles in Ordnung ist. Legt Euch wieder hin und schlaft. Morgen sehen wir weiter. Bei Licht.«

Vater hielt den Kopf schief und schaute mich an, als hätte ich Hörner auf dem Kopf. Dann ließ er sich doch auf den Strohsack zurücksinken. Ich hatte nicht den Eindruck, dass er wirklich genau wusste, wo er war und was er hier tat. Wenn es ihm morgen früh nicht besser ging, musste ich mir etwas einfallen lassen. Dann musste ich zusehen, wie ich ihn nach Hause bekam. Ich nahm mir eine Decke und legte mich neben ihn auf den Boden.

Wieder fand ich kaum Schlaf. Dabei hätte ich schlafen müssen wie ein Toter. Ich war hundemüde, und mir steckte die Anstrengung der vergangenen Tage im Hemd. Und doch bekam ich kein Auge zu. Es lag nicht nur daran, dass Vater bereits wieder in einen unruhigen Schlaf gefallen war und seine Geräusche mich immer dann aufschrecken ließen, wenn ich ein bisschen ins Dösen geriet. Meine Gedanken tanzten wie ein Mückenschwarm. Um Vater. Und sie kehrten Jahre zurück. Zu meinem Vater, wie er einmal gewesen war.

Mein Vater war immer hart gegen sich gewesen, vor allem aber gegen andere. Noch härter wurde er, als die Edelherren von Dyck die Burg Kaster verkauften und Ludolf von Dyck sich auf den Stammsitz seiner Familie zurückzog. Bis dahin hatte Vater nur mehr den Befehl über die Burg und die Wachmannschaft, er war Ludolfs kleiner Knecht. Doch als die Jülicher Kaster übernahmen und keinen eigenen Mann entsandten, stieg Vater auf. Er war nicht einfach nur Burggraf wie bisher, sein Reich endete nicht mehr an der Burgmauer. Er setzte fortan für den Grafen von Jülich links der Erft Recht durch, immer öfter auch sein eigenes, wenn es ihm angebracht schien. Und immer öfter scherten ihn Gottes Gesetze nicht. Er fühlte sich wie der Herrscher über das Land, obwohl er gar kein Edelherr war. Die Gäule gingen mit ihm durch.

Meine Mutter war ihrem Mann treu ergeben, wie es ein braves Weib zu sein hat. Mein Vater aber wohnte anderen Frauen bei, wann immer sich ihm die Gelegenheit bot, und sie bot sich oft. Die Bäuerinnen in den Dörfern zahlten meinem Vater manchen Zins mit zuckendem Unterleib, während ihre Männer die Felder bestellten. Sie zahlten ihn nicht immer freiwillig. Mein Vater nahm sich das, von dem er meinte, dass es ihm zustand. Ich weiß es, denn ich war oft genug dabei. Ich war der folgsame Hund an der Seite meines Vaters.

Und wie einen Hund schlug er mich, wenn ihm danach war. Wie einen Hund schickte er mich vor die Tür, wenn er in einer Hütte ein süßes Bauernmädchen sah. Wie ein Hund versuchte ich, ihm zu gefallen. Bis er eines Tages meine Mutter zu Brei schlug. An diesem Tag fasste ich den Vorsatz, zu gehen. Doch setzte ich ihn nicht in die Tat um. Noch nicht. Meine Mutter hing trotz allem an ihm. Wenn ich auf ihn schimpfte, schalt sie mich. Und einmal gab sie mir gar eine Backpfeife.

Bis dann diese Sache mit Margriet geschah. Mit Margriet, der Schönen. Sie war so unbeschreiblich schön, viel zu schön für die Tochter eines einfachen Hofverwalters. Und ich war so stolz, weil es ihr gefiel, mich auszuerkiesen. Sie hätte alle

Männer der Grafschaft haben können. Weil sie so schön war. Und weil sie die Tochter eines Vogtes war. Ein besseres Weib hätte ich mir nicht wünschen können. Nur ein treueres.

Ich hätte gewarnt sein müssen. Ich hätte es sehen müssen. Aber die Liebe hatte mir Scheuklappen an den Kopf gebunden. Spätestens dann hätte ich stutzig werden müssen, als eines Tages der Graf von Jülich mit seinem Tross auf der Burg Station machte. Er herrschte zu Pferd und reiste von Burg zu Burg, im Gefolge ein Haufen Gockel, von denen einer meiner Margriet schöne Augen machte. An jenem Tag sah Margriet durch mich hindurch, hinüber zu diesem Kerl, der durch die Burgsiedlung stolzierte, als sei er der König von Jerusalem. Ich wedelte mit der Hand vor Margriets Gesicht herum, und sie schüttelte den Kopf, als hätte ich sie gerade aus einem Tagtraum gerissen.

»Sag bloß, du findest was an diesem Pfau«, sagte ich zu ihr.

Sie tat empört. »Ach was! Schau ihn dir doch an! Wie er da herumläuft. Alle tragen hier Holztrippen. Und er trabt mit seinen feinen Lederschühchen umher und merkt gar nicht, dass er durch die Pisse läuft. Wir sind doch hier nicht am Hof des Kaisers.«

Doch dann verabschiedete sie sich, weil sie noch dringend etwas für ihren Vater zu erledigen habe. Erst später erfuhr ich, dass sie zu meiner Mutter gelaufen war und sie ausgefragt hatte. Und Mutter war so dämlich gewesen, ihr alles über den Pfau zu erzählen, was sie wusste. Oder so klug. Vielleicht ahnte sie, dass Margriet mir eines Tages das Herz brechen würde. Vielleicht wollte sie unsere Liebesgeschichte so zu einem schnelleren Ende bringen. Mutter war auch vorher schon gegen unsere Verbindung gewesen. Die Welt sei doch ein wenig größer als das kleine Stück entlang der Erft, das wir kannten, meinte sie. Und daher gebe es sicher auch noch ein besseres Weib für mich. Wie klug sie war. Wie dumm ich war.

Margriet jedenfalls konnte nicht genug hören über den Pfau. Wer er war. Wo seine Burg oder sein Hof stand. Ob er schon ein Weib hatte. Wie reich er war. Ja, wie reich er war. Als Mutter mir haarklein von ihren Fragen berichtete, konnte ich es nicht glauben.

Den Pfau sahen wir nach der Abreise des Grafentrosses zwei Tage später nie mehr wieder. Ich wusste nicht, ob es Margriet gelungen war, ihm in diesen beiden Tagen näherzukommen. Aber wovon ich schmerzhaft erfahren musste, war Margriets Begegnung mit einem anderen Mann. Immer öfter kam sie nun auf die Burg meines Vaters, immer wieder mit der Ausrede, es gebe Dinge für den Vogt zu regeln. Aber obwohl sie so oft da war, hatte sie doch immer weniger Zeit für mich. Für uns. Ich blieb blind. Ich sagte mir, sie meide mich nur zur Tarnung. Damit niemand Verdacht schöpfte.

Bis ich sie fand. Mit ihm.

Sie hatten sich einen stillen Winkel in der Burg gesucht, den stillsten, den man kurz nach Mittag finden konnte. Sie waren in der Kapelle. Ich Trottel wollte für unsere Liebe ein kleines Gebet sprechen. Als ich die schwere Holztür aufschob, hatte ich ihren Namen bereits auf den Lippen. Als ich sie sah, entfuhr er mir ein weiteres Mal.

»Margriet …«

Vater stand mit dem Rücken zu mir vor dem Altar, den Rücken durchgedrückt, den nackten Hintern mir zugewandt. Margriet kniete mit entblößten Brüsten vor ihm. Ich wusste zwar nicht, was sie da trieben, aber ich ahnte es. Unzüchtig war es. Vater fuhr herum, beide sahen mich mit riesigen Augen an, beide versuchten gleichzeitig, ihre Blöße zu bedecken. Ich dachte noch, wie sie es wagen konnten, es in einer Kapelle zu treiben. Und wie dumm sie doch waren. Vor mir schämten sie sich. Vor dem Herrn nicht.

»Oh mein Gott, oh mein Gott!«, stieß Margriet leise aus.

Sie rappelte sich auf, stolperte an mir vorbei und konnte sich gerade noch ihr Hemd über die Schultern ziehen, bevor sie ins Freie kam.

Vater hingegen fing sich rasch wieder. In aller Ruhe band er die Schnüre seiner Beinlinge zusammen und sah mir dabei fest in die Augen.

»Das lass dir eine Lehre sein, Junge«, sagte er.

Dann ging er. Er ließ mich einfach in der Kapelle stehen. Er schloss sogar in aller Seelenruhe die Tür hinter sich. Die Stille und die Dunkelheit umfingen mich, gerade so, als hätte ich die Welt verlassen. Ich trat an den Altar, kniete in meiner Verzweiflung nieder und betete. Es war ein anderes Gebet, als ich geplant hatte. Aber der Herr antwortete mir. Er sagte mir, dass er mich nun genug geprüft habe. Ich war mir sicher, dass er das gesagt hatte, auch wenn ich seine Stimme nicht gehört habe.

Ich gab meinem Vater und Margriet noch einen Tag Zeit. Zeit, mir irgendein Märchen aufzutischen, das zur Not mit Lügen gesüßt war, damit ich es schlucken konnte. Für Margriet wäre es ein Leichtes gewesen. Sie hätte mir hoch und heilig schwören können, dass mein Vater sie zu schändlichen Dingen gezwungen habe. Er war der Burggraf. Welches Mädchen, welche Frau konnte sich da widersetzen? Wer würde es wagen, Nein zu sagen? Ich hätte es ihr geglaubt. Ich hatte es ja oft genug bei anderen Frauen gesehen.

Aber Margriet sagte nichts. Sie ging mir aus dem Weg. Sie mied meinen Blick. Es war ein beredtes Schweigen und Geständnis genug. Einen Tag nach diesem Zusammentreffen mit den beiden Menschen, die mir jeder auf seine Weise die wichtigsten in meinem Leben waren, packte ich meine Habseligkeiten und machte mich auf die Reise. Ich überquerte die Erft, ließ das Jülicher Land, das Land meines Vaters, hinter mir und begab mich nach Köln. In die Stadt des Erzbischofs. Der Feind des Grafen von Jülich war auch der Feind meines Vaters. Wenn es mir hier nicht gelang, mich wohlzufühlen, wo dann?

Meine Geschichte erzählte ich niemandem. Ich wollte nicht auf der Flucht vor meiner Vergangenheit sein. Also sagte ich jedermann, dass mein Vater und all die anderen Herren meiner Heimat bei derart bester Gesundheit seien, dass ich im Erftland auf lange Zeit wohl keine angemessene Stellung einnehmen könnte und nun in Köln mein Glück versuchte. Einen Neuanfang, den suchte ich, ohne die Schatten der Vergangenheit. Aber irgendwann erkannte ich es doch. Ich konnte tun, was ich wollte, ich würde trotz allem nur immer das sein, wozu mein Vater mich gemacht hatte.

Und jetzt lag er da, mein alter Herr, auf meinem Strohsack, in meiner Hütte, krank und siechend, sabbernd und stammelnd, schwitzend und stinkend. Ich war zwar immer noch derselbe Mann. Aber er war nun ein anderer. Er war nicht mehr der starke Recke, zu dem meine Margriet aufgeblickt hatte. Ich konnte ihn nicht mehr hassen. Er war im Begriff, wieder zum Kind zu werden. Hilflos, verletzlich. Wie könnte ich ein Kind hassen?

Irgendwann in jener Nacht musste es mir gelungen sein, Vaters Geräusche endlich nicht mehr wahrzunehmen. Der Schlaf, in den ich fiel, war reich an Träumen, die meiner Erinnerung entschwunden sind. Irgendwann glaubte ich, eine Stimme zu hören.

»Geh nicht zurück nach Kaster!«, zischte sie mir ins Ohr.

»Halt dich fern von deinem Vater! Lass ihn in Ruhe! Lass ihn in Frieden sterben! Geh nicht zurück!«

Ich nahm die Worte im Halbschlaf wahr, irgendwo zwischen Traum und Wachsein. Sie kamen mir wirklich und unwirklich zugleich vor. Wahrscheinlich hatte ich zu viel über Vater nachgedacht, und jetzt spielten mir meine Träume Streiche.

Aber dann nahm ich diesen Geruch wahr, diesen seltsamen Geruch, der mir schon in der Kirche in Mundt in die Nase gekrochen war, als mein Messer zwischen Vater und mir in der Erde steckte. Dieses Mal erkannte ich ihn, wahrscheinlich war ich deshalb mit einem Mal hellwach. Es war der Geruch von Löwenzahn. Nicht die gelbe Blüte. Es war der bittere Geruch der Milch, die aus Stängeln und Wurzeln fließt, wenn man sie bricht.

Unwillkürlich tastete ich zwischen Vater und mich. Wieder spürte ich den kühlen Holzgriff meines Messers, das im Boden steckte. Schon wieder. Ich hatte in diesem Augenblick keinen Zweifel. Nicht ich, jemand anders musste das Messer in die Erde gerammt haben! Sowohl hier als auch in Mundt. Jemand musste hier gewesen sein. Oder noch hier sein. Ich zwang mich, ruhig zu atmen, spürte aber mein Herz bis zum Halse pochen. Ich lauschte. Nur das schwere Atmen meines Vaters war in der Dunkelheit zu hören. Ganz langsam, um kein Geräusch zu verursachen, zog ich mein Messer aus dem Lehmboden. Nun, als ich bewaffnet war, versuchte ich, etwas zu erkennen. Der volle Mond warf genug Licht durch die Fensterritzen, dass ich Schemen erkennen konnte. Ich sah den Schattenriss meines Vaters, dessen Brust sich auf- und abbewegte. Ich sah meine Truhe, ich sah Tisch und Bank.

Und einen Umriss hinter der Bank.

Jemand hatte sich dorthin gekauert. Ich konnte nicht erkennen, wer es war. Der Unbekannte war im Vorteil. Er hockte, ich lag. Er wusste vermutlich, wen er vor sich hatte, ich nicht. Ich würde ihn überraschen müssen. Eine Weile noch beobachtete ich den Einbrecher nur. Vielleicht ging er von allein wieder. Vielleicht gab er sich zu erkennen. Vielleicht beging er einen Fehler. Doch er rührte sich nicht. Er hockte einfach nur da und hielt den Kopf in unsere Richtung gewandt. Ich würde den ersten Schritt machen müssen.

Mit einem Schrei sprang ich auf und stürzte mich mit meinem Messer auf den Fremden. Nun schrie auch der Eindringling, und auch Vater gab einen Laut von sich. Der Fremde warf mir die Bank entgegen. Das schwere Holz riss mich zu Boden, und ich konnte mit Mühe verhindern, dass die Bank auch Vater traf. Mein Messer verlor ich dabei.

Ich schob die Bank von mir herunter und rappelte mich wieder auf. Der Unbekannte lief zur Tür, ich wollte ihn abfangen. Ich setzte zum Hechtsprung an, flog durch die Luft und riss den Fremden um. Wir gingen gemeinsam zu Boden, und der Mann versuchte sofort, sich aus meinem Griff zu winden. Ich bemühte mich, ihn unter mich zu bringen, um ihn mit zwei, drei Schlägen kampfunfähig zu machen. Doch der Fremde war schneller. Und besser. Seine Faust traf mich an der Schläfe, ein kurzer, flotter und harter Schlag, und dann umgab mich schwarzes Nichts.

»Kontz! Junge! Nun komm schon!«

Ich hörte Vaters Stimme wie aus weiter Ferne. Oder durch dicke Wände. Ganz langsam kehrte ich ins Bewusstsein zurück. Ganz langsam kehrte die Erinnerung zurück. Nur mit Mühe schaffte ich es, meine Augen zu öffnen. Vater hatte es irgendwie geschafft, Licht zu machen. Zwei Kienspäne flackerten unruhig in der Kammer. Ich blinzelte. Der Fremde war weg.

»Wo ist er?«

»Wer?«

Ich setzte mich auf und rieb mir den Schädel, der wie ein Hummelnest brummte. »Der Fremde, Vater. Der Mann, der mich niedergeschlagen hat.«

»Es war jemand hier drin?«

»Sagt nicht, Ihr habt das nicht bemerkt.«

»Nein.« Vater sah sich in der Kammer um. Die Bank lag noch immer am Boden. »Ich dachte, du seist nach Hause gekommen und über die Bank gestolpert. Hast du getrunken?«

»Nein, Vater. Wir haben beide geschlafen, und in dieser Zeit muss sich jemand ins Haus geschlichen haben. Ich habe ihn angegriffen.«

»Und?«

»Er ist abgehauen. Hat mich noch an der Schläfe erwischt.«

»Nein, wirklich, davon habe ich nichts mitbekommen. Ich hab nur das Gepolter und deinen Schrei gehört.«

Ich wollte aufstehen, ließ mich aber zurücksinken, als mir der Schmerz in den Kopf schoss. Beim zweiten Versuch ließ ich es langsamer angehen. Vater stützte mich. Im Rahmen seiner Kräfte. Ich ging zur Tür, öffnete sie und streckte den Kopf nach draußen in die mondhelle Nacht. Vom Eindringling nichts zu sehen, natürlich nicht. Ich schloss die Tür, stellte die Bank wieder an ihren Platz und setzte mich darauf.

Trotz des Pochens hinter meiner Stirn musste ich nachdenken. Nachdenken, nachdenken! Was sollte das mit dem Messer? Wer schlich in der Nacht umher und rammte eine Klinge zwischen mich und meinen Vater? Wieso roch das Messer nach Löwenzahnmilch? Je mehr ich grübelte, desto mehr kam ich ins Zweifeln. Hatte ich die Stimme wirklich gehört? Oder hatte ich nur geträumt, dass der Fremde mich gemahnt hatte, meinen Vater in Ruhe zu lassen?

Es musste jemand sein, den wir kannten. Und es gab nicht viele Menschen, die sowohl in der Kirche in Mundt als auch jetzt hier in Köln bei uns waren. Rost und Edmund. Der Unbekannte war größer als Rost. Aber warum sollte Edmund solch einen Unsinn treiben? Kurz erwog ich, auch Harper in Verdacht zu nehmen. Den Gedanken verwarf ich schnell wieder. Harper hatte keine Möglichkeit gehabt, in Mundt in die Kirche zu gelangen. Nein, von ihm konnte ich zwar allerhand dummes Zeug erwarten, aber in diesem Fall war er sicher gänzlich ohne Schuld. Was sollte ihn auch umtreiben?

Vater legte mir die Hand auf die Schulter. »Komm, Junge, lass uns wieder schlafen. Nach diesen verrückten Tagen können wir beide ein bisschen Ruhe gut vertragen. Und morgen will ich wieder zurück nach Kaster. Das bisschen Zeit, das ich noch habe, möchte ich sinnvoll nutzen.«

Ich griff nach Vaters Hand und drückte sie.

»Ihr habt recht, Vater«, sagte ich.

Ich stand auf, und während Vater sich schon wieder auf den Strohsack legte, schob ich die Bank vor die Tür und verkeilte sie. Für heute Nacht war mein Bedarf an ungebetenem Besuch gedeckt. Mein Messer fand ich unter dem Tisch. Ich steckte es nicht in meinen Gürtel, sondern behielt es in der Hand, löschte das Licht und legte mich neben meinen Vater.

Glasmond

Die Dekanin hatte sie zunächst zum Baden geschickt. »Der Dreck vom Land muss runter und der Gestank«, hatte sie gesagt, während eine Magd Evgen den Rücken schrubbte. »Läuse will ich hier auch keine.«

Nach einem Abendessen mit Brot, Käse und Brei, das die Dekanin als klein bezeichnete, das für Evgen jedoch ein Festmahl war, musste sie gleich zu Bett gehen. Ein Bett! Sie durfte in einem richtigen Bett schlafen! Noch nie hatte Evgen ein Bett gesehen. Und der Sack, der auf dem Holzgestell lag, war nicht mit hartem, kratzigem Stroh gefüllt, sondern mit weichem Heu, das nach Kamille duftete. Auf dem weißen Laken waren keine Flöhe und keine Läuse zu sehen. Und auch die Decke, die sie sich über den Kopf gezogen hatte, war ganz weich gefilzt und sauber.

Evgen schob die Decke ein wenig zurück und sah sich verstohlen um. Vier Öllichter, in jeder Ecke des großen Schlafsaales eines, brannten mit kleiner Flamme. Der Saal, der so groß war wie die Kirche in Mundt, war voll mit Betten, und in jedem Bett lag ein Mädchen. Keine Mädchen wie sie, nein, dessen war sich Evgen bewusst. Es waren allesamt höhere Töchter, die einmal feine Damen werden würden. Aber jetzt und hier waren sie alle gleich. Das war wundervoll.

Die anderen Mädchen hatten sie mit großen Augen angesehen, als die Dekanin sie in den Schlafsaal führte. Aber die Dekanin hatte nichts über sie verraten, nur, wie sie hieß. Und Evgen hatte gesehen, wie die anderen Mädchen dann ihren Namen mit den Lippen formten und leise nachsprachen. Nun war sie eine von ihnen, irgendwie. Hier im Schlafsaal jedenfalls gab es keine Unterschiede. Sie trugen alle die gleichen Hemdchen, sie lagen alle in den gleichen Betten, hatten alle das gleiche Dach über dem Kopf.

Schliefen denn schon alle? Evgen lauschte. Die Mädchen atmeten tief und schwer. Sie wagte es. Sie schob die Decke weg und glitt aus dem Bett. Die Fliesen waren kalt unter den nackten Füßen, belebend kalt. Jetzt nur niemanden wecken. Auf Zehenspitzen war es leiser. Bis zur Tür waren es nur wenige Schritte. Hoffentlich war sie nicht abgeschlossen. Die Klinke knarzte, als sie sie herunterdrückte. Innehalten. Warten. Luft anhalten. Gott sei Dank, die Mädchen schliefen weiter.

Die Tür war offen. Evgen schob sie langsam und geräuschlos auf, schlüpfte hinaus auf den Gang und drückte sie sacht wieder zu. Alles still. Aber auch alles dunkel. Sie versuchte, sich zu erinnern. Das vierkantige Stiftsgebäude war gleich an die Kirche gebaut, der Turm verband die beiden Gebäude. Sie musste hinunter, ins Erdgeschoss, und von dort in den Kirchturm. Sie tastete sich durch die Dunkelheit an der Wand entlang, bis sie zur Treppe kam. Ihre Zehen fühlten über die Kante. Schritt für Schritt, Stufe für Stufe schlich sie die Treppe hinunter. Und nun? Nach rechts und nach links mussten Gänge abgehen, und geradeaus musste das Portal sein, das in die Kirche führte. Ganz vorsichtig, nichts anstoßen jetzt, Fuß vor Fuß schieben. Dann war sie da. Die Hände fühlten Holz, fühlten eine Klinke. Obwohl die zweiflügelige Tür so groß war, ließ sie sich ganz leicht aufschieben und wieder schließen. Und jetzt, nach ein paar Schritten, war auch wieder etwas zu sehen.

Die Kirche. Getaucht in silberblaues Licht.

Das Licht, woher kam das Licht? Evgen blickte zu den Seiten hinauf. Himmel, wie sah der Mond denn aus? Er war immer noch fast voll, aber nicht mehr schön rund, nein, er sah aus wie eine Metallscheibe, die ein Schmied zerschlagen hatte. Wellig, unförmig. War das etwa …? Ja, sie betrachtete den Mond durch eine Scheibe. Da waren sie endlich, die Fenster aus Glas. Sie verzauberten alle Dinge, wenn man durch sie blickte. Mond und Sterne sahen aus, als würden sie am Himmel in einem Meer treiben. Wenn Evgen einen Schritt zur Seite tat, verschwamm der Mond. Sie hüpfte nach hier, hüpfte nach da, und immer wieder nahmen Mond und Sterne neue Formen an. Wie lustig, wie schön!

Büttel Konstantin hatte recht. Glas war wie das Wasser eines Weihers, das aufrecht in einer Fensteröffnung stand. Wie schade, dass die Fenster so hoch waren. Nur zu gern hätte sie das Glas angefasst. Ob es heiß war? Oder kalt? Ob es starr war oder sich bewegen ließ? Und würde sie sich selbst darin sehen können wie im Wasser ihres Weihers?

Fast hätte sie ob dieses wunderschönen Anblicks vergessen, sich in der Kirche selbst umzuschauen. Was es hier doch alles zu sehen gab! Vorn am Altar standen ein größerer Sarg aus Stein und dazu noch mehrere kleinere. Wie viele waren es? Evgen zählte elf Stück. Elf! Das mussten die heilige Ursula und ihre Begleiterinnen sein. Evgen fiel auf die Knie. Wie himmlisch es doch in Köln war. Nichts konnte ihr hier geschehen, hier war sie sicher geborgen in der Hand der Heiligen.

Wie schade es da doch war, dass der Prozess schon morgen stattfand. Dass sie schon morgen mit dem Richter würde reden müssen. War ihre große Reise danach schon vorbei? Was würde aus ihr werden? Sie wollte nicht wieder zurück. Nicht zurück nach Mundt, nicht in den Ort, der nun ein einziger Friedhof war. Nicht zurück zu ihrem Großvater, dem brummigen Alten, dem es Freude bereitete, tote Tiere aufzuschlitzen. Weit weg wollte sie sein von dem Bösen, ganz weit weg von Mundt und dem Weiher, der ihr immer unheimlicher vorkam, je weiter sie sich von ihm entfernte. Hier in Köln war kein Platz für die Geister der Alten, hier herrschten Gott und die Heiligen. Hier musste man keine Opfer bringen, um den Zorn eines Gottes aus uralter Zeit zu besänftigen.

Nur Garm vermisste sie. Ihren großen Beschützer. Sonst nichts.

Vielleicht durfte sie ja hierbleiben, hier bei den höheren Töchtern. Sie musste mit dem Büttel reden. Der war nett. Vielleicht konnte der ja was einrichten. Und wer wusste es schon? Wenn sie nur lange genug hier im Stift bliebe, unter all den Mädchen, wurde sie ja womöglich wirklich eine von ihnen. Vielleicht wurde sie ja mal eine edle Dame.

Hoch oben im Gebälk rief ein Käuzchen. Evgen zuckte zusammen. Der Ruf eines Käuzchens in der Nacht – das war doch kein gutes Zeichen, oder? Jedenfalls bei ihr zu Hause nicht. Eulen übermittelten schlechte Nachrichten, sie warnten. Aber hier? In Köln? Was bedeutete es hier, dazu noch in einer Kirche? Evgen entschied, kein unnötiges Wagnis einzugehen. Auf Zehenspitzen schlich sie aus der Kirche, die Treppe hoch und zurück in den Schlafsaal. Sie kroch in ihr Bett und zog sich die Decke über den Kopf.

Drittes Buch

Der geweihte Bissen

Gottes Urteil

Es gelang mir nicht, Vater zum Bleiben zu bewegen. Wenn er den Prozess abwartete, hätte er um dessen Ausgang gewusst und Evgen wieder mit nach Hause nehmen können. Aber er wollte noch am Morgen die Rückreise antreten. Ich verwendete allerdings auch nicht allzu viel Überzeugungskraft. Es ging Vater mit jedem Tag schlechter, es war nur eine Frage der Zeit, bis seine Kraft nicht mehr reichte. Und niemand wusste, wie lange der Prozess dauern würde.

So war es auch gut. Edmund und Rost würden ihn begleiten, und das würden sie sicher gut machen, auch wenn ich einen von ihnen verdächtigte, mir gestern Nacht einen üblen Streich gespielt zu haben. Vater wäre noch heute wieder auf der Burg. Ich hatte mir ohnehin vorgenommen, nach dem Prozess das Gericht zu bitten, mich ein paar Tage freizustellen. Als Büttel würde ich Evgen wieder heimgeleiten, danach konnte ich meinem Vater beistehen. Wenn er denn noch lebte. Nach seinem Tod würde der Nachlass zu regeln sein. Es war nicht unschicklich, schon jetzt darüber nachzudenken. Vaters Tod war näher, als mir lieb war. Und vielleicht ließen sich einige unangenehme Fragen schon zu Lebzeiten klären.

Der Hahn, der allmorgendlich auf dem Misthaufen meines Nachbarn krähte, hatte uns früh geweckt. Allzu tief war mein Schlaf aber auch nicht mehr gewesen. Vater saß am Tisch und kaute lustlos auf einem Stück Brot. Nach ein, zwei Bissen legte er den Kanten beiseite.

»Schmeckt es Euch nicht?«, fragte ich ihn. »Soll ich Euch etwas anderes zu essen besorgen?«

Vater machte eine wegwerfende Handbewegung. »Vergebene Mühe, mein Junge. Mir schmeckt schon lange nichts mehr. Und ich schwitze des Nachts, Herrgott, wie ich schwitze. Ich stinke den ganzen Tag vom Schweiß der Nacht. Ich träume in der Nacht von der Hölle, glühende Kohlen unter meinem Hintern. Vielleicht schwitze ich deshalb. Weil mir im Schlaf der Teufel schon die Hölle heißmacht.«

»Wir könnten zu einer Kräuterfrau gehen. Oder zu einem Bader. Es gibt gewiss ein Mittel, das Euch hilft. Und wir finden bestimmt auch etwas, das besser gegen die Schmerzen ist als Weidenrinde. Aus dem Morgenland kommen –«

»Nichts da.« Vater schnitt mir grob das Wort ab. »Der Herr hat entschieden, mich aus der Welt zu berufen. Und er hat entschieden, mich bis zur Stunde meines Todes noch leiden zu lassen. So lange, wie es ihm beliebt. Meinst du etwa, dabei lässt er sich von ein paar Pfuschern überlisten? Ich habe in den letzten Wochen viel über den Herrgott lernen müssen, Kontz. Vor allem habe ich gelernt, dass ich ein Wurm in seiner Hand bin. Er macht mit mir, was ihm gefällt. Ich habe lange nur nach meinen Regeln gelebt. Nun lebe ich nach seinen. Er will, dass ich schon auf Erden sühne. Ich nehme das an. Ich kaue auch keine Weidenrinde mehr.«

»Warum?«

»Ich habe es dir gerade erklärt.«

»Vorgestern habt Ihr es doch noch getan.«

»Ja, und gestern auch noch.«

»Was hat Euch Anlass gegeben, Eure Meinung zu ändern?«

»Ein Gespräch.«

»Ein Gespräch? Mit wem?«

»Mit einem Mann Gottes. Er hat mir die Augen geöffnet.«

Philipp von Altena. Ich war mir sicher, er steckte dahinter.

»Ihr wart beim Domschatzmeister.«

Vaters große Augen verrieten seine Überraschung. »Woher weißt du das?«

»Ich bin Büttel in dieser Stadt, Vater. Wenn ich etwas wissen will, bringe ich es in Erfahrung.«

»Du schnüffelst mir nach?«

»Nein. Ich war in großer Sorge und habe Euch gesucht. Ihr wart so lange weg. Philipp erzählte mir von Eurem Besuch.«

Vater brummte und nahm wieder seinen Kanten Brot in die Hand.

»Er berichtete mir auch von Eurer Großzügigkeit.«

Vater biss ein Stück Brot ab und kaute mit offenem Mund. Seine Geräusche waren fast lauter als meine Worte.

»Woher habt Ihr so viel Geld?«

»Daher weht also der Wind«, sagte Vater, ohne mich anzublicken. »Also sorgst du dich doch mehr um dein Erbe als um deinen kranken Vater. Hätte mich auch gewundert, wenn es anders gewesen wäre. Der Domschatzmeister hat mich gewarnt. Offenbar sind die Menschen so. Ich war ja auch so.«

»Wie?«

»Habgierig. Nur auf den eigenen Vorteil bedacht. Aber wehe, es geht aufs Ende zu, wehe, der Tod klopft an die Tür. Kontz, denk an meine Worte. Auch dir wird es einmal so gehen, wie es mir gerade ergeht.«

Ich öffnete die Tür meines Hauses und ließ Luft und Licht herein. Himmel, was hatte er mir alles angetan. Und jetzt kam er mir auch noch mit Vorwürfen. Er! Dabei hatte ich Grund genug, auf ihn zornig zu sein. Weil er mich und Mutter geschlagen hatte, weil er es mit meinem Mädchen getrieben hatte. Und jetzt, da es schlecht um ihn stand, wandte er sich immer noch nicht seinesgleichen zu, wie es angebracht wäre, nein, er ging hin und vermachte den Familienbesitz der Kirche. Er wollte sich freikaufen von seinen Sünden. So schlicht war seine Rechnung. Mit Geld, das er vermutlich ergaunert hatte, von Bauern erpresst, was weiß ich, denn sonst hätte es nicht so viel sein können, dass der Domschatzmeister derart beeindruckt gewesen war.

Das Gut fließt wie Blut. So hieß das Recht. Ich hätte darauf pochen können, wie von Philipp von Altena befürchtet. Aber den Gefallen wollte ich weder dem Domschatzmeister noch meinem Vater tun. Ich besaß zwar keine Reichtümer, aber ich führte ein gottgefälliges und gerechtes Leben, auch wenn sich das jetzt hoffärtig anhören mag. Das Leben eines Gerechten zu führen war mir wichtiger als das schmutzige Geld meines Vaters.

Ich blieb in der Tür stehen und sah die Stolkgasse hinauf zur Kirche der heiligen Jungfrauen. Nein, ich konnte nicht an mich halten.

»Was macht Euch glauben, dass ich so bin wie Ihr?«, sagte ich, ohne Vater anzuschauen. Dann drehte ich mich langsam zu ihm. »Wieso glaubt Ihr, dass es mir so ergehen wird wie Euch? Vater, Ihr solltet *Euch* ändern! Doch was macht Ihr stattdessen? Ihr ändert alle anderen Menschen, indem Ihr sie als habgierig bezeichnet. So einfach ist das. Anstatt sich selbst zu bessern, werden alle anderen schlechtgemacht. Und schon seid Ihr nicht mehr ganz so schlecht, weil all die anderen ja nicht viel besser sind. Glaubt Ihr etwa, der liebe Gott fällt darauf herein?«

Vater legte das Brot wieder beiseite, stand auf und stützte sich mit den Fäusten auf dem Tisch auf. Er zitterte. Ich wusste nicht, ob vor Anspannung oder weil er Halt suchte auf seinen wackligen Beinen.

»Wie kannst du es wagen, so mit deinem Vater zu reden! Wie kannst du es wagen, einen Sterbenden so zu behandeln! Wenn ich noch so stark wäre wie vor ein paar Wochen, ich würde … ich würde …«

Er ballte die Faust und streckte sie mir entgegen, die Wut entstellte sein hageres Gesicht vollends zur Fratze. In diesem Augenblick vergaß ich mich. Für ein paar Wimpernschläge nur. Ich trat ihm entgegen und ließ meine Faust auf den Tisch fahren.

»Nichts wirst du, alter Narr, nichts!«, schrie ich ihm entgegen. »Schlag mich noch einmal, und dann zahl ich es dir zurück, alles zahle ich dir zurück!«

Vater zuckte zunächst zurück, bot mir dann aber die Stirn. Er drängte gegen den Tisch, der uns trennte und nun in Bewegung geriet.

»Hüte deine Zunge, Kontz!«, rief er und hob die Hand zum Schlag.

Mit einem schnellen Griff fasste ich sein Handgelenk, und es fühlte sich fast so an, als packte ich ins Nichts. Da war keine Kraft, keine Spannung. Ein Stöckchen mit ledriger Haut. In Vaters Blick lag Zorn, aber der Zorn gewann keine Macht mehr über seinen Körper. Nur einen Augenblick später fiel Vater in sich zusammen. Er sank auf die Bank wie ein leerer Sack. Ich hielt noch immer seinen Arm, der plötzlich zu zucken begann. Vater schluchzte. Mit der freien Hand bedeckte er sein Gesicht und weinte, so wie ich noch kein Kind hatte weinen hören.

Ich ging um den Tisch herum, hielt dabei weiter Vaters Hand und setzte mich zu ihm. Kaum war ich neben ihm, drängte er sich an mich und vergrub sein Gesicht in meiner Seite. Ich fühlte mich unwohl, und doch legte ich meinen Arm um ihn, drückte ihn, tröstete ihn. Mein Hemd wurde feucht von Vaters Tränen.

Irgendwann kam er zur Ruhe, blieb aber in meinem Arm. Vater atmete schwer, und dann hustete er wieder. Er löste sich aus meinem Arm und zog das Tuch aus seinem Gürtel, in das er spuckte. Sein Auswurf war wieder blutig. Angewidert steckte er es weg. Dann sah er mich an, mit rot verweinten Augen.

»Konstantin, ich bitte dich um Verzeihung für all die Dinge, die ich dir angetan habe. Ich werde auch deine Mutter um Verzeihung bitten. Und wenn mir die Zeit und die Kraft bleiben, werde ich auch über die Dörfer gehen und all die Bauern um Entschuldigung bitten, zu denen ich zu hart war. Ich werde Abbitte leisten bei Vätern, deren unschuldige Töchter ich geschwängert habe, und ich werde vor jedem Tölpel, den ich rüde behandelt habe, auf die Knie gehen.«

Ich nickte. Und ich gab mir Mühe, meine Tränen zurückzuhalten. Ich klopfte meinem Vater leicht auf die Schulter, und noch im selben Augenblick fühlte es sich unbeholfen an.

»Vater, das Geld«, sagte ich, um mich endlich aus dieser unangenehmen Lage zu befreien, »woher habt Ihr es?«

»Unredlich erworben«, gab er zurück und wischte sich mit dem Ärmel durchs Gesicht. Ich musste ihn allzu ungläubig angesehen haben, denn er nickte heftig. »Das ist kein Scherz, Kontz. Ich habe es Bauern aus meinem Herrschaftsbereich abgenommen, um meine eigenen Truhen zu füllen statt die des Grafen.«

»Aber dann könnt Ihr es doch nicht benutzen, um Euch von den Sündenstrafen freizukaufen. Ihr müsst es zurückgeben. Vater, Ihr begeht sonst eine Sünde, um andere Sünden zu tilgen. Das wird Euch der Herrgott nicht durchgehen lassen.«

Vater schüttelte den Kopf. Er sah mir fest in die Augen. »Nicht dieses Geld.«

»Doch. Alles, was Ihr nicht redlich verdient habt, müsst Ihr zurückgeben, Vater. Jede Münze.«

»Nicht dieses Geld!«, beharrte er. »Glaub mir, bei mir war es in besseren Händen, und jetzt ist es in noch besseren. Was hätten diese Bauernlümmel denn damit angefangen? Es hat alles seine Richtigkeit. Ich bin auf dem besten Weg, all meine Schuld zu sühnen. Es ist fast geschafft. Noch ein wenig Zeit, dann weiß ich auch dich und deine Mutter versorgt. Ich brauche nur ein klein wenig mehr Zeit. Ich hoffe, der Herrgott gibt sie mir.«

Ich wünschte es ihm. Nicht, weil ich von ihm versorgt sein wollte. Ich wünschte es ihm, weil er ganz offenbar willens war, sein Leben auf dem letzten Stück Wegs doch noch in die rechten Bahnen zu lenken. Und das war schwer genug. Vielleicht wünschte ich es ihm auch, weil es mir selbst half. Ich war dabei, wirklich Frieden mit meinem Vater zu schließen. Ich wollte nicht, dass wir im Streit schieden und Hass in meinem Herzen blieb. Welches Kind will das schon, auch wenn seine Eltern noch so schlecht waren?

Weil Rost und Edmund noch nicht da waren, nutzte Vater die Gelegenheit, mich das kurze Stück hinüber zur Kirche der heiligen Jungfrauen zu begleiten. Ich warf mir meinen rotschwarzen Surkot über und verließ mit ihm das Haus. In Köln hatte es in den vergangenen Tagen offenbar nicht geregnet, sodass wegen der Hitze der vergangenen Tage nun auch der Morgentau ausblieb, und daher war der Weg trotz der frühen Stunde knochentrocken. Zwei Fuhrwerke rumpelten an uns vorbei Richtung Stadtkern und wirbelten dabei derart viel Staub auf, dass Vater wieder zu husten begann. Als er stehen blieb und sich mit den Händen auf den Knien abstützte, legte ich meinen Arm auf seine Schulter. Es fiel mir immer leichter, Vater zu berühren. Wenigstens spuckte er dieses Mal nicht.

»Danke, Junge, es geht schon wieder«, sagte Vater, als er sich aufrichtete und den Mund mit seinem Tuch abwischte.

Wir gingen vorbei an Baum- und Weingärten und vorbei

an kleinen Hütten, aus denen die Tagelöhner zum Hafen aufbrachen in der Hoffnung, eine Arbeit zu finden. Durch die Stiftsmauer betraten wir die Immunität und stellten fest, dass wir nicht die ersten Besucher waren. Vor dem Laienportal standen bereits Pilger, die auf Einlass warteten. Vater wollte sich ihnen anschließen. Er betrachtete die Kirche, und ich sah, wie seine Augen feucht wurden.

»Was ist, Vater?«

»Du weißt, warum ich hier beten will?«

Ich ahnte es zumindest. Es lag nicht daran, dass der Dom nicht mehr da war und er auf eine andere große Kirche ausweichen wollte.

»Man bittet die heilige Ursula um einen guten Tod.«

Vater nickte. »Ich hätte nicht gedacht, dass ich das einmal tun würde. Für stark habe ich mich gehalten, so stark. Und nun? Bin ich froh um jeden Tag, den ich überstehe. Ich gehe jetzt da hinein und werde Ursula bitten, mir einen gnädigen Tod zu schenken. Niemand weiß besser als sie, wie viel Angst es einem Menschen einflößt, wenn der Tod seine Pranke ausstreckt. Sie hat es selbst erlebt. Sie wird mir helfen, ich weiß es.«

Ich legte ihm abermals die Hand auf die Schulter. »Ihr müsst aufrichtig bereuen, Vater, aus tiefstem Herzen muss es Euch leidtun, was Ihr getan habt. Eure Reue muss so rein sein, dass der Herr und die heilige Ursula nicht den Schatten eines Zweifels haben.«

Ich drückte vermutlich, bewegt, wie ich war, etwas zu fest zu, denn Vater verzog das Gesicht und entwand sich meinem Griff.

»Du glaubst nicht, wie sehr ich bereue, Sohn.«

Das Laienportal an der Flanke der Kirche öffnete sich, und die wartenden Pilger strömten ins Innere. Vater sah hinüber und dann wieder zu mir. Seine Augen glänzten. Nein, das war nicht mehr der harte, unnachgiebige Mann. Ein Blick in sein Gesicht sagte mir, dass seine Reue echt war. Ich nahm ihn in die Arme, wieder einmal. Seinen welkenden Körper zu berühren fühlte sich schon nicht mehr so eigenartig an wie noch ein paar Stunden zuvor. Wir waren uns nähergekommen. Das erleichterte mich. Und doch war da eine störende Empfindung. Irgendwas verstärkte den Schmerz. Was es war, wurde mir in jenem Augenblick bewusst, als ich Vater losließ. Es war das Gefühl, ihn unwiederbringlich loszulassen, ihn zu verlieren. Es war das Gefühl, ihn gerade zum letzten Mal umarmt zu haben.

Der Stachel in meinem Herzen musste auch meine Züge verzerrt haben. Vater sah mich an. Er las meinen Schmerz.

»Lass gut sein, Junge. Dein Vater hat alles getan, was in seiner Macht steht, um den Herrgott milde zu stimmen. Ich bereue. Ich büße. Mach dir also keine Sorgen. Ich werde klaglos den Platz annehmen, den Gott für mich ausersehen hat. Ich bin überzeugt, es wird nicht die Hölle sein. Aber um sicherzugehen, würde ich dich bitten, die nächsten Jahre jeden Tag ein kleines Gebet für mich zu sprechen. So lange es möglich ist. Dann wird gewiss alles gut.«

Es tat weh. Er tröstete mich statt ich ihn. Ich brachte kein Wort heraus. Aber vielleicht war die Stille zwischen uns nun genau richtig. Sie verband uns. Sie legte sich um uns wie ein schützender Mantel. Nichts war falsch, alles war richtig. Und Vater beging auch nicht den Fehler, jetzt noch etwas zu sagen. Alles blieb so, wie es in diesem Moment zwischen uns war. Er fasste mich mit beiden Händen an den Oberarmen, nickte – und ging.

Ich blieb so lange stehen, bis Vater durch das Portal in der Kirche verschwunden war. Er drehte sich nicht mehr um. Die

Kirche der heiligen Ursula nahm ihn auf. Es war ein Bild, das mir großen Trost spendete.

Die Kanonisse an der Pforte, eine ältere Frau, bedeutete mir, dass ich warten solle. Sie selbst ging durch eine Tür, durch die Licht ins Gebäude fiel. Dort musste der Kreuzgang sein. Ich konnte der Versuchung, den verbotenen Blick in das Herz des Stifts zu werfen, nicht widerstehen und folgte ihr einige Schritte.

Ich lugte vorsichtig hinter dem Türrahmen hervor und konnte in den Kreuzgang sehen. Der Innenhof war so wundervoll, dass ich über den Anblick wieder die Zeit hätte vergessen können, wäre ich nun nicht so in Eile gewesen. Ein mächtiger Baum, dessen Blätter ich nicht kannte, beherrschte den Kreuzgang. Er nahm das Licht der Sonne auf und ließ nur die Strahlen in den Hof hinabfallen, die er für würdig befand. Zwischen den Wegen blühten bereits Kornblume und Kamille, und zwei Kanonissen gingen betend und gemessenen Schrittes durch die rundherum führenden Wandelgänge, die in tiefen Schatten getaucht waren. Welch ein köstliches Bild, welch ein friedlicher Ort abseits vom Lärm der Stadt.

Vater sollte nicht drüben in der Kirche sein, sondern nur ein paar Schritte weiter, hier im Stift. Wenn er solch einen herrlichen Ort, an dem friedvoll und mit der Macht des Gebetes gegen das Böse in der Welt gefochten wurde, mit eigenen Augen sehen könnte, es würde Balsam für seine leidende Seele sein, weit mehr, als es sein Kniefall vor dem Grabmal der heiligen Ursula sein mochte.

Evgen saß brav auf einer steinernen Bank. Offenbar war ihr aufgetragen worden, hier auf mich zu warten. Man hatte ihr frische Kleidung gegeben. Sie trug nun ein fast weißes Kleid und sah damit beinahe so aus wie die Stiftsdamen hier, ebenso wie die Pförtnerin, die sich nun über sie beugte und auf sie einsprach. Evgen nickte und sah zu der Tür herüber, hinter der ich mich versteckte. Ich zog den Kopf ein wenig weiter zurück, aber sie hatte mich dennoch erkannt. Lächelnd winkte sie mir. Und die Pförtnerin warf mir einen tadelnden Blick zu. Ich hob verlegen die Schultern und winkte zurück. Mit sauertöpfischer Miene führte die Schwester Evgen nun zu mir und verschloss die Tür zum Kreuzgang hinter sich.

»Wir waren gute Gastgeber, Büttel, und haben uns an alle Regeln der Höflichkeit gehalten«, sagte die Pförtnerin. Der leise Vorwurf, der meinem unerlaubten Blick galt, war unüberhörbar.

»Ich danke Euch dafür, Schwester Pförtnerin. Wir bemühen uns, ebenso gute Gäste zu sein.«

»Keine Sorge. Die Kleine ist es.«

Der Hieb saß, ich nahm ihn mit einer angedeuteten Verbeugung hin und verabschiedete mich mit dem Hinweis, dass ich womöglich für Evgen in der nächsten Nacht abermals die Gastfreundschaft der Kanonissen in Anspruch nehmen würde. Es bereitete der Pförtnerin wenig Mühe, ihre Begeisterung zu verbergen. Evgen griff bereits im Hinausgehen wieder nach meiner Hand.

»Ich habe das Glas gesehen, Büttel Konstantin, es war genau so, wie Ihr es beschrieben habt.«

»Und? Hat es dir gefallen?«

»Ja, und wie. Ich hätte es so gern einmal angefasst, aber es war so hoch. Ich kam nicht dran. Da hätte ich schon fliegen können müssen.«

Ich musste lachen. »Ich bin sicher, du wirst hier in Köln noch Glas anfassen können. Es gibt es zwar nicht an jeder Ecke, aber doch genug. Wer weiß, vielleicht bekommst du es im Palast des Erzbischofs zu sehen. Er hat gläserne Trinkgefäße.«

»Wirklich? Becher aus Glas?«

Ich nickte. Und ernüchterte bei der Erinnerung an den Erzbischof. Wir mussten uns beeilen. Wir verließen die Immunität des Stifts durch das Tor in der Mauer, gingen die Stolkgasse entlang und kamen an der Kirche Sankt Andreas vorbei wieder auf die Schmierstraße. Von Vater, Edmund, Rost oder dem Karren mit dem Boot war weit und breit nichts zu sehen. Mir blieb nur die Hoffnung, dass sie sich auf den Weg gemacht hatten und wohlbehalten auf der Burg ankommen würden.

Evgen nahm hin, dass ich auf unserem Weg plötzlich schweigsam geworden war. So redselig und neugierig sie sonst war, so still war sie nun. Vielleicht wuchs auch in ihr die Anspannung vor dem Prozess. Bevor wir den Palast betraten, nahm ich sie beiseite. Sie schaute mich aus ihren großen Augen an und sah so unbedarft und selbstbewusst aus wie bei unserer ersten Begegnung im Wald.

»Ich habe keine Angst, Büttel, sorgt Euch nicht«, sagte sie, noch bevor ich das Wort erheben konnte.

»Dann ist es gut, Evgen. Ich wollte dir bloß ein paar Ratschläge geben.«

»Welche?«

»Rede nur, wenn du dazu aufgefordert wirst.«

Sie nickte.

»Gut. Sag die Wahrheit, wenn du zum Reden aufgefordert wirst.«

Sie lächelte mich an. Es war ein beinahe spöttisches Lächeln. »Warum sollte ich lügen?«

»Gut, sehr gut, Evgen. Mehr brauchst du nicht zu beachten. Eines noch. Fürchte dich nicht. Es geht nicht um dich, es geht um den Priester.«

»Warum sollte ich, Büttel Konstantin? Ich habe mein Lebtag noch kein Unrecht begangen, gegen niemanden. Wovor sollte ich mich also fürchten?«

Wie recht sie hatte, und wie weit sie doch auch danebenlag. Sie war ein Hirtenmädchen, Arnold war ein Priester. So gut es eben ging, würden Harper und ich das Wort gegen Arnold führen. Es genügte, wenn Evgen unsere Aussagen stützte. Ich hoffte, was wir gegen den Priester in der Hand hatten, würde genügen. Nun, tatsächlich hatten wir nicht viel in der Hand. Nur ein vergiftetes Schwein, Arnolds Flucht, Evgens Wort und die Tatsache, dass viele, viele Menschen in seiner Kirche gestorben waren.

Die Wachen im erzbischöflichen Palast ließen uns bis zum Saal vor und drängten uns, weil wir spät waren. Dennoch mussten wir vor den beiden Flügeln der Saaltür auf Einlass warten. Ich hatte keine Ahnung, was auf uns zukam. Noch nie hatte ich einen Prozess am geistlichen Gericht miterlebt. Meine Aufgaben waren andere. Seit einiger Zeit schon stand ich als Diener der Gewaltrichter in Diensten des hohen Gerichts. Der Burggraf von Köln war mein Dienstherr, und die Schöffen, allesamt Mitglieder aus reichen Kölner Familien, entschieden über Strafen an Hals und Hand, also über Köpfen, Hängen, Rädern, Handabhacken, über das Ausstechen von Augen, das Ausreißen von Zungen oder das Brandmarken. Dieses Gericht tagte in einem Haus nur ein paar Schritte von hier.

Wenn aber ein Geistlicher sich einer Verfehlung schuldig gemacht hatte, gehörte das in die Hand des geistlichen Gerichts, das dem Erzbischof unterstand. Und weil das Gericht im Saal des Palastes zusammentrat, nannte man seine Richter schlicht die Herren im Saal. Ich konnte mir nicht vorstellen, dass Konrad von Hochstaden in jedem Fall den Vorsitz hatte. Aber dieser Fall, dessentwegen ich hier war, war ein besonderer. So viel hatte ich verstanden. Und daher erwartete ich, viele Herren im Saal zu sehen, und der Erzbischof selbst würde das Urteil fällen. Ich konnte nun wirklich nicht sagen, dass dieser Gedanke zu meiner Beruhigung beitrug.

Ich beneidete Evgen um ihre Unbekümmertheit. Sie stand vor der verschlossenen großen Tür, hatte die Hände hinter dem Rücken verschränkt wie ein alter Mann und betrachtete die prächtigen Wandteppiche, die in der Vorhalle hingen. Sie zeigten Jäger, Meute und Wild, sie zeigten griechische Halbgötter in den Ruinen eines Tempels, und sie zeigten eine Nymphe und Wassermänner, die im seichten Ufer eines Weihers spielten. Dieses letzte Bild schien Evgen besonders in den Bann zu ziehen. Sie trat näher an den Teppich heran und hob kurz die Hand, als wollte sie ihn berühren, zog sie dann aber hastig zurück.

»Ist das unser Weiher?«, fragte sie. »In Mundt?«

»Das glaube ich nicht«, gab ich zurück.

Ich schaute mir das Bild an und konnte kaum Gemeinsamkeiten erkennen. Der Weiher auf dem Teppich war kleiner und dazu in einem Wald gelegen. Vielleicht war es sogar nur ein Tümpel.

»Wie kommst du darauf?«

Evgen zuckte mit den Schultern und hob die Hand ein weiteres Mal. Nun wagte sie die Berührung und fuhr mit den Fingern sacht über den Stoff, auf dem die Wassergeister abgebildet waren.

»Nur so«, sagte sie.

Obwohl wir uns so gesputet und uns auch die Wachen zur Eile gedrängt hatten, mussten wir noch lange warten. Sehr lange. Vater, Rost und Edmund hatten sicher schon mehr als die Hälfte ihres Heimwegs geschafft. Evgen schien die

Warterei nichts auszumachen. Sie schaute sich unentwegt die Wandteppiche an und fand dort offenbar immer neue Motive, an denen ihr Blick haften blieb.

Als sie wieder mal ihren Kopf schief legte und die Finger nach dem dicken schweren Stoff eines Wandbehangs ausstreckte, schwangen endlich die beiden Flügel der Tür auf, und Evgen zog erschrocken ihre Hand vom Teppich zurück. Ein junger Gerichtsdiener bat uns mit strenger Miene herein. Ich ertappte mich dabei, wie ich tief durchatmete. Dann nahm ich Evgen an die Hand und betrat mit ihr den Saal. Und ich erschrak. Von den Herren im Saal war nichts zu sehen, kein gefesselter Gefangener, keine Büttel, die ihn mit grimmigen Mienen bewachten. Der Saal war nahezu leer.

Doch der Erzbischof war da. Er saß erhöht auf seinem steinernen Thron, neben ihm ein Schreiber, dem offenbar die Aufgabe zugedacht war, das Protokoll des Prozesses zu führen, dazu noch der Gerichtsdiener, der hinter uns die Türen schloss. Wo waren die Herren, die den Prozess bezeugen mussten, wo die Geschworenen? Wo war der Angeklagte? Arnold war noch nicht vorgeführt worden. Und auch Harper war nicht zu sehen. Harper. Wo zum Teufel steckte er? Sofort war meine Sorge wieder da. Ließ er mich hängen? Trieb er ein falsches Spiel?

Erst als Evgen meine Hand drückte, bemerkte ich, dass ich mitten im Saal stehen geblieben war. Konrad von Hochstaden winkte uns heran. Wir taten noch ein paar Schritte, die laut widerhallten, dann kniete ich zwischen hölzernen Bänken und Tischen nieder, die rechts und links vor dem Thron des Erzbischofs standen, und die brave Evgen tat es mir nach. In der Mitte vor dem Thron war ein Tisch aufgebaut, auf dem ein weißes und ein schwarzes Tuch ausgebreitet waren. Sie stellten das Gute und das Böse dar. Das kannte ich von Gerichten, die draußen auf dem Land zusammentraten. Auf diesem Tisch stand zudem noch ein Teller, der mit einer Schale abgedeckt war.

»Eure Eminenz.«

»Steh auf, Konstantin, und auch du, Kind, wir wollen es heute nicht so förmlich halten«, sagte der Erzbischof und wedelte mit der Hand.

Nicht so förmlich? Bei einem Prozess nach dem heiligen Recht der Kirche Gottes? Mich beschlich der Verdacht, dass es vielleicht doch kein Prozess werden sollte. Doch warum waren wir dann hier? Und weshalb saß der Schreiber vor uns?

»Eminenz, verzeiht, wenn ich ungefragt das Wort erhebe – ich dachte, heute solle bereits der Prozess gegen den Priester Arnold stattfinden?«

Konrad lächelte. »Aber das tut er doch, Büttel. Er hat schon angefangen. In ebenjenem Augenblick, als du mit der Zeugin durch die Tür getreten bist.« Konrad wandte sich dem Gerichtsdiener zu. »Bring den Gefangenen herein.«

Der junge Büttel ging zu der kleinen Tür hinter Konrads Thron, durch die ich bei meinem ersten Besuch im Saal auch schon geschritten war. Als er zurückkehrte, folgte ihm Harper, der den gefesselten Arnold an einem Strick in den Saal führte. Mir fiel ein kleiner Stein vom Herzen. Jetzt hatten die Dinge wieder eine gewisse Richtigkeit, auch wenn das immer noch kein Prozess war, wie ich ihn kannte und wie er sein sollte. Aber ich wollte nicht in Frage stellen, was geschah. Der Erzbischof hatte den Vorsitz. Damit sollte, musste alles gut sein.

Arnolds Blick flackerte umher. Auch ihm schien aufzufallen, dass dieser Prozess nicht den gängigen Regeln entsprach. Und er schien ausloten zu wollen, ob ihm das zum Vor- oder zum Nachteil gereichen würde. So forsch und frech wie auf dem Karren gab er sich nun nicht mehr.

»Arnold, Euch werden schwere Verbrechen zur Last gelegt«, hob Konrad an, und der Schreiber tunkte im selben Augenblick eine übergroße Gänsefeder in ein Tintenfass und begann, auf Pergament zu schreiben. Arnold duckte sich unter der im Saal tönenden Stimme des Erzbischofs. »Ihr seid Pfarrer an meiner Kirche in Mundt, die dem heiligen Martin geweiht ist. Stimmt das?«

»Ja, so ist es, Eminenz. Wenn ich vielleicht –«

»Nein. Ihr beantwortet einzig meine Fragen.«

»Aber Eminenz!«

Harper schlug ihm kurzerhand von der Seite in die Magengrube, und Arnolds Aufbegehren endete in einem Stöhnen. Der Priester beugte sich nach vorn und hustete kurz. Harper grinste mich an. Erst jetzt, beim Blick hinüber zu Harper, bemerkte ich im Augenwinkel eine Bewegung an der Rückseite des Saals. Neben der großen Tür, durch die Evgen und ich hereingekommen waren, standen zwei Männer. Sie waren mit großen Schwertern bewaffnet, die in Lederscheiden an ihren Seiten baumelten, aber sie sahen nicht aus wie Wachen des Erzbischofs. Es waren Ritter, altgediente Kämpfer mit Bärten und einem Blick, der große kriegerische Entschlossenheit und Ruhe miteinander vereinte. Sie beobachteten, was hier vorne vor dem Thron vor sich ging. Was in aller Welt machten diese Ritter hier?

»Euch wird vorgeworfen, Hostienfrevel begangen zu haben«, fuhr Konrad von Hochstaden fort. »Dazu sollt Ihr fast alle Mitglieder Eures Sprengels um ihr Leben gebracht haben. Ist dem so?«

Arnold rang noch immer nach Luft. Harpers Schlag in den Bauch hatte ihn völlig unerwartet getroffen.

»Ist dem so?«, fasste Konrad mit lauterer Stimme nach. »Jetzt sollt Ihr reden!«

Der Priester streckte den Rücken durch und hielt sich mit seinen gefesselten Händen den Bauch. »Ich bestreite alles, was mir vorgeworfen wird. Alles.«

Dann setzte er sich auf die Holzbank. Harper, der immer noch den Strick hielt, nahm neben ihm Platz.

Konrad nickte mir zu. »Konstantin, mein Büttel, berichte, was du in Mundt herausgefunden hast. Und was dich dazu veranlasst, vor Gottes Angesicht Anschuldigungen gegen Arnold zu erheben.«

Ich bedeutete Evgen, sich auf eine der Holzbänke zu setzen, trat einen Schritt vor und verbeugte mich. »Eminenz, ich danke Euch für das Vertrauen, das Ihr mir entgegengebracht habt, als Ihr mich mit diesem schwierigen und erschreckenden Fall betraut habt. Mit Gottes Hilfe konnten Harper von Reuschenberg und ich die ungeheuerlichen Vorfälle schneller aufklären, als wir gedacht hatten. Als wir in Mundt im Jülicher Land angekommen sind, haben wir die unglaubliche Zahl von sechsundzwanzig frischen Gräbern auf dem Friedhof vorgefunden, dazu noch drei weitere, die allerdings schon zwei Wochen älter waren. Es hat sich herausgestellt, dass fast alle Bewohner des Dorfes zur selben Stunde zu Tode gekommen sind. Die meisten haben ihr Leben in der Kirche gelassen, einige haben es noch hinaus ins Dorf geschafft.«

Der Erzbischof hob die Hand, um mich zu unterbrechen. »Du sagtest, es seien fast alle Dorfbewohner tot gewesen?«

»Ja. Es gab im Dorf selbst zwei Überlebende, den Priester«, sagte ich und deutete auf Arnold, »und einen Säugling.«

»Und da der Säugling zu solch einer Tat nicht fähig ist, habt Harper und du euch gedacht, nur der Priester könne der Mörder sein.«

»Nein«, gab ich zurück. »Wir waren erst einmal völlig ratlos und standen vor der Frage, was so vielen Menschen zur selben Zeit den Tod bringen könnte. Ich kenne keine Krankheit, die so viele Menschen auf einen Schlag aus dem Leben zu reißen vermag. Den Priester hatten wir nicht unter Verdacht. Er ist ein Mann Gottes, Eminenz.«

»Und doch bist du letztlich zu dem Schluss gekommen, dass Arnold für die Todesfälle verantwortlich ist.«

»Er hat es uns selbst verraten. Wir waren noch immer im Dorf mit unseren Untersuchungen beschäftigt, als eine Sau unter Krämpfen starb, nachdem sie etwas vom Misthaufen gefressen hatte. Wir haben die Stelle in Augenschein genommen – und dort vergiftete Hostien gefunden. Als wir die Hostien entdeckt haben, hat der Priester sofort die Flucht ergriffen. Er hat genau gewusst, was dort gelegen hat.«

»Das kann nicht alles gewesen sein.«

»Nein. Da war noch der unverhohlene Hass Arnolds gegen die Bewohner des Dorfs. Er hat sie als Heiden bezeichnet, er fühlte sich von ihnen bedroht, weil sie ihn mit Steinen beworfen haben. Da waren die vergifteten Hostien. Da war Arnolds Flucht, die für mich und alle anderen sein Eingeständnis war, was es mit den Hostien auf sich hat.«

»Was schließt du aus deiner Entdeckung und dem Verhalten des Priesters?«

»Dass Arnold der Mörder ist.«

Der Priester schnaubte laut, ich überhörte es und fuhr fort.

»Es muss sich so zugetragen haben: Arnold hat seine Gemeinde gehasst, und er wollte sich der heidnischen Dorfbewohner entledigen, die ihn auch schon mit Steinen beworfen hatten. Daher vergiftet er die Hostien und tötet auf diese Weise die Besucher seiner Messe. Nur der Säugling überlebt, denn er nimmt noch nicht am heiligen Abendmahl teil. Die restlichen Hostien verscharrt er im Mist.«

Der Erzbischof legte die Fingerspitzen aneinander und

verzog das Gesicht. Er sah mich eine ganze Weile an, ohne ein Wort zu sagen, und der Blick gefiel mir nicht. Er offenbarte deutlich den Unwillen Konrads. Ich hörte, wie Arnold ein paar Schritte neben mir unruhig mit den Füßen scharrte.

»Das ist eine schöne Geschichte, die du dir da zusammengereimt hast.«

Hatte das wirklich gerade der Erzbischof gesagt? Mir wurde schlecht. Eine Geschichte? Zusammengereimt? Die Feder des Schreibers kratzte laut auf dem Pergament. Schrieb er das etwa gerade auch auf? Dass ich mir das alles ausgedacht hatte? Es war, als ritzte der Schreiber mit seiner Feder nicht nur über das Kuhleder, sondern auch tiefe, blutige Male in meine Haut, die auf ewig zu sehen sein würden.

»Ich … verstehe nicht.«

»Was verstehst du nicht, Büttel? Das genügt mir nun mal nicht. Hör dir doch mal selbst zu! Ein Priester, der seine Gemeinde umbringt – was ist das für ein Unfug? Er hätte zu mir kommen können, und ich hätte ihm stehenden Fußes eine andere Kirche gegeben. Niemand weiß besser denn ein Mann Gottes, was ihm beim Jüngsten Gericht für einen Mord blüht. Da braucht es schon etwas mehr als ein paar geworfene Steine, um einen Priester zu einem Mörder zu machen.«

Ich stand da, als hätte mich der Papst auf dem Heumarkt vor aller Ohren und Augen als Ketzer bezeichnet. Kein Wort wollte mir über die Lippen. Ich sah zu Harper hinüber, der jedoch nur das tat, was er wohl am besten konnte. Grinsen.

»Harper, sagt etwas dazu. Wir beide sind doch zu denselben Schlüssen gelangt.«

Grinsen.

»Harper, ich bitte Euch, sagt etwas dazu.«

Doch Harper zuckte nur noch mit den Schultern. »Ich habe Euch lediglich begleitet, Büttel, einen anderen Auftrag hatte ich nicht. Zu Euren Untersuchungen möchte ich nichts sagen.«

Dieser miese Verräter. Jetzt zumindest wusste, ich, dass er ein falsches Spiel trieb. Mein Blick fiel von Harper zu den beiden Bewaffneten an der Rückseite des Saals. Auch sie machten sich nicht die Mühe, ihre Freude zu verhehlen. Was hier geschah, spielte ihnen offenbar in die Karten. Ich sah den Erzbischof wieder an und straffte mich. Wenn mir diese Niederlage schon widerfahren musste, wollte ich wenigstens nicht wie ein geprügelter Hund aussehen.

»Hast du denn sonst noch etwas gegen Arnold vorzubringen?«, fragte Konrad, und in seiner Stimme war Langeweile zu hören.

Nein, ich hatte nichts mehr vorzubringen. Dieser Kampf war verloren und des Erzbischofs Urteil längst gefällt, schon vor dem Prozess. Auf keinen Fall wollte ich Evgen unter diesen Mühlstein namens Konrad werfen, der sie schlicht zermalmt hätte. Ich schüttelte den Kopf. Doch dann spürte ich Evgens Hand an meiner. Sie war aufgestanden und an meine Seite getreten.

»*Ich* habe noch etwas gegen den Priester vorzubringen, Herr Erzbischof.«

Sie sagte ihren Satz mit so fester Stimme, dass ich mich für meinen erbärmlichen Auftritt schämte. Evgen hatte mitbekommen, wie der Erzbischof sich verhielt, dass es aussichtslos war. Und doch stand sie mir zur Seite. Ich bewunderte die Kleine.

Konrad hob eine Augenbraue. »Wer bist denn du, Kind?«

»Mein Name ist Evgen, Herr Erzbischof. Ich bin Hirtenmädchen in Mundt.«

Nun hob er auch die andere Augenbraue. »Ein Hirtenmädchen?«

Evgen nickte.

Konrad sah mich an. »Ist das etwa deine Zeugin, die da ungefragt spricht, Büttel?«

Ich legte meinen Arm um Evgen. »Ja, Eminenz, das ist sie.«

»Dann bring vor, was du sagen willst, Kind.«

Evgen löste sich von mir und trat einen Schritt vor. Mit weit ausgestrecktem Finger zeigte sie auf Arnold. »Dieser Mann da ist ein schlechter Mann. Ein Lügner. Er hat gesagt, dass er nicht da war, als all die Menschen in der Kirche starben. Diese Behauptung wird Euch Büttel Konstantin bestätigen. Aber das stimmt nicht. Ich habe ihn gesehen, als die Glocke zur Messe geläutet hat. Zu jener Messe, in der alle Menschen gestorben sind. Auch meine Familie. Niemand darf lügen, Herr Erzbischof. Auch ein Priester nicht. Gerade ein Priester nicht. Oder?«

»Und du, Kind, bist du denn ein guter Mensch?«

»Aber gewiss doch, Herr Erzbischof.«

»Warum warst du dann nicht in der Messe?«

»Ich bin ein Hirtenmädchen. Wenn ich nicht bei meiner Herde bleibe, verliere ich Tiere.«

»Wie kannst du selbst ein guter Mensch sein, wenn du den lieben Gott nicht in seiner Kirche besuchst?«

Ich sandte ein Stoßgebet zum Himmel. Ich betete inständig, dass sich Evgen nun nicht in Gefahr begab. Die Kirche war ein viel zu mächtiger Gegner. Arglosigkeit war kein guter Begleiter.

»Ich brauche den Herrgott nicht zu besuchen, Herr Erzbischof, er ist so lieb und besucht mich. Wann immer ich zu ihm bete – und ich bete sehr oft, viele Male am Tag, zu ihm –, da glaube ich, ihn zu sehen. In den Blumen auf dem Feld, im Tanz der Sonnenstrahlen, im Gesang der Vögel, ja selbst in den Lämmern, die gerade über die Wiesen meines Großvaters springen.«

Konrad sah sie an, als müsste er prüfen, ob sie ihn auf den Arm nahm oder ob sie tatsächlich eines solch reinen Herzens war, wie Evgen sich hier gab. Dann wandte er sich Arnold zu.

»Und Ihr, Arnold, was habt Ihr zu diesen ungeheuerlichen Vorwürfen zu sagen?«

Der Priester erhob sich von der Holzbank und trat fest auf. Kein Wunder. Er spürte die Gunst der Stunde.

»Eminenz, Ihr sagtet es soeben. Die Vorwürfe sind ungeheuerlich. Was hat dieser Büttel gegen mich vorzubringen? Dass ich weggelaufen bin. Wer wäre das an meiner statt denn nicht? Ihr hättet diese Meute sehen sollen, Eminenz. Als die Sau verreckt ist, haben mich alle angestarrt. Und dann sind sie mir nach. Ich frage Euch noch mal, Eminenz. Wer wäre an meiner Stelle nicht davongelaufen? Euer Büttel gierte nur nach einem Erfolg in seinen Ermittlungen.«

»Was ist Eurer Meinung nach in Mundt geschehen, Arnold? Warum sind die Menschen gestorben?«

»Ich habe es schon Eurem Büttel gesagt, Eminenz, das waren Heiden, und ich bin mir sicher, der Herr hat sie für ihr gottloses Treiben bestraft. Es ist nur wenige Tage her, da sind sie noch um einen Widderkopf getanzt und haben die Götter ihrer Vorväter angebetet. Das konnte sich der Herr nicht länger ansehen. Er hat sie ausgelöscht, weil es ihm gefiel.«

Konrad verzog das Gesicht. Das schien nicht die Antwort zu sein, die er hören wollte.

»Meint Ihr nicht, Arnold, dass der Herrgott sich dann um die Seinen gekümmert hätte? Hätte er nicht Sorge getragen, dass auf Euch auch nicht der Schatten eines Verdachts fällt?«

Arnold senkte den Kopf. »Ich bin gewiss zu unwichtig, als dass der Herr sich um mich kümmert.«

Konrad beugte sich vor. »Willst du etwa behaupten, dem Herrn sei auch nur eine Seele unwichtig?« Seine Stimme dröhnte durch den Saal wie das Brummen eines Bären.

»Nein, Eminenz.«

Der Erzbischof lehnte sich wieder in seinen Thron zurück und strich sich übers Kinn, als müsste er nachdenken. »Nun, mir ist noch etwas anderes zu Ohren gekommen.«

Arnold sah ihn ratlos an. »Was meint Ihr, Eminenz?«

»Ich habe von diesen Nachzehrern gehört, diesen Neuntötern.«

Schau an. Das musste ihm Harper gesteckt haben. Aber warum? Warum kam dieses Thema überhaupt auf? Warum war alles darauf angelegt, den Verdacht weg von Arnold zu lenken?

»Ja, es hat Gerüchte dieser Art gegeben«, sagte Arnold.

»Erzählt! Was wisst Ihr darüber?«

»Nicht viel. Aber vielleicht kann Euer Büttel etwas dazu beitragen. Ihn haben die Neuntöter sehr beschäftigt.«

Alle Augen waren nun wieder auf mich gerichtet.

»Nun?«, fragte Konrad.

»Wie der Priester schon gesagt hat, Eminenz, es gab Gerüchte. Denen sind wir nachgegangen. Es hat ein paar Wochen vor dem großen Sterben der Dorfbewohner drei andere Tote gegeben. Drei Kinder sind im Weiher ertrunken, im Weiher des heiligen Irmundus, wenn Euch das etwas sagt.«

»Das tut es. Weiter.«

»Die Leute im Jülicher Land haben sich erzählt, dass diese Kinder zu Neuntötern geworden sind. Von den Zahlen her hat es ja auch beinahe gestimmt, auch wenn es siebenundzwanzig und nicht sechsundzwanzig Tote hätten sein müssen.«

»Wer weiß? Vielleicht liegt noch irgendwo in den Wäldern um Mundt ein toter Bauer, den ihr schlicht nicht gefunden habt. Dann würde es doch passen.«

»Ja, dann würde es passen. Aber wir haben, um ehrlich zu sein, keinen Hinweis darauf gefunden, dass es sich bei den Kindern um Nachzehrer gehandelt hat, und auch keinen weiteren Toten entdeckt, nur den Schäfer und Evgen, seine Enkelin. Wir haben die Gräber geöffnet, aber keines der Kinder hatte sein Totenhemdchen oder den Stoff vom Leichensack oder irgendetwas anderes im Mund, um daran zu saugen.«

»Dennoch hast du es als wichtig erachtet, den Kindern die Köpfe abzutrennen.«

Mir war nicht wohl. Der Erzbischof wusste genauestens über den Ablauf meiner Reise Bescheid und steuerte diesen Prozess nach Belieben.

»Ja«, erwiderte ich, »denn zu diesem Zeitpunkt hatten wir sonst noch keinen Verdacht. Sicher ist sicher, habe ich mir gedacht.«

»Du hast also keinen Hinweis gefunden, dass in Mundt Neuntöter am Werk gewesen sind.«

»Nein.«

»Als du und die anderen vor den Gräbern der Kinder standet, was habt ihr da gehört?«

Jede Kleinigkeit hatte Harper erzählt, alles. Wir waren nichts als Puppen, die der Erzbischof über seine Bühne tanzen ließ. Ich räusperte mich.

»Wir … wir haben ein Schmatzen gehört, Eminenz.«

»Ein Schmatzen?«

»Ja, ein Schmatzen. Aber das ist sicher kein Schmatzen eines Neuntöters gewesen. Es hatte die ganze Nacht auf die frischen Gräber geregnet. Da ist es völlig normal, wenn die Erde mit solchen Geräuschen zusammenfällt.«

»Und doch hast du den Kindern die Köpfe abgetrennt. Auch wenn du nicht geglaubt hast, dass es Neuntöter waren.«

Ich sagte nun nichts mehr. Ich wollte in Konrads Spiel nicht mehr mitmachen. Zum Zeichen meiner Aufgabe senkte ich den Kopf. Der Erzbischof gab ein Schnauben von sich und wandte sich wieder Arnold zu.

»Stimmt es, was das Mädchen sagt?«, fragte der Erzbischof nun. »Wart Ihr da, als die Menschen gestorben sind?«

»Eminenz, ich habe diese Antwort bereits gegeben. Hier steht das Wort eines Geistlichen gegen das eines Hirtenmädchens.«

Konrad von Hochstaden nickte. Leider hatte Arnold recht. Im Wettstreit der Zeugen hatte ich verloren. Evgen zupfte an meinem Ärmel und sah zu mir auf.

»Glaubt der Erzbischof mir nicht?«, flüsterte sie.

Ich zwang mich zu einem Lächeln. »Es hat nichts mit dir zu tun, Evgen. Er glaubt *mir* nicht.«

Konrad hatte mitbekommen, dass wir miteinander sprachen. »Gibt es noch etwas?«

Ich entschied, den Rückzug anzutreten. Ich hatte erwartet, dass hier Arnold der Prozess gemacht würde. Nun musste ich höllisch aufpassen, dass am Ende nicht noch ein Urteil über mich oder Evgen gesprochen wurde.

»Eminenz, ich denke, alles ist gesagt«, gab ich kleinlaut zu Protokoll.

Evgen zupfte heftig an meinem Ärmel. In ihrem Blick lag Verzweiflung.

»Was ist, mein Kind?«, fragt Konrad.

»Darf ich sprechen?«

»Freiheraus.«

»Ich verstehe nicht, was hier geschieht. Ich bin vielleicht auch nur ein dummes Mädchen, das nichts von der Welt gesehen hat und nicht das Wort gegen hohe Herren erheben sollte. Aber mein Herz sagt mir, hier geschieht gerade ein Unrecht. Ich weiß nicht, ob dieser Mann da Schuld trägt am Tod meiner Familie und aller anderen Menschen von Mundt. Aber ich weiß, dass er lügt. Er wird einen Grund haben für seine Lügen. Seine Lügen zeigen mir, dass er nicht aufrichtig ist. Meine Mutter hat gesagt, ich muss immer die Wahrheit sagen. Vor den Menschen. Denn dann sage ich auch immer die Wahrheit vor Gott. Das tue ich auch hier. Ich sage die Wahrheit. Der Priester lügt.«

»Kindchen, du bist ein Hirtenmädchen und weißt nicht, wie schwer der Vorwurf ist, den du da erhebst«, sagte Konrad mit grollender Stimme. Evgen duckte sich. »Vergiss dich nicht. Er ist ein Mann Gottes.«

Doch Evgen gab nicht klein bei. Sie hatte Angst vor Konrad, ihre Hände zitterten. Aber sie gab nicht nach.

»Mein Wort ist nichts wert, sagt Ihr«, begann sie wieder mit nun brüchiger Stimme. »Weil ich eine Hirtin bin und er ein Priester, sagt Ihr. Ich bin keine gute Zeugin, sagt Ihr. Nun, wenn es Euch um gute Zeugen geht, dann sage ich Euch dies – Gott ist mein Zeuge!«

Ihre Worte klangen wie ein Donnerschlag in der Halle nach. Am liebsten hätte ich die Hände vors Gesicht geschlagen. Evgen forderte den Priester und den Erzbischof heraus. Sie zog deren Worte in Zweifel. Herr im Himmel, was hatte ich ihr nur damit angetan, als ich sie mit hierhernahm. Ich blickte hinüber zu Harper, der mich aus den Augenwinkeln beobachtete. Er grinste, natürlich. Oh, wie gern hätte ich ihn dieses dämliche Grinsen schlucken lassen.

Konrad von Hochstaden erhob sich. Sein Gesicht war das eines zornigen Weltenrichters, und wenn er nun Blitze geworfen hätte, wie er so dastand oben vor seinem steinernen Thron, es hätte mich nicht gewundert. Mit seinem Blick spießte er Evgen förmlich auf.

»Kind, du sprichst weise«, sagte er dann mit einer Stimme, weich wie Butter.

Hatte ich mich verhört? Konrad setzte sich wieder und lächelte.

»Was sollen wir Sterblichen hier streiten? Lassen wir doch den Herrn das Urteil in diesem Prozess fällen. Er weiß es besser. Er soll uns zeigen, wer die Wahrheit sagt. Der Priester – oder das Mädchen.«

Arnold tat einen Schritt zurück. »Ein … ein Gottesurteil?«

Der Erzbischof nickte. »Ihr habt mich richtig verstanden. Ein Gottesurteil.«

Nun ließ sich der Priester wieder auf seine Bank sinken. Und ich konnte ihn verstehen. Die Kirche selbst hatte Gottesurteile schon vor vielen, vielen Jahren verboten. Auch unser guter Kaiser Friedrich, der zweite seines Namens, lehnte sie ab. Ich wusste von den unterschiedlichsten Formen solcher Urteile, und ich würde jede Wette eingehen, dass bei keinem dieser Gottesurteile der Herrgott mitgesprochen hatte. Wer schaffte es schon, einen Stein aus siedend heißem Wasser zu nehmen, ohne sich zu verbrühen? Wem gelang es, eine glühende Eisenstange mehrere Schritte weit zu tragen, ohne sich zu verbrennen? Nein, das war blanker Unsinn.

Arnolds Hände begannen zu zittern, so sehr, dass der Strick, den Harper festhielt, hin und her wackelte.

»Doch nicht gegen mich, Eminenz. Das Mädchen da erhebt falsche Anschuldigungen, sie muss sich einem Gottesurteil unterziehen, nicht ich.«

Evgen sah mich mit ihren großen Augen an. Nein, das durfte nicht sein. Dieses Spiel durften diese Pfaffen nicht mit ihr treiben. Ich würde nicht zulassen, dass die Kleine zum Opfer wurde.

»Eminenz, ich will Euch nicht zu nahe treten, aber die Kirche selbst lehnt Gottesurteile ab.«

Konrad winkte ab. »Ich weiß, ich weiß. Aber was uns über Jahrhunderte bei der Wahrheitsfindung gedient hat, kann doch nicht mit einem Mal Unfug sein. Wer kann schon etwas dagegen haben, wenn wir unser Schicksal einzig in Gottes Hand legen?«

Ich spürte, wie mein Mund austrocknete. »Das Urteil in diesem Prozess kann aber doch keinen Bestand haben, wenn die Kirche den Ablauf nicht billigt.«

Der Erzbischof legte die Fingerspitzen aneinander. »Und darum wollen wir auch nicht alles an die große Glocke hängen, was in diesem Saal vor sich geht. Der Schreiber wird in Worte fassen, was gleich geschieht, aber sein Protokoll bleibt in meinem Archiv. Und ich allein werde darüber entscheiden, ob es jemals irgendwo vorgezeigt werden muss. Aber das wird es gewiss nicht, denn ich bin mir sicher, dass wir hier für jedermann zufriedenstellend die Wahrheit herausfinden werden.«

»Nicht gegen mich«, wimmerte Arnold. »Ich flehe Euch an, nicht gegen mich.«

»Aber auch nicht gegen die Kleine, Eminenz«, sagte ich mit lauterer Stimme, als ich eigentlich wollte. »Sie hat sich nichts zuschulden kommen lassen, außer dass sie die Wahrheit sagen will. Das kann kein Verbrechen sein. Arnold ist der Angeklagte. Nicht Evgen. Wenn sich hier jemand einem Gottesurteil unterziehen muss, dann er.«

»Gemach, Büttel, gemach«, sagte Konrad von Hochstaden. Mein Aufbrausen schien ihn zu belustigen. »Ich stimme Euch ja zu. Es geht nicht um das Mädchen, es geht um den Priester. Er wird sich dem Gottesurteil stellen.«

»Eminenz, das könnt Ihr nicht tun«, rief Arnold und sprang auf. Er riss an seinem Strick, doch Harper zog ihn so kräftig zurück, dass der Priester beinahe stürzte. »Gnade, ich habe nichts getan.«

»Dann könnt Ihr Euch auch mit reinem Gewissen dieser Probe unterziehen. Habt Ihr nichts verbrochen, wird Euch auch nichts geschehen.«

Konrad erhob sich und ging die Stufen seines steinernen Throns hinunter. Er trat an den Tisch mit dem schwarzen und dem weißen Tuch. In der Stille war wieder nur das Kratzen der Gänsefeder auf dem Pergament zu hören.

»Dies ist ein geistliches Gericht«, hob der Erzbischof an, »und es befasst sich einzig mit den möglichen Verfehlungen Geistlicher. Dieses Gericht ist sich bewusst, dass bei den Urteilen über Priester und Mönche auch besondere Maßstäbe und besondere Verfahren anzuwenden sind. Ich, Konrad von Hochstaden, verfüge also hiermit, dass sich Priester Arnold einem Gottesurteil zu unterziehen hat. Ist die Zeugin damit einverstanden?«

Alle Blicke waren nun erwartungsvoll auf Evgen gerichtet. Und Evgen wiederum sah mich fragend an. Ich nickte. Lieber sollte Arnold mit einer glühenden Stange durch die Gegend rennen als sie. Er hatte die Menschen in Mundt auf dem Gewissen. Daran gab es kein Deuteln. Und daher war es mir gleichgültig, wenn er solch ein unwürdiges und schmerzhaftes Verfahren über sich ergehen lassen musste. Solange der Erzbischof nur die Kleine in Ruhe ließ.

»Wenn Gott hier richten soll, bin ich einverstanden«, sagte Evgen.

Kluges Kind.

»Wie ich sehe, ist auch der Büttel einverstanden«, sagte Konrad, der mein Nicken nicht übersehen hatte.

»Aber ich nicht«, schrie Arnold. »Es ist doch alles gesagt, es ist doch alles klar.«

Der Erzbischof mahnte ihn mit gehobener Hand zur Ruhe. »Niemand sollte sich weigern, sich einem Urteil durch den Herrn zu unterziehen, erst recht kein Mann Gottes. Vertraut auf Gott, Arnold.«

»Es würde mir genügen, auf *Euer* Urteil zu vertrauen, Eminenz!«

Wieder hob Konrad die Hand, und nun schwieg Arnold. »Das für Geistliche übliche Gottesurteil ist das des heiligen Abendmahls. Ganz untrüglich lässt sich die Schuld oder Unschuld eines Beklagten im geistlichen Stand nachweisen, indem er eine geweihte Hostie zu sich nimmt. Bleibt Euch der geweihte Bissen im Halse stecken, Arnold, seid Ihr schuldig. Ich finde dieses Gottesurteil auch deshalb angemessen, da Ihr nun genau das durchleben müsst, was die Menschen in Mundt durchleben mussten. Haben sie den Tod durch Eure Hand erfahren, werdet Ihr nun auf dieselbe Weise sterben. Der Herr selbst wird Euch mit der Hostie in den Hals fahren und dort sein Recht sprechen.«

Konrad hob die Schale hoch und legte sie neben den Teller auf den Tisch. Wir alle starrten auf den Teller. Darauf lag eine Hostie. In meinem Kopf rasten die Gedanken. Konrad musste das alles vorbereitet haben. Der gesamte Prozess war vorausberechnet und geplant. Ich war mir sicher, dann musste auch das Ergebnis schon feststehen. Aber was sollte das alles? Was war das Ziel des Erzbischofs?

»Das ist nicht Euer Ernst«, sagte Arnold. Die Farbe war ihm aus dem Gesicht gewichen. Er war aschfahl, und es hätte mich nicht gewundert, wenn er in Ohnmacht gefallen wäre. »Was habt Ihr mit mir vor, Eminenz?«

Ich sah nur zwei Möglichkeiten. Entweder wollte Konrad

seinen Priester mit dieser doch nur allzu leichten Abendmahlsprobe von allen Vorwürfen reinwaschen, und das sollte mich nach dem Verlauf dieses Verfahrens nun wirklich nicht wundern. Oder er hatte diese Hostie ebenso vergiftet, wie die Hostien in Mundt es waren. Dann würde er Arnold nun auf grausame Weise strafen.

Der Priester jedenfalls war in dieses Possenspiel nicht eingeweiht. Arnolds Angst war nicht vorgegaukelt. Ich hätte erwartet, dass er erleichtert wäre, nun, da er erfahren hatte, dass er sich keiner Wasser- und auch keiner Feuerprobe würde stellen müssen. Aber das schlechte Gewissen trieb ihm den Schweiß auf die Stirn und ins Hemd. Das war für mich der letzte Beweis, dass Arnold schuldig war.

»Nicht ich habe etwas mit Euch vor, der Herr wird Euch nun prüfen, Arnold«, sagt der Erzbischof und winkte den Priester mit der Hand heran. »Tretet näher.«

Arnolds Finger griffen immer wieder in seinen Rock, drückten und kneteten den Stoff, als wollten sie sich wehren gegen das, was ihm bevorstand. Der Priester blieb stehen.

»Nun, kommt schon, tretet nur heran«, beharrte Konrad.

Mit schleppenden Schritten schlurfte Arnold zum Tisch. Harper ließ den Strick los, den der Priester nun hinter sich her zog.

»Ich habe nichts getan«, wimmerte Arnold leise.

»Dann wird Euch auch nichts geschehen«, wiederholte Konrad. »Euer Leben ist sicher in Gottes Hand.«

Er nahm den Teller, hob ihn hoch und streckte ihn Arnold entgegen. »Diese Hostie habe ich in der Frühmesse heute Morgen selbst geweiht. Nehmt sie und sprecht mir dabei die Worte nach: *Corpus Domini sit mihi ad probationem hodie.*«

Ich verstand die Formel nicht, ich musste mir mit den paar Fetzen Latein, die ich kannte, grob zusammenreimen, was sie bedeutete. Vom Leib des Herrn war die Rede, von einer Prüfung. Wahrscheinlich hieß es, dass die Hostie gleich zum Beweis werden würde. Arnold streckte seine gefesselten Hände nach der Hostie aus. Er zitterte so sehr, dass ich Sorge hatte, er könnte das flache Brot gar nicht greifen. Doch es gelang ihm, trotz des Stricks.

»Wie … wie waren die Worte?«, fragte er mit brüchiger Stimme.

Konrad sagte sie noch einmal vor und betonte dabei jede Silbe. *»Corpus Domini sit mihi ad probationem hodie.«*

Auf Arnolds blasser Stirn stand Schweiß in vielen kleinen Perlen. Seine großen Augen starrten die Hostie an. Evgen drückte sich an meine Seite und griff fest meine Hand. Ihre Fingernägel gruben sich in meinen Daumenballen. Ich zog die Hand trotzdem nicht zurück.

»Corpus Domini sit mihi ad probationem hodie«, sagte Arnold, ganz leise und ganz langsam. Dann hob er die Hostie über seinen Kopf, schloss die Augen und öffnete den Mund. Er führte den Leib des Herrn so zögerlich an seine Lippen, dass die Bewegung kaum zu sehen war. Das Kratzen der Schreiberfeder verstummte. Am liebsten wäre ich hingegangen und hätte Arnold die Hostie in den Schlund geschoben.

Doch er aß sie nicht, sondern nahm die Arme wieder herunter. »Mein Mund ist so trocken. Kann ich einen Schluck Wein haben?«

Konrad nickte mit einem Lächeln. »Daran soll die Abendmahlsprobe nicht scheitern. Wir wollen doch nicht, dass Ihr Euch wegen eines trockenen Gaumens verschluckt, oder?«

Der Erzbischof winkte dem Gerichtsdiener zu, der mit wehendem Rock durch die Tür hinter dem Thron verschwand und nur wenige Augenblicke später mit einem Krug und einem Glas zurückkehrte. Er stellte das Glas auf den Tisch und goss Wein hinein. Arnold legte die Hostie wieder auf dem Teller ab, griff nach dem Glas und leerte es gierig. Aus seinen Mundwinkeln rann der Wein. Es sah aus wie Blut, das über sein Gesicht und seinen Hals lief.

Arnold stellte das Glas beiseite und stützte sich mit beiden Händen auf dem Tisch auf. Er atmete schwer. Der Wein schien schon nach kurzer Zeit seine Wirkung zu tun. Auf Arnolds Wangen legte sich bereits wieder eine leichte Röte. Er nahm die Hostie in die Hände, hob sie hoch und führte sie an den Mund. Doch gerade, als Arnold sie auf seine Zunge legen wollte, hielt ihn der Erzbischof auf.

»Wartet!«, rief er. »Wiederholt die Formel.«

Arnold hielt die Hostie ganz nah vor seine Augen. *»Corpus Domini sit mihi ad probationem hodie«*, sagte er dann abermals – und nahm die Hostie endlich in den Mund.

Der Priester hielt die Augen geschlossen. Erst kaute er gar nicht, dann bewegte er ganz behutsam die Kiefer. Ich hörte das Kratzen der Feder. Der Schreiber hatte seine Arbeit wieder aufgenommen. Arnold kaute und kaute, dann öffnete er die Augen wieder und griff mit den gefesselten Händen zum Glas, das jedoch leer war. Er nahm selbst den Krug und füllte sich Wein nach, was ihm trotz der Fesselung erstaunlich sicher gelang. Er schluckte, und das fiel ihm sichtbar schwer. Dann trank er das Glas ein zweites Mal bis auf den Grund leer. Ich konnte sehen, wie seine Zunge durch seine Wangentaschen fuhr, vermutlich auf der Suche nach letzten Resten der Hostie.

Der Schreiber setzte die Feder ab, das Kratzen verstummte. Es herrschte völlige Stille im Saal, nicht einmal ein Atmen war zu hören. Alle sahen Arnold an, und Arnold sah an sich hinab. Und es geschah – nichts.

»Es … es geht mir gut«, sagte er.

Die Feder kratzte wieder.

Konrad von Hochstaden trat zu Arnold und betrachtete sein Gesicht eingehend von allen Seiten. »Nun, dann darf ich wohl als Vorsitzender des geistlichen Gerichts vor allen anwesenden Zeugen feststellen, dass Priester Arnold von Mundt die Abendmahlsprobe zweifelsfrei bestanden hat. Arnold, Ihr seid ein freier Mann und dürft gehen, wohin Ihr wollt. Von Eurer Aufgabe als Seelsorger an meiner Kirche zu Mundt entbinde ich Euch allerdings. Solltet Ihr mit einer anderen Stelle betraut werden wollen, steht es Euch frei, diesen Wunsch zu äußern.«

Harper stand auf, ging zu Arnold und packte seine gefesselten Hände. Dann zückte er sein Messer und durchtrennte den Strick. Der Priester rieb sich seine geröteten und wund gescheuerten Gelenke.

»Frei?«, fragte er.

»Frei«, sagte Konrad. »Sowie von aller Schuld freigesprochen.«

Arnold sank auf der Bank zusammen wie ein Zelt, dessen hölzerne Stangen man herausgenommen hatte. Sein Oberkörper hob und senkte sich in heftigen Bewegungen – er weinte wie ein kleiner Junge. Wie konnte nur irgendjemand Zweifel an seiner Schuld haben?

»Das mag Euch zu großer Freude verleiten, Arnold«, fuhr Konrad fort und ging dabei die Stufen wieder hoch zu seinem Thron, auf dem er gemächlich Platz nahm. »Mich macht der Ausgang dieses Prozesses hingegen sehr unglücklich, hat er doch den Beweis erbracht, dass die Menschen rund um meine Kirche in Mundt, ja vielleicht sogar im gesamten Jülicher Land, nicht sicher sind. Wir wissen immer noch nicht, welche tödliche Gefahr ihnen dort droht, wir wissen immer noch nicht, was die Bewohner von Mundt aus dem Leben gerissen hat. Wir wissen einzig, dass etwas Böses und Teuflisches in jenem Landstrich sein Unwesen treibt. Und daher sehe ich mich als geistliches Oberhaupt in dieser Stunde in der heiligen Pflicht, meinen Brüdern und Schwestern im Jülicher Land zu Hilfe zu eilen, mit allen Mitteln, die in meiner Macht stehen.«

Nun sank auch ich auf meine Bank. Evgen setzte sich neben mich. Da kamen sie, die letzten Pinselstriche, die das Bild dieses Rätsels um den Prozess endlich vervollständigten. Der Erzbischof malte sie, und sein Tonfall, seine Gesten zeigten, wie sehr er diesen Augenblick genoss.

»Meine Herren«, fuhr Konrad fort und wandte sich dabei an die beiden Bewaffneten, die neben dem Eingangsportal standen. »Ihr wisst, was Ihr zu tun habt.«

Ich drehte mich zu ihnen um. Die beiden Männer hatten ihre Hände auf den Knäufen ihrer Schwerter und nickten. Dann verließen sie den Saal durch das zweiflügelige Portal, ihre Stiefel klackten und kratzten viel zu laut auf den steinernen Fliesen. Mein Blick fiel auf Harper. Ich hätte ihn nicht anzusehen brauchen. Mir war auch so klar, was er tat. Er grinste. So breit, wie ich es selbst bei ihm noch nicht gesehen hatte. Ich hatte das Gefühl, als würde sich unter mir der Boden auftun und ich in ein unendlich tiefes schwarzes Loch fallen.

Mit einem Schlag ergab alles einen Sinn. Alles. Ich war überhaupt nicht ausgesandt worden, um einen Mörder zu fassen. Ich war ausgesandt worden, damit ich mit leeren Händen zurückkäme. Nur deshalb. Nur um dem Erzbischof einen Grund für einen Überfall zu geben. Konrad von Hochstaden hatte nichts anderes im Kopf gehabt, als einen Anlass für einen Angriff auf die Jülicher Grafschaft zu finden. Die Toten in Mundt waren es. Konrad hatte sich nach allen Seiten abgesichert. Er war vom Burggrafen in Kaster, einem Jülicher, um Hilfe gebeten worden. Er hatte einen seiner eigenen Büttel mit der Untersuchung betraut. Er hatte über die Schuld und Unschuld des einzigen Verdächtigen mittels eines Gottesurteils befinden lassen. Es gab nichts, was man ihm vorwerfen konnte, wenn er nun Ritter ins Feld sandte, um die Christen rund um seine Kirche zu schützen. Vielleicht ging es ihm auch gar nicht um einen Einfall ins Jülicher Land. Vielleicht ging es ihm lediglich darum, die Burg Kaster zu besetzen und damit einen Flussübergang zu kontrollieren.

Oh Vater, was habt Ihr da nur getan? Warum nur habt Ihr ausgerechnet mich holen lassen? Ihr habt nicht mich gerufen, Ihr habt, ohne es zu wissen, nach dem Untergang Eurer Burg verlangt. Wie konntet Ihr Euch nur an den größten Feind Eures Landesherrn wenden?

Harper. Auch seine Rolle in diesem Ränkespiel war nun endlich klar. Er hatte für den Erzbischof schnüffeln sollen, einzig deshalb hatte er sich auf der Burg umgesehen, einzig deshalb hatte er sich in Mundt gleich von uns abgesetzt. Mein Misstrauen gegen ihn war richtig gewesen, mein ungutes Gefühl war nun bestätigt. Leider.

Herrgott, je mehr ich darüber nachdachte, desto mehr Mosaiksteine fügten sich zusammen, immer mehr passten sich in dieses grausame Bild ein, in dem Falschheit und Arglist der Mörtel waren. Die Ritter, die gerade den Saal verlassen hatten. Sie würden zum Marstall gehen. All die Bewaffneten und Berittenen, die dort schon vor unserer Ankunft die Ställe belegt hatten, waren vom Erzbischof gerufen worden in Erwartung dessen, was sich in den vergangenen Minuten hier im Saal abgespielt hatte. Sie warteten nur darauf, zu den Waffen zu greifen und nach Kaster zu reiten.

Harpers Worte kamen mir wieder in den Sinn: *Vielleicht*

gehen sie ja auf Löwenjagd. Der Löwe. Das Wappentier der Herren von Jülich. Oh ja, sie gingen auf Löwenjagd. Und der Löwe war arglos. Weil mein Vater in seiner Not lieber den Erzbischof von Köln über die Toten in Mundt in Kenntnis gesetzt hatte als Graf Wilhelm von Jülich.

Von da an war alles geplant gewesen. Nur deshalb hatte mich Konrad mitten in der Nacht zu sich holen lassen, nur deshalb hatte er mir Harper als Aufpasser zur Seite gestellt. Auch der Ausgang dieses Gottesurteils, das doch in Wahrheit keines war, stand schon vorher fest. Wie gerissen vom Erzbischof, sich zuvor noch Evgens und mein Einverständnis einzuholen.

»Ist es vorbei?« Evgen saß neben mir und zupfte wieder an meinem Ärmel.

»Ja. Es ist vorbei«, erwiderte ich, sie verstand wohl nicht, wie weit ich meine Antwort in diesem Augenblick fasste.

Es war vorbei, alles war vorbei. Ich vergrub mein Gesicht in den Händen und dachte an meine Mutter, die nun auf der Burg saß und nicht ahnte, was auf sie zukam. An meinen Vater, der doch ohnehin bald sterben würde und nun in große Gefahr geriet, eine Gefahr, die er selbst heraufbeschworen hatte, ohne es zu wissen. Ja, und ich dachte auch an Margriet. Ich dachte daran, was Frauen zustoßen konnte in Kriegszeiten. Denn das war es nun.

Krieg. Zwischen Köln und Jülich.

Und ich Narr hatte nicht kommen sehen, was da geschehen würde. Ich war dem Erzbischof und Harper auf den Leim gegangen, ich hatte genau jene Rolle gespielt, die sie für mich vorgesehen hatten, und sie hatten mich noch nicht einmal steuern müssen. Ich hatte mich exakt so verhalten, wie sie es für dieses schmierige Schauspiel benötigten. Ich spürte Hass in mir aufwallen. Gegen den Erzbischof. Gegen Harper.

Gegen den verlogenen Priester. Gegen mich selbst. Denn letztlich war ich schuld. Ich hätte es durchschauen müssen. Ich hätte bessere Beweise gegen Arnold vorlegen müssen. Ich hätte dem Erzbischof einen Mörder liefern müssen, der über jeden Zweifel erhaben war, der so offenkundig schuldig war wie Judas, der Verräter unseres Herrn. Dann hätte Konrad von Hochstaden keinen Grund gehabt, die Erft mit einem kleinen Heer zu überqueren.

Einen Mörder liefern.

Meine Gedanken schwirrten wieder wild umher. Ich sah Konrad, wie er von seinem Thron stieg und sich zurückzog. Ich sah Arnold, der sich noch immer die Hände rieb und dann mit einem Mal eiligen Schrittes den Saal verließ. Ich sah Harper, der die Reste des Strickes aufsammelte. Ich sah den Schreiber, der Siegelwachs über einer Kerze erhitzte, um die Urkunde zu beglaubigen. Ich sah den Gerichtsdiener, der Schale, Krug und Teller beiseiteräumte und nur das Glas stehen ließ, weil er es nicht mehr tragen konnte.

Einen Mörder liefern.

»Geht es Euch nicht gut?« Evgen sah mich wieder aus ihren großen Augen an.

»Nein. Doch. Es … geht.«

Einen Mörder liefern. Wenn ich den Fall noch löste, wenn ich dem Erzbischof den Schuldigen brachte, dann gäbe es keinen Grund mehr, die Ritter nach Kaster zu schicken. Arnold. Für mich gab es keinen Zweifel, dass er log. Ihn musste ich mir vorknöpfen, bevor er verschwinden konnte.

Evgen trat an den Tisch mit dem schwarzen und dem weißen Tuch. Vor dem Glas, aus dem Arnold getrunken hatte, blieb sie stehen. Ganz nah schob sie ihren Kopf an das Gefäß heran, so nah, dass sie es fast mit der Nasenspitze berührte.

»Ist das Glas?«

Ich war so sehr damit beschäftigt, meine Gedanken einzufangen und zu ordnen, dass ich ihre Frage gar nicht mitbekommen hatte.

»Ja«, antwortete Harper statt meiner.

»Darf ich es anfassen?«

»Sicher, Kindchen, aber pass bloß auf, dass du dem Herrn Erzbischof nichts kaputt machst.«

Einen Mörder liefern. Wie nur konnte ich Arnold überführen, unzweifelhaft, endgültig? Darüber musste ich mir später Gedanken machen. Jetzt galt es erst einmal, Arnold nicht entwischen zu lassen. Ich sprang auf, ging zu Evgen und packte sie am Arm, viel zu heftig, wie ich zu spät bemerkte. Sie hielt das Glas in der Hand, und durch mein grobes Anfassen fiel es ihr aus der Hand. Mit einem lauten Klirren zerschellte das Glas auf den Steinfliesen, tausend Scherben sprangen umher.

»Nein!«, schrie Evgen. »Das schöne Glas! Das schöne Glas!«

Ich hielt nur kurz inne. Der letzte Tropfen Wein lag blutrot in einer Scherbe. »Ist nicht schlimm, Evgen«, sagte ich. »Harper macht das weg. Jetzt komm.«

Und dann zog ich sie mit mir, hinaus aus dem Saal. Ich würdigte Harper keines Blickes mehr.

Der Kneifer

Wo war er hin? Weit konnte er nicht sein. Ich schleifte Evgen an der Hand fast schon hinter mir her und rannte durch die Gänge des Palastes.

»Wohin gehen wir?«, fragte Evgen, die sich redlich bemühte, mit mir Schritt zu halten. »Warum haben wir es so eilig?«

»Wir suchen Arnold. Sag Bescheid, wenn du ihn siehst.«

»Ich dachte, es ist vorbei?«

»Nein, ist es nicht«, sagte ich. »Wir müssen noch mal mit ihm reden. Dringend. Und wenn wir ihn nicht finden, müssen wir sofort zurück nach Kaster.«

»Nach Kaster?«, rief Evgen. Sie stolperte, und ich konnte sie gerade noch auffangen.

»Ja, nach Kaster.«

Denn wenn ich es nicht schaffte, die Wahrheit aus Arnold herauszubekommen, blieb mir nur noch eins: Ich musste die Leute auf der Burg warnen, und von dort aus würde sich die Nachricht vom drohenden Krieg ins Hinterland ausbreiten. Ich wollte nicht Schuld tragen am Tod vieler Menschen. Wenn die Jülicher gewarnt waren, konnten sie vielleicht Schlimmeres verhindern. Das war zu schaffen. Auch wenn die Ritter des Erzbischofs vorbereitet waren, würden sie doch gewiss noch ein oder zwei Stunden benötigen, bevor sie aufbrachen. Und sie würden sicher nicht im Galopp nach Kaster reiten, sondern ihre Pferde für den Kampf schonen. Ich könnte weit vor ihnen da sein. Vielleicht trafen sie auch erst spät am Abend ein. Dann gab es den Angriff auf die Burg erst morgen.

Himmel, wo war Arnold nur hin? Er hatte den Saal doch

nur ein paar Wimpernschläge vor uns verlassen. Wir erreichten den Haupteingang, der von zwei Wachen besetzt war. Ich konnte mir nicht vorstellen, dass Arnold einen anderen Weg gegangen war.

»Ist hier gerade ein Priester raus?«, fragte ich die beiden Männer.

»Eben erst«, sagte einer der beiden. »Aber er hatte es verdammt eilig. So wie ihr.«

Wir rannten hinaus und kamen auf den Domhof. Es war für meine Suche weiß Gott kein Vorteil, dass der Dom abgebrannt und die freie Fläche nun viel größer war. Wegen der Aufräumarbeiten schwirrten deutlich mehr Menschen auf dem Platz umher als sonst, Arbeiter und Neugierige.

Ich stellte mich auf die Zehenspitzen. Nichts. Im ganzen Menschengewimmel keine Spur vom Priester. Gleich neben dem Palast hielt ein Karren, der Fässer geladen hatte, wahrscheinlich für den Weinkeller des Erzbischofs. Ich lief hin und kletterte auf den Bock, um von weiter oben über den Domhof schauen zu können. Nichts, verdammt nichts, rein gar nichts zu sehen von diesem Schweinehund.

»Da!«, rief Evgen plötzlich. »Da, da!«

Sie zeigte quer über den Platz, hinüber zur Brandruine des alten Doms, in dessen Gerippe Tagelöhner Schutt und Balken wegräumten. Und dann erkannte ich ihn auch. Arnold ging schnellen Schrittes durch die Trümmer, den Rücken uns zugewandt. Ich sprang vom Karren, rannte los und hoffte inständig, dass Evgen so klug war, mir einfach zu folgen.

Arnold hatte tatsächlich keinen großen Vorsprung. Ein kurzer schneller Lauf, und schon war ich bei ihm. Als er meine stampfenden Schritte hörte, schaute er über die Schulter zurück. Ich sah in seine schreckgeweiteten Augen, und dann rannte auch Arnold los. Aber er gab sofort auf, noch bevor er richtig Geschwindigkeit aufnehmen konnte. Er drehte sich zu mir um und blieb stehen.

»Was wollt Ihr noch von mir, Joriß' Sohn?«, blaffte er mich an. »Ihr wart dabei, Ihr habt es gesehen und gehört, ich bin unschuldig.«

Ich hielt an und baute mich vor dem Priester auf, näher, als ihm lieb sein konnte. Doch Arnold wich nicht zurück. Im Gegenteil, er kam sogar selbst noch einen kleinen Schritt auf mich zu, sodass wir fast Nase an Nase standen. Tja, und da stand ich nun und hatte nichts in der Hand. Nichts, außer Zorn in mir und den großen Willen, endlich Licht ins Dunkel der Lügen zu bringen. Jedenfalls kein Mittel, dem Priester die Wahrheit zu entlocken. Oder doch?

»Kommt mit«, sagte ich und zog Arnold am Kragen weiter, hinüber zum Rest einer rußschwarzen Eckwand. Ich sah mich um, und tatsächlich folgten uns einige neugierige Blicke von Arbeitern, doch wirklichen Argwohn weckten wir wohl nicht. Ich trug immerhin noch immer meine Amtstracht.

»Lasst mich los«, rief Arnold, als ich ihn in die Ecke drückte. Er packte mein Handgelenk und befreite sich aus meinem Griff. Ich ließ ihn gewähren. Noch.

»Was ist da draußen geschehen, Arnold? Sagt es mir endlich. Was hat die Menschen in Mundt umgebracht?«

»Büttel, seid Ihr noch bei Trost? Habt Ihr es immer noch nicht verstanden? Wollt Ihr es nicht verstehen? Lasst mich in Ruhe! Geht Eurer Wege und lasst mich ziehen!«

Er tat einen Schritt nach vorn, und ich schob ihn kräftig in die Ecke zurück, ja, ich drückte ihn so stark gegen den verrußten Stein, dass Arnold große Augen machte. Dann griff ich nach seinem Ohr und presste meinen überlangen Fingernagel in sein Ohrläppchen. Arnold schrie auf, ich erhöhte den Druck, er schrie lauter, und ich presste noch fester, bis er verstanden hatte, dass ich ihm erst Linderung verschaffen würde, wenn er leise war. Endlich gab er nach, sein Klagen war nur noch ein gequältes Stöhnen. Und so drückte ich nicht mehr ganz so kräftig zu. Als ein schwitzender Tagelöhner um die Ecke schaute, um nach dem Rechten zu sehen, scheuchte ich ihn mit meiner freien linken Hand weg. Der Mann blickte auf meine Amtstracht, verstand und verschwand.

»Man nennt mich Konstantin den Kneifer, Arnold, und glaubt mir eins, ich weiß genau, wie ich meinen Fingernagel einzusetzen habe. Es mag sein, dass Euch der Erzbischof selbst soeben freigesprochen hat. Aber ich kann Euch hier und jetzt zum Schlitzohr machen, einfach so, und dann wird Euer Leben zur Hölle, weil Ihr wie ein Verbrecher durch den Rest Eures Lebens gehen werdet. Kann ich auf Eure Mitarbeit setzen?«

Arnold nickte, ganz leicht nur, denn jede heftige Bewegung würde ihm nur weitere unnötige Schmerzen bereiten.

»Das ist gut, das ist sogar sehr gut, Arnold. Also, erzählt es mir, was ist geschehen?«

»Büttel, ich flehe Euch an, glaubt mir eines – ich habe mit dem Tod der Menschen nichts zu tun.«

»Das habt Ihr schon zur Genüge gesagt. Ich will etwas Neues wissen, etwas, das ich noch nicht gehört habe.«

»Ich war da …«

Endlich.

»Lasst mich los, es tut höllisch weh.«

Da dürfte er recht gehabt haben. Ich spürte bereits etwas Feuchtes auf meinen Fingern. Er blutete aus dem Ohrläppchen. Doch ließ ich ihn nicht los, ich lockerte nur den Griff ein wenig mehr.

»Ich höre.«

»Es war so, wie das Mädchen gesagt hat. Wir haben die heilige Messe gefeiert. Es lag wie immer eine Spannung in der Luft, denn wir hatten unsere Schwierigkeiten miteinander, die Dorfbewohner und ich. Aber sie waren wieder sämtlich gekommen zum Gottesdienst. Alles lief wie immer. Bis zum heiligen Abendmahl. Ich habe die Hostien ausgeteilt, eine an jeden, bis auf den Säugling. Und nur wenige Augenblicke nachdem der Letzte die Kommunion empfangen hatte, ging das Sterben los.«

Tränen stiegen in Arnolds Augen. Ich weiß nicht, warum, aber ich ließ ihn los. Der Priester redete trotzdem weiter. Die Worte sprudelten aus ihm heraus, als hätte jemand den Stöpsel aus einem Fass gezogen.

»Ich habe es erst gar nicht mitbekommen, ich stand ja mit dem Gesicht zum Altar. Ich wollte das Lied zum Auszug anstimmen, da habe ich seltsame Geräusche hinter mir gehört. Keuchen, Stöhnen, Rumpeln. Erst habe ich mich nicht umgedreht. Ich habe gedacht, dieses Pack will mich nur wieder ärgern. Aber dann haben einige auch angefangen zu schreien. Das Kirchenportal wurde aufgerissen, vermutlich weil einer hat weglaufen oder wegkriechen wollen. Dann habe ich mich umgedreht. Sie lagen da, sie knieten da, sie glotzten mich an, sie hielten sich die Hände an die Kehlen, sie haben versucht, sich aus der Kirche zu schleppen. Eine Frau hat noch ein Wort hervorgebracht. ›Mörder‹, so hat sie mich genannt. Ich habe nicht verstanden, was da vor sich ging. Und dann ist mir ein Gedanke durch den Kopf geschossen. Die Hostien, es mussten die Hostien sein.«

»Vergiftet.«

Arnold nickte. Die Tränen rannen ihm übers Gesicht. »Ich habe diesen Menschen den Tod gebracht, Joriß' Sohn, ich habe ihnen die Hostien auf die Zunge gelegt. Ich habe nicht geahnt, was ich da tat, Jorißʼ Sohn, ich habe es nicht gewusst. Ich schwöre es.«

Jemand zupfte an meinem Ärmel. Evgen stand neben mir, sie war uns gefolgt. Auch in ihren großen Augen sah ich Tränen.

»Ich glaube ihm«, sagte sie leise.

Ich nickte. Ja, ich glaubte ihm auch. Beinahe.

»Eines verstehe ich nicht«, sagte ich. »Wieso ist Euch nichts geschehen? Ihr seid der Priester. Ihr müsst doch als Erster den Leib des Herrn zu Euch nehmen. Ihr hättet doch auch tot sein müssen.«

Arnold schüttelte den Kopf. »Ich ... ich habe keine von diesen Hostien geschluckt, Jorißʼ Sohn. Es hat mir nichts geschehen können, weil ich diese Hostien verweigert habe.«

»Aber warum? Ihr seid der Priester, Arnold. Warum verweigert ein Priester in der heiligen Messe die Kommunion?«

Arnold atmete schwer, seine Brust hob und senkte sich, als bekäme er zu wenig Luft. »Ich habe sie nicht verweigert. Nur diese Hostien. Das Mehl, Jorißʼ Sohn, es war das Mehl. Es war das falsche. Es war kein Weizenmehl. Ihr wisst doch, wie Hostien zu fertigen sind, nur Wasser und reines Weizenmehl, ungesäuertes Brot. Am Tag zuvor hatte mir die Mühle in Kaster wieder ein Säckchen Mehl geliefert, gottlob, denn ich brauchte dringend neues. Aber es war das falsche Mehl, es war ein dunkles, kein Weizen-, kein Herrenmehl, wie ich es für die Hostien gebraucht hätte. Doch es war keine Zeit mehr, ich habe es verwendet und für die Messe am nächsten Tag die Hostien gebacken. Ich habe mir nichts weiter dabei gedacht. Für diese Heiden war das dunkle Mehl doch gut genug. Für mich selbst waren noch ein paar geweihte Hostien aus gutem Weizenmehl im Tabernakel. Solch eine habe ich in der Messe genommen. Für mich. Ich habe mit dem Rücken zur Gemeinde gestanden, niemand hat gesehen, dass ich eine andere Hostie in den Mund gesteckt habe. Die Bewohner des Dorfes haben die aus dem dunklen Mehl bekommen. Das ist alles, Joriß' Sohn. Wir haben nicht die gleichen Hostien gegessen. Das hat mich gerettet. Und die Menschen aus Mundt getötet.«

Ich spürte Evgens Hand an meiner und griff sie. »Aber ... warum habt Ihr das nicht einfach gesagt?«

»Wer hätte mir denn geglaubt, Joriß' Sohn? Niemand! Niemand! Ich habe dieses Volk gehasst, Joriß' Sohn, und jeder wusste das, auch Euer Vater, jeder hat gewusst, dass sie mit Steinen nach mir geworfen haben, dass ich sie verflucht habe, weil sie die alten Götter angebetet haben, und dann verrecken sie alle in meiner Kirche, und ich überlebe als Einziger. Und dann erzähle ich, dass ich für mich die guten Hostien aus Weizenmehl genommen habe und diesen Drecksheiden das schlechte Zeug aus falschem Mehl? Dass sie Hostien von mir bekommen haben, die ich eigentlich gar nicht hätte weihen dürfen? Nein, Joriß' Sohn, sagt mir nicht, man hätte mir geglaubt, sagt mir das nicht. Alle hätten gedacht, was Ihr nun im Prozess vorgebracht habt, dass ich nämlich diese dummen Bauern vergiftet habe. Aber das stimmt nicht, ich schwöre es.«

»Ich glaube Euch«, sagte ich.

»Jetzt glaubt Ihr mir, ja, weil Ihr wisst, dass ich nun keinen Grund mehr habe, Euch anzulügen. Aber noch vor einer Stunde hätte mir das niemand geglaubt. Meine Lügengeschichte war glaubhafter als die Wahrheit.«

Ja, ich musste ihm zustimmen. Aus seiner Sicht war es besser gewesen zu lügen. Aber seine Lüge hatte die Suche nach der Wahrheit behindert. Was Arnold nun berichtete, hätte ich früher wissen müssen. Gleich bei meiner Ankunft. Es wäre alles ganz anders gekommen.

»Was war mit diesem Mehl?«, wollte ich wissen.

»Ich weiß es nicht.«

»War es vielleicht einfach nur verdorben? Oder war es vergiftet?«

»Verdorben? Büttel, habt Ihr jemals verdorbenes Essen gesehen, das Menschen so schnell umbringt? Ich nicht. Es muss etwas Giftiges darin gewesen sein.«

»Aber wie soll es da hineingekommen sein?«

»Was weiß ich, vielleicht hat ein Bauer nicht aufgepasst und Giftpflanzen mitgeerntet.«

»Unsinn«, gab ich zurück. »Die wären doch beim Dreschen getrennt worden.«

Je länger ich darüber nachdachte, desto stärker wurde mein Glaube daran, dass hier kein Zufall und kein Unfall eine Rolle spielten. Jemand musste das Gift absichtlich ins Mehl gegeben haben. Wie sonst konnte eine derart hohe Menge davon ins Mehl und in die Hostien gelangen? Nein, da musste jemand nachgeholfen haben. Vielleicht in der Mühle, vielleicht auf dem Weg nach Mundt, vielleicht auch erst in Mundt. Aber wer? Und warum?

Ich wandte mich Evgen zu. »Kannst du dort drüben auf mich warten?«, sagte ich zu ihr und deutete auf einen Stapel mit Bauholz, der nur ein paar Schritte entfernt stand, jedoch weit genug, damit sie nicht hörte, was ich nun von Arnold wissen wollte. Sie nickte brav und ging.

»Sagt mir, Arnold, als die Menschen gestorben sind, was habt Ihr unternommen?«

»Was meint Ihr?«

»Habt Ihr geholfen? Habt Ihr Hilfe geholt? Was habt Ihr unternommen, will ich wissen. Da war doch auch Familie von dem Mädchen drüben dabei. Die habt Ihr doch hoffentlich nicht im Stich gelassen.«

»Was sollte ich unternehmen, Jorіß' Sohn? Die Menschen waren dabei zu sterben. Ich konnte dabei zusehen, wie sie ihr Leben ausgehaucht haben. Nichts konnte ich machen, rein gar nichts.«

»Da war ein Säugling, Arnold. Ihm hättet Ihr helfen können. Und Ihr hättet den Menschen zur Seite stehen können. Sie waren im Begriff, vor ihren Schöpfer zu treten. Habt Ihr das wenigstens getan, ihnen beigestanden? Ihnen die letzte Ölung gegeben?«

Arnold schwieg. Er glotzte mich nur an, lange, und er mahlte dabei mit den Kiefern. Dann sah er zur Seite weg.

»Ich weiß nicht, ob es Feigheit war oder Euer Hass gegen die Menschen. Aber Ihr habt die Dorfbewohner hängen lassen. Wie könnt Ihr dem Mädchen dort drüben nur in die Augen schauen? Wie könnt Ihr es nur selbst mit Euch aushalten?«

Arnold verzog das Gesicht. Er sah verbittert aus. Dann blickte er mich wieder an.

»Ich hätte keinen retten können, sie waren alle verdammt zu sterben. Und dem Säugling geht es gut, wie Ihr doch selbst gehört habt, Jorіß' Sohn. Ich habe Hilfe geholt. Ich bin sofort zur Burg geeilt, ich habe den Burggrafen, Euren Vater, verständigt. Mehr konnte ich nicht tun.«

Ich schüttelte den Kopf. »Nein, Arnold, mehr *wolltet* Ihr nicht tun. Ihr habt Euch schuldig gemacht, Priester, sicher nicht so sehr wie der Mörder, aber Ihr habt versagt und Schuld auf Euch geladen. Und Ihr habt gelogen und damit die Suche nach der Wahrheit zum Scheitern verurteilt. Wir fangen nun wieder von vorne an.«

Arnold stieß ein Schnauben aus, es klang so abfällig, wie es sicher gemeint war. Dann wandte er sich zum Gehen.

»Wir sind fertig, ich habe Euch nichts mehr zu sagen, Jorіß' Sohn.«

Doch ich hielt ihn an der Schulter fest, meine Hand nah an seinem blutenden Ohr. »Wartet, Arnold, eines noch, dann könnt Ihr Eurer Wege gehen.«

»Was denn noch?«

»Wer hat Euch das Mehl geliefert?«

Der Priester zuckte mit den Schultern. »Das weiß ich nicht. Der kleine Sack stand am Tag vor jenem schrecklichen Ereignis vor meinem Haus. Es war ein Säckchen wie immer für das Hostienmehl, und ich hatte es dringend erwartet. Für mich gab's keinen Zweifel, dass es die Mehllieferung von der Mühle war. Das Getreide stammte aus dem Zehnten von einem Bauern aus dem Dorf, und weil der Mühlenbann auch mir vorschreibt, mein Getreide in Kaster mahlen zu lassen, ist die Lieferung auch von dort gekommen.«

Ich schnappte mir Evgen, und Hand in Hand liefen wir quer über den Domhof hinüber zum Marstall, der nur zweihundert Schritte entfernt hinter dem Palast des Erzbischofs lag.

»Wohin laufen wir?«, fragte sie.

»Wir besorgen uns ein Pferd. Und dann bringe ich dich zurück zu deinem Großvater.«

Evgen bremste und zog mich zurück. »Warum das? Ich will hierbleiben.«

»Das geht nicht«, sagte ich und fand mich in einer kleinen Wolke von Asche aus dem Dombrand wieder, die wir aufgewirbelt hatten.

»Doch, das geht«, beharrte sie. »Ihr habt doch schon mit den Schwestern im Jungfrauenstift gesprochen. Sie warten auf mich.«

»Evgen, es geht wirklich nicht. Es werden vielleicht bald Dinge geschehen, die euch beide trennen könnten, deinen Großvater und dich. Ich will nicht, dass ihr euch aus den

Augen verliert. Also bringe ich dich zu ihm, und dann bringt ihr euch in Sicherheit.«

»Was für Dinge? Ich verstehe das alles nicht, was hier geschieht.«

»Komm, ich erkläre es dir später. Vertrau mir einfach. Es ist wichtig.«

Wir rannten weiter. Nein, bei den Schwestern konnte ich sie nicht lassen. Evgen gehörte zu ihrem Großvater, und wenn der Krieg Einzug hielt ins Jülicher Land, konnte niemand sagen, ob es den alten Schäfer nicht irgendwohin verschlagen würde, wo ihn Evgen nicht mehr fand. Oder ob er nicht gar ums Leben kam. Ich musste ihn warnen und die beiden zusammenführen. Das war meine Pflicht, denn ich hatte das Mädchen von Mundt weggeholt und nach Köln gebracht. Ich musste nun nur höllisch aufpassen, dass sie nicht in Gefahr geriet, sondern Zeit genug hatte, mit ihrem Großvater Vorkehrungen zu treffen.

Wir liefen durch das große Tor in den Innenhof des Marstalls, wo tatsächlich bereits die Vorbereitungen für den Ritt gegen die Burg Kaster liefen. Stallknechte tränkten die Pferde und legten Satteldecken auf, Knappen trugen Waffen und Taschen mit Wegzehrung zu den Lastpferden ihrer Herren. Ich sah Pfeile und Bogen, Schwerter, Äxte, Lanzen, Streitkolben und Schilde. Nach der Zahl der Pferde zu schließen, die sich allein hier im Marstall befanden, dürfte die Truppe des Erzbischofs etwa hundert Mann ausmachen. Das war sicher keine große Streitmacht. Aber es genügte vollauf, um die Burgsiedlung in Kaster im Handstreich zu nehmen und damit auch den Erftübergang. Die Burg selbst mit ihren etwa zwanzig Männern Besatzung würde sicher nur ein paar Stunden Widerstand leisten können. Wo die Schwachstellen der kleinen Festung lagen, hatte Harper schon gewissenhaft ausgekundschaftet.

»Da drüben«, sagte ich zu Evgen und deutete mit einer Kopfbewegung zu einem Pferd, das ein Stallbursche gerade angebunden hatte. Der Junge prüfte kurz den Knoten und verschwand dann wieder in den Stallungen.

»Ihr wollt das Pferd stehlen?«

»Das ist kein Diebstahl. Du hast doch gehört, was der Erzbischof gesagt hat. Der Fall ist noch nicht gelöst, also ist mein Auftrag nicht beendet. Jetzt komm.«

Ich zog sie über den Hof zu dem Fuchs, der mir einen kräftigen und ausdauernden Eindruck machte. Ein schneller Griff, und der Strick war gelöst. Ich wollte mich gerade auf den Rücken des Pferdes schwingen, da packte mich eine Hand am Oberarm.

»Das werdet Ihr schön bleiben lassen, Kontz.«

Harper. Und dieses Mal grinste er nicht. Ein solch ernstes und grimmiges Gesicht hatte ich bei ihm noch nicht gesehen.

»Ihr seid ein Verräter, Harper von Reuschenberg. Ich habe es mir gleich gedacht und Euch doch immer wieder vertraut. Lasst mich los.«

»Ihr macht Euch unglücklich, Konstantin. Das Pferd bleibt stehen, und Ihr werdet jetzt schön nach Hause gehen und ein Weinchen trinken. Was nun in Kaster geschieht, ist Eure Sache nicht.«

»Ihr seid ein mieser und dreckiger Verräter«, sagte ich nun lauter, und einige Stallburschen sahen bereits zu uns herüber.

Harper schaute sich verlegen um. »Nicht hier«, zischte er. »Los, kommt mit.«

Das sah dem Feigling ähnlich. Falsch und verlogen, das war er, Tageslicht und Wahrheit scheute er. Er ließ mich nicht los, sondern zog mich grob zum nächstgelegenen Trakt des Marstalls. Er führte mich durch die Stallgasse und stieß mich ins erste freie Abteil.

»Jetzt hört mir mal gut zu«, hob er an.

Weiter kam er nicht, denn ich schlug ihm mit der Faust mitten ins Gesicht. Sein Kopf kippte nach hinten, sein Kiefer klappte nach unten. Dann sank der Verräter rücklings in den Pferdemist, ganz langsam, wie ein von der Axt gefällter Baum. Ich warf Stroh über Harper, bis er nicht mehr zu sehen war, nicht einmal seine Zehenspitzen, ließ ihn liegen, schloss die Stalltür hinter mir und eilte nach draußen, wo Evgen auf mich wartete. Ich schwang mich aufs Pferd, zog Evgen hoch und setzte sie hinter mich. Als wir durch den Trubel aus dem Hof ritten, nahm keiner der Stallknechte, Knappen oder Ritter daran Anstoß.

Kaum waren wir durchs Friesentor hinaus vor der großen Mauer, trieb ich dem Fuchs meine Fersen in die Flanken. Hier konnte sich uns niemand mehr in den Weg stellen, hier konnte niemand mehr ein Tor schließen und uns aufhalten. Im Galopp ging es über die Felder und bald in den Wald vor der Stadt hinein. Evgen krallte sich in meinem Surkot fest, den ich noch immer trug. Dem armen Pferd verlangte ich auf den ersten Meilen alles ab. Aber je größer der Vorsprung war, den ich auf den Reitertrupp des Erzbischofs herausarbeiten konnte, desto mehr konnte ich auf der Burg bereits in Bewegung setzen. Der Fuchs schwitzte bald so stark, dass ich auf seinem Rücken immer wieder ins Rutschen kam, aus seinem Maul flog im schnellen Ritt der Schaum.

Kurz vor einem Gehöft ging dem Pferd die Puste aus. Erst verfiel es in den Trab, dann schaffte es nur noch Schritt. Seine Brust blähte sich immer wieder auf, es warf den Kopf, um den Schweiß abzuschütteln. Als es zu husten begann, stieg ich ab und hob auch Evgen vom Pferd.

»Müssen wir jetzt den Rest zu Fuß gehen?«

»Ich hoffe nicht«, sagte ich.

Ich führte den völlig ausgelaugten Hengst am Zügel weiter bis zu dem Hof. Ein paar Kinder kamen uns schon entgegengelaufen, den mahnenden Rufen von zwei Frauen auf dem Hof zum Trotz. Ich winkte ihnen freundlich zu, um den Frauen zu zeigen, dass wir nichts Schlechtes im Schilde führten. Den Kindern gab ich den Zügel des Pferds in die Hand. Sie freuten sich, das große Tier führen zu dürfen.

Eine der beiden Frauen, die gerade Wäsche zum Bleichen ausgelegt hatten, kam uns entgegen, die andere verschwand in einer Scheune, vermutlich um jemanden auf die Fremden aufmerksam zu machen. Tatsächlich kehrte sie mit zwei Männern zurück, die Hämmer und Stechbeitel in den Händen hielten. Ich hoffte inständig, sie hatten nur vergessen, sie in der Scheune zurückzulassen.

»Ich komme in friedlicher Absicht, ihr Herren«, rief ich ihnen zu, während die Wäscherin die Kinder an die Hand nahm und fortführte. Evgen übergab sie den Hengst.

»Was wollt Ihr, Herr?«, fragte der ältere der beiden Männer, dessen Unterarme voller feiner Sägespäne waren. Er war offenbar der Herr oder Verwalter des Hofes.

»Euch einen Handel anbieten. Wir brauchen ein neues Pferd, dringend. Im Tausch biete ich Euch das unsere.«

Der Mann sah sich den Fuchs an, und ich konnte seine Belustigung gut verstehen. Der Hengst war nach dem harten Ritt kein schöner Anblick.

»Ich soll Euch im Tausch eines meiner guten Pferde gegen Euren Zossen geben, den Ihr gerade zuschanden geritten habt? Seid Ihr noch bei Trost?«

»Lasst Euch nicht vom Zustand täuschen, den dieses vorzügliche Pferd in diesem Augenblick hat, guter Mann. In einer Stunde hat es sich schon wieder erholt und sieht so blendend aus wie eben, als es noch im Marstall des Erzbischofs stand.«

»Des Erzbischofs?«

»So ist es. Dieser Hengst ist einer der besten aus dem Stall von Konrad von Hochstaden.«

»Was macht Ihr mit einem Pferd des Erzbischofs? Habt Ihr es gestohlen?«

Nun wurde ich etwas strenger, denn für langes Disputieren hatte ich keine Zeit und keine Lust. »Schaut mich an, ich trage die Amtstracht eines erzbischöflichen Büttels. Ich bin in Konrads Auftrag unterwegs, ich brauche das Pferd schnell. Und schimpft mich nicht einen Dieb, Mann, das rate ich Euch dringend.«

Er sah sich den Hengst noch einmal kurz an, strich ihm übers schweißnasse Fell und über die Gelenke, dann nickte er seinem Knecht zu.

»Hol das Traudchen, Benno. Und schau, ob sie vorher noch einen Schluck saufen will.«

»Ich hoffe, es ist ein gutes Pferd«, sagte ich, während Benno sich in Richtung Stallungen entfernte.

»Ihr versteht sicher, wenn mein Knecht Euch nicht mein bestes Pferd holt, Büttel. Aber es ist gewiss besser als das Eure. Wenn der Hengst nach dem Stück von Köln bis hier schon so aussieht, fehlt es ihm doch gehörig an Ausdauer. Reitet es nicht im Galopp, dann seid Ihr schneller am Ziel. Mein Vater sagte stets: ›Reite langsam, wenn du es eilig hast.‹«

Als der Knecht mit einer braunen Stute zurückkehrte, die eine runde Blesse auf der Stirn trug, war ich sehr zufrieden. Sie sah kräftig aus, doch nicht zu schwerfällig. Ich dankte dem Mann aufrichtig, dann saßen Evgen und ich wieder auf und ritten los.

Traudchen war in der Tat ausdauernder als der Hengst, doch trieb ich sie auch nicht so unnachgiebig an, denn wir mussten bereits einen respektablen Vorsprung haben. Ich war mir sicher, dass wir ihn dank Traudchen auch noch weiter ausbauen würden. Nur einmal ließ ich die Stute kurz halten. In dem Wäldchen auf der Kuppe, wo ich auf meinen ersten Ritt nach Kaster den erschlagenen Bauern gefunden hatte, zog ich die Zügel an. Die Wiesenblumen, die jemand zur Erinnerung an den armen Kerl niedergelegt hatte, waren verwelkt.

»Was ist?«, fragte Evgen.

»Nichts«, sagte ich und ließ den Zügel lang.

Traudchen trabte folgsam los. Ich musste Vater warnen. Er würde noch ein paar Männer aus dem Umland auf die Burg holen können, wenn ich beizeiten eintraf. Vielleicht gelänge es sogar, wenigstens eine der drei Brücken über die Erftarme zu zerstören. Das brächte wertvolle Zeit. Zeit, in der Graf Wilhelm von Jülich Truppen ausheben konnte.

Keinen Gedanken verschwendete ich daran, dass ich nun selbst zum Verräter werden könnte. Nein, das wurde ich nicht. Ich war es, den man verraten hatte. Harper hatte mich hintergangen, der Erzbischof hatte mich hinters Licht geführt und für seine Sache missbraucht. Da konnte er nicht mehr allzu viel Treue erwarten. Konrad hatte sich vermutlich ins Fäustchen gelacht, als mein Vater sich an ihn gewandt hatte mit der Bitte um Hilfe und mit dem Ersuchen, doch mich mit dem Fall zu betrauen. Dass es meinem todkranken Vater darum gegangen war, seinen Sohn noch einmal zu sehen, war Konrad gleichgültig gewesen. Der Erzbischof hatte die günstige Gelegenheit gewittert, dem Grafen von Jülich klammheimlich einen Fuß in die Tür zu stellen.

Den Gedanken, dem Erzbischof noch den wahren Mörder zu liefern, verwarf ich wieder. Das würde ich nicht schaffen, beim besten Willen nicht. Wahrscheinlich noch heute würde die Entscheidung fallen, ob die Burg Kaster und der Erftübergang an den Erzbischof von Köln fielen oder nicht. Nur das galt es jetzt zu verhindern. Konrad war es nie um die Toten von Mundt gegangen. Auch mich sollten sie jetzt nicht kümmern.

»Büttel Konstantin?«, rief Evgen, die sich während des gesamten Ritts tapfer an mir festhielt.

»Nenn mich einfach Kontz, Evgen«, sagte ich über die Schulter nach hinten. »Was ist? Musst du mal?«

»Ich kann es noch aushalten, Ihr habt es ja eilig.«

»Das stimmt, sehr eilig.«

»Das Glas ist kaputt.«

»Mach dir darüber keine Gedanken mehr. Das war nicht dein Fehler. Ich werde es dem Erzbischof ersetzen müssen, nicht du, dessen bin ich mir sicher.«

»Ich wäre gern in Köln geblieben.«

Das konnte ich gut verstehen. Ihr altes Leben existierte nicht mehr. Mundt war ein totes Dorf, für niemanden gab es mehr Schafe zu hüten, und ihr Großvater war auch schon alt. Sobald er starb, hatte sie keinen Menschen mehr auf der Welt. Es wunderte mich nicht, dass sie versuchte, einen neuen Platz zu finden, fern von all den Toten und den schlimmen Erinnerungen.

Viertes Buch

DAS SCHWARZE SAKRAMENT

Vor dem Sturm

Als wir vom letzten Ausläufer des Villerückens die Türme der Burg Kaster und die sich durchs Land schlängelnden Erftarme sehen konnten, zog ich meine Kölner Amtstracht aus und drückte Traudchen meine Fersen wieder in die Flanken. Auf dem letzten Stück musste sie alles geben, nun gab es keinen Grund mehr für Rücksicht. Wir ritten im Galopp hinab ins Tal der Erft, ich legte meinen Kopf an Traudchens Hals, und Evgen krallte sich an mir fest. Vermutlich wirbelten wir bei unserem waghalsigen Ritt derart viel Staub vom Weg auf, dass die Wächter der Burgsiedlung die Tore schlossen, noch bevor wir die Flussniederung erreicht hatten. Als Traudchens Hufe endlich über die erste Brücke donnerten, schwenkte ich einen Arm hin und her.

»Aufmachen! Öffnet das Tor!«, rief ich nach Leibeskräften.

Der Torwächter, wer auch immer es war, musste meine Stimme erkannt haben, denn er handelte richtig. Die Flügel des Tores schwangen auf, und wir konnten ungebremst in die Siedlung reiten. Ich bog nach rechts ab und lenkte Traudchen gleich hoch zur Burg. Die Männer in der Vorburg schauten uns mit offenen Mündern an, als wir an ihnen vorbeistürmten, ich konnte ihre Rufe nicht verstehen. Die Burg. Auch hier stand das Tor offen, die Zugbrücke war herabgelassen. Das Poltern von Traudchens Hufen auf dem Holz der Brücke sollte als Ankündigung genügt haben. Edmund stürzte aus der Burg, uns entgegen in den Innenhof.

»Kontz! Ihr schon wieder!«, rief er mir entgegen, und Edmund ließ mit seinem Ton keinen Zweifel daran, dass er meine Anwesenheit nicht schätzte. »Was in Herrgotts Namen wollt Ihr hier?«

»Wo ist Vater?«, fragte ich, während ich vom Pferd sprang und dann Evgen herunterhalf.

»Nicht hier.«

»Wo?«

Edmund sah mich grimmig an. Aber er gab nach.

»Er ist mit Rost weitergefahren. Nach Stertzheim. Das Boot abliefern.«

»Warum das? Er muss doch völlig erschöpft gewesen sein.«

Edmund grinste mich dermaßen frech an, dass ich schon dachte, ich hätte Harpers Bruder vor mir. »Es gibt Aufgaben, um die sich ein Mann selbst kümmern muss. Ihr versteht das nicht. Ihr seid keiner mehr von uns.«

»Ich habe länger auf der Burg gelebt als Ihr, Edmund.«

»Und doch seid Ihr keiner mehr von uns.«

Dieses dreckige Grinsen. Ich konnte einfach keine grinsenden Fratzen mehr sehen. Am liebsten hätte ich ihm genauso wie Harper einen ordentlichen Schlag auf die Nase verpasst, dass ihm sein Feixen verging. Doch das musste warten, ebenso wie mein dringender Wunsch, ihn nach dem Messer zu fragen, das ich zweimal zwischen meinem Vater und mir gefunden hatte.

»Edmund, hört zu. Der Kölner Erzbischof reitet mit etwa hundert Mann auf die Burg zu. Ihr wisst, was das bedeutet und was zu tun ist?«

Wenigstens hatte ich erreicht, dass Edmunds Grinsen nun dauerhaft aus seinem Gesicht verschwand. Er glotzte mich an, fing sich aber erstaunlich schnell.

»Nehmt Ihr mich auf den Arm?«

»Nicht in dieser Angelegenheit, ganz bestimmt nicht, Edmund.«

»Ihr steht in Diensten des Erzbischofs.«

»Aber ich bin hier geboren. Meine Eltern leben hier.«

Edmund zögerte nur kurz. »Wo sind sie?«, fragte er harsch.

»Ich weiß es nicht genau. Ich vermute, dass sie ein, spätestens zwei Stunden nach mir aus Köln aufgebrochen sind. Und sie werden vielleicht ein bis zwei Stunden langsamer sein als ich. In spätestens vier Stunden könnten sie hier sein, wahrscheinlich aber schon früher.«

»Also noch heute, noch vor Sonnenuntergang.«

»Davon gehe ich aus.«

»Was will Konrad hier?«

»Das könnt Ihr Euch doch wohl denken.«

»Schon. Aber warum? Warum jetzt? Es ist doch alles ruhig zwischen ihm und unserem Grafen.«

»Mundt. Deswegen. Er sagt, seine Gläubigen seien im Jülicher Land nicht sicher. Das soll der Funke sein, der das Feuer entzündet.«

Edmund schüttelte den Kopf. »Wir haben ihm doch den Priester gebracht. *Seinen* Priester.«

»Ihr sagt es, Edmund. *Sein* Priester. Der kam für Konrad als Mörder nicht in Frage. Doch das ist jetzt nicht von Belang. Konrad war nur auf der Suche nach einem Anlass, um seinen Fuß auf Jülicher Land zu setzen. Und seinen ersten Fußabdruck will er hier hinterlassen.«

Edmund sah mich kurz an, dann straffte er sich, hob die Hand an den Mund und pfiff drei Töne auf den Fingern. Im nächsten Augenblick waren etwas mehr als ein Dutzend Waffenknechte aus der Vorburg zu uns in den Innenhof geeilt, und auch die Wachen auf den Türmen ließen sich blicken. Edmund baute sich breit vor den Männern auf und sah aus wie der geborene Heerführer. So hatte ich ihn noch nie erlebt. Er bellte die Befehle in einer Lautstärke und mit einer

Geschwindigkeit wie ein Marktschreier, der seine Waren auf dem Kölner Heumarkt anpries.

»Männer, wir müssen wahrscheinlich noch heute mit einem Angriff der Kölner rechnen. Laurenz, schnapp dir das schnellste Pferd und reite auf Jülich zu. Der Graf soll sich beeilen. Dries, du gibst den Leuten in der Siedlung Bescheid. Sie dürfen in die Vorburg kommen, sollen dann aber Vieh und Vorräte mitbringen. Wer nicht hinter unsere schützenden Mauern will, ist gut beraten, sein Hab und Gut in Sicherheit zu schaffen – und sich selbst auch. Sag ihnen, dass die Siedlung nicht stark genug geschützt ist, den Angriff, der uns droht, zu überstehen. Otho, du hilfst Dries und den Leuten, das Vieh hochzutreiben. Rulof und Jocken, reitet zu den umliegenden Höfen und ruft die Männer zu den Waffen. Reitet erst nach Stertzheim und holt den Burggrafen. Er sollte hier sein, wenn es so weit ist. Und seht zu, dass ihr schnell wieder zurück seid. Statz, Veit und Marten, ihr lauft hinüber zum Tiergarten und schafft an Pferden und Vieh herbei, was noch in die Vorburg und die Burg passt. Evert und Barthel, raus auf die Brücken. Bestreicht die großen Stützen mit Pech, legt Reisig dazu. Es könnte sein, dass wir die Brücken abbrennen müssen, um die Burg und das Hinterland zu schützen. Alle anderen – ihr wisst, was zu tun ist. Also los!«

Die Männer schwärmten einer nach dem anderen aus, keiner stellte Fragen, keiner wollte Genaueres wissen. Sie gehorchten, als hätten sie nie unter einem anderen Befehl gestanden als unter dem Edmunds. Ich vermutete, er hatte meinen Vater schon lange in der täglichen Arbeit auf der Burg abgelöst. Mir war schon am ersten Tag meiner Rückkehr aufgefallen, wie gut sich die beiden verstanden.

Ich war bass erstaunt, wie ausgezeichnet Edmund die Besatzung der Burg im Griff hatte. Und dafür, dass er in nur wenigen Augenblicken genau die richtigen Entscheidungen getroffen hatte, obwohl ihn doch meine Nachricht erst einmal hatte erschrecken müssen. Doch er war kühl geblieben, kühl und vorausschauend. Mir fiel nichts mehr ein, was es zur Verteidigung der Burg und zum Schutz der Menschen noch zu tun gab. Eben noch hätte ich ihm am liebsten eine reingehauen, nun bewunderte ich ihn für seine Kaltblütigkeit im Angesicht der großen Gefahr. Dieser Auftritt passte gar nicht zu diesem Bengel mit den warzenübersäten Händen, der sein jungenhaftes Gesicht hinter seinem ersten Bartwuchs versteckte.

Mein Blick fiel auf das Portal des Palas'. Meine Mutter stand in der offenen Tür und sah mich mit sorgenvoller Miene an. Ich eilte zu ihr, Evgen folgte mir.

»Was ist los, Kontz? Wo ist dein Vater?«

Ich versuchte, sie mit leicht erhobenen Händen zu beruhigen. »Alles wird gut, Mutter. Der Erzbischof will die Burg besetzen, aber wir haben alles im Griff und bereiten uns vor. Vater wird auch gleich hier sein, Edmund lässt ihn holen.«

Mutter bekreuzigte sich. »Der Graf wird uns beistehen. Und der Herrgott bestimmt auch.«

Ich beneidete sie um ihre Zuversicht. Sie schien gar nicht mehr wissen zu wollen, sondern sah mich einfach nur mit einem gequälten Lächeln an. Ihre Hoffnung auf den Grafen war groß, aber wahrscheinlich vergebens.

»Vielleicht solltet Ihr ein paar Habseligkeiten packen und raus auf den Hof reiten, Mutter, am besten sogar noch weiter, nach Jülich. Ich glaube nicht, dass es auf der Burg noch sicher ist.«

Sie schüttelte den Kopf. »Ich bleibe bei deinem Vater, Junge. Das ist der einzige Ort, an dem ich sein sollte. Der Graf wird uns beistehen, ganz, ganz gewiss. Uns wird schon nichts geschehen. Aber du solltest machen, dass du wieder fortkommst, Kontz. Wenn der Erzbischof dich hier findet, kannst du nicht mehr sein Büttel sein.«

Nein, ich hatte wirklich nicht vor hierzubleiben. Nicht, nachdem ich gesehen hatte, wie sicher und zielstrebig Edmund Befehle gab. Auch wenn mich der Erzbischof aufs Kreuz gelegt hatte, wollte ich mich nicht auf die eine oder die andere Seite stellen. Das war nicht mein Krieg. Ich war einzig hier, um die Gleichheit der Waffen wiederherzustellen, die durch mein Verschulden aus der Waage geraten war.

»Mutter, wenn Ihr nicht fortwollt, dann geht wieder in den Palas. Oder betet in der Kapelle. Im Burghof kann Euch nun niemand gebrauchen.«

Mit geweiteten Augen sah sie zu, wie die Männer der Burgbesatzung im Hof hin und her liefen. Sie schleppten Eimer mit Wasser in die Türme und auf den Wehrgang für den Fall, dass die Erzbischöflichen die Burg in Brand schossen. Sie brachten köcherweise Pfeile auf die Mauern und hinter die Zinnen, und sie schafften Karren, Planen, Heu, einfach alles, was leicht Feuer fing, aus dem Innenhof der Burg unter Vordächer, in Scheunen und Schuppen. Nach und nach stießen immer mehr Männer aus der Siedlung dazu, um den Waffenknechten zu helfen. Mittendrin stand unerschütterlich Edmund, der Befehle rief und ermahnte, anfeuerte und aufmunterte. Mutter nickte mir zu und ging zurück in den Palas.

»Komm!«, rief ich Evgen zu und eilte mit ihr wieder aus der Burg. »Wir müssen uns im Tiergarten schnell ein frisches Pferd besorgen, bevor dort keine mehr sind.«

Wir liefen über die Zugbrücke und durch die Vorburg, in der es ähnlich aufgeregt zuging. Durch das Tor kam uns Margriet entgegen. Sie trug ihr Kind auf dem Arm und ein Bündel auf dem Rücken. Als sie mich sah, blieb sie stehen, und auch ich verlangsamte meinen Schritt. Ihre Lippen formten ein Wort, doch brachte sie keinen Ton heraus. Sie blieb stumm.

»Margriet, jetzt lass ihn doch endlich.«

Die Stimme kam von hinten, aus dem Burgtor. Edmund schob einen alten Mann mit seinem Esel in den Burghof, gleichzeitig sah er zu uns herüber. »Komm zu mir, komm in die Burg, Kleines. Er wird dich nicht mitnehmen. Schlag ihn dir aus dem Kopf.«

So lief also der Hase. Edmund hatte ein Auge auf Margriet geworfen. Da störte ich natürlich nur. Meinetwegen. Margriet und ich sahen uns an. Ich nickte.

»Er hat recht«, sagte ich leise, und obwohl sie doch einige Schritte von mir entfernt war, verstand sie mich. Auch sie nickte und ging dann wortlos an mir vorbei auf die Zugbrücke zu. Als sie gerade an mir vorüber war, verharrte sie noch einen Augenblick.

»Überleg es dir gut, Kontz«, flüsterte sie. »Ich würde alles wiedergutmachen.«

Ja, dessen war ich mir sicher. Ich fasste Evgens Hand fester und verließ mit ihr die Vorburg, ohne mich noch einmal umzudrehen.

Ich wandte mich nach links, hinunter zum Fluss. Doch Evgen zog mich zurück und wedelte heftig mit der freien Hand.

»Das ist doch die falsche Richtung, Kontz«, rief sie, »zum Tiergarten müssen wir durchs andere Tor.«

»Ich weiß«, sagte ich und zog sie weiter. »Ich will erst noch etwas klären. Wer weiß, ob wir die Burg und ihre Siedlung noch so vorfinden, wenn wir zurückkehren?«

Wir liefen hinab zur Mühle, die ihr hölzernes Rad schon seit vielen Jahren in das Wasser der Erft tauchte. Vor dem

Mühlhaus luden der alte Müller und seine beiden Knechte gerade schwere Säcke mit Mehl auf einen Leiterwagen. Es sollte gewiss vor den erzbischöflichen Truppen in Sicherheit und auf die Burg gebracht werden.

»Kontz, Junge, ich dachte, du seist wieder zurück nach Köln«, sagte Bastejanes, der Müller. Obwohl sie gerade erst mit dem Aufladen begonnen hatten, ging ihm schon die Puste aus. Er setzte seinen Sack mit Mehl ab. Bastejanes stand der Schweiß auf der Stirn, die so hoch war, dass sie bis zum Hinterkopf reichte, und auch der weiße Haarkranz war schon recht dünn.

»War ich auch, Bastejanes«, gab ich zur Antwort. »Aber ich bin schon wieder hier.«

»Dir folgt nichts Gutes nach, Junge.«

Ich packte mir seinen Sack Mehl und wuchtete ihn auf den Leiterwagen. »Ich weiß, Bastejanes. Und ich bin nicht glücklich darüber.«

»Ich hoffe, du bist nicht der Grund für all die Unruhe, die hier nun ausgebrochen ist.«

Ich zuckte die Schultern und schnappte mir den nächsten Sack. »In gewisser Weise schon«, sagte ich, als ich den Sack auf den Wagen hob. »Aber deswegen bin ich nicht hier, Bastejanes. Du lieferst doch auch das Mehl nach Mundt.«

»Nicht ganz. Ich mahle es. Das Korn bringen und das Mehl holen müssen die Bauern schon selbst.«

»Ich meine den Pfarrer von Mundt.«

Bastejanes kratzte sich die Schläfe. »Gleiches Verfahren. Der muss schon selbst sehen, wie er sein Mehl bekommt.«

»Aber er bringt das Korn nicht selber und holt das Mehl auch nicht selber, oder?«

»Nein.«

»Wer erledigt das für ihn?«

»Üblicherweise der Bauer, der ihm den Zehnten schuldet. Der hat ihm ja auch nicht das Korn als Zins zu geben, sondern das Mehl.«

»Weißt du, wer das beim letzten Mal war, Bastejanes? An dem Tag, bevor all die Bauern in Mundt gestorben sind?«

»Nein. Denn die Bauern geben ja bei mir nicht an, für wen sie das Getreide mahlen lassen, ob für sich, ihren Marktstand, ihren Grundherrn oder die Kirche.«

»Wer ist denn in den letzten Tagen aus Mundt gekommen?«

Bastejanes setzte sich auf einen der Mehlsäcke am Boden und kratzte sich wieder hinterm Ohr. »Herrje, Kontz, du willst ja Dinge wissen. Zu dieser Jahreszeit lassen nicht mehr viele mahlen, es gibt ja gar nicht mehr so viel Korn. Aus Mundt war ein Wagen da mit Korn von drei oder vier Bauern. Aber wer den abgeholt hat ...«

Evgen zupfte an meinem Ärmel. »Wollt Ihr wissen, wer dem Pfarrer das Mehl geliefert hat?«, flüsterte sie.

»Ja.«

»Das kann ich Euch doch sagen.«

»Du?«

Evgen nickte eifrig. »Ich habe ihn gesehen.«

»Wen hast du gesehen?«, rief ich, und ich schüttelte sie dabei sicher zu stark, denn sie sah mich verängstigt mit großen Augen an. »Wer hat das Mehl geliefert?«

»Der kleine Mann.«

»Der kleine Mann?«

Sie nickte. »Der hier auf der Burg wohnt. Der mit uns nach Köln geritten ist.«

»Rost? Der Halbritter?«

Wieder nickte sie. »Der war es. Er hat dem Pfarrer einen Sack geliefert.«

Ich zog Evgen weg vom Müller und seinen Knechten. Während überall Menschen Wagen beluden oder schon mit Säcken, Taschen und Handkarren durch die Gassen Richtung Burg hasteten, schob ich Evgen gegen die Lehmwand eines Hauses und fasste sie an beiden Schultern.

»Bist du sicher? Ganz sicher?«

Evgen biss sich auf die Unterlippe. Ganz so selbstgewiss wie eben noch sah sie nicht mehr aus.

»Ich weiß nicht genau, was in dem Sack war. Aber er hat ihn dem Herrn Pfarrer vor die Tür gestellt. Was soll es sonst gewesen sein? Bestimmt war es Mehl.«

Rost. War das möglich? Der Zwerg? Er sollte sechsundzwanzig Menschen auf dem Gewissen haben? Oder war er nur der Bote gewesen? Ohne zu ahnen, was für eine todbringende Fracht er da in dem Sack mit sich führte? Ein argloser Narr, wie ihn die anderen so oft sahen, einer, den man ausnutzen konnte? Obwohl er doch kein Narr war und auch selten arglos. Aber er wäre der vollkommene Sündenbock.

Und doch, wenn ich über Rost nachdachte, passte alles ebenso nahtlos zusammen wie zuvor beim Pfarrer. Was hatte Vater über ihn erzählt? Mundt war sein Heimatdorf. Er hatte es als Kind verlassen. Nein, verlassen müssen. Weil niemand den Zwerg durchfüttern wollte. Sie hatten ihn verstoßen, seine Familie war inzwischen tot. Wer konnte es ihm verdenken, wenn er die Bauern dort hasste? Und wie hatte Rost sich verhalten, als er Evgen gesehen hatte?

Dummes Dorfgeschmeiß.

So hatte er sie genannt. Und Evgens Großvater, was hatte er bei Rosts Anblick gesagt?

Ist das die Missgeburt aus dem Dorf? Wie heißt er noch? Wollt ihr den da etwa zurückbringen? Den nehmen wir nicht, wir sind froh, dass wir den los sind.

Es gab keinen Zweifel. Die Menschen aus Mundt hatten Rost verachtet, und er hasste sie. Und doch war er in das Dorf zu Botengängen geschickt worden, auch Vater hatte ihn bei unserem Ritt nach Mundt mitgenommen.

»Komm mit«, sagte ich zu Evgen. »Beeilen wir uns.«

»Glaubt Ihr mir nicht? Habe ich etwas Falsches gesagt?«

»Nein, Evgen, alles gut.«

Ich rannte mit ihr durch das landeinwärts gelegene Tor, hinüber zum Tiergarten, den eine eigene Palisade umgab. Es waren noch genug Pferde in den Ställen. Ich suchte mir eine große Stute aus und schwang mich mit Evgen auf ihren breiten Rücken. Dann ritten wir hinaus, jedoch nicht den Hasselsberg hinauf, sondern flussaufwärts.

»Bringt Ihr mich nicht zu meinem Großvater, Konstantin?«

»Nein, Evgen, später. Erst will ich Rost und meinen Vater finden. Wir reiten nach Stertzheim.«

Wir ließen Burg und Siedlung, in denen sich die Menschen mit lauten Rufen, großer Hast und wildem Eifer auf den Angriff vorbereiteten, hinter uns. Der Ritt war nur kurz, vielleicht gerade mal eine halbe Meile weit. Meine Hoffnung, Vater und Rost auf der Strecke zu treffen, wurde enttäuscht. Und auch auf dem Gehöft war nichts von den beiden, ihrem Wagen oder dem Boot zu sehen. Auch hier waren die Knechte in der Scheune und den Stallungen bereits dabei, sich auf einen Vormarsch der Kölner Kämpfer einzurichten. Kühe, Ziegen und Schweine waren in einem einzigen Pferch zusammengetrieben worden. Wie es aussah, sollte das Vieh weiter ins Hinterland gebracht werden.

Ich stieg ab, ließ Evgen auf der Stute sitzen und ging hinüber zum Haupthaus. Der Vogt, Margriets Vater, stand vor der Tür und gab zwei Knechten und einer Magd wild mit den Armen wedelnd Anweisungen. Als er mich sah, ließ er die drei stehen und kam geradewegs auf mich zu. Wenige Schritte vor mir hielt er an. Ich vermochte in seinem Gesicht nicht zu lesen, was ihm gerade durch den Kopf ging.

Es war das erste Mal seit zwei Jahren, dass wir uns wiedersahen. Das erste Mal, seit ich die Burg in Richtung Köln verlassen hatte. Ich weiß nicht, ob er wusste, warum ich gegangen war. Vielleicht dachte er, ich hätte Margriet sitzen gelassen. Vielleicht gab er mir gar die Schuld daran, dass es mit ihr bergab gegangen war, weil ich sie nicht zur Frau genommen hatte. Ich wusste es nicht.

Der Vogt von Stertzheim hatte sich nicht verändert. Ein Baum von einem Mann, zwei Hände, groß wie Pfannen, und ein Kreuz, so breit, dass man ihn bedenkenlos wie einen Ochsen vor einen Pflug hätte spannen können.

»Kontz, was willst du hier?«, fragte er mit seiner Stimme, die einen Kirchenraum zum Beben bringen konnte.

»Ich grüße Euch, Vogt«, sagte ich und verbeugte mich leicht. »Ich suche meinen Vater.«

»Den suche ich auch. Er hat mir noch ein Boot zu bringen. Und noch einiges mehr.«

»Er hätte längst hier sein sollen. Vater hat das Boot in Köln geholt und wollte es Euch gemeinsam mit dem Halbritter herfahren.«

»Na, hier ist er jedenfalls nicht. Aber ich hoffe sehr, dass er seine Schuld noch begleicht. Na ja, vielleicht ist es besser, wenn er erst liefert, sobald die Kölnischen wieder abgezogen sind.«

»Seine Schuld?«

»Ja, seine Schuld, Kontz. Er mag ein Schwein sein, dein Vater. Aber er ist ein ehrenhaftes Schwein. Er steht zu seinen Fehltritten. Und seit er weiß, dass Meister Schnitter ihm schon die Sense an die Füße hält, ist er noch großzügiger.«

»Ich verstehe Euch nicht, Vogt. Wovon redet Ihr?«

»Du hast ja wirklich nicht den blassesten Schimmer. Dann will ich es mal so sagen: Vielleicht hat dein Vater erst noch Besseres zu tun, als mir gleich das Boot zu bringen. Vielleicht muss er erst einmal bei deiner Stiefmutter nach dem Rechten sehen.«

»Meiner Stiefmutter? Vogt, was redet Ihr da?«

Der Vogt seufzte schwer und rieb sich mit seinen riesigen Händen übers Gesicht. Er schien erschöpft zu sein.

»Hättest besser auf unsere Margriet aufpassen sollen, Kontz. Dann wären wir beide heute glücklicher. Dein Vater hat sie geschwängert. Weißt du das nicht? Dieses alte Schwein. Jetzt finde ich keinen vernünftigen Mann mehr für sie. Joriß hat Schande über mich gebracht. Aber das wenigstens muss ich ihm zugutehalten. Er hat sie zu sich in die Burg geholt und sorgt dafür, dass sie und ihr Balg was zu essen haben. Und mich entschädigt er brav, so wie jetzt mit dem Boot.«

Wieder rieb sich der Vogt mit seinen Pranken über die Augen und stöhnte dabei, als plagte ihn ein großer Schmerz.

»Ach, Kontz, warum hast du nicht besser aufgepasst?«

Ich schnaubte abfällig. »Wenn es doch ihr Wille war.«

»Ihr Wille? Wie kann das ihr Wille gewesen sein? Und ich dachte, du kennst sie besser. Du weißt doch, wie dein Vater ist. Wie er war. Er hat sich stets genommen, was er wollte.«

»Ihr sagt das doch nur, weil Ihr Euch wünscht, dass es so gewesen ist.«

»Sie hat es mir geschworen, und dein Vater hat es nicht geleugnet. Er hat sie mit Gewalt genommen.«

Mir war, als bewegte sich die Erde unter mir. »Sie hat nie etwas gesagt.«

»Sie hat sich geschämt. So wie ich mich damals geschämt habe und sie nicht mehr unter meinem Dach haben wollte. Und jetzt schäme ich mich fast noch mehr, weil ich sie verstoßen habe. Aber ich kann sie hier nicht ertragen. Ich würde es nicht aushalten, wenn die Leute auf meinem Hof mit dem Finger auf sie zeigen. Und dein Vater soll geradestehen für das, was er ihr und mir angetan hat.«

Ich versuchte, den Kloß in meinem Hals hinunterzuschlucken. Ich schaffte es nicht. »Ihr hättet besser selbst auf sie aufgepasst«, entfuhr es mir. »Ihr wusstet doch auch, wie er war.«

Dann fing der Vogt an zu lachen, immer lauter. Es war ein donnerndes Lachen, das mich einen Schritt zurücktreten ließ. Die Knechte auf dem Hof unterbrachen ihre Arbeit und sahen verwirrt zu ihrem Herrn hinüber, der sich gar nicht mehr beruhigen konnte.

»Was ist daran so lustig, Vogt?«, fragte ich scharf.

Er wischte sich die Tränen aus den Augen und versuchte, zu Luft zu kommen. »Was daran lustig ist? Nichts eigentlich, Kontz, eigentlich ist alles ganz fürchterlich. Nur dass jetzt der Herrgott ungeduldig wird. Mit irgendeiner Krankheit hat er deinen Vater gestraft, doch dieser schmierige Schürzenjäger will einfach nicht verrecken. Also schickt er dich, seinen eigenen Sohn, und mit dir den Erzbischof und seine Ritter, damit sie die Burg schleifen und deinen Vater zum Teufel schicken. Nur das, Kontz, das ist lustig.«

Und dann fing er wieder zu lachen an, noch lauter als zuvor. Ich ließ den Vogt stehen und wandte mich auf dem Absatz um. Ich ging zurück zum Pferd. Mein Bedarf an Wahrheiten war für heute gedeckt. Erst hatte ich die Hinterhältigkeit Konrads und Harpers erkennen müssen, dann gestand mir ein Priester eine Lüge, die ihm glaubhafter und zweckmäßiger erschien als die Wahrheit, dann fiel auf Rost, den braven und klugen Halbritter, der Schatten eines fürchterlichen Verdachts, und nun musste ich gewahr werden, was ich doch längst hätte wissen müssen – Margriets Kind, die kleine Majann, war meine Halbschwester. Und Margriet denn auch irgendwie meine Stiefmutter. Gewissermaßen.

Auch die andere Neuigkeit vermochte meine Stimmung nicht aufzuhellen. Vater hatte Margriet gezwungen? Sie hätte es mir doch sagen können. Sagen müssen. Gleich nachdem ich ihn mit ihr in der Kapelle erwischt hatte. Ich hätte sie von da an beschützt, und alles wäre ganz anders gekommen. Ja, er hatte sie geschändet, aber die Jungfräulichkeit hatte er ihr noch nicht geraubt. Ich hätte verhindern können, dass er Margriet ein Kind macht. Ich hätte sie noch heiraten können. Niemand hätte etwas zu erfahren brauchen. Nur ein Wort von ihr hätte genügt.

Doch nun war es zu spät. Sie war entehrt und gefallen, mit einem Bastard am Hals. So konnte ich sie nicht zu mir nehmen. Ich musste dem Vogt im Stillen zustimmen. Mein Vater war ein Schwein, ein gottverdammtes Schwein. Und ich war so gottverdammt einfältig.

Kadaver

Ich schwang mich auf den Pferderücken, spürte Evgens Hände wieder an meinem Rock und trieb die Stute an. Wir ritten nach Nordwesten, quer durch die Felder der allmählich sinkenden Sonne entgegen. Bald erreichten wir den Weg, den ich vor ein paar Tagen schon einmal geritten war, den Weg, der uns zurück nach Mundt führen sollte, zur Schäferhütte und zu Evgens Großvater. Es war an der Zeit, sie heimzubringen. Und ich war froh, Abstand zu gewinnen, fort zu sein von Köln und Kaster, weg von Konrad, Harper, Vater, Margriet, Edmund, von Arnold und von Rost. Ja, ich war sogar froh, meine Mutter nicht zu sehen, wie sie grau und gramgebeugt durch die Flure des Palas ging, sich vor Sorge um diesen Hurenbock von ihrem Mann verzehrte und sich brav fügte in das Warten auf die Kölnischen. Ich war froh, fort zu sein von meiner Vergangenheit, die mich in den vergangenen Tagen mit solcher Wucht eingeholt hatte.

Evgen tippte mich von hinten an. »Wenn wir hier schon in den Wald reiten, ist es kürzer«, sagte sie.

Ich nickte und folgte dem Pfad, den sie mir zeigte und der mitten in den Wald hineinführte. Mehrmals musste ich mich unter Zweigen und Ästen hinwegducken, und aus den Farnen und Gräsern flogen immer wieder Bremsen auf, die uns unfreundliches Geleit gaben. Wurden sie zu lästig, ließ ich unser Pferd ein kurzes Stück galoppieren, wenn der Pfad es denn ermöglichte. Wir ritten durch Mückenschwärme hindurch, die in den Sonnenstrahlen auf und ab tanzten, und schoben mit den Händen Efeuranken beiseite, die über unserem Weg hingen.

Mit einem Mal scheute die Stute. Ich konnte zunächst nicht sehen, wovor sie zurückschreckte, weil der Farn an dieser Stelle des Waldes besonders dicht wuchs. Mit Schenkeldruck zwang ich das Pferd weiter. Die Stute schnaubte unruhig und setzte nur langsam einen Huf vor den anderen. Dann sah ich, wovor sie sich fürchtete. Zwischen den Farnen lag ein Kadaver. Das Fell war hell, aber ziemlich verdreckt. Evgen sog scharf die Luft ein und schlug eine Hand vor den Mund.

»Garm!«, rief sie.

Ich sah genauer hin. Nein, das war nicht der Hund.

»Es ist ein Schaf, Evgen, nicht dein Garm.«

Ich saß ab. Als ich näher auf den toten Tierkörper zutrat, flogen Fliegen auf. Die Flanke war offen. In den Eingeweiden wanden sich Maden.

»Es ist gerissen worden«, sagte ich zu Evgen.

»Gerissen? Das ist nicht möglich. Bei uns ist noch nie ein Schaf gerissen worden, noch nie, hört Ihr. Unsere Hunde sind die besten.«

»Und doch liegt es da mit aufgerissenem Bauch.«

Darauf wusste Evgen nichts mehr zu sagen. Ich saß wieder auf und lenkte die Stute in einem Bogen um den Kadaver. Und ich spürte, wie sich ein beklemmendes Gefühl in mir breitmachte. Das Gelände stieg leicht an. Je weiter wir kamen, desto dichter geriet das Dickicht. Wir waren noch keinen Steinwurf weit geritten, da fanden wir ein weiteres Schaf, ebenfalls mit offenem Bauch. Bei diesem Tier war deutlich mehr Fleisch weggefressen. Was übrig war, war den Maden und Fliegen ein Fest. Wir schwiegen, als wir an diesem Schaf vorüberritten.

Bald erreichten wir die Lichtung, an deren Rand sich die Hütte mit ihrem gras- und moosbewachsenen Dach ins Unterholz duckte. Die Lichtung war leer, auch in der Hütte, die noch gut hundert Schritt entfernt war, rührte sich nichts.

»Wo sind die Schafe? Die Hunde? Großvater?«, flüsterte Evgen.

»So spät ist es doch noch gar nicht, Evgen«, antwortete ich. »Vielleicht sind sie am Weiher.«

Ich versuchte, sie zu beruhigen, doch insgeheim teilte ich ihre Sorgen. Sicher, der Schäfer und seine Herde konnten überall sein, auf einer saftigen Wiese oder eben zum Tränken am Weiher. Aber die beiden Kadaver lagen zu nah an dem Heim des Schäfers. Evgens Großvater hätte die toten Schafe längst entdecken müssen.

Wir blieben auf dem Rücken der Stute. Nicht nur, weil es noch ein gutes Stück bis zur Hütte war. Ich fühlte mich sicherer hier oben, und ich wünschte, ich hätte mir bei meiner überhasteten Abreise aus Köln ein Schwert eingesteckt. Ja, ich hätte Harper das Schwert aus dem Gürtel ziehen sollen, als dieser miese Verräter mit dem Hintern im Pferdemist lag.

Wir ritten an der Grenze zwischen Lichtung und Waldrand entlang auf die Hütte zu. Ich behielt den Eingang und die Fenster im Blick, auch Evgen schaute an mir vorbei zu dem niedrigen Holzbau. Die Stute spürte unsere Aufregung, sie schnaubte immer wieder und blies die Nüstern auf.

Und dann hörte ich das Sirren. Fliegen. Abertausende Fliegen. Irgendetwas war da im hohen Gras am Rand der Lichtung, und wir ritten genau darauf zu. Die Fliegen stiegen auf, sie kreisten, und sie schwirrten wieder hinab, es war ein hässlicher Kreistanz des Todes. Weiß der Teufel warum, aber in jenem Augenblick wusste ich, dass es kein weiteres totes Schaf war, das dort im Gras lag. Um Evgen den Anblick zu ersparen, stieg ich nun doch ab, drückte ihr die Zügel in die Hand und ging die wenigen Schritte bis zu der Stelle, an der sich die grün glänzenden Schmeißfliegen zu ihrem Schmaus trafen.

Im Gras lag der Körper eines Mannes. Sein Gesicht konnte ich nicht erkennen, er lag bäuchlings da, den Kopf zur Erde gewandt. Aber die Kleidung und die Statur verrieten mir, dass es Burchert, der Schäfer, sein musste. Seine Finger hatte er ins Gras gekrallt. Ich ging zum nächsten Baum und brach mir einen dicken Zweig ab, mit dem ich den Leichnam umdrehte. Ja, es war der einäugige Schäfer, und er war nicht erst seit ein paar Stunden tot. Vielleicht war er schon gestorben, kurz nachdem wir ihn vor zwei Tagen verlassen hatten.

»Es ist Großvater, nicht wahr?«, rief Evgen vom Pferd zu mir herüber.

Sie klang merkwürdig gefasst. Vielleicht war sie einfach zu jung, um den Tod zu verstehen. Oder sie hatte sich schon zu sehr an ihn gewöhnt.

»Ja«, sagte ich und kehrte zum Pferd zurück.

Evgen nickte nur. Sie nahm es hin. Als hätte sie nichts anderes erwartet. Ich hingegen wurde immer unruhiger und fahriger. Ich machte mir Vorwürfe. Vater hatte mich ermahnt, den Schäfer nicht hierzulassen. Es konnte kein Zufall sein, dass nun auch er tot war. Sicher, alt war er gewesen. Doch als wir uns von ihm verabschiedet hatten, ging es ihm gut, er hatte keine Anzeichen von Unwohlsein oder Krankheit gezeigt. Ich spürte, wie mir das Herz bis zum Halse pochte. Die Zahlen kamen mir wieder in den Kopf. Burchert war nun der dreißigste Tote. Der dreißigste. Erst die drei Kinder. Und dann auf jedes Kind neun Tote. Drei plus siebenundzwanzig.

Die Neuntöter.

Hatten sie sich mit Burchert den letzten Mann aus Mundt geholt? Das wäre fürchterlich. Und es wäre gut. Denn dann wäre der Spuk jetzt vorbei. Aber wie hatten sich die Neuntöter den Schäfer holen können? Wir hatten doch alles unternommen, um sie unschädlich zu machen. Oder nicht? Sie hatten nichts mehr zu saugen in ihren Gräbern, wir hatten ihnen die Köpfe abgehackt und sie ans Fußende ins Grab gelegt. Nein, die Neuntöter waren nicht mehr untot, sie waren so tot wie ein Stein, so tot, wie man nur eben sein konnte.

Oh Herr, ich wurde noch wahnsinnig. All die Toten. All die Möglichkeiten, wie diese Menschen zu Tode gekommen sein konnten. Neuntöter. Ein giftmordender Priester. Ein Zwerg, der sein Heimatdorf hasste. Oder steckte gar der Erzbischof selbst dahinter? Hatte er das alles eingefädelt, nur um die Jülicher angreifen zu können? Nein, das konnte beim schlechtesten Willen nicht stimmen. Wer Krieg wollte, brauchte nicht solch einen Aufwand zu betreiben. Ein nichtiger Anlass genügte vollauf. Ich hatte nicht den blassesten Schimmer, was hier geschehen war.

Evgen begann zu schluchzen. Endlich. Sie trauerte. Sie weinte um ihren Großvater und ihre anderen Lieben. Wenigstens das war so, wie es sein sollte. Sonst wäre ich hier noch selbst um den Verstand gekommen. Ich streichelte kurz ihr Bein, dann führte ich die Stute weg vom Leichnam, damit Evgen nicht doch einen Blick auf Burchert werfen konnte.

In diesem Augenblick krachte es laut in der Hütte. Ich zuckte zusammen und konnte die scheuende Stute, die ausbrechen wollte, gerade noch am Zügel halten. Evgen krallte sich an der Mähne fest, bis das Pferd nur noch unruhig trippelte. Und dann hörten wir Bellen aus der Hütte, ein böses Bellen von einem Hund, der dem Klang nach zubeißen wollte.

»Das ist Garm!«, rief Evgen, die sich hastig die Tränen aus dem Gesicht wischte. »Großvater hat ihn bestimmt eingeschlossen. Wir müssen hin, Konstantin, schnell. Wer weiß, wie lange er da schon drin ist.«

»Nein«, sagte ich und hielt den Zügel fester. »Schau hin. Die Tür steht offen. Dein Hund könnte jederzeit hinaus.«

Ein Schwert, Herrgott, ein Königreich für ein Schwert! Ich führte die Stute an den Rand der Lichtung zum nächsten Baum und band sie an. Der Hund bellte immer weiter, und wieder hörten wir ein Rumpeln aus der Hütte, was den Hund nur noch wütender machte. Jemand brüllte. Keine Worte, es war einfach nur ein Brüllen, vermutlich um den Hund einzuschüchtern. Ohne Erfolg.

»Du bleibst hier«, wies ich Evgen an.

»Ich will mitkommen«, flehte sie. »Das ist Garm.«

»Nichts da! Du bleibst hier!«

»Bitte tut ihm nichts. Er ist alles, was ich noch habe.«

»Ich versuche es.«

Ich zog mein Messer und eilte los. Ich hielt mich im Schutz des Waldrands und schob im schnellen Schritt mit der Hand immer wieder Zweige von Büschen und Bäumen beiseite. Einmal blieb ich in den dornigen Ranken eines Brombeerstrauchs hängen, fing mich aber, bevor ich stürzen konnte. Kurz vor der Hütte verharrte ich. Knurren und Brummen waren immer noch zu hören, und immer wieder schepperte etwas.

Auf leisen Sohlen schlich ich zur Tür und spähte hinein. Zunächst sah ich nur Garm. Angespannt stand er da, in geduckter Haltung, die Ohren angelegt. Der schneeweiße Hund zog die Lefzen hoch, Geifer tropfte ihm aus der Schnauze. Irgendjemand war in der hinteren Ecke der Hütte, und die Anwesenheit dieses Menschen machte Garm schier rasend. Er tastete sich auf verkrampft steifen Beinen ein paar Schritte vor, dann warf der Unbekannte einen hölzernen Becher auf den Hund, was Garm erst einmal jaulend zurückschrecken ließ, ihn dann aber nur noch wütender machte. Keifend schnellte er wieder nach vorn, wagte sich jedoch nicht bis zu dem Fremden vor.

Der Becher war auf dem Tisch gelandet, kullerte langsam weiter und fiel zu Boden. Das Geräusch ließ Garm herumfahren. Dabei entdeckte er mich. Seine Verwirrung währte nur kurz. Sofort zog er die Lefzen hoch und knurrte nun auch mich an. Wahrscheinlich wäre es klüger gewesen, Evgen doch mitzunehmen. Zu spät, mir blieb nichts anderes übrig, als mein Messer zu heben und mich auf einen Angriff des großen Hundes vorzubereiten. Meine Hoffnung, Garm würde mich wiedererkennen, verflog so schnell wie die Samenschirme einer Pusteblume im Sturm. Er kam auf mich zu, und ich wusste, er roch meine Angst. Garms Schritte waren forscher, vermutlich gab ich ohne Deckung auf der Lichtung für ihn eine leichtere Beute ab als der Unbekannte in der Hütte, der ihn dauernd mit irgendwelchen Dingen beworfen hatte.

Garm duckte sich immer tiefer, während er sich näherte. Diese Bewegung kannte ich. Er setzte gerade zum Sprung an. Ich hielt ihm mein Messer entgegen, doch das Tier wusste natürlich nicht, welche Gefahr ihm von der Klinge drohte. Garms Muskeln spannten sich – und dann erklang eine Stimme, so sanft, dass ich mich hätte hineinfallen lassen mögen.

»Ist gut, Garm, mein Lieber, komm her.«

Evgen stand nur wenige Schritte neben uns, und als Garm sie hörte und sah, ließ er sofort von mir ab und stürmte auf sie zu. Er jaulte vor Freude, sprang an ihr hoch, wedelte wie verrückt mit der Rute und warf sich vor ihr auf den Boden. Als sie sich zu ihm kniete, drängte Garm sich an sie und schleckte ihr mit der Zunge über das Gesicht.

Meine Erleichterung wich schnell wieder meiner Wachsamkeit. Noch immer war der Unbekannte in Burcherts Hütte.

»Du solltest doch beim Pferd bleiben, hatte ich gesagt«, zischte ich Evgen an und ließ dabei die Tür nicht aus den Augen.

»Ich glaube, so war es besser.«

»Hast du Garm im Griff? Ich meine, kannst du ihm befehlen, einen Menschen anzugreifen?«

»Ja. Was immer Ihr wollt. Mit Wörtern, Pfiffen oder auch nur Zeichen.«

»Sag ihm, er soll mitkommen.«

Das Messer noch immer fest in meiner Hand, ging ich wieder auf die Hüttentür zu. Im Augenwinkel nahm ich wahr, dass Evgen tatsächlich nur ein kurzes Zeichen mit ihrer rechten Hand gab. Garm lief sogleich an meine Seite. Ich versuchte, etwas in der Hütte zu erkennen, sah aber nur einen umgestürzten grob gezimmerten Tisch und etliche andere Dinge, die der Fremde aus Angst vor dem Hund umhergeworfen haben mochte.

»Wer auch immer da drin ist, komm heraus«, rief ich in die Hütte. »Und keine Torheiten, Fremder. Der treue Hund hier hört aufs Wort, und ich selbst bin bewaffnet.«

»Wer ist da?«, fragte der Mann, und ich erkannte die Stimme nicht, denn die Wörter klangen fremd und gedämpft, wie durch eine dicke Wolldecke hindurch gesprochen.

»Hier spricht der Büttel des Kölner Erzbischofs Konrad von Hochstaden. Man nennt mich Konstantin den Kneifer. Jetzt komm heraus, sonst erfährst du, weshalb ich diesen Namen trage.«

»Kontz?«

Der Unbekannte kannte meinen Namen. Er kannte mich. Und dann trat er zaghaft in den Türrahmen.

Zunächst sah ich nur die drei Beine eines Schemels, den sich der Mann zum Schutz gegen Garm vor den Körper hielt. Dann fiel das Sonnenlicht auf ein mir wohlbekanntes Gesicht.

Rost. Ich traute meinen Augen nicht. Und doch, es war Rost, der da ängstlich einen Fuß vor den anderen setzte. Er streckte den Schemel aus und lugte immer wieder daran vorbei, um Garm im Auge behalten zu können.

»Haltet bloß diese Bestie zurück«, sagte er.

Evgen gab einen leisen Pfeifton von sich, und schon legte Garm sich ins Gras, jedoch knurrend, mit angelegten Ohren und gefletschten Zähnen.

»Wenn der da uns nichts tut, macht Garm auch nichts«, sagte das Mädchen.

»Du hast es gehört, Rost, alles ist gut. Was in drei Kuckucks Namen machst du hier?«

»Das könnte ich dich genauso gut fragen, Kontz. Du warst doch in Köln. Wieso bist du schon wieder hier?«

Nein, ich war nicht gewillt zu antworten. Ich war wütend, ich kochte geradezu. Ich spürte, wie sich meine Hände zu Fäusten ballten und wie ich meine Kiefer aufeinanderpresste, bis die Zähne schmerzten.

»Rost, sag mir sofort, was du hier treibst«, zischte ich. »Sofort. Du solltest bei Vater sein. Ihr wolltet das Boot nach Stertzheim bringen. Da ist es nie angekommen.«

Der Halbritter zuckte die Achseln. »Dein Vater will sich um das Boot kümmern. Er hat mich weggeschickt.«

»Was – machst – du – hier?«, schrie ich Rost an und betonte dabei jedes einzelne Wort. »Spuck es endlich aus, du vermaledeiter Zwerg!«

Der kleine Mann zuckte zusammen. Noch immer hielt er

sich den Schemel vor die Brust. Als könnte der ihn vor dem Sturzbach meiner wütenden Worte schützen.

»Sie sind doch eh alle tot«, sagte er dann mit piepsiger Stimme. »Du hast es selbst gesehen. Alle. Tot und begraben.«

»Du ... du plünderst?«

Rost sah verlegen zu Evgen hinüber. Sein Blick, seine Körperhaltung verrieten, wie sehr er sich schämte. Den Kopf gesenkt, zuckte er mit den Schultern wie ein Lausejunge, den man beim Kirschenklauen erwischt hatte. Aber bald schon schob er den Unterkiefer vor, hob den Kopf und stocherte mit dem Schemel vor sich in der Luft herum, als bekämpfe er einen unsichtbaren Feind.

»Na und? Was kümmert's dich, Kontz? Die sind es mir schuldig, verdammt noch mal.«

»Sie sind es dir schuldig? Sie sind tot, Rost.«

»Ja, und sie haben alle den Tod verdient, sie haben ihn sich redlich verdient. Und nach all dem, was sie mir angetan haben, ist es nur recht, wenn ich nun mein Erbe antrete. Dein Vater hat es mir erlaubt, Kontz. Er ist der Burggraf. Er hat gesagt, es sei doch sonst niemand mehr da, außer der Kleinen da vielleicht. Also dürfe ich mir holen, was mir zusteht. Aus dem Dorf haben diese Bauernschweine mich getrieben, als ich gerade mal laufen konnte. Und selbst jetzt noch, nach so vielen Jahren, haben sie mich gehasst. Sie haben mit Steinen geschmissen, wenn ich ins Dorf gekommen bin.«

»So wie am Tag, bevor alle gestorben sind, Rost?«

Er sah mich mit großen Augen an. Seine Arme erschlafften, der Schemel fiel zu Boden.

»Woher weißt du das?«

»Weil ich weiß, dass du an jenem Tag in Mundt warst, Rost.«

Mit offenem Mund nickte er.

»Ja«, sagte er dann schleppend. »Ich war in Mundt. Am Tag, bevor sie gestorben sind. Nach langer Zeit mal wieder. Ein Botengang.«

»Das Mehl.«

Wieder ein Nicken. »Das Mehl. Das macht mich wahnsinnig, Kontz. Ich bringe was nach Mundt, wofür man mir dankbar sein müsste, und sie beschimpfen mich, sagen, ich sei eine Missgeburt. Du hast es doch selbst gehört, wie der Schäfer mit mir gesprochen hat. Es ist doch kein Wunder, dass ich sie hasse, wenn sie mich hassen, oder?«

Nein, das war es nicht. Ich konnte den Halbritter gut verstehen, denn ich hatte oft genug mitbekommen, wie Menschen ihn gehänselt hatten. Nein, »Hänseln« war das falsche Wort. Es war nicht nur Necken, Sticheln, Auslachen und Bespötteln. Es war viel mehr, viel schlimmer als das. Und in Mundt hatte man ihn sogar ausgestoßen. In dem Dorf war er ein lebender Toter gewesen. Noch da, aber ohne ein Teil der Gemeinschaft zu sein. Genauso gut hätte er auf dem Friedhof liegen können. Und doch war auch das wieder falsch. Einem Toten brachte man mehr Achtung entgegen.

Garm beruhigte sich, als Evgen sich neben ihn kniete und den Arm um seinen dicken Hals legte. Er hechelte, behielt Rost aber im Blick.

»Warum, Rost? Warum nur?«

»Warum was?«

»Warum hast du die Menschen vergiftet?«

Fast schien es, als fiele der Zwerg hin. So groß hatte ich seine Augen noch nie gesehen, zugleich wich alle Spannung aus seinem Körper. Gerade noch konnte er sich auf den Beinchen halten.

»Ich?«

»Ja, du, Rost.«

»Wie kommst du nur auf solch einen Unsinn, Kontz?«

»Weil das Mehl, das du den Menschen gebracht hast, sie umgebracht hat. Weil du nun hier in ihren Hütten plünderst. Und weil du die Menschen von Mundt gehasst hast. Darum, Rost, darum.«

Garm knurrte nun wieder, als hätte er verstanden, was ich gerade gesagt hatte. Rost sank auf die Knie. Immer mehr Kraft floss aus dem kleinen Kerl.

»Und noch eines, Rost«, setzte ich nach. »Du warst es doch, der mir all die Schauermärchen mit den Neuntötern erzählt hat. Du hast mir diesen Floh ins Ohr gesetzt. Als wäre es dir nur darum gegangen, von dir selbst abzulenken.«

»Du hast danach gefragt, Kontz. Nur deshalb habe ich dir davon erzählt. Nur deshalb. Ich schwöre bei Gott und allen Heiligen, bei meiner seligen Mutter, die mich doch geliebt hat – ich habe nichts damit zu tun. Du musst mir glauben, Kontz. Ich dachte, der Priester hat die Leute umgebracht. Er ist doch weggelaufen.«

»Hat er nicht. Wahrscheinlich nicht.«

»Und was war mit dem Mehl?«

»Es war vergiftet, wie wir vermutet haben. Aber nicht vom Priester. Sondern vorher schon, bevor es in Mundt eingetroffen ist. Und da kommst du ins Spiel, Rost.«

»Nein«, sagte er erst schwach, und dann hob sich seine Stimme. »Nein, nein und nochmals nein. Das war ich nicht. Ich habe das Mehl abgeliefert, so wie es mir aufgetragen worden war.«

»Von wem?«

Rost zögerte nur kurz. »Von Edmund.«

»Und wer hat dir den Sack gegeben?«

»Auch Edmund.«

Edmund. Konnte das denn sein? Aber warum? Der Priester hätte einen glaubhaften Grund gehabt, die Menschen umzubringen, sofern man überhaupt für solch eine Todsünde eine Begründung finden konnte, Rost auch, ja sogar der Erzbischof. Aber Edmund?

»Rost, du musst es mir schwören, bei unserer Freundschaft, bei allem, was dir heilig ist, dass du es nicht warst.«

Der kleine Mann hob seine rechte Hand. »Ich habe es schon geschworen, Kontz, und ich beschwöre es gerne noch einmal. Ich habe den Menschen von Mundt nichts getan. Aber ich habe ihnen den Tod gegönnt.«

»Schwein!«, schrie nun Evgen, und Garm sprang auf, als er merkte, wie wütend sie wurde. »Dreckiges Zwergenschwein! Kein Schimpfwort, kein Steinwurf ist es wert, dafür zu sterben. Hättest dich wehren sollen, hättest zurückschimpfen, zurückwerfen sollen.«

»Aber ich habe doch gerade geschworen, dass ich nichts damit zu tun habe.«

»Ja, aber so wie du redet man nicht über Tote. Mieses kleines Schwein!«

Ich hob beide Hände, um Evgen und vor allem auch Garm zu beruhigen. Ich versuchte, so sanft wie irgend möglich auf sie einzureden.

»Es ist gut, Evgen, ich stimme dir ja zu. Das war nicht recht, was Rost da gesagt hat. Lasst uns jetzt alle einhalten.«

»Einhalten?«, rief Evgen. »Wie könnte ich jetzt einhalten? Keiner kann mir sagen, warum mein Großvater sterben musste. Dahinten liegt er und verrottet vor sich hin!«

Evgen hatte recht. Wir mussten uns um die Leiche kümmern und Burchert begraben. Und plötzlich, bei der Erinnerung an den alten Schäfer, stieg aus dem Wirrwarr meiner Gedanken eine unheimliche Eingebung auf. Warum nur war ich nicht früher darauf gekommen?

»Rost?«

»Ja?«

»Woher wusstest du, dass du hier oben, in der Hütte des Schäfers, plündern konntest? Burchert war bei bester Gesundheit, als wir ihn verlassen haben. Unten im Dorf, ja, das hätte ich noch verstanden. Aber hier?«

»Dein Vater hat es mir gesagt, Kontz. Er meinte, ich soll nicht so weit weggehen. Wir wollen doch gleich wieder zurück. Hier in der Hütte würde ich gewiss was Schönes finden, hat er gesagt.«

»Vater? Er ist hier?«

»Ja, sicher. Drüben. Beim Weiher.«

Das Erbe der Alten

Beim Weiher. Dort würde ich endlich Antworten finden. Ich rannte los. Ließ Evgen, Rost und Garm einfach stehen, kümmerte mich nicht um den toten Burchert und nicht um die Stute, die immer noch am Baum festgebunden war. Ich rannte und rannte, bis mir irgendwann einfiel, dass ich mit dem Pferd doch schneller gewesen wäre. Zu spät, ich rannte weiter. Zum Weiher. Dorthin, wo mit dem Tod der drei Kinder alles begonnen hatte.

Ich konnte es nicht glauben. Vater. Mein Vater. Nur derjenige, der Burchert umgebracht hatte, konnte wissen, dass Rost in dessen Hütte ungehindert räubern konnte. Tausende Bilder der vergangenen Tage rasten durch meinen Kopf. Von der Kirche in Mundt. Vom Weiher. Vom Friedhof. Von den schon teils verwesten Kindern. Von Arnold, Edmund, Rost, Vater, Mutter und Margriet. Von Harper und dem Erzbischof. Von Burchert, dem einäugigen Schäfer.

Ich rannte in einem fort. Und ich versuchte, mir in Erinnerung zu rufen, was geschehen war, als wir den alten Mann aufgesucht hatten. Burchert hatte uns nicht in die Hütte lassen wollen, weil dort die Spuren seiner Wilderei unübersehbar waren. Als ich zu Evgen an den Weiher gegangen war, waren der Schäfer, Vater und Rost zusammen zurückgeblieben.

Was hatte Vater gesagt, als wir fortgeritten waren? Verdammt, was war es noch?

Wir hätten den Wilderer nicht zurücklassen sollen.

Natürlich. Er hatte gewusst, dass Burchert ein Wilddieb war. Und er konnte es nur dann wissen, wenn er in der Hütte gewesen war. Diese Gelegenheit musste Vater genutzt haben, um Burchert irgendwas ins Essen oder Trinken zu mischen. Vielleicht das gleiche Gift, das die Bauern von Mundt umgebracht hatte.

Plötzlich fanden alle Fasern zu einem starken Faden zusammen, fügten sich ineinander wie auf der Spindel einer alten Frau. Und nun klärten sich auch endlich zwei der letzten offenen Fragen: Wer hatte die Leichen zurück in die Kirche geschleift? Und warum? Vater war es gewesen.

Vater hatte Gift ins Mehl gemischt, den Sack seinem Vertrauten Edmund gegeben, der hatte ihn an Rost weitergereicht, und der ahnungslose Halbritter hatte das todbringende Mehl nach Mundt gebracht. Es war die Dummheit meines Vaters und das Glück des Priesters, dass es kein Weizenmehl gewesen war, wie es für Hostien verwendet werden musste. Wahrscheinlich hatte Vater zugesehen, wie sie gestorben waren. Hatte sie von irgendwo beobachtet. Hatte gesehen, wie einige schreiend und stöhnend aus der Kirche gestolpert und gekrochen waren. Und als der Priester in seiner panischen Angst geflohen war, schleifte Vater mit seinen verbliebenen Kräften die Leichen zurück in die Kirche. Danach musste er zurück zur Burg geritten sein, um Arnold zu überholen.

Nur wenn alle Toten in der Kirche lagen, in der Kirche des Erzbischofs, nur dann konnte Vater den Grafen von Jülich übergehen und sich an Konrad von Hochstaden wenden. Nur dann war einzig der Erzbischof von Köln für die geheimnisvollen Todesfälle zuständig, auch wenn die Menschen tief im Jülicher Land gestorben waren. Und nur dann konnte er nach seinem Sohn verlangen.

Alles um mich herum begann sich zu drehen. Nachdem er sie umgebracht hatte, verlangte Vater nach mir. Nach *mir*. Ausdrücklich. *Ich* sollte ihm helfen, die Wahrheit ans Licht zu bringen. Ihm, der die Wahrheit doch längst kannte. Ich Narr. Oh Vater, du verfluchtes Schwein, du elender Schweinehund.

Ich hielt kurz inne. Mir war schwindelig. Das war zu viel für mich. Zu viel an Wahrheit. Zu viel an Lügen. Zu viel von meiner Vergangenheit. Zu viel an Schlaflosigkeit. Zu viel von allem. Mit den Händen stützte ich mich auf die Knie und holte Luft. Erst jetzt bemerkte ich, wie schnell mein Herz raste. Ich atmete gegen meinen Herzschlag an, so lange, bis er sich wieder halbwegs beruhigt hatte. Bis zum Weiher war es nicht mehr weit. Nur noch ein paar Schritte, dann konnte ich ihn schon durch die Bäume sehen.

So schnell ich eben gerannt war, so langsam ging ich nun. Vielleicht hatte ich Angst davor, Vater zu sehen und zu sprechen, Angst vor der endgültigen Wahrheit. Angst davor, dass all die zarten Bande, von denen ich geglaubt hatte, dass wir sie doch in den vergangenen Tagen geknüpft hatten, zerreißen würden wie Spinnweben.

Der Weiher. Da war er. Je näher ich kam, desto weniger Bäume schränkten meinen Blick ein. Erst sah ich die Wellen, die in Kreisform von der Mitte des Weihers ausgingen, dann sah ich das Boot. Vater saß darin, schaute ins Wasser und stocherte gelegentlich mit einem langen Stock auf dem Grund des Weihers herum. Kein Zweifel, er suchte etwas. Und es ging ihm nicht gut. Vater hustete immer wieder und spuckte Blut ins Wasser.

Durch Gräser und Blumen ging ich ans Ufer. Der Karren, der das Boot von Köln bis hierher getragen hatte, stand halb im Wasser, und das Pferd, das ihn gezogen hatte, graste in aller Seelenruhe nur wenige Schritte weiter.

»Vater!«, rief ich.

Er hob den Kopf, suchte mit seinem Blick das Ufer ab und

fand mich dann. Er erstarrte. Mit weit offenem Mund und großen Augen, die tief in den Höhlen lagen, schaute er zu mir ans Ufer. Noch nie hatte ich ihn so bestürzt, so betäubt gesehen. Alle anderen Gefühle, die er in den vergangenen Tagen gezeigt hatte, dürften gespielt gewesen sein. Diese Überraschung aber war echt. Dann hustete er wieder, und der Husten löste seine Versteinerung.

»Kontz, mein Junge«, rief er zu mir herüber, als er wieder zu Atem gekommen war. »Wie gut, dass du da bist. Du musst mir helfen.«

»Helfen? Wobei, Vater?«

»Bei der Suche. Ich schaffe es nicht allein.«

»Was ist in dem Weiher, dass dafür so viele Menschen sterben mussten?«

Mit diesem Satz hatte ich ihn abermals empfindlich getroffen. Wieder fiel sein Kinn, verblüfft und verwirrt sah er mich an.

»Was, Vater? Was kann es wert sein, dass Ihr zum Mörder werdet und Euch der Hölle preisgebt? Ich dachte, Ihr wolltet Euren Frieden mit dem Herrn machen.«

Sein Gesicht, auch auf die Entfernung, war mir Geständnis genug. Vater leugnete nichts. Er rang nach Worten, aber er fand keine. Zögerlich hob er den Stock, stach ihn tief auf den Grund und drückte das Boot in meine Richtung. Ein paarmal noch stieß er sich ab, doch bevor er das Ufer erreichte, ließ Vater das Boot ausgleiten. Zwischen ihm und mir blieb eine tiefe Kluft, gefüllt mit dem Wasser des Weihers.

»Hör zu, mein Junge, du musst mir glauben, dass ich das alles nicht nur für mich tue. Was immer ich gemacht habe, galt auch dir und deiner Mutter. Kann es einen größeren Liebesbeweis geben, als für sein Weib und seinen Sohn zum Mörder zu werden?«

»Erzählt mir nicht, Ihr habt in meinem Namen gemordet, Vater. Das spreche ich Euch ab. Zieht mich da nicht mit rein.«

Vater erhob sich und stand nun in dem Boot. Mit der freien Hand wies er über den Weiher.

»Hier, Kontz, hier muss er irgendwo sein. Hilf mir, ihn zu suchen.«

»Wer ist hier, Vater?«

»Der Schatz. Ein gewaltiger Schatz, Kontz. Ein Heidenschatz.«

»Ein Heidenschatz? Was soll das sein?«

»Gold, Junge, pures Gold. Ein uralter Schatz. Schlangenfibeln, Gürtelschnallen, Armreife, Ringe, Trinkbecher. Opfergaben für die alten Götter. Und er ist so viel wert, so unwahrscheinlich viel. Es muss noch mehr davon im Wasser sein. Hilf mir, Kontz.«

Keinen Schritt ging ich näher auf das Ufer zu. »Ich will Euch nicht helfen, Vater. Ich will wissen, was hier geschehen ist. Ihr erinnert Euch gewiss. Deswegen habt Ihr mich rufen lassen.«

Vater hob den Stock ins Boot. Von seinen Enden tropfte das Wasser. »Willst du mir jetzt Vorwürfe machen?«

»Jeder andere wäre Euch wahrscheinlich schneller auf die Schliche gekommen. Aber Ihr habt ganz bewusst mich und niemand anderen vom Erzbischof rufen lassen.«

»Ja.«

»Weil Ihr mich leiten konntet.«

»Ja.«

»Fehlleiten.«

»Ja.«

»Und jetzt, da all Euer Tun ans Licht kommt?«

»Weiß ich, dass du schweigen wirst. Weil du mein Sohn bist. Weil du deine Mutter liebst.«

Vater setzte sich. Das dümpelnde Boot warf immer wieder kleine Wellen sanft gegen das Ufer, aber es trieb stets an derselben Stelle, vielleicht knapp zwanzig Schritt von mir entfernt, im Weiher. Weit genug entfernt, dass ich den Kahn nicht erreichen konnte.

»Lass es mich erklären. Vielleicht verstehst du es dann, Junge. Es hat alles seine Richtigkeit, so wie es ist und wie es gekommen ist.«

Mit einer Hand stützte Vater sich an der Bordwand ab. Er wirkte müde und ausgelaugt.

»Es ist zwei Wochen her, da bin ich diesen Weg schon einmal geritten. Ich hab ein paar Dinge in den Dörfern regeln wollen, die zur Burg gehören. Wie das im Frühjahr so üblich ist. Ich habe die Krankheit schon im Winter in mir gespürt. Schmerzen. Sie waren stark. Deswegen hatte ich die Reise hinausgezögert, weil ich gehofft habe, es würde wieder besser. Wurde es aber nicht. Ich bin hier am Weiher vorbeigekommen. Da hab ich den Jungen gesehen. Er trieb im Wasser. Ich dachte schon, er sei tot, und wollte weiterreiten. Aber dann hat er sich geregt und nach Luft geschnappt. Er ertrinkt, habe ich gedacht. Und schon war sein Kopf wieder unter Wasser. Ich bin runter vom Pferd und in den Weiher hinein. Von hinten bin ich an ihn ran. Wieder hat er nach Luft geschnappt, wieder ging sein Kopf unter Wasser. Ich hab ihn gepackt und hochgehoben, ich hab ja noch stehen können an der Stelle. Es war nicht weit vom Schilf entfernt. Ich hab gedacht, jetzt hast du ihn gerettet. Aber mit dem, was dann kam, habe ich nicht gerechnet. Es hat ausgesehen, als würde er sich zu Tode erschrecken. Ich hätte Dankbarkeit erwartet, aber der Junge hat angefangen, wie verrückt zu schreien, er hat gestrampelt und gezappelt wie ein Fisch, er hat um sich geschlagen und gekratzt wie eine Katze. Ich habe es nicht verstanden. Ich hatte ihn doch gerettet.«

Mit leeren Augen sah Vater auf den Weiher hinaus. Vermutlich dorthin, wo es geschehen war.

»Und dann?«, fragte ich.

Er hob die Schultern. »Er hat gekämpft, ich hab gekämpft. Er hat härter gekämpft, ich habe härter gekämpft. Irgendwann ging es ums Überleben. Der kleine Kerl war kräftig, und ich habe in dem Schlamm den Boden unter den Füßen verloren.«

»Du hast ihn ertränkt.«

Zum ersten Mal sah ich Vater wie einen Unterlegenen. Er senkte den Kopf, so tief, dass ich kaum bemerkte, wie er nickte.

»Ihn und die beiden anderen Kinder. Sie haben wahrscheinlich im Schilf gehockt und ihrem Freund zugeschaut. Und als ich dann den Jungen gepackt habe, sind sie ihm zu Hilfe gekommen. Es waren drei gegen einen, Kontz.«

»Drei Kinder. Gegen Euch.«

»Drei Kinder, ja! Aber im Wasser. Sie waren alle nackt, doch ich war voll bekleidet. Mein Rock und meine Beinlinge hatten sich vollgesaugt. Es hat sich angefühlt, als hätte mir jemand Steine an die Arme und Beine gebunden. Und vergiss nicht, ich bin krank. Es war ein ungleicher Kampf.«

»Und darum habt Ihr gedacht, Ihr ersäuft sie wie Katzenwelpen.«

»Herrgott, Kontz! Ich wusste doch nicht, was da geschah. Ich hatte Todesangst. Überall spritzte das Wasser, überall waren kleine Hände und Beine, die mich packten und traten. Ich hab ja nicht mal gewusst, wie viele es sind. Es hätten auch fünf, sieben oder zehn von diesen Bauernlümmeln sein können. Ja, ich hab ja nicht einmal gewusst, ob nicht auch Größere dabei sind. Ich hab um mein Leben gekämpft und jeden unter Wasser gedrückt, den ich zu packen bekam.«

»Es waren Kinder, Vater. Sieben, acht Jahre alt vielleicht.«

»Na und? Stell dir das doch nur mal vor, Kontz. Krank, wie ich bin, steige ich in diesen dreckigen Tümpel, weil ich das Leben eines Kindes retten will. Und was ist der Dank? Diese Drecksblagen versuchen, mich umzubringen, mich, den Burggrafen. Kontz, das musst du doch verstehen.«

Mir drehte sich der Magen um. Die Kinder hatten nichts verbrochen. Und wir hatten ihre Grabesruhe gestört, sie ausgegraben und ihre Leichen geschändet. Als ich mir das Bild der toten Kinder in ihren Gräbern in Erinnerung rief, hätte ich mich beinahe übergeben. Mir war speiübel.

»Der Junge war gar nicht in Not. Die Kinder haben gedacht, Ihr greift sie an.«

Vater hob die Arme, seine Stimme bekam einen schrillen Ton. »Aber das hab ich in diesem Augenblick nicht gewusst. Ich hab gedacht, die bringen mich um!«

»Und das haben die Kinder von Euch auch gedacht.«

Wieder hob Vater die Schulter. Er sah erbärmlich aus, wie er da so zusammengesunken im Boot saß und die Schultern hängen ließ. Er keuchte, es war ein unterdrücktes Husten.

»Ich wollte ihn doch nur retten.«

»Was hat der Junge im Wasser gemacht, Vater? Nach diesem Schatz gesucht?«

Nicken und Keuchen. »Ja. Der Junge war nicht ganz nackt. Er hatte einen Beutel umgehängt. Und darin war Gold, Kontz, schweres, pures Gold. Heidengold, mein Junge. Am Ufer hatten die Kinder noch mehr angehäuft, und es muss immer noch jede Menge davon im Weiher sein. Allein – ich finde es nicht. Aber es muss da sein, es *muss*!«

»Vater, was redet Ihr da? Was für ein Heidengold? Wo sollen die Leute das Gold herhaben?«

»Opfergaben. Das war ein heiliger Weiher. Vielleicht ist

es schon Tausende Jahre her, dass die Menschen hier Götzen angebetet und ihnen Gold dargebracht haben. Der Antichrist war immer schon stark hier in Mundt, Kontz, immer schon. Der Priester hat es am eigenen Leib zu spüren bekommen, du hast es doch gehört. Die Leute haben heute vielleicht kein Gold mehr, das sie in den Weiher geben können. Aber selbst jetzt noch tanzen sie um Widderköpfe oder bewerfen ihren Pfarrer mit faulem Obst. Schlechtes Volk ist das hier, Kontz. Ist es immer schon gewesen.«

»Die Bauern von Mundt sind tot, Vater. Sprecht nicht so, als würden sie noch leben.«

Er wischte meinen Hinweis mit einer schneidenden Handbewegung beiseite. »Das Böse ist uralt in diesem Landstrich. Und es hat seine Quelle hier, in diesem Weiher.«

»Soll das ein Scherz sein? Der heilige Irmundus hat diesen Weiher entspringen lassen. Das habt Ihr selbst gesagt, wisst Ihr noch? Als wir das erste Mal hierhergeritten sind – einen Narren habt Ihr mich gescholten, weil ich mich gewundert habe, woher das Wasser kommt. Jedes Kind weiß doch, woher das Wasser kommt, habt Ihr gesagt, vom heiligen Irmundus, habt Ihr gesagt. Wie sollen die Opfergaben von Heiden in einen Weiher gekommen sein, wenn ihn doch ein Heiliger mit dem Schlag seines Hirtenstabs hat entspringen lassen?«

Wieder wischte Vater mit der Hand durch die Luft, so heftig, dass das Boot zu schwanken begann. »Da kannst du mal sehen, welch großer Narr du in Wahrheit bist. Da kannst du sehen, wie wenig du weißt, du Dummkopf von meinem Sohn. Unsere heiligsten Orte waren schon unseren Vorvätern heilig, Kontz, zu einer Zeit, als sie unseren Gott noch nicht kannten. Gegen die Macht dieser uralten Stätten mussten die ersten Priester und Bischöfe vorgehen. Bischof Bonifatius hat die Donar-Eiche eigenhändig gefällt, um den Germanen zu zeigen, wie machtlos ihre Götter sind. Und Karl der Große hat die Irminsul, das Heiligtum der Sachsen, zerstört. Nur so waren die Heiden in die Knie zu zwingen. Aber hier, hier in Mundt, war das nicht möglich. Einen Weiher kannst du nicht fällen. Du kannst ihn nicht umwerfen wie eine große Säule. Du kannst ihn vielleicht trockenlegen. Aber diesen Weiher hier nicht. Keiner weiß, woher das Wasser kommt, es ist einfach da, und dieser verfluchte Weiher will schlicht nicht trockenfallen. Also blieb den Christen damals nichts anderes übrig, als die Geschichte dieses Weihers umzuschreiben. Ihr einen anderen Kern zu geben. Einen christlichen.«

»Vater, Ihr erzählt mir doch nicht gerade etwa, dass die Legende vom heiligen Irmundus erfunden ist, oder?«

Er schüttelte den Kopf. Es war weniger ein Verneinen denn ein Zeichen für sein Unverständnis ob meiner Frage.

»Ich will dir nur erklären, wieso Gold von Heiden in einem christlichen Weiher sein kann. Du siehst doch, dass der Glaube der Alten selbst heute noch nicht ausgerottet ist. Es ist ein Krieg, der schon seit über tausend Jahren wütet. Dass die Bauern von Mundt keine guten Christen waren, hat das, was ich getan habe, sehr erleichtert.«

Das Boot trieb ein wenig weiter hinaus. Vater machte keine Anstalten, es wieder näher ans Ufer zu bringen, auch wenn er nun etwas lauter sprechen musste, damit ich ihn verstehen konnte.

»Ich brauche das Gold, um mich freizukaufen aus der Hölle, Kontz«, rief Vater. »So einfach ist das. Ich habe so viel Leid über andere Menschen gebracht in meinem Leben, und dann ist mir auch noch dieses Missgeschick mit den drei Kindern geschehen. Ich habe Leben ausgelöscht. Ja, gemordet. Wie in aller Welt soll ich das wiedergutmachen – wenn nicht mit Gold?«

»Aber warum mussten dann noch mehr Menschen sterben? Die Schuld, die Ihr auf Euch geladen habt, ist doch nur noch größer geworden.«

Immer weiter trieb das Boot. »Wie sollte ich denn an das Gold kommen, Herr im Himmel? Diese Narren aus dem Dorf blieben ja nicht fern vom Weiher. Die Wassergeister haben die Kinder geholt, haben sie gesagt. Die Geister haben die Kinder bestraft, weil sie im heiligen Weiher schwimmen gegangen sind, haben sie gesagt. Aber anstatt Angst zu bekommen vor ihren Wassergeistern, sind sie immer öfter hergekommen. Blümchen haben sie gebracht, ganze Kränze geflochten und aufs Wasser gesetzt, um die Wassergeister zu besänftigen. Daher die Geschichte mit den Neuntötern. Um die Leute fernzuhalten vom Weiher. Deshalb wollte ich auch nicht, dass ihr den armen Arnold zum Mörder erklärt. Dann hätte keiner mehr Angst vor den Nachzehrern gehabt. Aber ich brauchte Ruhe hier, um das Gold zu heben. Und mir ist die Zeit davongelaufen. Sieh mich doch an, Kontz, wie lange habe ich denn noch?«

Mit beiden Händen fasste ich mir an den Kopf. »Aber das ergibt doch keinen Sinn. Ihr könnt doch nicht ein Dorf auslöschen, nur um an Gold zu kommen, mit dem Ihr Euch aus der Hölle freikaufen wollt.«

»Natürlich geht das! Ob ich nun drei Menschen auf dem Gewissen habe oder dreißig – was macht das denn aus? Aber es macht etwas aus, ob ich einen Goldschatz habe oder eben nicht. Mit dem kleinen Teil, den die Kinder schon geborgen hatten, habe ich mir schon so viele Messen kaufen können, dass ich am Tag des Jüngsten Gerichts glimpflich davonkommen müsste.«

»Der Herrgott lässt sich doch nicht hinters Licht führen. Und er lässt auch nicht mit sich handeln. Der Herr ist kein

Kaufmann, Vater. Ihr könnt ihn nicht bezahlen für Gefälligkeiten. Er macht sich nichts aus unserem Gold.«

»Aber aus Gebeten, Narr!«, schrie er und bekam darüber einen Hustenanfall, so heftig, wie ich es bei Vater noch nicht erlebt hatte. Er hielt sich mit beiden Händen an der Bordwand des Bootes fest, fast jedes Husten war begleitet von blutigem Auswurf, den Vater in den Weiher spuckte. Es dauerte lange. Dann setzte er sich keuchend auf den Boden des Bootes.

»Der Domschatzmeister hat es mir genau ausgerechnet«, sagte er. Seine Stimme hatte an Kraft verloren, sie war kratzig. »Allein mit dem bisschen Gold, das die Kinder gefunden haben, hab ich schon viele meiner Sündenstrafen tilgen können. Sehr viele Jahre davon.«

»Nicht Gold befreit Euch aus der Hölle, Vater. Nur Reue und Buße.«

»Wie kannst du nur glauben, dass ich nicht bereue, was ich getan habe? Natürlich bereue ich, aus tiefstem Herzen. Ich quäle mich jede Nacht, nicht nur meiner Krankheit wegen. Ich sehe die Kinder, wie ich sie unter Wasser drücke, sehe ihre Gesichter, ihre riesigen entsetzten Augen, wie sie mich anstarren, sehe, wie die Luftblasen aus ihnen entweichen, das Leben aus ihnen entweicht. Wie könnte ich das nicht bereuen? Und wie könnte ich nicht bereuen, dass mich der Tod der Kinder zu Morden gezwungen hat? Ich habe es schon bereut, noch bevor ich das Gift in das Mehl gegeben habe.«

Es hatte keinen Zweck, mit ihm weiter über Schuld und Reue und Sühne zu reden. Vater hatte sich seine kranke Rechnung zusammengestellt. Er würde immer zum selben Ergebnis kommen, ganz gleich, was ich sagte. Nicht die Bauern waren es, die ein schwarzes Sakrament in Mundt gefeiert hatten, wie der Priester gesagt hatte. Mein Vater war es. Er hatte Menschen geopfert, um seine eigene Seele zu retten.

»Welches Gift habt Ihr verwendet?«

»Das stärkste, das hier zu finden ist. Den Blauen Eisenhut. An der Erft gibt es ein paar Stellen, an denen genug davon wächst.«

Ja, das ergab Sinn. Die Pflanze war zum Glück nicht häufig anzutreffen. Ziegentod nannte man sie auch, aus gutem Grund. Wurzel, Stängel, Blatt, jedes Teil der Pflanze war hochgiftig, und es genügte nur eine kleine Menge davon, eine Messerspitze, um einen Menschen zu töten. Schnell zu töten. Ich kannte das Gift noch aus meiner Kindheit. Damals gab es eine Rattenplage in der Siedlung und auf der Burg. Die Köder waren schnell verteilt. In den nächsten Tagen mussten wir die toten Ratten nur noch einsammeln und in den Fluss werfen.

»Ich hab nicht viel davon gebraucht. Du weißt ja, wie stark das Zeug ist.«

»Aber Ihr habt das falsche Mehl genommen. Nur deshalb hat der Pfarrer überlebt. Er hat die Hostien verschmäht, weil es kein reines Weizenmehl war.«

Diese Sätze schienen meinen Vater zu beleben. »Siehst du«, rief er und hob den Zeigefinger, um seinen Worten mehr Gewicht zu geben. »Der Herr erkennt die Seinen. Er hat es zugelassen, was ich in die Tat umsetzen wollte, und er hat genau unterschieden, wer in den Tod gehen sollte. Seinen Priester hat er geschützt – diese Drecksheiden aber, die den Herrn verhöhnt haben, als sie um den Widderkopf getanzt sind, die mussten sterben. Ich war nur das Werkzeug unseres Herrn, Kontz, versteh das doch endlich.«

Nein, ich verstand es nicht. Ich wollte nicht verstehen, was da an Erklärungen aus dem Mund meines Vaters kam.

»Das Sterben wird weitergehen, Vater. Was Ihr da angestoßen habt, nimmt kein Ende.«

»Unsinn, bald ist es vorbei. Ich muss nur den Schatz finden.«

»Was macht Euch so sicher, dass noch mehr im Weiher ist?«

»Das glaubst du doch selbst nicht, dass ich die Kinder just in dem Augenblick erwischt hätte, nachdem sie das letzte Stück Gold aus dem Weiher gefischt haben.«

Ich sagte nichts, sah ihn nur an. Vater verstand die Botschaft. Ein heftiges Zucken in seinem Gesicht, das ich auch auf diese Entfernung sehen konnte, verriet ihn. Er ahnte, dass genau das stimmen konnte.

»Ihr selbst habt noch nichts gefunden, oder?«, fragte ich nach einer Weile.

»Der Weiher ist riesig, Kontz. Und ich weiß ja auch nicht, wo sie ihren Fund gemacht haben. Ich brauche Zeit, die ich nicht habe. Du *musst* mir bei der Suche helfen, Junge.«

Ich schüttelte den Kopf. »Der Erzbischof bereitet den Sturm Eurer Burg vor.«

»Der Erzbischof? Warum das?«

»Weil die Menschen von Mundt gestorben sind. Er sieht seine Gläubigen nicht mehr sicher im Jülicher Land. Er will sie verteidigen, sagt er.«

»Das ist doch Unfug.«

»Ja, das ist Unfug. Das wisst Ihr, das weiß ich, und das weiß auch der Erzbischof. Ihr müsst Euch stellen und gestehen, Vater. Nur so könnt Ihr den Untergang der Burg abwenden.«

»Nein! Ich muss den Schatz finden. Ich brenne sonst auf ewig in der Hölle, Kontz.«

Ich sank auf die Knie. »Vater! Eure Frau, meine Mutter, ist in Gefahr. Margriet auch. Eure Tochter Majann. All die anderen auf der Burg und in der Siedlung. Sie könnten heute noch sterben, vielleicht morgen.«

»Der Herr wird die Seinen schon erkennen, Junge«, sagte er.

Mit diesen Worten wandte er sich von mir ab und beugte sich wieder über die Bordwand, um auf den Grund des Weihers zu spähen.

»Hundert Kölnische werden jetzt gerade die Burg erreichen. Ihr müsst auf der Stelle mit mir kommen.«

»Hilf lieber mir, Kontz«, rief Vater, ohne mich anzuschauen.

Mein Kopf war leer. Ich hörte das Zwitschern von Amseln und das Meckern eines Zaunkönigs in einer Heckenrose. Ich sah, wie der Wind eine kleine Wolke am Himmel über dem Weiher vor sich hertrieb. Eigenartig. Tiergeräusche, den Wind, die Sonne – all das hatte ich schon lange nicht mehr wahrgenommen. Jetzt spürte ich mit einem Mal die Brise, die durch meine Haare fuhr, das Sonnenlicht, das auf meiner Haut brannte. Ich stand auf und ließ meinen Vater, meinen so unerreichbaren Vater, in seinem Boot inmitten des wundersamen Weihers zurück.

»Kontz? Junge, wohin gehst du? Komm zurück! Tu es wenigstens für deine Mutter, Konstantin!«

Vaters Stimme in meinem Rücken wurde immer leiser. Vielleicht, weil der Abstand zwischen uns immer größer geriet. Vielleicht aber auch, weil Vater erkannte, dass seine Rufe mein Herz nicht erweichen konnten und er keine Kraft mehr aufzuwenden brauchte. Ich weiß es nicht. Ich war nur froh, ihn bald nicht mehr zu hören. Ein kurzes kräftiges Husten war das Letzte, was ich von ihm vernahm.

Als ich auf die Lichtung zurückkehrte, grasten dort rund ein Dutzend Schafe, und Evgen war gerade dabei, mit Garms Hilfe drei weitere Schafe zur Herde zu treiben. Auch einer der anderen beiden Hütehunde war wieder zurück und hielt die Tiere beisammen. Erst jetzt ging mir auf, dass ich die

Kleine mit Rost, der die Menschen von Mundt doch so sehr hasste und eben noch die Hütte ihres Großvaters plündern wollte, allein gelassen hatte. Evgen winkte mir zu. Sie lächelte. Alles war gut.

Rost entdeckte ich dort, wo der Leichnam des Schäfers lag. Er grub. Immer wieder warf er eine Schaufel Erde beiseite. Guter Rost. Er hob ein Grab für den armen Burchert aus. Der Halbritter stand schon bis zur Hüfte in der Grube. Ich ging zu ihm. Jemand hatte eine Decke über den Toten gelegt.

»Wenn ich dir helfe, Rost, sind wir schnell fertig, und wir können noch heute nach Kaster zurück. Ich glaube, da werden wir gebraucht.«

»Ich nicht, Kontz, ich bleibe hier. Das Mädchen und ich haben geredet. Ich hab was gutzumachen, Kontz. Du musst dich um die Kleine kümmern, nimm *sie* mit, nicht mich. Ich werde hier die Schafe hüten.«

»Du – als Schafhirte?«

»Ja, Kontz. Es ist nicht schwer, die Kleine hat mir die nötigen Pfiffe und Kniffe gezeigt, außerdem wissen die Hunde, wie es geht. Es ist ja auch nur für kurze Zeit. Ich werde die Herde in den nächsten Tagen nach Kaster treiben. Wenn die Burg dann noch steht.«

Evgen war plötzlich neben mir. »Wir haben es so abgesprochen, Konstantin«, sagte sie. »Ich kann doch nicht alleine hierbleiben, und jemand muss bei den Tieren sein.«

Ich nickte. »Wenn ihr das so abgemacht habt, soll es auch für mich in Ordnung sein.«

»Nimmst du mich wieder mit nach Köln?«

»Evgen, ich weiß überhaupt nicht, wie alles weitergeht. Du weißt doch, was der Burg bevorsteht. Vielleicht ist es schon längst im Gange. Und außerdem – wer soll sich in Köln um dich kümmern?«

»Die Frauen von der Kirche der heiligen Jungfrauen.«

»Schlag dir das endlich aus dem Kopf. Die nehmen nur adlige Töchter auf.«

Evgen senkte betrübt den Blick. Sie tat mir leid. Auch sie war ein Opfer meines Vaters. So viel Elend hatte er über die Menschen in diesem Landstrich gebracht, Leid, Tod und Trauer. Seit Jahren schon. Und nun, in den letzten Tagen seines Lebens, erreichte sein grausames Treiben einen Höhepunkt, den ich lieber nicht erlebt hätte.

»Wollen wir deinen Großvater nicht drüben auf dem Friedhof in Mundt begraben? Er hätte ein Grab in christlicher Erde verdient.«

»Aber nicht gewollt. Er hat die Pfaffen verachtet. Lieber war er hier, in der Nähe seines Weihers. Ich glaube nicht, dass er woanders begraben werden wollte. Es ist gut so.«

»Dann soll es so sein, Evgen.«

Ich half Rost, das Grab auszuheben, sodass wir den Schäfer etwa drei Stunden vor Sonnenuntergang beerdigen konnten, fast genau an der Stelle, an der er sein Leben gelassen hatte. Zeit genug, noch zur Burg zurückzukehren. Es war nicht mein Krieg, hatte ich gesagt. Und doch war er das. Mein Vater hatte all das ausgelöst, was nun über die Burg hereinbrach. Und ich würde sein Erbe sein. Ich fühlte mich verantwortlich für das, was mein Vater hinterlassen sollte, auch wenn mir das Erbe mitnichten gefiel.

Nachdem Rost und ich fertig waren und auch Evgen den größten Teil der Herde zusammengetrieben hatte, versammelten wir uns an Burcherts Grab für ein stilles Gebet. Danach machten wir uns auf den Weg. Gemeinsam. Rost begleitete uns, denn die Schafe sollten zum Weiher geführt werden, der an unserer Strecke lag. Es war noch immer heiß, viele Tiere hatten noch ihre Winterwolle und waren sicher durstig.

Evgen fiel der Abschied von ihrer Heimat leicht. Als wir über die Lichtung gingen, sah sie nur kurz zurück zur Hütte und zum Grab ihres Großvaters. Ich setzte mich wieder aufs Pferd und hob sie zu mir hoch, dann ritten wir neben Rost, den Schafen und den Hunden her zum Weiher. Der Halbritter machte seine Sache gut. Er gab den Hunden Befehle, die darauf den Kurs der Herde berichtigten, und nur hin und wieder musste Evgen eingreifen und Rost den richtigen Ruf benennen.

Das zu sehen weckte in mir ein gutes und wohlig warmes Gefühl. Es gab mir Kraft für die nun anstehende nächste Begegnung mit meinen Vater. Er sollte sehen, dass er noch nicht alles zerstört hatte. Dass mit Evgen noch immer ein Bewohner aus Mundt am Leben war. Dass Rost nicht plünderte, sondern Evgen half. Dass die Herde wieder zusammen war und auch Wölfe sie nicht hatten zersprengen können. Das alles sollte Vater sehen.

Wir fanden meinen toten Vater, als wir die Schafe zum Wasser führten. Wir sahen ihn schon von der Anhöhe durch das Wäldchen und durchs Schilf. Er trieb auf dem Rücken im Weiher, die Arme ausgebreitet, die offenen Augen in den Himmel gerichtet. Das Boot war ans Ufer geschwemmt worden. Ich wusste nicht, ob Vater sich verausgabt hatte, bis ihm die Kräfte ausgegangen waren und er ins Wasser gestürzt war. Oder ob ihn die Krankheit endlich besiegt hatte. Oder ob er gar in seiner Verzweiflung, keinen Schatz gefunden zu haben, seinem Leben selbst ein Ende gesetzt hatte. Ich wusste nur, dass es sich gut anfühlte. Ich war erleichtert. Erlöst. Befreit.

»Kontz, dein Vater«, stammelte der Halbritter.

»Ich sehe es, Rost.«

Evgen lief vor und stellte sich ans Ufer. »Die Wassergeister haben ihn geholt«, flüsterte sie. »So wie sie meinen Bruder und Laurenz und Klärchen geholt haben.«

Ich stellte mich neben sie und legte meine Hand auf ihre Schulter. »Ich glaube eher, der Herr hat ihn geholt, Evgen. Es war Zeit für ihn.«

»Nein, nein«, murmelte sie. »Hier draußen, hier in diesem Weiher, hat Gott keine Macht. Das hat Großvater schon immer gesagt. Wer den Frieden der Weihergeister stört, wird bestraft. Wie mein Bruder und seine Freunde. Wie Euer Vater.«

»Wenn du es glaubst, soll es so sein, Evgen. Nur eines weiß ich gewiss – jemand hat ihn aus gutem Grund geholt.«

Evgen sah mich wieder mit ihren großen Augen von unten an. »War *er* das alles? Hat er die Leute im Dorf und meinen Großvater umgebracht?«

Ich schwieg. Und während ich schwieg, kamen die Schafe ans Ufer geströmt, um aus dem Weiher zu trinken. Wie Wasser umspülten sie meine Beine, drängten von hinten, von rechts und von links. Ich fühlte mich, als stünde ich selbst bis zur Hüfte im Weiher. Vaters Leichnam lag unbeweglich auf dem Wasser.

»Hast du es gewusst, Rost?«

Der Halbritter schob sich durch die Schafe und zwängte sich neben mich. »Ich schwöre es dir, nein, Kontz. Geahnt habe ich etwas, als er mit dem Boot hochwollte zum Weiher und mich dann weggeschickt hat. Aber er ist der Burggraf. Da stelle ich keine Fragen.«

»Er *war* Burggraf, Rost, er ist es nicht mehr.«

Ich ging zwischen den Schafen hindurch zum Boot, zog es ins Wasser und kletterte hinein. Mit dem Stock, der noch darin lag, schob ich es auf den Weiher hinaus. Ich schaute nicht nach links oder rechts. Ich wollte nicht wissen, ob irgendwo auf dem Grund etwas glitzerte. Ich wollte nur zu meinem Vater. In meinem Herzen waren kein Groll und kein Hass mehr, nun, da er tot war. Auf Erden brauchte sich seine Seele nicht mehr zu quälen, und sie würde auch niemanden sonst mehr quälen.

Ohne Trauer, aber mit einem merkwürdigen Gefühl des Wohlbehagens erreichte ich meinen Vater. Er sah friedlich aus, wie er aus toten Augen in den Himmel blickte. Ob er in seinem letzten Augenblick den Herrn gesehen hatte? Wusste er nun, ob er genug Gold hatte, sich aus der Hölle freizukaufen? Ich packte ihn an den Schultern und zog ihn ins Boot, was mir leichter fiel, als ich gedacht hatte. Sicher, Vaters schlechter Zustand war nicht zu übersehen gewesen, und doch war es ihm gelungen, seinen Verfall gut unter seiner Kleidung zu verbergen. Er war so unglaublich dünn. Er wog kaum mehr als ein Junge. Ich verstand nun seine Angst, von den drei Kindern ertränkt zu werden.

Vorsichtig legte ich ihn auf den Boden und strich ihm das dünne nasse Haar aus der Stirn. Aus seinem Mund lief noch ein wenig Wasser. Ich richtete seinen Kopf wieder mit dem Blick zum Himmel und schloss seine Augen, um mich vor dem bösen Blick zu schützen. Auch wenn er es nicht verdient hatte, der Himmel sollte das Letzte sein, was sie sahen. Ich griff in meinen Gürtel, nahm zwei der Zehrpfennige, die ich zu Beginn meiner Reise vom Kellerer des Erzbischofs bekommen hatte, und legte sie meinem Vater auf die Lider, damit sie geschlossen blieben.

Ich war der Fährmann, der Vater zurück ans Ufer brachte. Sacht stach ich den Stock in den Grund des Weihers und drückte das Boot weiter. Evgen und Rost erwarteten mich und halfen, den Kahn aus dem Wasser zu ziehen. Die Schafe machten blökend Platz. Ich nahm Vater auf den Arm und trug ihn wie ein schlafendes Kind zu dem Karren, auf dem das Boot befördert worden war. Als ich ihn auf die Ladefläche gebettet und seine Hände ineinander verschränkt hatte, legte ich auch die Münzen wieder auf seinen Lidern zurecht. Evgen und Rost wandten sich ab, um nicht in Vaters offene Augen zu schauen. Wenn es jemanden gab, dem man den bösen Blick zutrauen konnte, dann war er es.

Das Pferd, mit dem wir gekommen waren, ließ ich Rost da. Evgen drückte Garm und verabschiedete sich von dem riesigen Hund. Dann stiegen wir auf den Bock des Karrens und fuhren los.

»Jetzt bringe ich Euch nach Hause, Vater«, sagte ich leise.

Aus dem Wald drang das ferne Heulen eines Wolfs. Evgen wandte sich um und sah sehnsuchtsvoll in das Dunkel der Bäume. In ihren Augen war ein feuchtes Glänzen, als sie ihre Hand zu einem Gruß hob. Ich hätte schwören können, dass ich im Wald einen schwarzen Wolf davonhuschen sah. Garm blickte auch in die Richtung. Aber da er nicht anschlug, war ich beruhigt. Ich nickte Rost zum Abschied zu und ließ die Zügel lang.

An den Schatz wollte ich keinen Gedanken mehr verschwenden. So viele Menschen waren seinetwegen gestorben. Er hatte Unglück gebracht, nicht nur jenen, die nach ihm trachteten, sondern auch jenen, die lediglich in seiner Nähe gewesen waren.

Der Sturm

Wir erreichten die Burg vor Sonnenuntergang. Als wir auf sie zuritten, konnte ich keine Rauchsäulen entdecken. Das war schon mal gut. Auch sonst fiel mir nichts Ungewöhnliches auf. Die Jülicher Fahne mit dem schwarzen Löwen auf gelbem Grund wehte auf dem Turm, und es waren keine Kampfgeräusche zu hören. Aber das musste nichts heißen. Ein Angriff würde von der anderen Seite, vom Fluss aus erfolgen. Von ihm waren wir noch ein Stück entfernt.

Die Feldpforte der Siedlung stand weit offen. Mit lautem Rumpeln fuhr der Karren durchs Tor und an einem Wächter vorbei, einem jungen Mann, den ich nicht kannte. Meinen toten Vater konnte der Torwächter hinter den hohen Ladewänden nicht sehen.

»Kommt Ihr allein, Herr?«

Nun, der Hellste war er jedenfalls nicht. »Schau aus dem Tor, Junge. Da ist niemand mehr.«

»Ich frage nur, weil wir den Grafen von Jülich erwarten. Dringend. Habt Ihr unterwegs seinen Tross gesehen?«

»Nein. Nichts dergleichen. Sind die Kölnischen schon da?«

»Ja, Herr, gerade eben eingetroffen. Sie sammeln sich auf der anderen Seite des Flusses.«

»Wo finde ich Edmund?«

»Am anderen Tor. Sie warten auf die Unterhändler.«

Ich steuerte den Karren über den Hauptweg durch die Siedlung hinüber zum gegenüberliegenden Tor. In den Gassen war kein Mensch mehr zu sehen. Sie mussten schon alle in der Vorburg sein. Manche Türen in den Hütten standen offen, andere waren mit Brettern vernagelt. Ein Geisterdorf. So wie Mundt es war. Ich spürte, wie Evgen sich näher an mich herandrängte.

Das Tor zum Fluss hin war halb geöffnet. Im Durchlass standen Edmund und ein halbes Dutzend Burgmannen. Sie trugen alle Kettenhemden, hatten uns den Rücken zugewandt und schauten aus der Siedlung auf die Erft hinaus. Die Geräusche des Karrens weckten ihre Aufmerksamkeit. Edmund und die anderen drehten sich zu uns um. Breitbeinig stand Edmund da, die Linke auf den Knauf seines Schwertes gestützt.

»Konstantin – ich dachte schon, Ihr hättet den Schwanz eingekniffen und Euch für immer aus dem Staub gemacht.«

»Ich hatte Dinge zu regeln. Nun bin ich wieder da.«

»Euer Vater und dieser Troll von einem Halbritter haben es vorgezogen, sich nicht mehr blicken zu lassen.«

Mit dem Kopf deutete ich auf die Ladefläche des Karrens. »Mein Vater kann uns leider nicht mehr helfen.«

Edmund trat heran, schaute in den Wagen und schlug ein Kreuzzeichen. Die anderen Männer folgten ihm. Als ich sah, wie ihnen die Farbe aus dem Gesicht wich, wie sie sich ihre Hände vors Gesicht hielten, wie sie sich abwandten und auch weinten, spürte ich einen Kloß in meinem Hals wachsen. Es rührte mich. Doch dann dachte ich weiter. Es war sicher nicht Vaters Beliebtheit, die die Männer nun trauern ließ. Dafür war er auch seinen Leuten gegenüber immer zu streng gewesen. Nein, es musste gerade seine Härte sein, die die Kämpfer nun vermissten. Der Feind stand vor dem Tor, der Angriff würde nicht mehr lange auf sich warten lassen. Und genau jetzt mussten sie vom Tod ihres Anführers erfahren. Ich war wirklich der Trottel, für den mein Vater mich gehalten hatte.

Ich sah durch die geöffnete Palisade über den Fluss hinweg. Etwa fünfhundert Schritt entfernt, leicht erhöht am

Waldrand, hatten sich rund zwanzig Ritter gesammelt. Sie schienen in aller Ruhe die Siedlung und die Burg zu mustern. Ihre Pferde grasten.

»Ihr habt die drei Brücken noch nicht abbrechen lassen, Edmund.«

»Nein. Schaut Euch den Haufen doch an. Die können noch nicht mal die Siedlung nehmen, geschweige denn die Burg.«

»Edmund, ich hatte es Euch doch gesagt – der Erzbischof hat hundert Mann zusammengetrommelt. Das ist eine Finte. Wahrscheinlich hält sich der größere Teil im Wald versteckt. Oder sie sind an einer anderen Stelle über den Fluss gegangen und greifen uns von hinten an. Brennt die Brücken ab, jetzt. Sonst ist die Burg verloren.«

In diesem Augenblick löste sich einer der Erzbischöflichen aus der Gruppe und kam auf uns zugeritten. Im vollen Galopp.

»Sollen wir das Tor schließen?«, fragte einer der Männer.

»Nein«, gab Edmund zurück. »Hören wir uns an, was er zu sagen hat. Otho, die Lanze.«

Der Mann, der auf den Namen Otho hörte, nahm einen Spieß, der gegen die Palisade gelehnt war. Er stemmte ihn mit der Unterseite in die Erde und richtete die Spitze gegen den heranstürmenden Reiter. Sollte der Erzbischöfliche ungebremst durch das Tor reiten wollen, würde ihm das nicht gut bekommen.

»Geh auf die Burg«, sagte ich zu Evgen. »Frag nach meiner Mutter und richte ihr meinen Gruß aus. Sie möge sich um dich kümmern. Wenn du sie nicht findest, such Margriet. Die kennst du noch. Sag ihnen, es ist mein großer Wunsch, dass ihr die Burg verlasst und euch aufs Land zurückzieht.«

Evgen gehorchte. Sie stieg vom Bock und verschwand in der leeren Gasse, die zur Burg führte. Den Karren lenkte ich bis fast ans Tor. Vielleicht mussten wir ihn noch als Bollwerk verwenden, wenn die Erzbischöflichen zum Sturm ansetzten.

Der Reiter kam näher. Über die ersten beiden Brücken ritt er noch im Galopp, dass die Hufe trommelten wie ein schweres Gewitter. Erst auf der letzten Brücke, kurz vor der Palisade, ließ er sein Pferd in den Trab fallen. Der Hengst tänzelte vor dem Tor. Harpers Nase war geschwollen, unter beiden Augen hatten sich große blaue Flecken gebildet. Ich hatte einen Volltreffer gelandet.

»Köln ist ein schlechtes Pflaster, Harper«, sagte ich. »Ihr solltet mehr auf Eure Gesellschaft achten, findet Ihr nicht?«

»Spart Euch Euer falsches Mitleid, Konstantin. Die Zeit der Höflichkeiten ist vorbei. Ich richte Euch im Namen meines Herrn, des Erzbischofs der heiligen Stadt Köln, folgende Botschaft aus: Seine Eminenz ist in großer Sorge, was das Wohlergehen der Menschen jenseits dieses Flusses angeht. Konrad von Hochstaden will sich nun selbst der Sicherheit der Christen annehmen. Übergebt die Burg ohne Verzug und ohne Bedingungen, dann bleibt Euer Leben verschont.«

Edmund trat mit einem derart forschen Schritt vor, dass das Pferd zurückwich. Doch Harper hielt gleich dagegen.

»Hört zu, Harper von Reuschenberg«, rief Edmund. »Ich weiß nicht, was Euch nun dazu treibt, an einem Tag Mörder im Jülicher Land zu verfolgen und uns am nächsten Tag schon selbst mit dem Tod zu drohen.«

Harper zeigte sich wieder mit seinem bekannten Gesicht – er grinste. »Darf der kleine Mann hier schon Entscheidungen treffen?«, fragte er und sah mich dabei an. »Holt mir den Burggrafen. Ich will nicht mit Knechten reden.«

»Ihr redet mit genau dem Richtigen, Harper«, gab ich knapp zurück. »Der Burggraf steht Euch nicht mehr für ein Gespräch zur Verfügung.«

Ich lehnte mich ein wenig zur Seite, um den Blick auf meinen toten Vater freizugeben. Als Harper den Leichnam sah, las ich Betroffenheit in seinem Gesicht.

»Das tut mir leid für Euch, Konstantin«, sagte er mit leiserer Stimme.

Es klang aufrichtig. Und ich nickte.

»Ihr steht noch in Diensten unseres Erzbischofs«, fuhr Harper fort. »Kommt mit mir. Ich würde es bedauern, wenn Euch in den nächsten Stunden etwas zustieße. Noch habt Ihr Euch keines Vergehens gegen Euren Dienstherrn schuldig gemacht.«

»Ich bin es meinem Vater schuldig, nun bei ihm zu sein. Ich habe nicht vor, mein Schwert gegen die Erzbischöflichen zu ziehen. Aber ich möchte hierbleiben. Ich glaube, Konrad wird das verstehen.«

»Das kann ich nicht gewährleisten. Ich werde ihm jedoch ausrichten, was Ihr gesagt habt.«

»Die Menschen in diesem Landstrich befinden sich unter dem Schutz des Grafen von Jülich«, ergriff Edmund wieder das Wort. »Es bedarf des Eingriffs der Kölnischen nicht.«

»Die Kirche des heiligen Martin in Mundt aber untersteht dem Erzbischof.«

»Alle Gläubigen dort sind tot, Euer Erzbischof kommt zu spät. Vielleicht wäre es den Bauern von Mundt besser ergangen, hätten sie unter dem Schutz meines Grafen gestanden.«

»Niemand hat Euren Grafen gehindert, sich um die Menschen zu kümmern«, sagte Harper. »Meinem Herrn allerdings hat es nicht zugestanden, diese Grenze zu überschreiten. Diesen Fehler wird Konrad von Hochstaden nun nicht mehr begehen.«

Edmund straffte sich. »Richtet Eurem Herrn aus, dass wir Bedenkzeit benötigen. Morgen dürft Ihr unsere Antwort erwarten.«

»Ich werde Eure Antwort übermitteln, Edmund. Aber Ihr habt gehört, was ich Euch eben gesagt habe. Ohne Verzug und ohne Bedingungen. Rechnet also nicht mit einer Antwort. Rechnet mit einem Angriff. Solltet Ihr Eure Meinung ändern, dann zieht eine weiße Fahne auf einem der Burgtürme auf und öffnet das Tor. Öffnet es weit.«

Harper hob die Hand zum Gruß an die Stirn, gab seinem Pferd die Sporen und jagte über die Brücken hinweg zurück zu seinem Haufen.

»Wir brauchen Zeit, nur ein bisschen mehr Zeit«, murmelte Edmund. Dann ließ er das Tor schließen und mit einem schweren Balken verriegeln.

Ich hörte Mutters Wehklagen schon von Weitem, und jeder Schrei schnitt ein Stück mehr aus meiner Seele. Als sie aus der Gasse auf den Karren zustürzte, ging ich ihr entgegen und fing sie auf. Sie schluchzte und schüttelte sich, sie drückte sich an mich, und ihre Tränen waren feucht an meinem Hals.

»Ach, Mutter, es war doch mit keinem guten Ende zu rechnen. Nun ist gekommen, was Ihr schon lange erwartet habt. Grämt Euch nicht, seid froh, dass es vorbei ist.«

Sie sagte nichts, sie weinte weiter. Leiser zwar, aber doch aus tiefstem Herzen. Ich hätte nicht gedacht, dass ihr Schmerz so groß war. Und ich schämte mich, weil ich nicht so sehr um meinen Vater trauerte. Was immer er auch getan hatte, er war mein Vater. Er hatte meine Trauer verdient. Aber ich konnte es nicht. Ich konnte nicht so sehr trauern wie meine Mutter. Wie auch? Sie wusste nicht, was ich wusste, und ich war nicht gewillt, ihr die Wahrheit über ihren Mann zu sagen. Der Schmerz, der sie nun schon quälte, war groß genug.

Doch Mutter hatte sich schnell wieder in der Gewalt. »Ich will ihn sehen.«

Ich löste meinen Griff und ließ sie zum Wagen gehen. Sie stieg auf den Karren und kniete sich neben Vater. Sacht strich sie ihm über den Kopf. Dann gab sie ihm einen Kuss auf die kalte Stirn und erhob sich wieder.

»Es ist gut«, sagte sie, als sie vom Karren kletterte. »Bringt ihn auf die Burg, bahrt ihn in der Kapelle auf. Dort ist es kühl. Begraben müssen wir ihn, wenn das hier vorbei ist.«

Edmund und ich schauten von einem der flusswärts gelegenen Türme auf den kleinen Trupp der Erzbischöflichen. Auf die Entfernung konnten wir von hier oben weder den Erzbischof noch Harper ausmachen. Im Licht der sinkenden Sonne, die schon tief in unseren Rücken stand, sahen wir die Schilde blitzen, die die Reiter an die Sättel gebunden hatten. Die Reiter selbst hatten sich in einer Gruppe versammelt und blickten zur Burg hinüber.

»Was könnt Ihr uns über die Männer mitteilen?«, fragte Edmund. »Wie sind sie bewaffnet? Wie sind sie aufgeteilt?«

»Keine Ahnung, Edmund. Ich kann Euch nur sagen, wie viele Pferde ich in etwa im Marstall des Erzbischofs gesehen habe. Ich weiß jedoch nicht, ob es auch Fußvolk gibt, ob sie eine Bogen- oder eine Armbrustabteilung haben oder ob sie nur aus Reitern bestehen.«

»Habt Ihr etwas an Belagerungsgerät gesehen? Katapulte, Schleudern, Rammböcke?«

»Nichts dergleichen habe ich gesehen. Aber das heißt nichts.«

»Wir müssen es bis in die Nacht schaffen, Konstantin«, sagte Edmund und lehnte sich an eine der Zinnen.

»Vielleicht gibt Konrad Euch ja die Bedenkzeit.«

»Das glaube ich nicht. Warum sollte er Zeit verlieren wollen? Wenn es stimmt, was Ihr sagt, sind sie in der Übermacht.

Und er will diese Burg. Wenn er wartet, läuft er nur Gefahr, dass der Graf uns zu Hilfe kommt. Nein, er wird angreifen, noch heute. In einer Stunde geht die Sonne unter. Bis dahin will er im Palas Eures Vaters sitzen, glaubt mir.«

Von hier oben hatten wir den besten Blick, den man sich wünschen konnte. Wir sahen die gesamte Flussebene und auch die Siedlung und die Vorburg. Mir fiel auf, dass Edmund der Palisade um die Siedlung kaum Verteidiger zugeordnet hatte. Doch genau dort würde wohl der Angriff erfolgen.

»Ihr habt die schwächste Stelle am schwächsten besetzt, Edmund.«

»Was meint Ihr?«

»Bevor sie sich an die Burg wagen, werden die Erzbischöflichen erst die Siedlung nehmen. Da habt Ihr kaum Leute.«

»Ihr mögt Langfingern in Köln nachstellen, aber von der Verteidigung einer Burg habt Ihr keine Ahnung, Kontz. Ich habe nur zwanzig gute Männer unter Waffen, dazu noch etwa zwanzig Mann aus der Siedlung, die vielleicht einen Hammer oder einen Dreschflegel schwingen können. Unter dem Banner des Erzbischofs aber werden um die hundert Mann stehen, so denn stimmt, was Ihr mir berichtet habt. Da werde ich meine Leute gewiss nicht beim Kampf um ein paar Hütten und Gassen vergeuden, die dazu auch noch schlecht zu verteidigen sind. Nein, nein, Kontz. Ab der Vorburg gilt's. Vorher kriegen die Kölnischen von uns nur ein paar Wespenstiche. Das muss genügen.«

Ein Trompetenstoß lenkte unsere Aufmerksamkeit wieder auf den Waldrand jenseits der Flussebene. Die Männer des Erzbischofs saßen auf. Im Trab ritten sie auf die Burg zu. Der Reiter an der Spitze hielt das flatternde Banner des Erzbischofs in den Wind.

»Es geht los«, sagte ich. »Und Ihr hattet recht. Konrad

verliert keine Zeit. Ich frage mich, ob wir ihn zu sehen bekommen.«

In diesem Augenblick brachen zwei weitere Reitergruppen aus dem Wald hervor. Sie waren zahlenmäßig ähnlich stark wie die erste.

»Und Ihr hattet auch recht, Kontz. Da sind noch mehr.«

Ich versuchte, die Zahl der Reiter auf die Schnelle zu überschlagen. »Aber immer noch nicht alle«, sagte ich dann. »Es sind etwa sechzig Mann. Jede Gruppe hat um die zwanzig Reiter.«

»Die reichen mir jetzt schon.«

Edmund gab ein Handzeichen hinunter in die Vorburg. Otho winkte zurück und rief kurze Anweisungen aus dem Tor in die Siedlung hinein. Ich sah, wie sich ausgangs der Gasse, die von der Burg bis nah an das Flusstor führte, Bogen- und Armbrustschützen bereit machten. Das waren die Wespenstiche, von denen Edmund gesprochen hatte. Die Männer postierten sich an den Häuserecken. Das Tor selbst war mit Karren, Rädern, Balken und Kisten zugestellt.

»Seht Euch das an«, sagte Edmund und tippte mich an.

Er zeigte hinaus auf die Reiter, die schnell näher kamen. Die Gruppe, die rechts ritt, war deutlich langsamer, und sie wirbelte eine große Staubwolke auf.

»Was zum Teufel ist das?«

»Ein Rammbock«, sagte Edmund. »Sie ziehen einen Stamm hinter sich her. Schaut Euch die anderen Pferde in der Gruppe an.«

Die Tiere machten den Eindruck, als seien sie schwer gepanzert. Irgendetwas hing ihnen zu beiden Seiten an den Flanken herunter.

»Hecken aus Pfählen und Weidengeflecht«, sagte Edmund. »Dahinter werden sie die Männer schützen, die den Rammbock tragen. Dabei brauchen sie das gar nicht. Wir haben niemanden auf den Palisaden. Und dort, schaut, sie haben auch zwei Leitern dabei.«

»Und die anderen?«, fragte ich. »Die vorausgeritten sind? Was soll das? Die können doch nichts ausrichten.«

»Doch. Natürlich. Die schützen erst einmal die Brücken.«

»Ihr hättet sie abbrechen lassen sollen.«

»Jetzt ist es zu spät.«

An der ersten der drei Brücken, außerhalb der Reichweite von Pfeilen oder Bolzen, machten sich die Kölnischen bereit. Zehn Männer schulterten den Rammbock, je fünf auf jeder Seite. Rechts und links von ihnen stellten sich andere Männer mit den Schildhecken aus Weidengeflecht auf. Dann rückte der Rammtrupp vor. Zurück blieben schwer gepanzerte Ritter, die nur darauf warteten, dass sich das Tor öffnete und sie zu ihrem todbringenden Ritt durch die Gassen der Siedlung aufbrechen konnten.

Die Männer mit dem Rammbock nahmen Anlauf, kaum dass sie die Brücke über den Mühlengraben überquert hatten. Jeder hatte einen Arm von unten um den dicken Stamm geschlungen und hielt sich daran fest, als der stumpfe Sporn gegen das Palisadentor schlug. Das Tor bewegte sich nicht einmal.

»Mal sehen, wie lange es hält«, murmelte Edmund.

Wieder und wieder rannte der Rammtrupp gegen das Tor an, wieder und wieder hallte der dumpfe Schlag durch die Siedlung. Und bei jedem Stoß bewegte sich die große Pforte ein wenig mehr. Als die Kölnischen bemerkten, dass ihnen von oberhalb der Palisade keine Gefahr drohte, legten sie rechts und links des Tores die beiden Leitern an. Männer in leichter Rüstung und mit leichten Waffen – Kettenhemd und Lederkoller, kurze Schwerter und Armbruste – erklommen die Sprossen. Die kleinen Schilde, die sie sich über die Köpfe hielten, benötigten sie gar nicht. Die Palisade hatte keinen Wehrgang, kein Verteidiger erwartete die Angreifer. Harper hatte seine Leute wohl doch nicht so gründlich vorbereitet.

»Otho, Leitern!«, rief Edmund in die Vorburg hinab.

Otho nickte und gab seinerseits wieder Anweisungen an die Schützen in der Siedlung weiter. Sie spannten Bogen und Armbruste und legten auf die Umwallung der Siedlung an.

Als die ersten beiden Kölnischen die Krone der Palisade erreicht hatten, gab das Tor unter dem Stoß des Rammbocks erstmals einen Spaltbreit nach. Die Kölnischen jubelten. Aber zumindest einem der Männer auf der Leiter erstarb der Jubelschrei auf den Lippen. Einer der Armbruster hatte genau gezielt und dem Angreifer einen Bolzen in den Hals gejagt. Der Mann griff sich an die Kehle, kippte nach hinten über und fiel wie ein Sack zu Boden. Beinahe hätte er noch den Kölnischen, der hinter ihm auf den Sprossen stand, mit hinuntergerissen. Nun jubelten die Gräflichen. Vaters Tun hatte den nächsten Toten gefordert. Und das Sterben würde weitergehen.

Ich lief auf die Rückseite des Turms und schaute in den Innenhof der Burg. Die meisten Bewohner der Siedlung hatten sich hier versammelt. Die ersten Kampfgeräusche ließen sie erstarren. Nun wusste auch der Letzte, dass es ernst wurde. Wieder stieß der Rammbock wuchtig gegen das Tor.

Mein Blick fiel in die Ferne, ins Jülicher Land hinein. Ich sah die Reiter auf Anhieb. Sie machten sich keine Mühe, ihre Ankunft zu verheimlichen.

»Da habt Ihr den Rest der Truppe«, sagte ich zu Edmund, der sich sogleich neben mich stellte.

»Könnte passen. Das sind etwa vierzig Mann.«

»Nun müsst Ihr den Flecken von zwei Seiten verteidigen.«

»Das ändert nicht viel an unserer Lage. Sie müssen durch

die Siedlung, die wir ohnehin gleich aufgeben. Die Gräben der Burg an der Landseite sind tief, unsere Mauern hoch. Ohne schweres Belagerungsgerät erreichen sie die Burg nur über die Vorburg. Und ich sehe keine Geräte – außer ein paar Leitern, die nur über die Palisade reichen.«

Edmunds Augen waren besser als meine. Tatsächlich, auch dieser Trupp führte Leitern mit sich.

Dann brach das Tor. Die Kölnischen kletterten über die Sperren und Schanzen. Immer wieder duckten sie sich, kauerten sich hinter einen Karren, in den die Pfeile und Bolzen der gräflichen Schützen einschlugen. Ein Geschoss traf einen der Männer in die Schulter. Er schrie kurz auf, brachte sich aber schnell wieder nach draußen vor das Tor in Sicherheit. Immer mehr Kölnische strömten herein, und bald antworteten sie mit einem Hagel an Armbrustbolzen.

Das kleine Häuflein gräflicher Schützen zog sich zurück. Zur selben Zeit überwanden an der Feldseite weitere Erzbischöfliche die Palisade, die in etwa die Höhe von zwei Männern hatte – niedrig genug, um einen Sprung auf die Innenseite zu wagen. Sie kletterten über die Krone, ließen sich auf der anderen Seite hinabgleiten und öffneten das Tor. Die Siedlung war verloren.

Edmund rief wieder nach Otho und machte eine Bewegung, als schlösse er eine Tür. Otho verstand. Die letzten Bogenschützen und Armbruster kehrten in die Vorburg zurück, und Otho verriegelte das Tor. Dann wurde auch dieser Einlass mit Karren, Fässern und Kisten verrammelt. Die Schützen besetzten den Wehrgang, alle anderen Männer zogen sich über die Zugbrücke in die Burg zurück. Das Fallgitter wurde bereits bis zur Hälfte herabgelassen.

Edmund legte beide Hände auf eine Zinne. Er sah nicht glücklich aus.

»Ich hatte gehofft, wir hätten sie ein wenig länger aufhalten können. Und wir haben auch nur zwei Kölnische außer Gefecht gesetzt. Das ist nicht gut.«

Von den Männern des Erzbischofs war nicht viel zu sehen. Hin und wieder huschte mal einer durch eine der Gassen. Sie begingen nicht den Fehler, ins Schussfeld zu gelangen. Ich fragte mich, wie sie die Vorburg nehmen wollten. Die Hütten boten ihnen zwar Schutz bis unmittelbar an die Mauer heran. Die aber war so hoch, dass sie ihre viel zu kurzen Leitern gar nicht erst anzulegen brauchten. Und die Schützen würden jeden niederstrecken, der sich aus dem Schutz der Hütten wagte.

»Macht Euch nicht zu viele Sorgen«, versuchte ich, ihn aufzumuntern. »Die Sonne steht schon sehr tief. Bald habt Ihr es geschafft und Euch in die Nacht gerettet.«

In diesem Augenblick stürzte einer der Bogenschützen vom Wehrgang. Er schrie nicht, er fiel einfach. Als er auf dem Boden aufschlug und liegen blieb, sah ich, dass ein Pfeil aus seiner Brust ragte. Und dann fiel auch schon der nächste Schütze.

»Alle Mann in Deckung!«, schrie Edmund.

Der letzte Bogenschütze und die drei Armbruster duckten sich auf den Wehrgang. Weitere Pfeile flogen. Sie kamen in einem flachen Winkel, waren also nicht vom Boden abgeschossen worden. Mehrere Männer kümmerten sich um die abgestürzten Gräflichen. Doch einer der beiden war bereits tot, der andere starb unter Zuckungen und schnell. Im Innenhof der Burg wurde es unruhig. Die Leute hatten durch das offene Tor freien Blick auf die toten Bogenschützen. Ich sah Otho, der mit flinken Füßen die Leiter hoch zum Wehrgang der Vorburg erklomm. Er sprach mit den Schützen, die hinter der Brüstung hockten.

»Sie schießen aus dem Dach vom Haus des Zimmermanns«, rief Otho zu uns herüber, bevor er wieder herunterkletterte.

Edmund nickte. »Es ist das höchste und steht nah an der Mauer. Ich hätte daran denken müssen. Und es gibt noch ein zweites Haus, das ähnlich gebaut ist. Jetzt ist es wieder unentschieden. Vier Mann auf dem Wehrgang, um die Vorburg zu halten – das ist zu wenig.«

Otho handelte bereits. Er sandte drei weitere Schützen hoch auf den Wehrgang. Doch bevor sie überhaupt an der Leiter waren, flogen auch schon mehrere Wurfhaken über die Brüstung und krallten sich fest. Es mochten sieben oder acht sein. Alles ging zu schnell, um sie zu zählen. Die Gräflichen rannten zu den Haken, um sie zu lösen, doch schon schossen zischend wieder Pfeile und Bolzen heran. Wieder trafen sie zwei Männer. Dem einen schlug der Kopf nach hinten, bevor er leblos auf dem Wehrgang zusammensackte, der andere erhielt einen Treffer in die Schulter und wurde regelrecht herumgerissen, dann stürzte auch er in den Hof der Vorburg.

»Mehr Leute raus!«, brüllte Edmund vom Turm herunter. »Hoch! Hoch auf den Wehrgang!«

Sofort stürzten mehrere Männer hinaus, vier Mann knieten sich hin und legten ihre Bogen an, um mögliche Angreifer zu erwischen, sobald sie die Brüstung erklommen. Auf die Leitern hoch zum Wehrgang wagten sie sich aber nicht mehr.

»Verdammt, verdammt!«, fluchte Edmund. »Ich habe schon vier Leute meiner Burgbesatzung verloren. Das ist nicht gut, überhaupt nicht. Kontz, seid Ihr sicher, dass Ihr uns nicht helfen wollt? Es geht auch um Eure Mutter.«

»Nein. Das ist Euer Kampf, nicht meiner. Gebt die Burg auf, wenn Ihr Leben retten wollt.«

Mit einem unwirschen Brummen wandte Edmund sich wieder dem Geschehen auf der Vorburg zu. Vier oder fünf

Haken konnten die Gräflichen lösen, an den anderen Stellen tauchten jedoch schnell Köpfe auf. Die Kölnischen schwangen sich über die Brüstung und rissen die Schilde von ihren Rücken, um sich gegen die Pfeile zu schützen, die ihnen die Gräflichen um die Ohren schossen. Die fünf verbliebenen Männer auf dem Wehrgang warfen sich den Angreifern entgegen, das Klingen der Schwerter hallte durch die Luft.

»Manchmal wünschte ich, ich hätte Zauberkräfte«, sagte Edmund tonlos beim Anblick des hoffnungslosen Gefechts, »und ich könnte die Feinde nur mit meinem Blick zurückwerfen.«

Ein böser Blick – das war es. Das konnte die Burg noch retten.

»Edmund, Ihr hattet gerade den besten Einfall.«

»Ich?«

»Hört mir zu – holt Vaters Leichnam aus der Kapelle, bindet ihm ein Seil um die Brust und hängt ihn von der Burgmauer. Und sorgt dafür, dass seine Augen offen sind.«

»Was?«

»Macht es einfach!«

»Niemals! Ich störe nicht die Ruhe eines Toten.«

»Er ist noch nicht begraben.«

»Nein, niemals!«

In diesem Augenblick hörten wir wieder einen Schrei. Einer der Kölnischen war getroffen und lag nun auf dem Wehrgang. Doch einer seiner Kameraden nahm schon seinen Platz ein.

»Wir müssen uns zurückziehen«, sagte Edmund.

Doch bevor er den Rückzug befehlen konnte, hielt ich ihn zurück. Die Tür zum Schlachthaus in der Vorburg stand offen. Durch den Spalt hindurch verfolgte eine junge Frau die Kämpfe auf dem Wehrgang.

»Margriet«, flüsterte ich. »Was um Gottes willen macht sie da? Herrgott, sie müsste in der Burg sein.«

»Margriet!«, brüllte Edmund. Sie sah zu uns hoch. »Mach, dass du da rauskommst!«

Margriet schüttelte den Kopf. Und schob die Tür zu.

»Was soll das?«, rief ich. »Ist sie wahnsinnig? Wenn die sie finden, dann …«

Ich konnte es nicht aussprechen. Stattdessen ließ ich Edmund stehen.

»Tut, was ich Euch gesagt habe!«, rief ich ihm über die Schulter zu.

Über die Leitern im Turm kletterte ich so schnell es ging die Stockwerke hinab, ja, ich sprang mehr, als dass ich die Sprossen nahm. Als ich durch den Innenhof rannte, entriss ich einem der Männer im Vorbeilaufen sein Schwert. Im Tor kamen mir Otho und zwei Gräfliche entgegen, die die Vorburg schon aufgegeben hatten und sich in den Schutz der Burg flüchten wollten. Ich musste mich beeilen, sonst würde die Zugbrücke hochgezogen. Dann säße ich mit Margriet in der Falle.

Es waren nur noch zwei Männer auf dem Wehrgang. Sie hielten sich tapfer. Was blieb ihnen auch anderes übrig? Wenn sie den Kölnischen den Rücken zuwandten, um die Leitern hinabzusteigen, hätten sie eine Klinge im Rücken, noch bevor sie einen Fuß auf eine Sprosse gesetzt hätten. Sie kämpften auf verlorenem Posten.

Ich spurtete durch den Innenhof und stieß die Tür zum Schlachthaus auf. Von Margriet keine Spur.

»Margriet, wo steckst du? Komm raus, wir müssen weg.«

Keine Antwort.

»Margriet, verflucht noch eins! Zeig dich endlich! Willst du, dass wir beide sterben?«

Dann rührte sie sich. Sie kauerte hinter einem Trog, der zum Ausbluten von Schweinen diente, und hob den Kopf dahinter hervor.

»Rette dich, Kontz, und lass mich. Du hast dich bis jetzt nicht gekümmert, nun brauchst du es auch nicht mehr.«

Dummes Weibsbildgeschwafel. Ich ging zu ihr, packte sie grob am Arm und zog sie hinaus vor die Tür. Erst da sah ich, dass sie Majann auf dem Arm trug. Margriet keifte und schrie, trat und schlug mich, und wenn ich in meiner anderen Hand nicht das Schwert getragen hätte, ich hätte ihr eine Ohrfeige verpasst, dass sie die Glocken von Rom hätte hören können. Majann weinte.

»Da oben kämpfen die Männer auch um dein Leben, Närrin«, sagte ich und zeigte auf den Wehrgang, wo allerdings nur noch ein Gräflicher den Kölnischen den Weg zur Leiter versperrte. Der andere lag wie seine Kameraden tot im Innenhof.

»Ich darf nicht auf die Burg, ich habe es geschworen«, schrie Margriet. Sie stemmte sich mit aller Macht gegen mich.

»Was hast du geschworen? Was ist das für ein Unsinn?«

»Dein Vater, Kontz, er hat versprochen, sich um mich und Majann zu kümmern. Aber dafür musste ich ihm hoch und heilig schwören, mich nicht auf der Burg blicken zu lassen. Deiner Mutter wegen, Kontz. Es ist ein heiliger Eid. Ich kann ihn nicht brechen.«

Der letzte Gräfliche sank auf dem Wehrgang auf die Knie. Er sah an sich hinab auf das Schwert, das ihm im Bauch steckte. Zur selben Zeit schwang sich ein halbes Dutzend der Erzbischöflichen über die Brüstung auf den Wehrgang. Auch Harper sah ich, und ich hätte schwören können, dass er bei unserem Anblick eine sorgenvolle Miene aufsetzte.

»Du bist von deinem Eid entbunden«, schrie ich Margriet an. »Vater ist tot, du bist ihm zu nichts mehr verpflichtet.«

»Tot?«

Ein Zischen drang an mein Ohr. Ich duckte mich, und mit einem dumpfen Knall schlug ein Bolzen in die Tür zum Schlachthaus ein. Er hatte uns nur um Haaresbreite verfehlt. Margriet schien es gar nicht gemerkt zu haben. Sie schaute mich mit geweiteten Augen an.

»Ja, tot, er liegt drüben in der Kapelle. Es ist vorbei, Margriet. Jetzt komm!«

»Aber wer kümmert sich dann um mich?«

»Bald keiner mehr, denn du bist auch tot, wenn du jetzt nicht die Beine in die Hand nimmst. Komm!«

Tock, tock, tock. Immer mehr Bolzen knallten in die Tür des Schlachthauses. Wir waren zur Zielscheibe geworden. Die ersten Kölnischen kletterten die Leiter in den Innenhof hinab. Ich zog Margriet weiter, die immer noch so steif und sperrig war wie ein Sack Mehl.

»Denk an Majann!«, schrie ich. »Weißt du, was sie mit ihr machen?«

Das weckte Margriet endlich. Sie schüttelte den Kopf, als wäre sie aus einem bösen Traum erwacht, und sah hinüber zu den Kölnischen, die bereits auf uns zugerannt kamen. Wir liefen los, Hand in Hand, aufs Burgtor zu. Wir waren die Letzten in der Vorburg. Und die Zugbrücke war schon ein gutes Stück hochgezogen. Auf der Kante hockten Otho und vier Armbruster, die auf die Kölnischen hinter uns zielten. Nun flogen uns die Bolzen aus zwei Richtungen um die Ohren.

»Sputet euch!«, rief Edmund vom Turm herunter.

Die Kölnischen hinter uns schrien so laut, dass es mir durch Mark und Bein ging. Ich zerrte an Margriets Arm, es war mir gleich, ob ich ihn ausreißen würde, so ich sie nur hinüber in die Burg retten konnte. Es waren nur noch ein paar Schritte bis zur Zugbrücke, und die Gräflichen verschossen an Bolzen und Pfeilen, was sie in ihren Köchern hatten. Die Holzbrücke war schon bis in Brusthöhe hochgezogen.

»Kommt, kommt!«, rief uns Otho zu, der uns auch gleich seine Hand entgegenstreckte.

Wir reichten ihm zunächst Majann hoch, dann packte ich Margriet an der Hüfte und hob sie an. Otho griff sie unter den Armen und zog sie auf die Zugbrücke. Als ich mit beiden Händen nach dem Holz fasste, um mich ebenfalls auf die Planken zu ziehen, durchzuckte mich der Schmerz wie ein Blitz. Er ging von meiner linken Schulter aus und fuhr mir in alle Glieder. Aus meinen Armen schwand jede Kraft, und ich konnte meine Hände nicht mehr auf der Zugbrücke halten. Otho versuchte noch, mich zu packen. Vergebens. Ich entglitt ihm. Ich spürte, wie mein Fingernagel, mein überlanger Daumennagel, am Holz riss und brach, ich spürte, wie ich fiel. Dann schlug ich hart mit dem Rücken auf dem Boden auf. Der Schmerz durchfuhr mich aufs Neue. Ich sah eine Pfeilspitze, die aus meiner Schulter ragte. Und ich sah die Zugbrücke, die immer höher gezogen wurde, immer weiter von mir fort, ich sah Othos und Margriets entschwindende Gesichter, ihre Hände, die sich nach mir streckten und doch immer weiter entfernten. Plötzlich rauschten Wurfhaken über mich hinweg, die sich in das Holz der Brücke krallten.

Und dann sah ich Vater, der über mir wie ein Vogel über die Mauer flog. Er segelte durch die Luft, fiel und blieb dann ruckartig an einem Seil hängen, das ihm um die Brust gebunden war. Der Körper klatschte oberhalb von Tor und Zugbrücke gegen die Burgmauer. Vater war nackt. Sein Geschlecht hing schlaff zwischen seinen Beinen, sein Kopf lag auf seiner Brust. Von dort oben sah er mich aus seinen weit geöffneten Augen an und streckte mir die Zunge raus. Seine Arme baumelten hin und her, als schwenkte er sie zum Abschied. Das feuerrote Licht der sinkenden Sonne fiel auf Vaters tanzenden Körper. Er brannte bereits in der Hölle.

Ich hörte Schreie, von überall her, von Frauen wie von Männern. Ich hatte das Gefühl, als fiele ich noch weiter, immer weiter und fort von meinem Vater, der mir nachwinkte. Dann wurde es schwarz um mich.

Der Himmel war eine Kirche aus Bäumen. Als ich erwachte, lag ich auf dem Rücken, den Blick hoch unter das Dach der grünen Kathedrale gerichtet. Äste und Zweige spannten das Kreuzgewölbe, und Blätter schlossen die Decke. Und doch fielen die Strahlen der Sonne an tausend Stellen in das Kirchenschiff. Der Herrgott musste seinem Baumeister gesagt haben, er solle Löcher lassen für das wundervolle warme und gelbe Licht. Der Boden war nicht kalt und hart, wie ich es für einen Kirchenboden erwartet hätte. Er war warm und weich. Wie Moos, auf das die Sonne ihre Strahlen geworfen hatte.

Die Engel sangen eigens für mich. Es war ein vielstimmiger Chor. Ein Chor, bei dem jeder Sänger sein eigenes Lied anstimmte. Und doch ergaben alle Stimmen zusammen einen Gesang, der harmonischer nicht sein konnte. Ich konnte keine Silbe verstehen und fühlte mich trotzdem in den Tönen tief geborgen. Ich hätte schwören können, es war der Gesang von Vögeln.

Als ich versuchte aufzustehen, zwang mich der Schmerz in meiner Schulter wieder auf den Boden zurück. Schmerzen? Im Himmel? Mit der rechten Hand rieb ich mir die Augen und sah mich genauer um. Die Blätter waren tatsächlich Blätter, die Sänger waren tatsächlich Vögel, und ich lag in der Tat auf einem Moosbett. Von einer Himmelskathedrale war nichts zu sehen. Dafür war mein Daumennagel sehr wohl gerissen.

»Ganz langsam«, sagte eine Stimme, die mir vertraut vorkam. »Kaster ist ein schlechtes Pflaster, Büttel Konstantin. Ihr solltet mehr auf Eure Gesellschaft achten, findet Ihr nicht?«

Harper grinste mich an. Er kniete neben mir und hielt eine Hand sacht auf meine Brust gedrückt, um mich am Aufstehen zu hindern.

»Euer Fleisch ist zum Glück eher weichlich. Der Pfeil ging geradewegs durch, sodass wir die Spitze nicht umständlich herausschneiden mussten, sondern einfach durchdrücken konnten. Ihr könnt von Glück sagen, dass ich so schnell bei Euch war und Euch aus dem Kampfgetümmel gezogen habe. Beinahe wärt Ihr mir noch in den Wassergraben gerutscht.«

»Ihr?«, krächzte ich und wunderte mich zugleich, wie heiser ich war. »Eure Männer waren es doch, die mir –«

Harpers Hand fuhr mir grob auf den Mund. »Ganz ruhig, ich bitte Euch. Mir scheint, Ihr fiebert. Kommt, ich helfe Euch beim Aufstehen. Dann könnt Ihr Euch erst mal in Ruhe umschauen und sehen, dass alles in bester Ordnung ist. Zumindest, was Euch betrifft.«

Harper zwinkerte mir zu. Es war klar, dass er mir etwas mitteilen wollte, was andere nicht mitbekommen sollten. Er stützte mich und half mir, mich erst einmal aufzusetzen. In meinem Schädel saß irgendwo ein kleiner Schmied, der seinen neuen Hammer testete. Meinen linken Arm konnte ich nicht bewegen. Ein Verband presste ihn an meine Brust.

Ich sah mich um. Ich war im Lager der Kölnischen, gleich am Waldrand, doch gut geschützt zwischen Bäumen und Büschen. Etwas weiter von mir entfernt hoben mehrere Ritter drei in Tücher gewickelte Körper auf einen Leiterwagen. Das mussten Männer sein, die im Kampf um Kaster gestorben waren. Die Sonne stand niedrig im Osten. Es war Morgen, vermutlich der Morgen nach dem Angriff.

Die Burg. Ich stand auf, etwas zu schnell, sodass ich mich kurz auf Harper stützen musste, um vor lauter Schwindel nicht gleich wieder umzufallen. Taumelnd ging ich an den Rand des Waldes und schaute über die Heckenrosen hinweg in die Flussniederung. Auf einem der Burgtürme flatterte die Jülicher Flagge, der schwarze Löwe auf gelbem Grund. Die Burg war nicht gefallen.

Vor der Siedlung und der Burg, zwischen Mühlengraben und dem ersten Flussarm, war ein Lager aufgeschlagen. Ich sah zwanzig, dreißig Zelte, kräuselnd stiegen feine Rauchsäulen der Lagerfeuer in den blauen Himmel auf. Mehrere Banner ragten aus dem Feldlager auf. Sie zeigten alle den Jülicher Löwen.

»Was ist geschehen?«, fragte ich.

Harper stellte sich neben mich. »Es war wie verhext gestern Abend. Die Burg war fast schon gefallen. Dank Eurer Hilfe war es uns gelungen, die Zugbrücke mit Wurfhaken festzuhalten. Es wäre ein Kinderspiel gewesen, in die Burg zu kommen. Dann aber flog Euer Vater mit seinem blassen Gesicht heran, und obwohl er tot war, hat er die Schlacht ganz allein gewonnen. Meine Männer haben sich in die Hosen gemacht und Reißaus genommen, und Euch musste ich ganz allein wegschleppen. Ihr seid übrigens schwerer, als Ihr ausseht.«

Es war geglückt. Mein Herz jauchzte vor Freude, aber ich versuchte, es mir nicht anmerken zu lassen. So hatte Vater wenigstens im Tod noch etwas Gutes bewirkt. Er hatte die Burg und alle Bewohner gerettet und bewahrt vor dem, was er selbst heraufbeschworen hatte.

»Wer auch immer den Einfall hatte, uns den bösen Blick Eures Vaters zu senden, ich möchte ihm meinen Dank zukommen lassen.«

»Warum das?«

»Er hat erst die Burg und dann auch uns gerettet. Wären meine Männer nicht zurück in die Siedlung getürmt, wären sie gefangen gewesen wie Mäuse in der Falle. Kaum hatten wir uns zurückgezogen, haben wir Fanfaren und Trompeten gehört, und durch das Feldtor konnten wir sehen, welches Unheil da für uns heraufzog: Graf Wilhelm von Jülich ist mit einem Tross angerückt, der mindestens doppelt so groß ist wie unserer. Er hat die Burg entsetzt, noch bevor sie wirklich besetzt war. Wir waren schneller wieder draußen, als es ein Eichhörnchen auf einen Baum schafft. Das Lager da vorn hat der Graf noch gestern Abend, mit den allerletzten Strahlen der Sonne und im Fackellicht, aufschlagen lassen. Nötig war das nicht. Aber er hat uns wohl zeigen wollen, wer das Sagen über die Brücken an der Erft hat.«

Ich war bass erstaunt. Edmund hatte ich doch erst ein paar Stunden vorher von dem Angriff der Kölnischen unterrichtet – wie hatte der Graf so schnell eine Streitmacht ausheben können, die es leicht mit den Erzbischöflichen aufnehmen konnte? Harper schien meine Gedanken zu erraten. Er gab die Antwort, noch bevor ich ihn fragen konnte.

»Wir können uns keinen Reim darauf machen, wie der Graf das angestellt hat. Vielleicht war er ohnehin unterwegs zur Burg, zwei- oder dreimal im Jahr ist er mit seinem Gefolge ja hier. Aber das muss ein sehr großer Zufall gewesen sein. Oder irgendein Vögelchen hat ihm schon vor ein paar Tagen was gezwitschert. Doch wer soll das gewesen sein? Nur seine engsten Vertrauten waren in Konrads Plan eingeweiht. Und ausgeheckt hat er ihn auch erst in jener Nacht, in der ich

Euch geholt habe. Nein, ich glaube eher, das war für uns ein ganz unglücklicher Zufall.«

Er grinste sein altbekanntes Grinsen. Und dann verstand ich. Harper stand aufseiten der Jülicher. In der Nacht, in der er aus Mundt verschwunden war, musste er sich nach Jülich durchgeschlagen haben, um den Grafen zu unterrichten. Damit waren die Jülicher dem Kölner Erzbischof immer eine Nasenlänge voraus.

Dem Grafen war es gelungen, einen seiner Leute in der unmittelbaren Umgebung des Erzbischofs unterzubringen. Und Konrad hielt sich selbst wahrscheinlich für den größten Strippenzieher, weil er glaubte, mit Harper einen Jülicher auf seine Seite gezogen zu haben. Natürlich. Harper hatte es mir selbst erzählt. Der Hof von Harpers Familie stand auf Jülicher Boden. Dort wollten sie eine Burg bauen. Es gab keinen vernünftigen Grund, weshalb er einen Feldzug des Erzbischofs gegen den Grafen von Jülich unterstützen sollte. Harper und seine Familie konnten bei einem Krieg nur verlieren. Und das Einschreiten des Grafen dürfte das Schlimmste verhindert haben, auch wenn die ohnehin schon beschädigte Beziehung zum Erzbischof in den vergangenen Stunden arg gelitten haben dürfte.

Ich spürte ein schmerzhaftes Pochen in meiner Schulter. Hoffentlich entzündete sich die Wunde nicht. Der Verband schränkte mich mehr ein, als ich es bei einer Verletzung dieser Art erwartet hätte. Den linken Arm konnte ich gar nicht bewegen.

»Bin ich ... ein Gefangener?«

Harper tat empört. »Unser mutigster Mann? Konstantin, den man den Kneifer nennt? Der mit gezücktem Schwert unserem Stoßtrupp vorangestürmt ist und sich an die Zugbrücke gehängt hat, als könnte er die Burg mit seinen bloßen Händen einreißen? Ach was! Der Erzbischof wird sehr erfreut sein zu hören, wie mutig und entschlossen Ihr bei unserem Angriff wart. Zum Glück hat der Pfeil Löcher auf beiden Seiten Eures Körpers hinterlassen. Da kann Konrad nicht erkennen, von welcher Seite er gekommen ist.«

»Der Erzbischof – wo ist er überhaupt?«

Harper zuckte mit den Schultern. »Jedenfalls nicht hier. Ihm ist nicht daran gelegen, mit dem eher glücklosen Ausgang unserer Mission in Verbindung gebracht zu werden. Er wird im Übrigen abstreiten, überhaupt etwas damit zu tun zu haben.«

»Wie kann er das? Ihr habt in seinem Namen verhandelt! Seine Leute haben die Burg angegriffen!«

»Seine Leute? Wer will das beweisen? Wir haben niemanden zurückgelassen.«

»Harper, ich beneide Euch um Eure Art, alle Dinge so zu wenden, wie es gerade erforderlich erscheint. Ihr seid gerissener als ein Fuchs.«

Harper deutete eine Verbeugung an, sagte aber nichts. Er grinste nur immer weiter.

»Das mit Eurer Nase – das tut mir leid.«

Harper winkte ab. »Ihr habt nur aufrichtig gehandelt. Das bewundere ich. Und glaubt mir, niemand bewundert aufrichtiges Handeln mehr als ich.«

Das kaufte ich ihm unbesehen ab. Doch als unaufrichtig konnte ich Harper von Reuschenberg nun auch nicht mehr ansehen. Er kämpfte mit anderen Mitteln als ich. Und er machte seine Sache ganz offensichtlich sehr gut.

»Ich danke Euch für Euer Vertrauen«, sagte ich ihm leise genug, dass niemand sonst es hören konnte.

»Was meint Ihr?«

»Ihr habt mich in Dinge eingeweiht, von denen sonst wohl nur Graf Wilhelm weiß.«

Dieses Grinsen. Dieses unfassbar breite Grinsen. »Ich habe keine Ahnung, von was Ihr da redet, Konstantin.«

Ich ging zu Fuß hinunter in die Flussniederung. Das sah weniger bedrohlich aus, als wenn ich auf einem Pferd ins Lager geritten wäre. Harpers Angebot, zusammen mit seinen Leuten nach Köln zurückzukehren, hatte ich ausgeschlagen. Es gab Dinge zu regeln. Da ich kein Fieber hatte und die Schmerzen sich in Grenzen hielten, wollte ich mich ihrer annehmen.

Schon an der ersten Brücke hielten mich gräfliche Waffenknechte in Lederkollern auf und kreuzten die Lanzen. Doch ließen sie mich nach einer kurzen Erklärung passieren. Durch das Lager konnte ich unbehelligt gehen. Die Männer putzten ihre Waffen, striegelten ihre Reitpferde oder stellten die am Vorabend nur notdürftig aufgespannten Zelte richtig auf. Das Tor in der Palisade stand offen, ich konnte ungehindert die Siedlung betreten. Zwei Zimmerleute waren dabei, die Schäden auszubessern, die das Tor durch die Rammstöße erlitten hatte. Ein großer dunkler Fleck im Erdreich zeigte die Stelle an, an der einer der Kölnischen gestern Abend tödlich getroffen worden war.

In der Siedlung ging es lebhaft zu. Die Menschen waren dabei, in ihre Heime zurückzukehren. Balken und Bretter wurden von Fenstern und Türen entfernt, Männer und Frauen schleppten ihr Hab und Gut zurück in die Hütten. Und überall waren Gräfliche unterwegs, denen große Schwerter von den Gürteln baumelten. Ich wandte mich nach rechts, zum Burghügel hin, und winkte auf dem Weg Bastejanes zu. Der Müller hievte mit seinen Knechten die Mehlsäcke wieder vom Karren und fasste sich an die Brust, als er mich sah.

»Kontz, mein Junge, du lebst noch! Und du gehst!«

»Wollen wir hoffen, dass es noch ein bisschen so bleibt.«

Kaum war ich durchs Tor in die Vorburg getreten, lief mir auch schon Evgen entgegen. Sie warf sich mir mit so viel Schwung an den Leib, dass es mich beinahe umgerissen hätte.

»Kontz, Ihr seid wieder da! Oh, ich danke allen Göttern!«

Ich unterdrückte einen Schmerzensschrei und legte meinen gesunden Arm um das Mädchen. »Es genügt mir, wenn du *einem* Gott, unserem Gott dankst, Evgen.«

»Oh, das tue ich doch – und allen anderen, die da noch sein mögen.« Ihr Lachen wich einer ernsten Miene. »Gut, dass Ihr kommt. Eilt Euch. Sie begraben gerade Euren Vater.«

Evgen ging vor, führte mich über die Zugbrücke in die Burg und hinüber zur Kapelle. Neben dem kleinen Bau aus Backsteinen stand eine große Gruppe von Menschen, die mir den Rücken zugewandt hatte. Irgendjemand musste mich bemerkt haben, denn es ging ein Murmeln und Flüstern durch die Runde, und einer nach dem anderen drehte sich zu mir um. Wie auf einen unhörbaren Befehl hin teilte sich die Gruppe, machte mir Platz und ließ mich durch. Die Menschen umringten ein bereits mit frischer Erde geschlossenes Grab. Ein Priester stand davor.

Ich sah Edmund und seine Männer, darunter Otho, ich sah Leute aus der Siedlung und sehr viele Bewaffnete aus dem Gefolge des Grafen. Auch der Graf war da, der leicht an seiner kostbaren Kleidung und seiner Haltung zu erkennen war. Er war hochgewachsen, und prächtige Federn schmückten seine Mütze. Der Graf nickte mir zu. Ich deutete eine Verbeugung an.

Und ich sah Mutter, die mir mit rot verweinten Augen durch die Menschengasse entgegenblickte. Als sie gewahr wurde, dass es ihr Sohn war, der auf sie zu ans Grab seines Vaters trat, knickten ihr beinahe die Beine weg. Doch Edmund stützte sie, und sie fing sich. Kurz schlug sie die Hände vor den Mund. Dann straffte Mutter den Rücken und ging auf mich zu. Würdevoll. Gemessenen Schrittes. Sie stellte sich neben mich und drückte mir sacht den Arm.

»Gottlob, mein lieber Konstantin, gottlob«, flüsterte Mutter. »Ich dachte schon, ich hätte euch beide verloren. So ist es nun gut.«

Der Priester sprach noch ein kurzes Gebet für meinen Vater, segnete die Trauergemeinde und entließ uns dann. Ich wollte Mutter zum Palas führen, doch sie hielt mich zurück.

»Das ist nicht mehr mein Heim«, sagte sie. »Edmund hat mir bereits geholfen. Ein Wagen bringt mich gleich mit all meinen Habseligkeiten hinaus zum Hof.«

»Hat der Graf schon einen neuen Burggrafen bestellt? Hat er Euch aufgefordert zu gehen?«

»Nein«, sagte Mutter mit einem Kopfschütteln. »Ich muss mich um den Hof kümmern. Dein Vater hat ihn mir vermacht, und dafür bin ich ihm zutiefst dankbar, denn das hätte er nicht tun müssen. Schließlich bist du der Erbe. Hier sind nun alle meine Aufgaben mit Joriß' Tod erloschen. Er ist begraben, und ich werde weitertrauern. Aber nicht hier.«

Ich nahm sie in den Arm und drückte sie, ein wenig zu fest, denn meine Wunde schmerzte. »Ich werde Euch oft besuchen. Sooft es geht.«

»Ein wenig öfter als bisher könnte es schon sein.«

Knirschende Schritte im Kies des Burghofs, die auf uns zukamen, weckten meine Aufmerksamkeit. Es war Edmund. Als Mutter ihn sah, löste sie sich schnell aus meinem Arm. Ich war froh, dass sie mir wegen des Umgangs mit Vaters Leichnam keine Vorwürfe machte. Vielleicht wusste sie auch gar nicht, dass es mein Einfall gewesen war. Vielleicht mied sie Edmund deshalb.

Ich hielt sie zurück. »Mutter, wartet kurz! Erinnert Euch bitte: Als Ihr mir damals von dem eitlen Pfau erzählt habt, dem Margriet schöne Augen machen wollte – habt Ihr mir da die Wahrheit gesagt?«

Mutter wand sich aus meinem Griff. »Hast du sie dir immer noch nicht aus dem Kopf geschlagen? Ich habe mir doch damals schon eine andere Frau für dich gewünscht. Eine bessere. Sie ist ja nur die Tochter eines Vogts.«

»Mutter, bitte! Antwortet mir!«

Ich sah sie eindringlich an, doch sie schlug nur die Augen nieder. Dann ging sie ohne ein weiteres Wort. Mir blieb nur die Ahnung, dass auch sie mich angelogen hatte.

»Der Graf will Euch sehen, Konstantin«, sagte Edmund. Er klang nun wieder feindselig, nicht mehr so wie gestern, als wir noch Mitstreiter gewesen waren. »Er erwartet Euch in einer Stunde im Saal des Palas'.«

Ich antwortete mit einem Schulterzucken. Es war mir gleich, was der Graf von mir wollte. Ich stand nicht in seinen Diensten, ich hatte mit den Geschehnissen auf der Burg nichts mehr zu schaffen. Ich wollte auch nicht wissen, wie mein Vater mich bedacht hatte. Es gab nichts in seinem Nachlass, das ich besitzen wollte.

»Etwas noch, Konstantin«, sagte Edmund, der mich dabei nicht ansah, sondern beiläufig mit seinem Messer einen Löwenzahn im Burghof an der Wurzel abschnitt und sich mit dem weißen Saft aus der Pflanze die Warzen auf den Händen betupfte. »Ihr habt Euch mit Eurem Handeln gestern Abend die Hochachtung aller Menschen hier verdient. Ihr habt vermutlich viele Leben gerettet. Auf jeden Fall das von Margriet und Majann.«

Ich hörte zwar, was er sagte, aber meine ganze Aufmerksamkeit galt nur seinen Händen. Edmund drückte immer mehr Milch aus der Schnittstelle der Pflanze und bestrich nach und nach alle Warzen auf seinen Händen. Der bittere Saft des Löwenzahns. Das uralte Mittel gegen Warzen. Als Edmund fertig war, rieb er sein Messer an seinem Rock sauber.

Löwenzahnmilch.

Der bittere Geruch auf dem Messer.

Edmund hatte die Messer zwischen Vater und mich getrieben. Edmund hatte mir in meinem Haus aufgelauert. Es war Edmund gewesen, der einen Keil zwischen Vater und mich hatte treiben wollen. So wie ich es vermutet hatte. Edmund, dessen Gesicht mir immer noch so bekannt vorkam.

Ich ließ ihn stehen und rannte zum Brunnen. Der Eimer war leer. Ich warf ihn hinunter, ließ ihn volllaufen und zog ihn mit dem rechten Arm an der Seilwinde wieder hoch, ein wenig zu hastig, denn die Hälfte des Wassers war verschüttet, als der Eimer endlich aus dem Rund des Brunnens wieder auftauchte. Doch es war noch genug Wasser darin. Ich wartete, bis es sich beruhigt hatte und nicht mehr so wild hin und her schwappte.

Dann blickte ich in den Eimer. Ich sah mein schwankendes Spiegelbild. Mein Gesicht. Edmunds Gesicht. Mir fehlte allein der Bart. Wir waren Brüder. Halbbrüder. Beide gezeugt von meinem Vater. Vom selben Blut. Nur dass Edmund ein Bastard war.

Vermutlich hatte Vater ihn auf die Burg geholt, wie er es mit Margriet und Majann getan hatte, und ihn als seinen Nachfolger aufgebaut. Kein Wunder, dass Edmund meine Rückkehr fürchtete. Er betrachtete mich als Widersacher, vielleicht auch als Nebenbuhler um Margriets Gunst. Dieser Trottel. Er durfte beides haben, die Burg und das Weib.

Voller Zorn stieß ich den Eimer in den Brunnen zurück und verließ die Burg. Als ich auf den Hauptweg in der Siedlung kam, der die beiden Tore miteinander verband, hielt ich Ausschau nach meiner Mutter. Doch ich sah nur noch einen Wagen durch das Feldtor rumpeln. Sie war schon fort. Sie hatte unsere Umarmung im Burghof als Abschied verstanden. So wollte ich es nun auch halten. Es war mir nach ihren letzten Worten lieber.

Auf dem Weg zum Tor auf der Flussseite begegnete ich Margriet. Sie trug Majann auf dem Arm, und ihr Blick traf mich geradewegs ins Herz. Sie sagte nichts, aber ich wusste genau, was sie sagen wollte. Ihre Augen sprachen mehr, als ihr Mund es jemals konnte. Ich brachte meine Lippen auch nicht auseinander. Dabei gab es so viel zu bereden. Etwa dass ich ihr zürnte, weil sie mir nur aus Scham nicht die Wahrheit über Vater und sie berichtet hatte. Oder dass ich ungerecht zu ihr gewesen war, weil Mutter schlecht über sie geredet hatte. Und dass es nun eigentlich zu spät für uns war. Eigentlich.

Ich drehte mich um, nur um ihren Blick nicht mehr sehen zu müssen. Er vernebelte meinen Verstand. Erst da merkte ich, dass mir Evgen offenbar all die Zeit gefolgt war. Mit ihren großen Augen versetzte sie mir den nächsten Stich ins Herz. Auch sie sagte nichts. Und so stand ich zwischen den beiden und traf endlich eine Entscheidung.

Der Grundstein

Mariä Himmelfahrt, welch ein fabelhafter Tag! Köln brummte und bebte wie ein Bienenstock. Immer mehr Menschen strömten an diesem 15. August im Jahr des Herrn 1248 auf den Domplatz, es war ein großes Schieben und Drängen. Gerade mal gut drei Monate nach dem großen Brand der alten Kathedrale waren alle Spuren des Feuers beseitigt, und die Leute kamen, um dem freudigsten Ereignis beizuwohnen, das die Stadt erleben durfte, seit die Gebeine der Heiligen Drei Könige vor fast hundert Jahren nach Köln gekommen waren. Konrad von Hochstaden würde den Grundstein des neuen Doms legen.

Was hatten die Arbeiter in den vergangenen Wochen nicht alles geschafft. Den riesigen Schuttberg hatten sie abgetragen. Und sie hatten die Baugrube, die bis zu zwanzig Schritt in die Tiefe greifen sollte, zum Teil schon ausgehoben. Sie sollte mit ausgesuchten starken Steinen aus dem Vorgängerbau wieder verfüllt werden, damit Gottes neues Haus auf festen Füßen stehen konnte. Hatte die Welt jemals solch gewaltige Fundamente gesehen? Die westlichen Teile der alten Kirche, die das gefräßige Feuer überstanden hatten, waren so weit wieder hergerichtet worden, dass man Messen darin feiern konnte. Eine eilig gesetzte Mauer verschloss die große Wunde. Doch so viele Menschen, wie nun in den Domhof gekommen waren, konnte die Notkirche nicht fassen. Aus dem Behelfsbau drang wundervoller Chorgesang, so köstlich, als stimmten die Engelscharen des Himmels dieses Lied an. Konrad von Hochstaden feierte einen Festgottesdienst, und all die hohen Herren des Landes waren erschienen, um das Fest gemeinsam mit dem Erzbischof und den Mitgliedern des Domkapitels zu begehen.

Wir hatten den besten Platz. In dem kleinen Turm auf dem Dach des Bischofspalastes waren wir hoch genug, um den ganzen Domplatz zu überblicken, und tief genug, um noch jedes Gesicht erkennen zu können.

»Es gab eine Zeit nach unserer Mission, da hätte ich nicht gedacht, dass du noch Türen in diesem Palast öffnen könntest«, sagte ich. »Du bist und bleibst ein Fuchs.«

Harper zu meiner Linken grinste und schaute hinab auf das Schauspiel. Die Messe war beendet. Das Domkapitel zog aus der Kirche aus, dahinter Konrad, begleitet von vielen hohen Herren, und schließlich verließen auch die anderen Teilnehmer des Gottesdienstes die Reste der alten Kathedrale. Die Menschen jubelten Konrad zu, und der Erzbischof winkte.

»Konrads Gunst verspiele ich so schnell nicht. Das Lob gebührt auch nicht mir, sondern unserem Herrn, der immer eine schützende Hand über mich hält. Du weißt doch, was man sagt. Des Menschen Herz plant seinen Weg, doch der Herr lenkt seinen Schritt.«

Die Geistlichen gingen hinüber zu der Stelle, an der gleich der Grundstein seinen Platz finden würde. Zwölf Steinhaufen, von Priestern geweiht, markierten die gewaltigen Ausmaße, die der neue Dom einst einnehmen sollte. Hundertfünfzig Schritt lang, bis zu neunzig Schritt breit – eine solche Kathedrale gab es auf Erden noch nicht. Wie schade, dass wir die Höhe nur ahnen konnten. Die beiden Türme würden so hoch werden, wie es noch kein Turm der Welt war, ein einziges Streben zu Gott, ein einziges Erheben über das schmutzige Meer aus Häusern und Hütten und sündhaften Menschen. Fünftausend Gläubige sollte er einmal fassen, und alle würden Gott anbeten und ihr Knie vor dem goldenen Schrein der Heiligen Drei Könige beugen.

Evgen sah mit ihren großen Augen in den Domhof

hinunter, ihr Blick irrte hin und her, als versuchte sie, jede Kleinigkeit der großen Feier aufzunehmen. Ich musste lächeln. Seit wir nach Köln zurückgekehrt waren, und das war immerhin fast genau drei Monate her, lief sie jeden Tag staunend durch die Stadt. Ich glaube, es war ihr immer noch nicht gelungen, alle Kölner Kirchen zu besuchen. Und der Anblick des Rheins, des Hafens und der Mühlenschiffe auf dem Strom raubte ihr immer noch den Atem.

Sie musste gespürt haben, dass ich sie ansah. Evgen schaute zu mir hoch, lächelte verlegen, so als fühlte sie sich ertappt, und wandte sich im nächsten Augenblick wieder dem Geschehen weit unter uns zu. Es gab so viel zu sehen – Edelleute und ihre Gemahlinnen, Bischöfe und Erzbischöfe, die Patrizier aus den Kölner Geschlechtern, Äbtissinnen und Äbte, Pröpste und Prälaten, reiche Kaufleute, viele von ihnen in prächtigen und farbenfrohen Kleidern. Und um diesen bunten Kern zog sich ein breiter Kranz in Grau – Bettler, Bauern, Handwerker, Tagelöhner, Mägde und Knechte reckten die Hälse, um einen Blick auf die hohen Damen und Herren zu erhaschen.

Wilhelm von Jülich war auch da. Der Erzbischof und der Graf tauschten Höflichkeiten aus, als habe es den Kampf um Kaster nie gegeben. In Wilhelms Gefolge entdeckte ich Edmund, der nun, wie ich gehört hatte, Nachfolger meines Vaters geworden war. Wacker und listig habe er die Burg verteidigt, weshalb ihm dieses Amt gebühre, seiner zweifelhaften Herkunft zum Trotz. Ganz in der Nähe des Erzbischofs, unter den Mitgliedern des Domkapitels, konnte ich Philipp von Altena ausmachen. Wenn ich mich nicht täuschte, glänzten an den Fingern des Domschatzmeisters goldene Ringe im gleißenden Licht der Sonne.

Dombaumeister Gerhard trat zu Konrad von Hochstaden und übergab ihm mit einer tiefen Verbeugung einen Hammer.

Zwei Steinmetze der Dombaustelle legten den Grundstein inmitten des Bauplatzes bereit, und der Erzbischof klopfte ihn unter den aufbrausenden Freudenrufen an der vorgesehenen Stelle zurecht. Von dieser Stunde an also würde das Fundament der neuen Basilika des heiligen Petrus, des Kölner Domes, in wunderbarer Breite und Tiefe mit gewaltigen Kosten gebaut werden. Wen kümmerte es schon, dass ein Teil der Steine mit Heidengold bezahlt werden würde. Mich nicht.

Niemand wusste von dem Schatz, niemand außer mir ahnte, dass womöglich noch mehr Gold in dem Weiher weit jenseits der Stadtmauer schlummerte. Und so sollte es bleiben. Solange niemand von dem Schatz wusste, hatten die Menschen dort in Frieden gelebt. Es würde wieder so sein. Ich gönnte es meiner Mutter und Rost, der sich nun auf ihrem Hof als Knecht verdingte und Garm als ständigen Begleiter und Aufpasser hatte.

Evgen schmiegte sich an mich, mal wieder, und Harper langte über sie hinweg und drückte meine Schulter, die kaum noch schmerzte. Viele Wunden waren verheilt. Auch mein Daumennagel war wieder gewachsen. Meinen Vorsatz, ihn von nun an kurz zu halten, hatte ich doch recht schnell verworfen. Der überlange Nagel gab mir ein Gefühl von Vertrautheit. Sicherheit. Verbundenheit mit meinen Ahnen.

Majann brabbelte leise vor sich hin. Als Margriet sie ein wenig höher auf den Arm nahm und ihr die vielen Menschen im Hof zeigte, quietschte sie vor Vergnügen. Der Wind spielte mit Margriets Haar. Sie war so schön wie eh und je, als sie mich anlächelte. Die schöne Margriet. Als die Menge abermals jubelte, schien es, als jubelte sie uns zu. Es war ein Freudentag für Köln, ein Freudentag für die Welt und ein Freudentag für mich.

Thommes' Erbe

Nie im Leben würden die Götter und Geister von Mundt sie hier erreichen können, nie und nimmer. Warum nur war sie nicht früher darauf gekommen, vor den Mächten zu fliehen? Hier oben, hoch über Köln, fühlte sich Evgen, als schwebte sie im Himmel, als wäre sie so nah bei Gott wie nie zuvor. Sie sah Konstantin an, Harper, Margriet. Sie waren so gut zu ihr gewesen in den vergangenen Wochen. Und die Menschen dort unten waren so fromm und gottesfürchtig, und in all den Kirchen, die sie von diesem Turm aus sah, war der Herrgott jeden Tag gleich mehrere Male zu Gast. Wie könnten die Götter der Alten es da schaffen, auch nur die gewaltige Stadtmauer zu überwinden? Und wenn erst einmal der Dom fertig gebaut sein würde, hatte Gott den schönsten Palast auf Erden. Die alten Götter und Geister würden verschwinden, mussten verschwinden.

Und wären sie dann endlich weg, würde Evgen es vielleicht wagen, nach Mundt zurückzukehren und den Schatz zu holen, den Thommes und seine Freunde geborgen und versteckt hatten. Ach, Thommes. Sie hatte ihren kleinen Bruder immer wieder beschworen, nicht ins Wasser zu gehen, die Wassergeister nicht zu stören, ihren Zorn nicht zu wecken. Den Schatz dort zu lassen, wo er hingehörte, wo er schon seit Tausenden von Jahren gewesen war.

Ach, Thommes. Möge seine Wolfsseele Frieden finden.

Nachwort des Autors

Köln und Jülich

Graf Wilhelm IV. von Jülich muss tollkühn gewesen sein. Mit seinem kleinen Jülich lehnte er sich immer wieder und ohne Rücksicht auf Verluste gegen das übermächtige Köln auf. Ständig versuchte er, seinem großen Nachbarn in kleinen Häppchen Einfluss und Macht abzunehmen. Im Jahr 1233 konnte er mit Bergheim einen von vier Erftübergängen zwischen Köln und Jülich für sich gewinnen und ließ dort auch gleich eine Burg erbauen. Um das Jahr 1234 erhob er sein Jülich zur Stadt, obwohl der Kölner Erzbischof hier Ansprüche hatte. Erzbischof Konrad von Hochstaden sah dem Treiben nicht lange zu – nur ein Jahr nach seinem Amtsantritt zerstörte er 1239 die Bergheimer Festung und die Stadt Jülich.

Graf Wilhelm aber fing wieder bei null an, baute Jülich und seine Bergheimer Burg neu auf und sicherte sich mit der Burg Kaster bald auch seinen zweiten Erftübergang. Der in diesem Buch geschilderte Kampf um Kaster hat so nicht stattgefunden, vor allem nicht als Auseinandersetzung zwischen Wilhelm und Konrad. Doch als der Graf im Jahr 1278 starb, nutzte Konrads Nachfolger die günstige Gelegenheit, fiel ins Jülicher Land ein und zerstörte dabei auch die Burg Kaster.

Letztlich zahlte sich der lange Atem der Jülicher jedoch aus. Die Feindseligkeiten endeten mit der Niederlage des Kölner Erzbischofs in der Schlacht von Worringen 1288. Der Graf von Jülich, ein Nachfolger Wilhelms IV., gehörte zur Koalition der Sieger.

In Kaster kann man den Grundriss einer mittelalterlichen Ortschaft in einer Flussniederung noch nachvollziehen. Die Burg jedoch ist nach ihrer Zerstörung im Dreißigjährigen Krieg im Jahr 1648 nur noch eine Ruine, und den historischen Ortskern umgibt keine Holzpalisade mehr, sondern eine mittelalterliche Stadtmauer.

Der Dombau

Erzbischof Rainald von Dassel brachte 1164 die bei einem Feldzug gegen Mailand erbeuteten Gebeine der Heiligen Drei Könige nach Köln – und verschaffte Köln damit endgültig den Rang der bedeutendsten Stadt nördlich der Alpen, zumindest im Mittelalter. Und er setzte eine Kette von Ereignissen in Gang, die zum Bau des Kölner Doms führte, wie wir ihn heute kennen. Erst sahen sich die Kölner in der Pflicht, ein würdiges Gefäß für die Gebeine zu erstellen, und ließen einen prächtigen Goldschrein bauen. Dann brauchten sie wiederum ein würdiges Gefäß für den goldenen Schrein – und machten sich daran, in sechshundert Jahren Arbeit eine Kathedrale zu errichten, die die Menschen noch heute in Staunen versetzt.

Bevor der Bau des neuen Doms in Angriff genommen werden konnte, musste erst der alte weichen. Schon der Vorgängerbau des Kölner Doms war weltberühmt und eine riesige Kirche. Doch der geplante Teilabbruch der Kathedrale endete in einem Inferno, sie wurde fast vollständig ein Raub der Flammen. Die Kölner mussten lange mit einem Provisorium für ihre Gottesdienste und die Verehrung der Dreikönigsreliquien vorliebnehmen. Und doch stieg das heilige Köln schnell zu einem der wichtigsten Wallfahrtsorte der Christenheit auf.

Der geweihte Bissen

Unter den zahlreichen Formen der mittelalterlichen Gottesurteile stellt der geweihte Bissen eine heute wenig bekannte Variante dar. Dabei schob ein Priester dem Angeklagten ein Stück Brot oder Käse in den Mund und sprach dazu Verwünschungsformeln aus. Blieb der Bissen im Halse stecken, galt die Schuld als bewiesen. Die Abendmahlsprobe wiederum war eine Sonderform des geweihten Bissens und vor allem Priestern und Mönchen vorbehalten. Man ging davon aus, dass ein Verbrecher im Bewusstsein seiner Schuld beim Verzehr einer geweihten Hostie sterben oder zumindest körperlich leiden müsste. Konnte der Angeklagte das heilige Abendmahl ohne Beschwerden zu sich nehmen, war die Probe bestanden.

Finstere Figuren

Aufhocker, Nachzehrer, Werwölfe, Wiedergänger, weiße Frauen und der schwarze Mann – das Rheinland ist reich an gruseligen Gestalten, so reich, dass sich Hollywood immer schon gern an ihnen bedient hat. Der kopflose Reiter aus dem Film »Sleepy Hollow« mit Johnny Depp ist einst durchs Rheinland geritten, und der »American Werewolf« findet sein Vorbild im Werwolf von Epprath, einem Bauern, der in Wolfsgestalt Ende des 16. Jahrhunderts mindestens sechzehn Menschen umgebracht haben soll und zum Prototyp für den Werwolf moderner Prägung geworden ist. Und Nachzehrer, zu denen im deutschen Volksglauben auch die Neuntöter zählten, sind streng genommen nichts anderes als enge Verwandte der Vampire.

Das Wissen um die finsteren Figuren war jahrhundertelang präsent, der Volksglaube führte ein starkes Eigenleben neben dem verordneten Glauben der Kirche, und jedes Dorf hatte sein eigenes Exemplar eines Ungeheuers. Dieses Wissen und die Ängste sind vor allem in den vergangenen zweihundert Jahren verloren gegangen. Doch noch um das Jahr 1800, zu einer Zeit, als die Franzosen das Rheinland besetzt hielten, haben die Bewohner von Altdorf (einem Flecken bei Jülich und nicht weit entfernt vom Ort der Handlung dieses Buches) einen Toten aus seinem Grab geholt und geköpft – sie hielten ihn für einen Nachzehrer, dem sie den Tod vieler anderer Dorfbewohner anlasteten, wie Peter Kremer in seinem Buch »Wo das Grauen lauert« schildert.

Auch der heidnische Tanz um den Widder ist für die Region im Mittelalter belegt. Der nach 1240 gestorbene Mönch Caesarius von Heisterbach schildert den Brauch und schreibt dazu: »Neulich habe ich von einem frommen und gelehrten Manne gehört, der Ort, wo man solch ein Unding aufrichte, würde durch Hagel, Feuer oder eine sonstige Plage verwüstet werden.«

Der Weiher und das Dorf

Das Dorf Mundt existiert tatsächlich, nur heißt es heute Mündt. Die Einheimischen nennen es im rheinischen Dialekt Möng. Auch den einen Kilometer von Mündt entfernten Irmundus-Weiher gibt es. Zahlreiche Geschichten ranken sich um ihn und das kleine Dorf, das nur rund ein Dutzend Einwohner hat. So wird Mündt mit dem untergegangenen Ort Munda in Verbindung gebracht, wo im Jahr 411 ein Jovinus zum römischen Gegenkaiser ausgerufen worden sein soll. Eine Wüstung in der Nähe des Dorfs, also die Überbleibsel einer Siedlung, scheinen die Schilderung zu bestätigen.

Der Weiher ist heute so geheimnisvoll wie vor Jahrhunderten oder gar Jahrtausenden. Seit Menschengedenken ist er nicht trockengefallen, selbst in heißesten Sommern nicht, selbst in den vergangenen Jahrzehnten nicht, obwohl ein Bergbauunternehmen in der Region das Grundwasser wegen des Braunkohlenabbaus teils auf mehrere hundert Meter Tiefe abgesenkt hat. Der Weiher liegt fast auf dem höchsten

Punkt der Jülicher Börde, eines Landstrichs zwischen Aachen und Köln.

Die Existenz des Weihers haben sich die Menschen lange mit dem Wirken des heiligen Irmundus erklärt. Er soll hier im vierten Jahrhundert gelebt haben, die Quelle habe er mit dem Schlag seines Hirtenstabs entspringen lassen. Der Weiher entwickelte sich zum Wallfahrtsort, 1672 wurde eine Kapelle zu Ehren des Heiligen errichtet. In den besten Zeiten kamen an den Wallfahrtstagen bis zu siebentausend Pilger an das Ufer des Weihers. Sein Wasser galt seit jeher als wundertätig, besonders für krankes Vieh. An der Irmunduskapelle findet noch heute jedes Jahr am ersten Sonntag im September eine Erntedankmesse statt. Dabei werden die Reliquien des Heiligen ausgestellt.

Eine Reihe von Hinweisen spricht dafür, dass der Weiher schon in vorchristlicher Zeit eine Kultstätte war. Die Menschen haben ihn als Siedlungsort gemieden, obwohl er ihnen ein stetes Wasserreservoir geboten hätte. Erst im Jahr 1835 wurde der Hahnerhof am Ufer des Weihers errichtet – der Vorgängerbau stand weiter entfernt. Archäologen haben den Weiher noch nicht untersucht. Heute ist er in Privatbesitz und nicht frei zugänglich.

Dennis Vlaminck
RELIQUIEM
Broschur, 432 Seiten
ISBN 978-3-89705-582-7

»›Reliquiem‹ fasziniert durch sein gut recherchiertes Fundament und die spannende Handlung.« WDR 4

»Dieser Roman ist wie geschaffen für lange dunkle Abendstunden und Grauschleier-Sonntage. Ein spannendes wie lehrreiches Freizeitvergnügen!« Rheinische Post

DENNIS VLAMINCK
Domfeuer
EIN KRIMI AUS DEM MITTELALTER